U0536792

国家监察行动之

刺心者
CIXINZHE

海剑 著

中国书籍出版社
China Book Press

图书在版编目（CIP）数据

国家监察行动之刺心者 / 海剑著. -- 北京：中国书籍出版社，2023.1

ISBN 978-7-5068-9252-0

Ⅰ.①国… Ⅱ.①海… Ⅲ.①长篇小说—中国—当代 Ⅳ.①I247.5

中国版本图书馆CIP数据核字(2022)第208995号

国家监察行动之刺心者

海剑 著

图书策划	孟怡平
责任编辑	成晓春
责任印制	孙马飞　马　芝
封面设计	程　跃
出版发行	中国书籍出版社
地　　址	北京市丰台区三路居路97号（邮编：100073）
电　　话	（010）52257143（总编室）　　（010）52257140（发行部）
电子邮箱	eo@chinabp.com.cn
经　　销	全国新华书店
印　　刷	河北省三河市顺兴印务有限公司
开　　本	787毫米×1092毫米　1/16
字　　数	375千字
印　　张	26.75
版　　次	2023年3月第1版　　2023年3月第1次印刷
书　　号	ISBN 978-7-5068-9252-0
定　　价	76.00元

版权所有　翻印必究

目录 CONTENTS

第一章
命案疑云 / 1

　　一辆红色宝马汽车在海边公路高速行驶中发生爆炸,女司机当场死亡。警方、市纪委监委迅即介入调查。是普通的命案,还是另有隐情?随着对车主身份的调查和举报线索的确认,纪委监委办案人员才发现真相并不那么简单……

第二章
特殊较量 / 89

　　文体局局长一个招呼就可以使得当事人获益丰厚。但查处"一霸手""招呼局长"却并非易事,因为此人极为老谋深算。在权钱交易、权色交易、官场潜规则中,埋藏着多少迷局,等待专案组倾力破解……

第三章
突破危局 / 167

　　根据市纪委书记郑振国的指示,杨震带队进驻盛荣县,对常务副县长李正雄展开秘密调查,可很快遭遇失火、举报人被威胁、证人被串供等重重困难。杨震也被陷害接受调查。面对重重危局,办案组能否完成任务……

第四章
惊弓之鸟 / 257

　　高昂的房地产价格让何劲松望而却步，但强烈的自尊心促使他故作高调，没想到却被售楼小姐一眼看穿，双方发生口角。售楼小姐一句不经意的话，让何劲松若有所思。房地产市场种种不正常的现象，引起了有关方面警觉，也使得利益各方意识到危机来临……

第五章
非常博弈 / 337

　　杨震的办公桌上放着一封匿名举报信，已经开封，看来是别的办案人员基本确定有调查价值的信。杨震拆开，内容是举报"滨海城市花园"开发商官商勾结的经过。但查处这一案件却并不那么轻松……

后记 / 419

第一章
命案疑云

一辆红色宝马汽车在海边公路高速行驶中发生爆炸，女司机当场死亡。警方、市纪委监委迅即介入调查。是普通的命案，还是另有隐情？随着对车主身份的调查和举报线索的确认，纪委监委办案人员才发现真相并不那么简单……

一

滨海市纪委监委第八审查调查室（简称"八室"）办公区803办公室，这是一间可以容纳十余个工位的大开间办公区。

唐辉抬眼看去，墙上的时钟指向中午12时30分，此时正是午休时间。

唐辉办公的位置靠近落地窗子，此刻窗帘拉着，遮挡住中午刺眼的阳光，他继续低头在电脑上看滨海网络电视台的节目。

网络电视上，正播出记者章文锦现场报道"滨海郊区公路一行驶的宝马车燃烧"的新闻。

章文锦：今天上午11时30分，滨海郊区公路上一辆行驶中的宝马车突然燃烧。我背后就是事故现场。目前尚不清楚具体情况。警方初步判断司机没有逃离车子，估计死者为女性。我们将进一步关注事件的进展。

镜头晃过车牌号，唐辉瞥了一眼，随手在便签上记下车牌号——HLV2019。望着燃烧的宝马车，唐辉若有所思。

何劲松凑过来小声说：唐辉，你媳妇不也是有这样一辆宝马吗？

唐辉有些反感地回怼道：你会不会说话？

何劲松自知失言，忙说：抱歉！唐辉，按理说，宝马车的性能不错。怎么会突然起火呢？

唐辉分析道：你有点脑子行不行？第一，这可能是一起刑事案件。第二，从新闻里看，死者女性，我推测是年轻女性，因为这个型号的宝马是28~35岁之间的人喜欢开。第三，这台车购买需要130万左右。这个年龄的女性买得起宝马就几种类型的人……

何劲松问：哪几种？

唐辉说道：一是父母有钱的人；二是父母有权的人，靠受贿的钱给孩子买的；三是傍上大款的……

何劲松问：有没有一种可能，人家自己挣钱买的？

唐辉沉吟了一下，望着桌子旁女友郝楠开宝马敞篷车的照片，说：有，但得非常杰出。

新城区杨震新家卧室里,豆豆高兴地冲窗外喊了一声。

丁励勤正在打扫卫生,她教训道:干什么呢?!大呼小叫的,也不怕吵到新邻居?

豆豆蹦到丁励勤身边,一把抱住了她脖子,说道:妈,老爸现在真是我偶像了。

丁励勤打趣道:呦,这么快就化敌为友了?上车前不是还叫嚷着,他让你转学,坏了你的好事吗?

豆豆撇嘴道:谁能想到咱能换进这么大的房子啊?

客厅里,杨震正在打电话,他冲着对方说道:干吗非得等到上任日期再报到啊?既然来了,休息一天足够了,我还是尽早和同志们见面吧,我可装不来呼之欲出的架势。

豆豆跑来,打开了电视,电视上正是章文锦在报道"滨海郊区公路一行驶中的宝马车燃烧"的新闻。

杨震的目光落到电视上,妥协道:好,不搞突然袭击,我先打电话通知好了吧?

看到杨震挂掉电话,豆豆蹦到他身边,一脸鬼笑。

杨震问:有事吧?

豆豆说道:老爸你这聪明劲儿真随我。

杨震假装生气地说道:越来越没大没小了。

豆豆撒娇道:来之前我都跟同学们说好了,我生日的时候邀请他们来个happy之夜,现在让你给搅和了,是不是考虑弥补我这已经受伤害的小心脏呢?

杨震问:把你那些什么"哈韩""哈日""哈美"的同学统统接咱们家来?

豆豆回复道:爸,我得说你,我们可没有那么崇洋媚外,我们现在都是"哈中"派。再说,他们都在另一个城市,请家里来也不现实。我就申请点资金,让我出去好好吃一顿就成。

豆豆见杨震没反应,有点着急,说:预支都成,把我下两个月的零花钱都给我吧?

杨震看了一眼，说道：你看看电视，外边多不安全，最好待家里，过生日吃饭的事儿找你妈，她的手艺比饭店强。

豆豆眼神里有些失望。

公路事故现场，章文锦还在正封锁的现场外报道"滨海郊区公路一行驶的宝马车燃烧"的新闻。

警员对刑侦支队副支队长曹刚说：案情还是比较清晰的，一场普通的自燃车祸，不过，受害者家人可能要向汽车生产商索赔了，竟然能造成这么大的事故。

你真的这么认为？曹刚看了看其他警员，问：都这么认为的？

另一警员问：曹副支队，您到底看出什么了？

曹刚说：有没有闻到火药的味道？有没有看到爆炸物的残屑？第一，马上通知技术调查部门的人来，勘验现场；第二，查车牌号？车主是谁？死者是谁？去交通部门调取录像，查清宝马是从哪儿开出的？行驶路径？最关键的是马上给我调查清楚死者身份和住址。

几位警员望着曹刚说：是！

滨海市中级人民法院第七刑事审判庭法庭现场。庄严的庭审现场，传来公诉人口若弹珠的辩驳。

叶雯婕一身检察官制服，慷慨陈词：导致火灾的原因已经调查清楚，是操作工王磊在给建筑安装保温层时，因操作不当引发的火灾。但根据事后由消防部门出具的检验结果，被引燃的材料根本不符合国家规定标准，这也就是说，操作工王磊只能承担部分责任。

律师郝楠说：反对，火灾已经定性为人为因素，是当事人的主观过错，所以当事人应该承担这次火灾造成的一切后果。

叶雯婕举起一份材料说道：这是消防部门之后做的现场实验记录。实验表明，在同等环境下，更换成国家规定标准材料时，即便出现违规操作也不会发生火灾。所以，这起事故的主要责任方应该是施工单位，建议追究施工方为牟取利益故意使用不合格材料，导致工人重伤的责任，并判决施工方赔偿医疗费、误工费等一切费用。

庭审现场一时骚动。

主审法官敲响法槌：暂时休庭，稍后判决。

随着法官宣布休庭，叶雯婕、郝楠等一行人也陆续离开了法庭。

滨海市中级人民法院大楼前，叶雯婕走下台阶，忽然被人喊住，回头看去正是律师郝楠。

郝楠走过来说道：今天的案子表现不错嘛。

叶雯婕说：你也不错，咬住一点儿缝隙就不撒口啊。

郝楠挑眉：是吗？那我还是输了，不过，下次是什么结果就不好说了。

叶雯婕笑道：恐怕没有下次了。

郝楠冷笑道：做人可不要太过自信哦，会吃亏的。

叶雯婕却有点惆怅地说：这是我最后一次以公诉人的身份出席法庭了，单位安排我到市纪委监委工作，马上就要去报到了。

望着郝楠有点惊讶的表情，叶雯婕笑了，说：所以，我说恐怕没有下次了。

郝楠说：哦，那刚才是我冒失了。

叶雯婕说：不用道歉，咱俩本身就是对手，我能理解。

郝楠说：可是，你知道，如果失去你这样好的对手，我以后的职业前途会失去多少光彩？忽然想到以后在法庭见不到你，我竟然有点失落。

叶雯婕笑道：那也不一定，我们会再见面的。

正当郝楠还没想明白是怎么回事时，叶雯婕已经道别离开了。

郝楠叹惋道：哎，说清楚再走啊。

郝楠和叶雯婕是老对手了，两人年龄仿佛，又都比较好斗，几个案件较量下来，互有输赢。郝楠爱寻找对手的软肋，攻击对手的弱点；而叶雯婕似乎比较客观、理性一些，愿意在法律原则的大框架下探讨问题。可以说，各有千秋。

滨海市商务局常务副局长段厚德办公室里电视开着，电视里正播放着章文锦采访曹刚的画面。段厚德眼神里写满悲悯。他能想象,宝马汽车爆炸、燃烧,车里的司机何等绝望,惨烈,太残忍了。

他从酒柜里拿出半瓶洋酒,拧开瓶盖,给自己倒了半杯,一口喝干,又倒上了半杯。这瓶洋酒还是常务副市长黄天祥私底下"赏赐"给他的呢,因为他带领全局在招商引资方面做了突出贡献。段厚德自然不舍得喝,不是这瓶酒多贵,而是他有别样的意义,是一种对自己行为的褒奖。

电视里,章文锦问:您能说说事故调查情况吗?

曹刚严肃地回复:一切都还在调查中。

曹刚不愿多说,离开了。

章文锦面向观众:事故还在调查中,我们将会对事故做进一步报道。这里是德昌公司赞助的新闻一线。

电视忽然黑屏,段厚德放下遥控器,干了半杯酒之后,就拨通了侄子的电话。

段厚德说:你婶子刚才来电话说想你了,晚上来家吃顿便饭吧。

而在滨海市新城区一家咖啡馆内,一神秘的长发女子正坐在一角落里利用笔记本电脑看章文锦报道"滨海郊区公路一行驶中宝马车燃烧"的新闻以及跟进的评论。

当看到车牌号时,神秘女子震惊。

神秘女子低语:玩真的啦,太狠了!

二

"八室"小会议室,市纪委书记、市监委主任郑振国坐在主位置前正主持迎新欢迎会。

郑振国说:我们"八室"人员的组成是党委再三考虑后定的,今后的工作方向直指咱们市的大案要案,所以,在座的各位,今后你们每个人肩上的担子不可同日而语。

郑振国扫视着每个人的反应，杨震、叶雯婕、何劲松、徐航、刘长峰、唐辉、文静反应各异。

郑振国介绍完杨震、叶雯婕的基本情况之后，说道：下面欢迎下两位新成员，新任主任杨震和副处级办案人员叶雯婕。

在郑振国的带动下，响起了似乎不太合拍的掌声，"八室"副主任刘长峰敷衍地拍两下应付。

郑振国说：感谢的话，鼓励的话，我也不多说了，我相信我们以后会磨合成一个坚强、有战斗力的团队。

说完，郑振国示意叶雯婕发言。

叶雯婕说：我刚从市检察院第一检察部调来，虽然过去与市纪委监委有过工作上的接触，但对于纪检监察工作，总体上来说还是一个新兵，需要向各位领导、同志们学习的东西有很多。我会认真学习相关知识，遇事多向老同志请教，尽快适应新工作的要求。请大家多帮助，我们一起为共同的目标努力。

在郑振国的带动下，依旧是不太合拍的掌声。

郑振国说：这样，为了加强彼此了解，大家先做个自我介绍吧，从——小唐、唐辉开始吧。

还在想着宝马车起火事件的唐辉，这时听到郑书记点自己的名字，忽然有点发蒙，尴尬地站起来，却看到了杨震、叶雯婕的目光，忙挤出一丝笑容，礼节性地点点头。

唐辉迅速稳定情绪后，说：我，唐辉，28岁，研究生毕业后到我们市纪检系统，已经工作四年多了，目前是正科级科员。对于纪检监察工作，我也是个新兵。早就耳闻杨震主任的大名，希望在他的直接领导下茁壮成长，成为一名优秀的办案能手。叶雯婕同志过去是市检察院的优秀公诉人，现在是我们纪委最年轻的法律业务专家，能和她成为直接的同事，亲密的战友，是我的荣幸。

说完，唐辉冲徐航使了个眼色，徐航有点莫名其妙，对视一会儿才缓过神来。

徐航说：哦，我叫徐航，专业上比较喜欢研究调查。对了，唐辉是我师兄，我们都是公安大学侦查系出来的，不过，那时我们不认识。我是本科，唐辉是研究生。我和唐辉都喜欢擒拿格斗，也算是个特长吧——

这时，会场上响起了手机铃声。

刘长峰很快速地接听：说……好，好……嗯，马上到。

他盯着杨震说：有情况，得马上去现场。

刘长峰刚想站起来，被郑振国叫住。

郑振国严肃地说道：现在已经成立了新的团队，有情况该第一时间汇报主任，由主任作出部署安排。

刘长峰严肃地转向杨震说：对不起，杨主任，我还没有适应。

杨震笑了，说：我们不都在适应吗？刘主任，先说说是什么情况？

刘长峰说：是这样的，今天上午发生了一起交通事故，死亡一名女性。刑侦勘查初步认定不是一起简单的追尾事故，而是一起有预谋的汽车爆炸案。死者是一名公职人员。在对死者住址搜查时，发现她生前遗留笔迹，上面记录内容是和众多国企、私企往来的私下交易，疑似和某位高层领导有关。

这样，你和——杨震短暂思考后，目光搜寻着每个人，却定格在唯一没有抬头的何劲松身上，说道：小何一起去配合刑侦那边现场勘查。

何劲松有点惊讶，见刘长峰已经风风火火地走出，便三步并作两步地追了出去……

新城区柳茹萍家，刘长峰检查着屋内的各种摆设，又将注意力转移到了书房的电脑上。他站在何劲松身旁，等待着电脑开机密码破译，还不时提醒何劲松应该怎么操作。

何劲松不耐烦地说：师父，你别烦我好不好？我知道咋办。

刘长峰尴尬地笑笑。

刘长峰敲了敲墙壁，确认是实体的，他问曹刚：侦破方向确定了吗？

曹刚说：有两个，情杀或者仇杀，从现在掌握的情况来看，更倾向于仇杀。

刘长峰问：杀人动机有了？

曹刚说：还不能确定，就目前发现的线索看，这个柳茹萍绝不是一般女性，她似乎知道很多秘密。我们的办案人员对附近居民走访调查，她和丈夫还在闹离婚，已经分居半年，平时这里也很少有陌生人来，听说她找了一个靠山……

刘长峰有点嘲讽地说："干爹"吗？

曹刚说：还不能确定，因为没人知道是谁。不过，她本人现在新城区商务局机关工作，是秘书科科长，正科级干部。

刘长峰惊讶地说：哦？这不像是一个科级干部的家啊？这么有钱？

曹刚说：刘主任，甭羡慕嫉妒恨了，钱多不是好事。

刘长峰问：她的背景调查清楚了吗？

曹刚点点头说：正在查。

何劲松说：师父，你来下。

何劲松坐在电脑前快速地打着键盘，刘长峰凑过去。

何劲松边打着键盘边说：通过搜索，找到了她私人的一些东西。

何劲松停住，有些失望地继续说道：看来还得继续解密，这女人还真是有秘密，我敢断定她背后的故事一定少不了。

刘长峰说：小何，你慢慢弄。

刘长峰起身走向曹刚，眼前忽然一亮：你是？

一个陌生男人出现在门口。这个陌生男人对大批警察出现在这里似乎也非常震惊，问：你们是谁？

曹刚亮出警官证说：我们是新城区公安分局刑警队的，这两位是市纪委的，我们正在对这里进行必要的勘查，请问你和这家主人是什么关系？

陌生男人盯着刘长峰说：刑警？纪委？

刘长峰分析着陌生男人的眼神，感觉有些不对：你——想说什么？

陌生男人说：哦，不是，我不相信柳茹萍会有事，你们是不是搞错了？

曹刚说：柳茹萍已经死了，其实我们是在调查她的死因。

陌生男人顿时震惊，差点晕倒。

曹刚想搀扶他一下，被陌生男人一把推开，陌生男人说：不用，谢谢，这个消息太让人不敢相信了。

刘长峰说：看样子，你和柳茹萍很熟啊。

10

陌生男人点头说：嗯……

曹刚说：正好，我们也需要对柳茹萍生前情况了解一下。最近你和她有没有来往，她有没有表露出过反常的举动？

陌生男人回忆着：没有，我和她最近的一次见面也是半个月前了，她一直都没时间，我们本来约好了今天见面的。怎么会是这种结果？她不会是自杀吧？

曹刚问：自杀？她有过这种倾向？

陌生男人说：没有，没有，我只是一种猜测……对不起，我现在心情很糟，想静一静，先走了。

刘长峰说：等等！

刘长峰快步走到陌生男人面前，上下打量着他，严厉地问：柳茹萍让你来找她干什么？

陌生男人说：一点儿私事，不方便说。

刘长峰问：你叫什么？

陌生男人说：雷文军。

刘长峰问：职业？

雷文军说：IT工程师。问够了没有？

雷文军有些气愤地白了一眼刘长峰，步履缓慢地离开。

雷文军走到楼道口，踉踉跄跄地跑下了楼……

两名刑警发觉不对，忙跟着追了过去。

还在柳茹萍家勘查的刘长峰、何劲松对视一眼，两人都感觉莫名其妙。

何劲松问：你是不是也感觉怪怪的？

刘长峰回应道：很奇怪，我感觉我在什么地方见过这个人。

何劲松说：我也有这种感觉。

何劲松望向曹刚，曹刚竟然也点了点头。何劲松忽然想起什么，目光开始搜索房间内的所有物品，最后定格在桌子上倒放的婚纱照上。他将婚纱照正放后，愣住——

何劲松说道：是他！

所有人都看去，雷文军正是婚纱照里的男人。

刘长峰箭步蹿出房外，跑到楼道口，早已不见了雷文军踪影。

刘长峰回到屋里，有些急躁地骂道：马王爷三只眼，今儿让大风吹迷了两只。

刘长峰有些气愤地从曹刚的手中接过笔记本，打开开始翻阅。

三

"八室"主任办公室，郑振国与杨震正在商议工作。

郑振国说：一周前，我们接到对市商务局常务副局长段厚德的举报，我已经布置"八室"副主任刘长峰带领本部门的人秘密初查，其中一项举报内容就是段厚德和柳茹萍存在不正常的男女关系。柳茹萍没有任何背景，怎么进入的商务局系统？又买车、买房，收入明显有问题，怎么来的？到底是不是和段厚德有一定关系？这些都是谜团。尤其是，段厚德政绩不错，提正职的呼声很高，市委组织部也希望我们尽快给一个参考意见……

杨震说：我明白了。这一当口儿，柳茹萍出事，不是一个简单的刑事案件可以说通的。郑书记，我建议您和公安方面沟通下，我们两家组成一个专案组，他们查刑事案件，我们查有无职务犯罪的问题。

郑振国说：好的。

郑振国起身离去。

郑振国走后，杨震认真分析着一摞举报信，发现举报信内容里多次提到"德昌公司"，他喃喃自语道：德昌公司，好熟悉的名字。

这时传来敲门声。

杨震说：请进！

刘长峰风风火火地进来，说道：杨主任，公安方面对柳茹萍生前个人社会关系的排查，发现比较复杂，但一直来往比较密切的人并不多，都是咱们市里有头有脸的人物，这个女人来头不小咧！

杨震问：哦？整理出来了吗？

刘长峰急忙把材料递出，杨震快速看了一眼，忽然眉头紧锁。

刘长峰问：怎么了？看出什么了？

杨震问：她的个人资料呢？

刘长峰说：等下。

他匆匆开门向外吼了一嗓子：徐航，把柳茹萍的资料拿过来。

一声答应后，徐航快步走进了杨震办公室。

杨震接过徐航递来的材料，仔细地阅读了几遍，说道：就知道会是这么回事。

杨震望向刘长峰，问：在现场勘查的是你和何劲松两个人，何劲松上哪儿去了？

刘长峰回答道：正在市公安局技术部那边帮着破译柳茹萍电脑里的加密文件呢。

杨震说：我们现在完全可以先假设这个柳茹萍是依仗着某位官员，一步步走到今天的，这个过程中她和官员有了经济利益往来，她知道得越多对这个官员就越危险，所以她最后只能被封口。

刘长峰觉得有点不可思议，反驳道：假设？这不是不靠谱吗？

杨震笑了，说：我们可以用证据支持或者推倒它嘛，假设，只是给我们一个调查方向。

徐航说：对，跟我大学老师说得一样。

刘长峰无奈道：好吧，那能不能先把背后的凶手假设出来，我也省得找线索了，直接抓来问话，招了一了百了。

杨震说：长峰，抓住凶手是警方的事情。我们关注的是案件背后的贪腐职务犯罪问题。

杨震起身拿起一摞举报信说：长峰，你先研究下这个？

刘长峰狐疑地接过一摞举报信，看了一遍说道：这些材料，我都看过几遍了很难能成案件……

市公安局技术部，何劲松紧靠在技术人员身边，两眼紧紧盯着电脑屏幕，他不时提醒着技术人员该怎么操作。

忽然，何劲松兴奋起来。

何劲松说：yes！

技术人员说：这密码设计得有点简单，差点超过我的想象。

何劲松问：什么意思？

技术人员说：没听懂？一般情况是这样的，秘密越大越不想让人知道的，会把密码设计得越长越复杂，而咱们这个只有四位密码，还是她生日只改动了最后一位数，这说明里面没什么大秘密。

何劲松说：大还是小，打开不就知道了？

技术人员说：那你看吧，我担不起泄密的责任。

技术人员站起来转身走开了。

何劲松等不及地查看文件，忽然泄了气。这时，有人拍了拍他的肩膀。他抬头一看，是唐辉。

唐辉问：怎么样，有什么重大发现？

何劲松说：就是一些照片。

唐辉凑近：挺漂亮的嘛，不错哦！

何劲松说：忙活半天连饭都没顾得上吃，就为看这么一些女人照片？

唐辉指着照片说：这么普通的照片还值得加密？怕是她身边的那个人见不得光吧？

何劲松像是得到提醒，说：对啊，这个和她在一起吃饭的人是谁？

唐辉笑道：瞧这亲密的样儿，很像"干爹"啊。

"八室"小会议室内，灯光昏暗。刚才破译的照片已经变成了幻灯片出现在大屏幕上，是柳茹萍和段厚德一起亲密的合影。

杨震指着照片上的男人，用调侃的语气说：这个人虽然不是明星，但我想大家都认识，他的名字想必也都听说过，是咱们市商务局的常务副局长段厚德，他在任期间大力助推招商引资，新闻上镜率比市长都高啊！

叶雯婕说：我倒是曾经和他有过一面之缘，给人的第一印象，是个比较随和的人。

杨震说：通过现在掌握的证据，我们完全有理由相信他和柳茹萍之间存在着较为亲密的关系，很有可能他就是柳茹萍的靠山，而柳茹萍的死也很可能和他有关联。

刘长峰建议道：我认为，可以先查查段厚德的经济状况。

杨震说：这个是要查，但同时要调查段厚德的社会关系，由叶雯婕和徐航负责吧。

叶雯婕、徐航说：好。

刘长峰欲言又止，被杨震看见了。

杨震说：长峰，有什么话就说嘛。

刘长峰说：是这样的，我认为单凭几张照片说明不了什么问题，很难证明笔记本里的人就是段厚德。也可能是柳茹萍鉴于自己也是机关工作人员的身份，并不想让很多人知道她的人际关系，所以才加密保存的。另外，唐辉刚才也说了，密码很简单，轻轻松松就破译了，我认为没太大价值，顺着这条线查下去是在走偏路。

杨震考虑着，手指有节奏地敲打着桌面……

黄昏。公路上行驶的汽车内，段福边控制着方向盘边接听电话：哎，叔叔，我一准儿到，放心吧，我有点事得耽误会儿，顶多十几二十分钟，帮我给婶子说一声，不好意思啊。

段福挂断电话，把车直接开进了柳茹萍的小区。

市纪委监委大楼，一楼电梯的指示灯不停地下降着，最后到一层，电梯门打开，"八室"部分成员下班走出，有说有笑的。

杨震问：大家晚上都有时间吗？可以考虑一起吃个便饭，到我家，你们嫂子的手艺挺好的。

杨震环顾每个人的反应，发现只有何劲松举了举手，似乎有点懂了。

杨震打趣道：看来大家的夜生活还是蛮丰富的嘛！

何劲松自我解嘲地说：没办法，就我来自外地农村，一没亲朋，二没女友。单身一个。

杨震说：小何，咱们走。

杨震和何劲松还没有走出大门，就听到了鸣笛，闪到一边，一辆宝马车停在他们身边。

唐辉戴着墨镜探出头说：上车吧，捎你们一程。

杨震有点愣，直到唐辉摘下眼镜，才认出是他。

唐辉问：怎么了，杨主任？

何劲松快速地钻进后车座：上车啊，杨主任。

杨震摆摆手说：谢了。我坐自己的车。

何劲松说：杨主任，去您家吃饭就改天吧，我跟唐辉兜兜风。

四

黄昏。公路上，伴随着重金属的音乐，一辆宝马车在车流里穿梭。

公路上行驶的宝马车内，唐辉跟随着节奏哼唱着。

何劲松问：我说唐辉，你是不是迷路了？

唐辉根本不理睬，继续开着车，享受着奔放的音乐。

何劲松无奈，探出身子推了一把唐辉，喊道：老唐！你走错路了！

唐辉关掉音乐，说道：带着你真扫兴。

何劲松说：怎么个意思？敢情你今晚是专门想拉着新主任出来潇洒啊？告诉你，我可看出来了，他可不是你想的那种人。

唐辉说：我也不是你想的那种人。

何劲松说：懒得跟你吵，赶紧的，要请客找饭店，要是舍不得就送我回家，这越走越远了。

唐辉说：请客没问题，但得先办件事情。

何劲松有点听不明白了。

唐辉问：这条路你一点儿印象都没有？

何劲松趴着窗户往外看了一眼，说道：再开就到柳茹萍家的小区了。

唐辉不再说话。

何劲松似乎恍然大悟，说：你这是想做个模拟实验吗，看看柳茹萍每日必经的路程？

唐辉说：凡事多动脑子。

何劲松兴奋地说：你太贼了，那女人好像也开的宝马，哎，跟你媳妇的宝马车是一个型号吧？

柳茹萍家。一双手小心翼翼地揭开封条，露出钥匙孔，掏出钥匙开门，反复试了几次，终于成功了。推开门的瞬间，他却停在了门外，有点不敢进了。

夕阳的最后一抹光透过窗户照射进来，他的背影被拉得很长。

此人正是雷文军。

黄昏。柳茹萍家小区。

唐辉的车刚刚驶入小区，恰好赶上段福的车驶出小区，两人隔着窗户相互看了一眼，然后交错离开。

唐辉愣了愣。

何劲松问：老唐，你怎么又走神了？

唐辉说：没有，忽然有点预感，说不清楚。

何劲松说：得了，你整天都有稀奇古怪的预感，再这样下去，你不说都有人认为你是玛雅人后裔了。

夜晚。一高档小区，段厚德家，段厚德妻子曹慧芬扎着围裙跑进跑出。

曹慧芬：段福，等着啊，还有个拿手菜。

段福说：婶子，甭麻烦，足够了，能和你们聊聊天我就知足了。

段厚德说：让她忙活吧，好不容易来家一次，平时当叔叔的对你也没时间照顾。

段福说：哪里，真是把我当外人了，要不是有您这个叔叔，我段福哪能有今天啊？

段厚德望着曹慧芬走进厨房，又转向段福问道：最近工作怎么样？还顺利吗？

段福笑道：我们保安公司还有啥大事。

段厚德迟疑地问：今天发生的那个（案子）有什么进展？

段福下意识地望了望厨房，压低了声音说：听公安的朋友说，现在得出的结论基本上是车自燃，意外事故。

段厚德笑道：哦，那这场意外真是让人有点意外啊。

段福说：意外就是意外嘛，要是让人感觉正常，那就不是意外了。

曹慧芬走出，说道：吃饭啦，趁热吃，边吃边聊。

段厚德说：大长勺等不及让咱们去评价评价手艺，走吧。正好我们开瓶好酒。段福，你到酒窖里拿一瓶87年的茅台。

段福起身去了地下酒窖。

段厚德的电话响，接起，表情由平淡转为震惊。

段厚德问：什么？

对方电话挂断。段厚德听着"嘟嘟"的声音表情木然。

夜晚。某汽车修理厂内。

孔强茫然的眼神望着桌子上摆着两道小菜，一瓶白酒，他在自斟自饮。

室外，隐隐传来汽车发动机的声音。

门外传来客户的声音说：有人吗？嘿！帮我看看发动机。

孔强喊了一声：今儿停业，去别家吧。

门外传来客户的抱怨声，随后是汽车发动的声音。

杨震办公室内，叶雯婕正在汇报情况：跟之前大家了解的一样，段厚德的人缘极好，身边同事包括朋友对他的评价都很高，加上工作能力突出，深受市政府主管领导器重。

徐航补充道：不查不知道，查了吓一跳，简直就是难得的好干部啊！

杨震忽然想到什么，问：段厚德的家乡去过没有？

叶雯婕说：时间原因，暂时还没有去，现在是还有没有必要继续去查他呢？

杨震想了会儿：把唐辉叫来。

徐航走出走进，后面跟着唐辉。

杨震说：唐辉，你和小何去趟公安局……

市公安局刑侦支队曹刚办公室，曹刚接待了唐辉、何劲松。

曹刚说：为了麻痹凶手，我们对外说是普通的汽车自燃、爆炸交通事故，但内部我们加速了调查。

曹刚将几张拍摄事故现场的照片推到唐辉、何劲松面前。

曹刚指着驾驶座说：现场勘查的情况，加上后面专家论证，现在可以确定无疑是一件有预谋的汽车爆炸案。爆炸点就是这儿。

唐辉问：熟人作案？

曹刚说：对，很有可能，不是熟人不会有死者的车钥匙。这款车安全性相当高，打不开车门就不会轻易地安装炸弹。

唐辉问：这种车的锁很保险吗？

曹刚说：这倒不是，是因为我们专门对门锁做了检验，没有撬锁的痕迹，基本可以肯定是原配钥匙开门。

唐辉想着：熟人？她丈夫？还是——

唐辉忽然想到什么，拿起包就走。他喊道：何劲松，我们走。

何劲松莫名其妙地跟着唐辉出来。

曹刚说：嘿，你想到什么了，也不说说？

某联通营业厅内，唐辉和何劲松正在和一名营业员在一台电脑前交谈，何劲松的手里拿着一叠通话单。

唐辉说：能帮忙查到最后通话的这个号码吗？

营业员敲着键盘，说：这个是在龙江路处的私人店开出去的。

唐辉说：短信内容能看吗？

营业员说：应该可以……

某私人手机店内，唐辉亮出证件并递出了通话单，问：这个号码是从你这儿卖出去的吗？

店主先是愣了愣，仔细盯着号码，然后拿出厚厚的电话簿查找着，他抬起头说道：是我卖的。

唐辉问：卖给谁了？

店主回答：那我哪知道啊？

望着唐辉疑惑的表情，店主解释道：这种卡都是不记名的，话费也便宜，买的人多了。我要是有那记忆力就好好读书了，也不用干这个了。

何劲松问：你仔细想想，男的还是女的？多大年龄？

唐辉有点生气，问：什么时候卖出去的总有印象吧？

店主看了看电话簿：嘿，怎么就这个号忘写日期了？

唐辉一把夺过电话簿：这前面卖出的和后面卖出的日期都对吧？

店主：应该是对的。

唐辉说：前后相差三天，谢谢！

唐辉说完，匆匆离开。何劲松刚想追去，却看到了屋里的监控，问：你这监控最多保存多长时间的记录？

店主：主机小，也就半个月吧。

唐辉说：何劲松！

何劲松答应一声，离开。

唐辉边快步走着边说：回去后请公安机关技术部门对这个号码上手段。

何劲松说：明白！

办公室里，杨震正盯着叶雯婕递给他的柳茹萍的笔记本，嘟囔道：德昌公司——到底在哪儿见过呢？

唐辉走进说道：刚刚调查清楚，和柳茹萍通话频率最高的是136的号码，而这个号码是——

杨震目光锐利，问：段厚德？

唐辉点头说：看来您的判断还是正确的，他确实很可疑。

杨震说：可是我正在考虑是不是要暂缓对他的调查，因为结果和我想象的完全不一样。

唐辉指着杨震办公桌上的几封举报信，说道：这些举报信我和老刘都看过很多遍了，我相信您也看过了。其实这几年，关于段厚德的举报信不少，因为都是匿名，又缺少立案价值，所以暂时一直压着。

叶雯婕说：对了，这些举报信老刘也给我看了。看过之后，我们的意见都很统一，感觉是同一个人写的，举报的内容都一样，是关于段厚德利用职务收受贿赂、包养情妇的，但都没有提供证据。

杨震想着，忽然笑了，说：两种原因，清则遭恨，所以有人故意诋毁；大奸似忠，所以有人知道内情但掌握不了证据。你们更倾向于哪一个？

杨震的问题一下把叶雯婕和唐辉难住了。

杨震笑得意味深长：查下去，很快就知道答案了。

五

"八室"小会议室，段厚德的个人履历等情况出现在大屏幕上。

叶雯婕介绍道：段厚德，本科学历，后在市委党校进修。大学毕业后在乡镇基层工作，后调入市委宣传部，八年前被委任为市经济贸易局副局长，后调任商务局常务副局长至今。因工作突出，为人没有官架子，上上下下对其担任下一任局长的呼声很高。

文静小声嘀咕：那，为什么有举报？

唐辉说：举报，很好理解。商务局这些人经手的项目的资金不是小数字，常务副局长处的位置难免挡了别人的财路。是吧？

叶雯婕、徐航、文静、何劲松点点头。

杨震说：我来分配下任务，首先是对和他存在合作关系的企业，还有他的个人生活进行调查，其次是他个人的经济状况……

市纪委监委大院，叶雯婕、何劲松一组，唐辉、徐航一组，刘长峰、文静一组，分乘三辆车驶离大院。

某银行门前，叶雯婕和何劲松匆匆走进……

某会所，唐辉把段厚德的照片拿给服务员辨认，服务员摇头……

某地下车库，德昌公司总经理董明理刚要开车门时被刘长峰、文静拦住。

刘长峰问：你就是董明理吧？

董明理问：你们是谁啊？

文静亮出证件说：市纪委监委的，我们想耽误你一点儿时间，了解一点儿情况。

刘长峰没等董明理给出准确回复，就不容分说地说：方便到我们的车里聊吗？

董明理问：我犯事了？

文静问：你犯什么事了？

董明理说：我能犯什么事？有话直说，最烦你们这些人拐弯抹角地套别人话。

文静说：我们得先提醒你，今天的谈话你有义务保密。

董明理问：到底怎么了？

刘长峰问：段厚德，你认识吧？

董明理犹豫了一会儿，问：你们在调查他啊？

刘长峰说：那就是认识了。

董明理说：能不认识吗，市商务局主管领导。可是人家官太大，我供奉不起，你们这可是问错人了。

文静问：你来我们市投资办厂，可是他极力促成的，你会不熟？

董明理说：他促成那还不是为了他的业绩吗，再说了，我们公司的项目当时正是朝阳产业，滨海市不要，有的是地方要。当时可是他求着我，看着优惠政策好，我才落户的。我告诉你们，甭抓住点把柄就咬住不放，我好端端的差点让你们给吓出毛病。

刘长峰问：这么说，你对他的情况是一点儿也不了解了？

董明理说：也不能说不了解，多少还是知道一点儿的，吃过几顿饭，私底下还一起打过球，但交情也就到这儿了。人嘛，总体来说，没有架子，脾气好，没有那么多算计的心眼儿，工作上也是很踏实的，没有说为了一个项目给自己腰包捞钱，好领导，真是个好领导。

刘长峰问：你确定你说的是真心话？

董明理疑惑道：怎么——

刘长峰直白地说道：我告诉你，如果我们没有点证据的话是不会冒失地来找你的。

董明理问：什么意思？

刘长峰说：早就有人举报你对段厚德行贿。

董明理气愤地说道：造谣！污蔑！你们把那个人给我叫来！你们这不仅是在污蔑我，还是在污蔑一个难得的好领导！我告诉你们，今天甭说你们想问了，就是不想问了，也得跟我把话说清楚了再走，我不能不明不白地让你们扣个屎盆子。

董明理的气势把刘长峰、文静给唬住了，一时倒不知道该怎么对付他了。

某银行营业厅内，叶雯婕和何劲松正在跟一名营业员攀谈。

叶雯婕问：真的已经查清楚了吗？

营业员点头道：是的，在他名下的一共就一个账号。

叶雯婕不敢相信地看了看何劲松，转而对营业员说了声"谢谢"，然后拉着何劲松走了。

何劲松和叶雯婕上车，发动了，却并没有急着开走。

何劲松纳闷地说道：奇怪了，以前都是看到贪官银行账户里有着一串吓人的零，那真是羡慕嫉妒恨啊。可今天正好相反，我都有点可怜他了，好歹是常务副局长，个人银行账户里只有几万块的存款，这正常吗？

叶雯婕问：你想告诉我什么？太清廉了，一个这么好的官是得过得好点？

何劲松说：那倒不是，多了感觉不对劲，这少了也感觉不对劲，反正怪怪的。

何劲松说着，像是发泄一样，把车子忽然开出，让叶雯婕不得已趴了一下。

叶雯婕问：我说小何，你的驾照是地摊买的吧？

这时，叶雯婕的电话响起，她接起，说：喂？

法院门口，郝楠边走向停车位，边打着电话说：我说你还真是贵人难找啊，在哪儿呢？好，等我会儿，我找你有事。

市纪委监委门口马路上，何劲松按照叶雯婕的要求把车停在街边。

刘长峰和文静的车子也刚好到，刚好看到唐辉、徐航出来。

刘长峰下车说道：文静，你把车开回单位吧。我有点事情。

文静点头，驾车驶入监委大门。刘长峰迅即离开。

徐航看到唐辉走向叶雯婕，揶揄道：哈哈，唐辉，想打大美女的主意啦！

唐辉说：臭丫头，别胡说。我有事情找她。

徐航也驾车驶入监委大门。

唐辉走向叶雯婕，问：雯婕，查得怎么样？

叶雯婕说：回头我们见了杨主任一块儿再说。

唐辉问：你在？

叶雯婕说：在等一个朋友，她正好在这儿附近。不急吧，也就等十分钟。

唐辉问：朋友？男朋友？

叶雯婕笑道：呵呵，没那福气。

唐辉说：哎，那真说不清楚是男人的问题还是你的问题了。

叶雯婕刚想发作，看到唐辉已经背过她去低头看手机。

郝楠的车驶到叶雯婕车旁，探出脑袋问：知道我给你送什么来了吗？

叶雯婕不解地问：你送我东西？

郝楠说：转送。

说着，郝楠递出一条围巾给叶雯婕。

叶雯婕接过围巾，看了看太阳，说道：蛮合季节的哈！

郝楠解释道：拿着吧，这可是你竭力保护的那位民工母亲亲手给你织的，她原本去法院找你，没想到正好赶上我开庭一个案子给遇上了。

叶雯婕望着手中的围巾，想起那位民工母亲一针一线的辛苦，好一阵感动。

郝楠说：行了，我也不耽误你的大好青春了。

郝楠刻意探头往叶雯婕背面的唐辉看，有点不怀好意地笑着说：拜拜！

叶雯婕说：别多想，是我同事。

郝楠说：我没问啊，帅哥，拜拜！

不远处正看手机的唐辉随口回答：拜拜，美女！

郝楠愣住，说：唐辉！

唐辉冷不丁看去，也跟着愣住了，问：怎么是你？

郝楠有点哭笑不得地说：整天跟我说忙，连一起吃顿饭的工夫都没有，敢情跟大美女在一起，怪不得呢？

唐辉说：我跟你说，我们是在工作。

郝楠问：工作？

唐辉说：跟你说，你也听不明白，有事没事？

郝楠说：有事！好不容易让我逮着你了，跟我走一趟。

唐辉问：上哪儿？

郝楠说：甭问，今天你归我了。

六

市纪委监委技术部电子证据鉴定中心内，何劲松凑到技术人员后面，盯着电脑屏幕。

何劲松问：按你的逻辑，这次应该是重磅材料吧？

技术人员说：差不多，破译难度和之前那个比简直是天壤之别。看样子，你们破案的关键点可能就在这儿了。好像她放在云存储啦，还加了密，我们不知道她的密码，估计得费点时间。

何劲松问：到底是什么玩意儿啊？

技术人员回答：像是文字材料，也许是图片资料，现在都还不能确定。

何劲松鼓励道：加把劲儿。

技术人员回答：那是肯定的。

何劲松说：好，今天就弄出来吧。

技术人员有点傻眼，说道：我怎么有种被兄弟挖坑活埋的感觉？

何劲松笑了。

"八室"工作区内，徐航在本子上画着案情分析图，画不下去了，揉成一团，扔出，正进废纸篓里。

徐航说：我现在满脑子都是浆糊了，一会儿觉得就是段厚德没跑，一会儿觉得是在往歪路上走，您是前辈，指条明路吧，省得我现在闹心。

叶雯婕苦笑道：前辈不敢当。不过，如果还不清晰，我倒是建议明天再进行一次走访调查，或许是我们遗漏了什么，还不知道。

徐航说：只能这么办了。（寻找着某个人的样子）何劲松跑哪儿去了？

唐辉说：刚才他跟我说了一声，说那个电话号码还没搞清楚，他去查查。

叶雯婕说：这个我知道，他在技术部门那边。

唐辉说：我也去看看。

徐航问：怎么这么坐不住呢？

唐辉并不理会，刚想出去，门忽然开了，和何劲松撞了个满怀，一个着急忙慌，一个满脸惊喜。

何劲松兴奋地说：好消息，破译了！

众人都感到一阵惊喜。

夜晚。办公室，杨震正认真地看着打印出来的材料，足足有厚厚的一沓纸。

办公区内，其他办案人员边看着，边吃着盒饭。

徐航倒了一杯水放在杨震面前，下意识地看了一眼杨震手里的材料。

杨震正在看的一沓文字材料正是《我和D不得不说的事情》，他喃喃自语道：D是谁？段厚德吗？还是董明理？

徐航说：杨主任，我继续研究下对段厚德的举报信，看能否找到举报人。

说完，徐航带上门出去了。

夜已经很晚了。"八室"工作区，众办案人员终于可以下班了。

唐辉说：何劲松这小子还没信儿，不会出什么事吧，他平时毛毛愣愣的，办事情不知道把握分寸——

叶雯婕说：据我观察，何劲松是个冷静、心细、理性的人。不会像你说的那样。倒是你，需要好好反思。

唐辉有点尴尬：呵呵，我不也在成熟嘛。不行，我得给他打个电话问问。

唐辉说着，边等待手机接通，边开门走出去。

私人手机店内，店主盯着电脑屏幕打了个哈欠，说道：我说，这个点儿了，你不饿、不困？

何劲松目不转睛地盯着电脑屏幕，说道：也饿，也困。

店主说：那你能不能饶了你自己，也算是饶了我，今儿先到这儿，我可是要关门歇业了。

何劲松有点焦急地问：怎么还没出现呢？

电话响起，接听。

何劲松笑道：唐辉，有何指示？

店主问：您老明儿也能来这儿继续看，成吗？

唐辉电话里问：需要我过去帮你吗？

何劲松犹豫了一会儿说道：那就麻烦您带个硬盘过来吧，我把监控资料拷回去研究。

市纪委监委大院外，唐辉开着宝马车出门，却被另一辆宝马车拦住了去路，他正想下车，忽然愣住。

前面的车里出来的是郝楠，她敲了敲唐辉的车窗，他无奈地拉下车窗。

唐辉说：你还真是执着啊！

郝楠说：我说了，今天是我的了。

唐辉说：今天也没剩几个小时了，要不咱改天吧？

郝楠说：不行！走，跟我去吃饭！

说着，她绕着弯儿进了副驾驶的位置。

唐辉问：你不开你的车了？

郝楠说：给朋友打了一个电话，帮忙开走，他现在就在车里呢。

唐辉半信半疑，看去，前面车里真探出个脑袋，正冲着郝楠摆手告别。郝楠同样摆了摆手。

车开走了。

郝楠挑眉：你也开吧，别堵着人家的路。

唐辉苦笑道：好，我开，我败给你了。不过，我得先给何劲松送移动硬盘去，路上你可以琢磨下到哪儿吃夜宵哈。

郝楠有点得意忘形，打开车载电台，是音乐频道，跟着哼唱起来……

唐辉说：天若有情天亦老，人间正道是沧桑啊——

郝楠拧了他一下：什么意思啊你？

唐辉说：这是俩饭店名，我在想着领你去哪家——

郝楠说：好啊，那就去第二家，正道是沧桑，别告诉我你不认路。

唐辉说：我可是活地图，但是啊，那家太没特色，口味也不正宗，我还是领着去——

电台广告进入：目标有多远，我们就能走多远，德昌集团。

唐辉忽然愣住。

郝楠说：不行，我今儿还就认准了。

郝楠看见唐辉竟然做了个轻声的动作，她忙低声问：怎么了？

唐辉说：刚才的广告词是什么？

郝楠说：反正不是饭店，又想跟我弄什么鬼名堂？

唐辉说：帮我回忆回忆。

郝楠说：你平常开车不听电台啊，每天都有，我都听出耳茧了。

唐辉说：快说！

郝楠望着唐辉严肃的样子，疑惑地问：目标有多远，我们就能走多远，德昌集团。

唐辉说：这么快就成集团了？你是律师，对这个公司有了解吗？

郝楠说：多少知道点儿。

唐辉说：快说！

郝楠又是一愣。

办公室内，杨震还在翻阅那叠材料——《我和口不得不说的事情》，他不时低头沉思。

这时电话响起来，是个陌生号码，杨震接起。

电话里传来一个声音说：我是柳茹萍。

杨震震惊……

三十分钟以后，杨震出现在市公安局刑侦支队副队长曹刚的办公室内，杨震、曹刚相对而坐。

曹刚说：我们通过DNA等技术鉴定，确认了死者叫卢海燕，是车主柳茹萍的闺蜜。两人关系极好，好到什么程度呢？好到衣服都互穿，车子互用。我们查了卢海燕的背景和相关人员，初步排除卢海燕被情杀、仇杀等各种可能。凶手应该是针对柳茹萍来的。从交通部门调取的监控录像可以判断，那天应该是柳茹萍驾车，中间接上卢海燕，其后，柳茹萍下车，卢海燕驾车去办事。凶手可能误以为驾车的是柳茹萍，引爆了炸弹。

杨震说：曹副支队，我同意您的分析。我刚接到柳茹萍的电话就急忙赶过来了。这个材料您先看看，是柳茹萍写的。请注意保密。

曹刚接过材料：好。

杨震说：柳茹萍处境非常危险了。如果是凶手想除掉她，发现柳茹萍还活着，必定会再次加害她。

曹刚说：是。当务之急要尽快找到柳茹萍。

杨震说：知情者不宜多。尤其要保密。我们及时互通信息。

曹刚说：好。

七

上午，阳光明媚。

市商务局会议室里传来一阵阵掌声。

段厚德微笑着站在主席位前，示意安静，他中气十足地说道：什么才是发展？有没有一个定性的标准证明我们是在发展？我们可以把它上升到理论高度，也可以把它看作是家长里短。我总结，发展就是我们踏实地按照规划迈开步子……

郊区公路上行驶的车里，刘长峰看了一眼昏昏欲睡的文静，于是把车载电台音量开到最大。

文静忽然醒了，揉着眼睛望向车窗外：怎么还没到呢？

办公室内，杨震戴蓝牙耳机接电话：柳茹萍女士，我们在哪里见面？这是我的手机号……

循着杨震的视角，桌上手机显示录音状态。

柳茹萍电话里平静地说：等我的电话吧。我暂时还不想见你们。

杨震提醒说：我们担心你的安全。务必注意安全。

电话那端传来"嘟嘟"的声音。显示柳茹萍已经挂断了电话。

杨震着急又很无奈地摇摇头。

市商务局大楼对面公用电话亭里，一身黑衣的柳茹萍放下话筒，走出电话亭。

柳茹萍望着对面的市商务局，戴上墨镜，叫了一辆出租。

市商务局会议室里又是一片掌声。

段厚德微笑着，刚要坐下：对了，还有一件事情差点忘了，咱们单位的用纸问题需要注意下了，我手里这份演讲稿是用三号字体打印的，太浪费了，用标准小四号字就可以了。

段厚德让市商务局在座的公职人员都有些自惭形秽。

某郊区乡镇公路上，刘长峰车行驶得很慢，他发现车窗外路过一个村民。刘长峰忽然停车，像是发现了什么，迅速地下车跑了出去。文静不明所以地跟在后面，一路跑出。

刘长峰追上了村民：老乡，老乡，打听个道儿。

村民打量着刘长峰，看到了远处刘长峰他们开的越野车，满脸狐疑。

刘长峰问：段厚德家怎么走？

村民指了一个方向：前面拐弯，最气派的那家就是。

刘长峰说了声"谢谢"，转身要走，却被村民喊住了。

村民问：你们这是——

刘长峰说：您认识他，对吗？

村民：这十里八村的谁不认识他啊。

刘长峰来了兴致：哦，那能不能说说他的事。

村民：可以，但这事还是跟我去村委会说吧。

文静问：村委会？

村民：我就是这儿的支书，我看着你们像是为公事来的，公事还是去正式的地方说好。

文静看了看刘长峰，他笑了笑，刘长峰说：成，那上车吧。

村民犹豫了一下，说：成！咱也坐回公车。

刘长峰刚刚打开车门，忽然一声爆炸声把他吓了一跳。

村民却很从容地打开了车门，上车，说道：我们这儿常年开山，没事。

车子很快到了村委会。下车后，一行人进到村委会办公室，村民用铁杯子端上来两杯茶，放在刘长峰和文静面前。

文静有点嫌脏没喝，刘长峰不在乎地大口喝起来。

村民热情地介绍说：我一直是村委会的成员，前两年刚当上的这个支书，你们问的段厚德可是我们村的名人，全村都指望着他做靠山呢。你们来，是不是因为他犯事了？

刘长峰忙说：没有，是私下了解下他的情况。

村民问：要提拔？

刘长峰说：具体什么……您就别问了，我们也不方便说。

村民笑道：明白，明白，组织上的事都得保密。

刘长峰问：能不能说说这个人呢？

村民：要从小时候说起吗？

刘长峰说：可以。

村民：那话可就长了，他小时候家里穷啊，不过，越是穷越有志气……

"八室"会议室里，刘长峰已经展示完幻灯片，文静将灯打开，顿时房间明亮起来。

刘长峰说：然后凭借着不服输的劲头成为家乡第一个大学生，再然后毕业分配到基层工作，靠着勤奋和突出的能力慢慢坐到了今天的位子。在家乡人的眼中，他不仅是骄傲，更是一位难得的亲民干部。他每次回家都会在村头下车，一路走回家，就像没当官之前一样，和每个乡亲们都面带微笑，没有丁点儿架子。

杨震问：大家有什么看法？

徐航说：看起来还真是个好官，我还真就没见过像他这样的，不管问谁，赞声一片。我越来越感觉我们调查错了方向，这案子压根儿没有我们想象的那么严重，或许就是一个普通的刑事案件，没有所谓的幕后。

叶雯婕说：我认为不是没问题了，而是更有问题了。

杨震意味深长地说道：结果无非两个，要么我们查出了一个清官，要么我们查出了一个大奸似忠的贪官。

众人都在回味杨震的话，搞怪的手机铃声忽然响起，原来是何劲松在偷偷玩手机游戏。

刘长峰喝道：何劲松！

何劲松问：要我说吗？

何劲松望着大家说：我倒认为他还真是个好官。我们村也有后来做了官的，完全不是这个样子，一回老家就趾高气扬，生怕人家不知道他在外做了大官。段厚德的这些细节不是一个人想装就能装出来的。

唐辉说：即便是装的，长期坚持下来，装也会成为习惯。

杨震问：柳茹萍的账查了吗？

叶雯婕说：我们还在查。目前银行方面查到的是，最后一笔钱是在她出事前三天入账的，打款是以德昌公司名义打的。

杨震若有所思：德昌公司？德昌公司……公司老总是不是叫董明理？

叶雯婕说：对。

杨震低头思考着，忽然抬起头对唐辉说：唐辉，根据现在掌握的情况，德昌公司的老总有重大嫌疑，你和徐航去盯盯这个人。

唐辉答应一声就要走。刘长峰看了一眼杨震，又看了一眼文静，欲言又止。

杨震没有注意到刘长峰的反应，他提醒唐辉说：等等，这个人应该是个头脑聪明的人，千万不要让他发现蛛丝马迹。

唐辉说：明白。

唐辉和徐航快速地出了门。

杨震说：昨晚我去刑侦支队了，死者不是柳茹萍，是她的闺蜜卢海燕。

叶雯婕震惊，她问：柳茹萍呢？

杨震说：柳茹萍给我来过电话，是从公用电话亭打来的。她不愿意接触我们。我和市局刑侦支队副支队曹刚分析，她现在的处境很危险。目前尚不清楚消息是否走漏。你和其他同志想办法找到她。这件事知情者越少越好。

叶雯婕说：杨主任，您放心。

八

德昌集团公司外，刘长峰、文静的车停在街边。唐辉、徐航的车缓缓驶来。

徐航发现了刘长峰的越野车，低声问：老唐，刘主任也在盯着董明理，我们怎么办？

唐辉说：杨主任布置任务时，怎么没有告诉我这事？徐航，我们窝在这里等。别惹刘主任，他那个火暴脾气，我们都受不了。

说完，唐辉拿出望远镜望向董明理的公司。

刘长峰没有发现唐辉他们，他也在盯着董明理的公司。他顺手接过文静递来的矿泉水，刚喝了一口，就有些不耐烦了，说：文静，走！

文静问：刘主任，上哪儿？我们还没发现目标呢。

刘长峰说：这样等什么时候是个头？不如来个出其不意，我敢断定，这小子现在指定在里面。

文静问：要不要向杨主任汇报一下？

刘长峰说：下车！

刘长峰说完就下车，甩上车门，大踏步朝大楼里走去。文静见状，只能匆匆下车，跑步跟了上去。两个人直冲冲地走进大楼，竟然没有人拦着。

文静纳闷地问：这公司怎么没有前台和保安呢？

刘长峰说：你都看什么了？这个点儿正好是换班的时候，估计也就五分钟，快点走！

两个人一前一后地走到电梯前，电梯门打开，保安正好走出来和刘长峰打了一个照面，两个人故作平静地钻了进去。

董明理正对着办公室里一盆花发呆，摘了两瓣花瓣，像是发泄一样用力攥着。

忽然传来敲门声。

董明理说：请进！

刘长峰和文静走进来。

刘长峰说：董总，别来无恙啊！

董明理疑惑地望着刘长峰，终于认出来，不悦地问：你又来干什么？怎么进来的？

刘长峰说：敲门进来的。

董明理说：很好，有什么想问的，尽管问吧。

刘长峰问：你和柳茹萍是什么时候认识的？

董明理说：不认识。

刘长峰问：那你的公司怎么会给她汇钱？

董明理说：不知道。

刘长峰压抑着情绪，盯着董明理，而他竟然闭上了眼睛，一副悠闲自得的样子。

刘长峰忽然起身，走到董明理面前，和他对视着。

董明理有些害怕地问：你想干什么？想打人？

刘长峰被逗笑了，说：我就说嘛，你指定不是一个胆大的人。

刘长峰转身回去，说道：现在的证据已经足够让他接受警察审讯的了，一会儿跟刑警打声招呼，直接转送市公安局看守所算了。

董明理一下子慌了：不是，不是，你们到底什么意思？

"八室"工作区内，叶雯婕正在帮着何劲松看监控录像资料，忽然电话响起。

叶雯婕说：好，马上赶到。

叶雯婕拍了下何劲松说：走！

何劲松说：已经看到三分之二了，说不定一会儿就有发现了——

叶雯婕说：回来再看，现在有任务了。

何劲松急忙点击暂停，小跑着跟上叶雯婕，两个人一前一后走出房门。

市公安局看守所提讯室，曹刚等人正在审讯孔强，他耷拉着脑袋，完全没有了精神。

曹刚说：孔强，抓你肯定是有原因的，最后一次机会，你不交代照样要接受法律制裁，交代是给自己留条退路。

孔强说：我什么也没干，就老老实实修车，如果不相信可以去问，修理厂附近的人基本都认识我。再说了，我和那个什么柳什么萍根本不认识，我干吗要做这种事情呢？

曹刚问：你做了什么事情？

孔强愣住了：我——

有警察走过来，跟曹刚耳语几句，曹刚紧接着走出。

曹刚走出来，在走廊里看到了叶雯婕和何劲松。

叶雯婕问：曹副支队，怎么个情况？

曹刚说：我们从被炸宝马汽车里发现的残留遥控装置上发现了这家伙的指纹，他自己开了一家小型修理厂，对汽车非常熟悉，更加大了他的嫌疑。

曹刚跟着叶雯婕、何劲松进了监控室。从监控室可以清楚地看到、听到刑警预审在对孔强审讯。

预审员问：你最后一次见柳茹萍是什么时候？

孔强说：不认识。我根本不认识什么柳茹萍。

预审员问：不认识？

孔强说：我根本没听过这个名字。

曹刚遥控审讯，指示让预审员把柳茹萍的照片拿给了孔强。

孔强看了一会儿，承认道：我给她修过车。

预审员问：什么时候？

孔强说：记不清了，大概一个星期前吧。

预审员说：说，继续说。

孔强说：说什么，有什么好说的，找我来修车的人多了。

预审员问：她开的什么车？

孔强回答：好像是宝马。

预审员问：一个开宝马车的人到你的店里修车，你觉得可能吗？

孔强回答：怎么不可能，小毛病我就能处理，干什么非得去4S店，我这里便宜。

预审员说：说说当天的情况。

孔强有些不耐烦，低头想着，他回忆道：那天我在修理厂，刚从柳茹萍的车底下爬出来。我习惯性地拍拍手，说：好了，没问题了。却没有人答应，我好奇地看去，柳茹萍正在不远处打着电话，很气愤的样子。柳茹萍说：告诉你，你也不要逼我，到时候谁也没好果子吃。我威胁你？分清楚状况好不好，到底是谁威胁谁呢？我最后警告你，别把我逼疯了，否则咱们同归于尽！最后，柳茹萍愤怒地挂断电话，瞅了瞅问我：多少钱？我笑着伸出一个巴掌：五十。柳茹萍开始翻包，拿出一张卡：刷卡可以吗？我一时真有点不知所措，我这没有POS机，没法刷卡。

预审员问：那最后给你钱了吗？

孔强说：我帮她叫了一辆车，她去银行取款的。你说开这么好的车，连五十块钱都没有的人指定也不是她的车，不定借谁的呢。再说了，瞅她的样子一定是得罪了什么人，走投无路，最后是自杀的也说不定。哎，你们有没有调查过，她死前买没买过巨额保险之类的？

预审员问：你什么意思？

孔强说：侦探小说我看得多了，这种事情，动动脑子也能猜个八九不离十。

预审员说：交代你的问题，侦破的事不用你操心。

孔强说：我的事情已经交代完了。

预审员问：那为什么柳茹萍车里的遥控器上有你的指纹？

孔强反问：我给她修车，当然会碰到她车里的东西，怎么了？

监控室里，曹刚、叶雯婕、何劲松仍旧在密切关注预审情况。

九

董明理办公室内。

刘长峰问：那你是坚决不承认和柳茹萍有关系了？

董明理不麻烦地回答：好，我承认和柳茹萍有关系，但我们只是普通朋友关系，我不想和她这种人沾上边，真是活着一堆麻烦，死了也不饶人。

刘长峰心中一阵惊喜，董明理应该不知道柳茹萍还活着，他继续问：董总，你怎么知道柳茹萍死了？

董明理回答说：电视都报道了，她开的车我认识。

刘长峰问：这城市很多台宝马，就从新闻里辨认出这车是柳茹萍的？你视力够好的？

董明理说：宝马车是不少，但柳茹萍开的这款，这个城市只有两辆。

刘长峰问：另外一辆呢？

董明理说：我好像在你们市纪委监委门口见过，应该是你们的人开的。

刘长峰知道，另外一辆宝马车可能是郝楠开的，他继续问：你刚才说柳茹萍"真是活着一堆麻烦"，什么麻烦？

董明理说：当时我正忙着谈项目，手头资金并不是很充裕，可她来管我借钱，也不管我死活非要借，还用她的关系威胁我。我迫于无奈就借给了她，当然，我也知道这钱很有可能打水漂儿。

刘长峰问：还用她的关系威胁？什么关系？

董明理说：我哪知道这女人啥关系，反正她官场的关系很多，我是商人，官场的关系哪个我都得罪不起。就像你们，想传我就传我，我敢不跟你们走吗？

刘长峰不想陷入打口水仗，就继续围绕柳茹萍"借钱"的问题发问：柳茹萍当时用的什么理由？

董明理说：她说他弟弟要出国，需要钱。

刘长峰说：从时间上算，你当时在谈的项目就是为市商务局新楼装修吧？

董明理说：是，就是这个项目。哎，你们不会以为我这是行贿吧？我要是行贿，找她干什么啊，八竿子打不着边，再说我这个项目可都是正常手续办理的。我们公司赢得招标那是靠着较好的声誉和最好的性价比，跟其他任何事情都不相干。

刘长峰连珠炮似的发问：柳茹萍问你借过几次钱？每次都借多少？是现金还是转账？还了没有？啥时候还的？

董明理想了想说：不算这次，还借过两次。一次是她结婚，说要筹备婚礼，借了30万，是现金，她未还；一次是买房，借了50万，说是新房装修，也是现金，没有还。我要从公司或者个人账户转账给她，她坚持要现金。我让财务去银行提的现金，我当面给的她。

刘长峰问：柳茹萍没打借条？

董明理说：我没让她打，她不可能还的，打了也没有意义。

刘长峰问：你为什么心甘情愿地借钱，实际上送钱给她？

董明理说：你以为我愿意？我在滨海的很多项目，要想顺顺利利地开展，哪个婆婆都不敢得罪。别看我表面上风风光光，背地里受了多少窝囊气……

刘长峰说：一个小科长，你就怕成这样？谁信？是不是小科长背后的人物才是你害怕的？

董明理被说中了，低下头去：小科长也是爷，得罪不起啊！

刘长峰说：还有呢？

董明理说：没了，我还能有什么事，我压根儿就没事嘛。

刘长峰在杨震办公桌前来回踱着步，杨震看得头晕。

杨震说：长峰，你能不能坐下来？我看着头晕。

刘长峰说：你说这个董明理和柳茹萍真就这么点关系吗？明摆着是不可能的事，她一个小科长有什么值得董明理这么害怕的？怕是害怕她背后的靠山吧？

杨震有些生气：那你想怎么办？直接硬闯人家办公室，事先都不跟我说一声，现在问不出状况知道着急了，怎么就不事先想好了再作决定呢？

刘长峰说：对付这种老油条就得死缠烂打，跟他们要伎俩只有咱吃亏的份儿。

杨震说：这是谁吃亏的事吗？现在的情况是，我们打草惊蛇了。

叶雯婕说：刘主任，这点我也觉得是你做错了，为什么一声招呼都不打就擅自做主了呢？董明理是我们现在能掌握到的证人里最重要的一个，一旦打草惊蛇，接着他们私下串供，咱们接下来的案子还怎么查啊？

刘长峰一时没话了，生着闷气。

杨震缓和下来：长峰，现在跟以前不同了，咱们以后的行动一定要统一步伐，个人意志有时候会影响整个大局的。

刘长峰忽然离开：行，我错了。我再去审一遍那小子，我就不信了，就算是玉皇大帝，他也得暴露出来点毛病。

看着被关闭的房门，杨震叹口气，一个人静静地想着什么。

叶雯婕意味深长地说道：刘主任有些不淡定啊。

杨震笑道：呵呵，有打老虎的冲劲是好事，关键是要用脑子。

叶雯婕说：我总是感觉咱们在接手这个案子的开始就遗漏了很多细节，一环总是不能扣一环，中间很多讲不通的地方都搁浅了。就像现在这样，无论谁交代的话都要拿来分析，但又要时刻保持怀疑。

杨震说：柳茹萍有消息吗？

叶雯婕说：我和何劲松找了柳茹萍可能的十几个去处，都没有结果。我觉得有一处最可疑？

杨震说：嗯？

叶雯婕说：柳茹萍的丈夫或许知道她的下落。你想，出了这种事，她能去哪儿？住哪儿？自己家和父母家已经不安全了，宾馆也不敢住，只能是最好的朋友处，而最好的朋友卢海燕也被杀了。她只可能找已经分居的丈夫。我相信，我们不尽快找到柳茹萍，那些想杀她的人迟早也会找到她。

杨震说：你和何劲松马上去找一下她丈夫，注意方式方法。另外，你带何劲松顺着我们之前的思路重走一遍，看看有什么发现，随时保持联系。

叶雯婕说：爆炸现场？

叶雯婕一边驱车到爆炸现场，一边想着什么。她和何劲松下了车，发现爆炸现场已经恢复了通行，已然看不出这里几天前曾发生过恶性事故。

叶雯婕在街边冷饮摊买水，摊主张婶从冰柜里拿出一瓶冰水递出来，她接过水的同时给了钱。

叶雯婕说：谢谢！

张婶：当时是挺奇怪的，你说哈，明明是警车，可遇到事故竟然不停车，还急着要离开。我当时就想，我们老百姓有事了，不就是报警吗？

叶雯婕喝着冰水：你当时看清楚警车里的人了吗？

张婶：当时他急着离开，是贴着边走的，而且很慢，我看了个大概。

叶雯婕问：您能想起这辆车的车牌号码吗？

张婶回忆着：这个当时我还真留心看了一眼，但这几天一过，又没什么印象了，好像尾号是"58"，对，没错，是这两个数字，因为我是这年出生的。

叶雯婕边记录边问：那如果您见到本人，能认出来吗？

张婶：可以试试，应该八九不离十吧。

叶雯婕说：那您现在方便吗？

张婶犹豫地望着自己的小摊子。

叶雯婕明白张婶的意思：放心，您这一天的钱，我们会赔给您的。

很快，张婶被请进了市纪委监委询问室。

何劲松在放着照片幻灯，张婶站起身有些眼花地分辨着，最后指着一张，很确定地望着一旁的叶雯婕等人。

张婶：应该就是这个人。

叶雯婕等人同时看去——正是孔强的身份证照片。

张婶：如果这些照片里有那个人的话，就准是这个。要是照片里没有，那就不好说了。

叶雯婕说：谢谢您！

张婶：应该的，我也是读过书的人，知道帮忙抓坏人是每个公民的义务。

何劲松说：我们说过他是坏人吗？

张婶：这还用说啊，大白天开着警车，不穿警服，见了事就抓紧跑，明显不是好人。

张婶认真的样子把叶雯婕等人逗笑了。

十

市公安局看守所提讯室内，唐辉坐在预审台后，徐航一起参与提讯。唐辉盯着疲倦的孔强，示意徐航给孔强倒一杯水。

唐辉说：孔强，你说你和柳茹萍就是客户关系，只见过一面，可是，我们想知道，爆炸案那天，为什么你会出现在现场？

孔强为之一惊，随后故作平静地说：有证据吗？谁告诉你们的？那天我就在修理厂。

唐辉示意徐航播放警方提取的监控视频，监控视频中，孔强驾驶警车出现在案发现场。

孔强看到视频证据，低头不语。

唐辉说：你可以不说，但我们一定会找出答案。

孔强狡辩说：即便我出现在现场，那也可能是路过，当时路过现场的人多了，干什么非逮到我没完没了？我说，你们是不是故意的？

唐辉问：我现在就想问你一个问题，你的修理厂除了能修宝马，警车在你维修的范围之内吗？或者说，公车也会去你那里修车？

孔强一时有些糊涂了。

唐辉问：怎么，修没修过都不知道了？

孔强说：没有，我一般没接到过修理公车的活儿，但也保不齐，我每天都修车，哪能记得那么清楚呢。

唐辉问：那你会不会在车主来提车之前，开你修好的车呢？

孔强回答：干这行的都这样啊，反正车主还没来，我们有事临时用用很正常，也算是帮车主试车了嘛。这都不成？

唐辉说：既然如此，我们还算能勉强帮你解释，为什么案发那天你能驾驶警车出现在现场？

唐辉观察着孔强的反应，孔强明显变得紧张起来。

夜晚。"八室"工作区内。

电脑前，何劲松用胳膊支撑着脑袋快要睡了，电脑屏幕上播放着手机店里的监控视频。何劲松身子一歪，醒了，继续看视频，忽然眼前一亮，急忙摸到鼠标，暂停倒退，再暂停。

电脑屏幕上：戴着鸭舌帽的段福从手机店离开时，抬头看了看监控探头。

何劲松看到此，心中一喜，着急忙慌地离开……

正苦于没有对策，刘长峰在房间来回踱着步，随着开门声望去，有点气愤。

刘长峰的办公室门被推开，杨震快步走了进来。

杨震说：刘主任，董明理说实话了吗？

刘长峰不禁为难地说：这家伙交代曾被柳茹萍借钱三次，实际上是柳茹萍索贿。柳茹萍背后的人物，他死活不说，打算是死扛到底了。

杨震说：放了吧。

刘长峰说：还没到点儿呢！我再去试试——

杨震问：你感觉有用吗？

刘长峰一时无语。

杨震说：这种人明显是不见棺材不掉泪的主儿，如果咱们没有确凿的证据，是不能轻举妄动的。

望着有些懊恼的刘长峰，杨震安慰道：既然不能拿下他，那就趁早放了，让他也得意一时。

刘长峰点头说：是我太心急了。

杨震安慰地拍拍刘长峰的肩膀走开了。

不一会儿，何劲松走了进来，说道：找到了。

刘长峰问：什么？

何劲松说：最后和柳茹萍通话的号码，买这个号码的那个人找到了。

刘长峰惊讶，快步离开，关上了门。

市纪委监委办案点谈话室内，董明理在询问笔录上飞快地签上了名。

董明理走出讯问室，白了一眼一旁的刘长峰、文静、何劲松。

董明理说：我就知道是这种结果。我说你们整天闲着没事，喝个茶看个电影总比给我们这些干正事的人安绊脚石要强吧？

文静不耐烦地问：你走还是不走？

董明理说：走，当然走，我不走，你们也不管饭啊。

文静说：你——

刘长峰说：你要是不想走也可以，我们也没工夫陪你。你要是愿意继续留在这里，我倒是巴不得啊。

董明理说：别，我希望咱们这回是永别！

刘长峰说：那你还是早点儿回去吧，正好准备下以后的事。

董明理说：甭跟我玩这套，要是再没有证据随随便便打扰我，我告你们去！走前给你们提个醒，不要打着纪委监委的旗号做一些见不得人的事！

董明理很嚣张地离开了。

文静说：刘主任，这种人你都能忍得住？这种人没问题？我当鬼也不信啊！

刘长峰说：跑不了他，指定有问题。何劲松，待会儿跟我去趟市公安局。

何劲松问：干什么？

刘长峰说：你说呢？你发现的线索。

何劲松恍然大悟一般，忙说：对，那个人指定和柳茹萍的死有关系，跑不了。

刘长峰不经意地看了一眼手里的询问笔录上"董明理"的签名。

刘长峰说：这字好像在哪儿见过啊？

文静、何劲松好奇地凑过去：是吗？这字儿一般啊。

市公安局看守所提讯室里，曹刚和预审员正在审讯孔强，他们在等待孔强主动交代。

孔强说：好吧，警车是修的，因为第一次修警车，所以忍不住好奇就开出去了。本想威风一次，看看交警到底还敢不敢拦我？

监控室内，坐着唐辉和徐航，两人听到孔强的交代不禁惊讶地相视，似有疑惑。

孔强说：但是我还是没敢闯红灯，一路上想着多兜兜风吧，没想到竟然碰上这种千年一遇的事情。我真不是故意要走那条路的，要不是因为主路堵车——

曹刚说：孔强！请你尊重我们彼此的时间，我们没有闲心听你在这里讲故事。

孔强说：爱信不信吧，这都是真事。

曹刚说：好，我们暂且相信你的话，这么说开警车的人你是认识的，对吧？

孔强愣了一下道：是啊。

曹刚说：长得什么样？警号是多少？联系方式有没有？

孔强彻底蒙了。

曹刚锐利地盯着孔强，等待着答案。

公路上行驶的车内，刘长峰带着蓝牙耳机接电话：什么？等等，我认为曹刚这点觉悟还是有的，不至于——

杨震也是带着蓝牙接电话：话是这么说，我也愿意相信曹刚不是这样，可是如果嫌疑人是公安内部的人的话，我们不得不谨慎一下。我认为，把警车给孔强开的人很有可能和购买电话卡的人是同一个人。

刘长峰减速了，想了一会儿说：那我现在就回去。

杨震说：不用，既然已经去了就和曹刚见一次面吧。

刘长峰问：什么意思？

杨震说：去了以后，不要直接问，只是让他们帮忙协助调查出购买电话卡的人的真实身份。另外，见机行事吧，看看有没有机会能找到开警车尾号为58的警员的照片，然后——

刘长峰说：明白了。

刘长峰瞄了一眼车窗外，杨震的车相迎擦车而过。

刘长峰说：你现在什么位置？

杨震说：可能刚刚和你错车，曹刚刚刚对孔强进行了第二次审问，依旧没什么进展。但孔强今天的话提醒了我，嫌疑人很有可能是内部人，这个人有权力公车私用，有反调查意识，有随时了解侦破进程的机会，有随时潜逃的可能。所以我想到这些，就迫不及待地想听听你的意见。

刘长峰说：我知道该怎么做，放心吧。

| 十一 |

某隐秘会所包间内，段厚德神情肃穆地打着电话：情况不是很明朗，最好还是准备准备吧。

段厚德说：我这儿不用担心，主要是你。

段厚德说：一个月吧，等我帮你安排好了之后你再回来，工作有什么可惜，我还不能给你安排了？等你回来我再给安排一个更好的。

段厚德说：好，手机换号的话随时告诉我。

段厚德想着什么，把手机放在一边，看了看身边的董明理，笑了。

董明理阿谀道：就知道段局能掌控全局，这下我就放心了。

段厚德意味深长地问：你怕什么？

董明理心虚地笑了，说：是，我清清白白的，怕什么？这不是替您担心嘛。

段厚德问：我有什么好怕的？

董明理说：对，对，我都没什么事，您就更不能有什么事了。

段厚德试探地问：你是不是一直都认为柳茹萍的死和我有关系？

董明理尴尬地说：这个——我主要是担心柳茹萍死了以后，她的一些破事儿会牵扯到您。当然，她肯定和您没什么关系，就算她的那点破事跟您牵扯上了，也不是什么过不去的大事。不用怕，不用怕，呵呵，有什么好怕的？

段厚德冷笑一下：我最后再跟你说一次，咱们两个人是清清白白的。我和柳茹萍，你和柳茹萍都是朋友关系，她死了，可能是她得罪的人太多，跟我没有任何关系，我一个堂堂的局长不至于因为一个女人而自毁前途——

董明理说：对，对，那倒是！

段厚德说：说不定她是走投无路，选择了自杀呢。

董明理听得有点蒙：自杀？

段厚德说：这种死法总比安安静静在家里死要好很多吧，你不是不知道她的出身……

董明理若有所思地问：你是说她用这种办法骗保？

段厚德说：对于一个把钱看得比命重要的人，你说呢？

董明理想着：可能还真是这么回事。

董明理忽然很气愤地说：这臭娘儿们，也忒阴损了吧，自己想骗保，算是最后孝顺父母了一次，咱可以理解，可她这一死倒是让咱们不得安生了。对了，既然是这样，刚才您给段福打电话，让准备什么呢？

段厚德忽然愣了一下，说：柳茹萍死前一直和他有联系，你知道的，纪委监委那帮人向来是鸡蛋里挑骨头，没事也得找出点事来显显业绩，所以我让他找个适当的理由出去躲躲，也当是散散心。又不是什么大事，纪委监委那帮人还不至于无聊到为了丁点儿小事而追到海南去。

董明理竖起大拇指道：段局能坐到今天这位子，我都觉得有点屈才了。

段厚德笑道：过奖了，董兄。

市公安局刑侦支队办公区，刘长峰和何劲松在曹刚的身边，等着曹刚在一堆文件里找着什么。

曹刚拿出一份文件，边翻阅着边说：就是这个了，你们说的情况，其实我们已经调查过了，但工作疏忽了，没有你们这么仔细，也只是做了询问笔录。这下好了，有了你们提供的影像资料，寻找嫌疑人的希望又提高了。

刘长峰问：现在案情有什么进展？

曹刚说：还没有突破性的进展。

曹刚想起杨震半夜与其对话，杨震提醒他"务必注意保密"。

曹刚迟疑了一下，继续说：不过，基本上可以排除柳茹萍有自杀的嫌疑，因为我们已经调查出，柳茹萍在死前并没有购买过巨额保险，她本人的保险也只是简单的社会保险。至于她的经济是不是出现问题，也不太可能，因为她的个人账户里有不少存款。对了，你们是不是已经能证实柳茹萍死的背后有腐败问题呢？

刘长峰说：也只是初步调查阶段，并没有什么实质性的突破。

曹刚一脸无奈。

刘长峰伸出手说道：感谢！

曹刚笑道：该说感谢的是我们，你们把我们的工作都帮忙照顾了，回去工作吧，我这儿也没什么工夫好好招待你们的，抱歉啊。

刘长峰说：哪里话。对了，我们的车好像有点毛病，能不能先借你们一辆警车用用？

曹刚说：这个——不好借，因为我们的警车出警都要有记录，并且二十四小时待命的。

刘长峰问：那要是坏了呢？

曹刚说：有定点维修和定期检查，毕竟警车和普通家庭用车还不太一样。

刘长峰说：哦。

曹刚说：要不这样，这附近我有认识的修车师傅，我让他们过来帮你看看，或者直接开到他们那儿也成，没多远。

刘长峰说：不用了，甭麻烦，这点小事我们自己搞定就成了。

曹刚送走刘长峰，一脸疑惑地自语道：真搞不明白，东一句西一句的，一会儿嫌犯，一会儿警车的，纪委监委人的思维还真是奇怪。

杨震办公室，刘长峰向杨震汇报自己的发现。

刘长峰说：我又去了一趟当地派出所，查出来了，当天驾驶58尾号警车出警的人叫段福，是一家保安公司的主管。

杨震问：有背景？

刘长峰愣愣地望着杨震，笑了，说：他是段厚德的本家侄子。

杨震问：相貌能对得上吗？

刘长峰说：我正在让何劲松去找技术人员做比对，估计很快就能有结果了。

刘长峰的话刚说完，徐航和何劲松匆匆地进来。

何劲松说：有结果了，基本可以确定是同一个人。

杨震说：通知公安方面抓人！

杨震话音刚落，刘长峰拿起随身包，匆匆就走出去了。

徐航还没有反应过来，忙问：上哪儿这是？

刘长峰说：查地址，抓人。

徐航一听是抓人，立刻来了劲头，喊着"师父"，追了出去。

某小区段福家居民楼。

电梯门打开，刘长峰、徐航带着人走出，段福戴着鸭舌帽一身运动装地走进。刘长峰、段福两人相互看了一眼，电梯门隔断了两个人的视线。

刘长峰和一组警察走到段福家门口，敲了半天房门，始终没有人答应。

刘长峰问：你看到他刚刚回家了吗？

徐航问：怎么了，咱俩不是一起看到的吗？

刘长峰又用力敲了敲房门，依旧没有人答应。忽然刘长峰想起了什么，他想起几分钟前——电梯门打开，他正带人走出，段福戴着鸭舌帽一身运动装地走进，两人相互看了一眼，尤其是段福戴着鸭舌帽的印象很深刻。他又想起何劲松给他看到监控录像里，戴着鸭舌帽的段福从手机店离开时，抬头看了看监控探头。

刘长峰一拍大腿，焦急地说道：让那小子给蒙了，快追！

说完，刘长峰疾步匆匆地带着徐航和警察离开。

某小区，叶雯婕和何劲松在敲一住户的门。连续几次。无人应答。

一邻居估计听到隔壁执着的敲门声，打开自家房门，问：你们找谁？

叶雯婕说：我们找这家住户。

邻居说：这个点儿估计都上班去了。

叶雯婕说：谢谢大妈。

叶雯婕递过柳茹萍的照片，问：大妈，这个人来过这儿吗？

邻居大妈谨慎地看着照片，说：我眼花了，看不太清楚。对，前天晚上来过，我刚好倒垃圾碰见。以前来过几次，和我隔壁的小伙子老吵架。你们找她干吗？

叶雯婕说：呵呵，大妈，是工作上的事情。

邻居大妈：多俊的姑娘，估计得罪人了。好几拨人都找她。

叶雯婕警惕地问：好几拨人？

邻居大妈：可不是吗？光警察都来了两拨。有一拨都半夜了还来这儿找。

叶雯婕说：谢谢大妈。

叶雯婕与何劲松故作淡定地告辞。

出了小区，叶雯婕拨通杨震的电话：杨主任，我们刚从柳茹萍丈夫住处出来，准备去柳茹萍丈夫单位……

杨震电话里回复很简洁：好。

|十二|

滨海国际机场候机大厅里，刘长峰和徐航带着几位警察快速走进，直冲登机口走去。

段福正在等待检票，看到了身后赶来的刘长峰等人，从等候人群队伍里慢慢退出，随后朝相反的方向走去，越走越快，不时回头望着直冲冲走向登机口的刘长峰。

忽然，段福被人拦住，抬头一看，徐航正冲着他笑，他顿感不妙，撒丫子就跑。

徐航奋起直追，一个飞脚把段福踢倒在地，迅即摁住。

段福说：姑娘，你干啥？我不认识你。

随后刘长峰和几位便衣警察跟过来，将段福围住。

刘长峰面对已经被制伏的段福，亮出了工作证件和法律手续，说：段福，你被刑拘了。

刘长峰伸手想拍拍段福的肩膀，被段福气愤地躲开了，刘长峰的手停在了半空。

很快，段福被押进市公安局刑侦支队审问室里，被按坐在椅子上，他的表情很气愤。

段福猖狂地吼道：凭什么抓我？什么理由？

坐在段福对面负责审讯的是曹刚，一名刑警负责记录。

曹刚问：理由你不知道？

段福嚣张地说：什么意思？最好跟我说明白点，要不然我要以你们阻碍执法为由告你们！

曹刚问：你什么意思？你坐飞机出去是为了公务？

段福尴尬地说：那当然，你可以问——我的领导！或者问商务局段局长，我是受委托外出查案的。

曹刚说：一家保安公司啥时候开展查案业务了？即便查案，也不会安排一个人查案吧？编，编的理由也不能自圆其说。

见段福沉默不语，曹刚继续说道：段福，我应该提醒你，我们公安机关不会随随便便抓人的。既然我们敢把你请到这儿来，肯定是因为你有把柄落到我们手里，否则我们请你来的地方不会是叫审问室，这一点你应该明白。

段福说：我明白，是你们不明白，我执行的任务是秘密任务，我同事都要保密。我真没骗您，海南有家房地产公司想在我们滨海城市开展项目，市商务局安排我替他们去当地了解这家企业的状况，看有没有违规行为，当地口碑咋样？我前段时间一直很忙，这会儿也正好到海南游玩几天。不信的话，你可以跟商务局段局长核实一下。

曹刚笑了，说：会的，说不定也会把他请到这儿来。

段福说：你——

曹刚问：你和柳茹萍什么关系？

段福愣了一下说道：朋友关系。

曹刚说：你倒是爽快，什么朋友？

段福说：就是普通朋友，我有媳妇儿。我说你们是什么意思？她死了，就觉得和她认识的人，尤其是公务员就得统统查一遍是吗？

曹刚问：你怎么知道柳茹萍死了？

段福自知说漏了嘴，狡辩道：我看了新闻，她开的宝马车在海滨起火啦。

曹刚问：宝马车起火，你一眼就认出是柳茹萍的车，眼神够好的，这火不是你放的吧？放了想跑？

段福说：你放屁！我跟柳茹萍无冤无仇，弄她干啥？

刑警说：请你注意态度！

曹刚被气得哭笑不得：没想到你狡辩的口才真好。

曹刚走了出去，与监控室的刘长峰、徐航小声说了几句，刘长峰和徐航去了审问室，替代了曹刚的主审位置。

刘长峰说：我告诉你，我们监委如果不是发现柳茹萍背后有值得我们介入的事，也不至于闲得没事干。我们查出柳茹萍死前最后一个电话，是你打的。

段福彻底蒙了，愣愣地想着，忽然恍然大悟一般，问：我是打过她电话，怎么了？

刘长峰问：什么内容？

段福说：催债。

刘长峰问：她借你的钱？

段福说：不是，是她欠我的人情。当初说好了，我帮忙托人给她表弟落城市户口，她承诺给我好处，结果一直没有兑现，我有些等不及了。

刘长峰问：她会求你办事？

段福问：怎么了？我好歹也是公司领导，你还不相信，求我办事的人多了。

刘长峰问：你和她是怎么认识的？

段福说：不记得了，可能是在饭局上认识的吧。我饭局多，平时就喜欢交朋友，那么多朋友我哪能记得那么清呢？

段福看了一眼审问他的刘长峰、徐航，接着避开了他们的眼神，一副无所谓的样子。

刘长峰说：你自己有没有问题，你自己清楚，我们希望你知道该怎么做，我们现在其实是在给你机会，希望你能有一个正确的态度。不要等我们把证据都一一摆在你面前的时候，你再后悔可就来不及了。

段福问：证据？什么证据？

刘长峰说：想看吗？请你想好再回答，一旦摆出来，你可一点儿机会都没有了。

段福有点混乱了，表面故作平静，偷偷搓着手琢磨着。

刘长峰问：想好了吗？

段福说：是，我是和柳茹萍关系不错。

刘长峰问：柳茹萍死的那天你在什么地方？在干什么？平常你和柳茹萍都有什么往来？

段福说：我帮过她的忙，要过她的钱，她死的事情我一点儿都不知道。

刘长峰说：嘿，敢情你这是带着我们跟你绕弯子呢。

杨震办公室。段厚德走到门前，刻意装了装微笑，然后推门而进。

杨震忙起身伸手去握手，说：哎呦，真久仰久仰！真没想到您能大驾光临。

段厚德说：客气，客气，杨主任，新官上任，我虽然知道但一直太忙没抽空来见见，也是我做人不当，请多包涵，请多包涵！

杨震说：哪里的话，要是拜访也应该是我去拜访您。其实，我早就想见见您，您可是咱们市的名人啊。在咱们市，你可比港台明星有威望啊！（忽然很低声地）要不是制度在这儿摆着，怕有人说闲话，我还真就私下去您家拜访了。

段厚德略微体会了下杨震的话，笑了，说：杨主任真风趣，咱都是光明磊落的人，有点风言风语也不当回事。

杨震走去给段厚德倒茶：这话说得对，咱们公务员只要行得正，坐得端，外面的风言风语根本没有任何影响，咱是问心无愧嘛。

段厚德接过杨震递来的茶杯：谢谢！

杨震问：段局亲自来市纪委监委找我，恐怕是有事吧？

段厚德刚想喝上一口，听杨震这么问，直接把杯子放下了，沉默了一会儿。

段厚德叹口气：我有点儿事不知道该怎么办了，想请杨主任给指条明路。

杨震观察着段厚德，很警觉地想着，表面却很淡定。

杨震说：呦，那您是高看我了，不妨说说听听。

段厚德说：是这样的，我和段福是亲属关系，他进保安公司也是我帮忙推荐的。我刚刚听说他被公安机关扣下，正在接受调查呢——

杨震立刻板正脸色：段局长，咱们都是公务员，这说情的事可不太好吧？

段厚德笑道：误会，误会！

杨震说：我们相信公安机关不会轻易去地调查某一位公民，如果真是误会，他们也会主动道歉——

段厚德尴尬地笑道：不是这个误会，是咱们两个人之间有误会。

杨震疑惑地望着段厚德。

段厚德说：是你对我刚才的话产生了误会，我不是来求情的，我是来检讨的，希望市纪委监委能对我进行调查。

杨震一时有点不敢相信自己的耳朵，有点搞不明白段厚德葫芦里到底卖的什么药。

十三

市公安局刑侦支队审问室内，讯问仍在继续。

段福有些颓废地说：为什么？好吧，我说实话，我和柳茹萍关系不错，因为平时都喜欢泡吧，所以接触的机会多一些。

刘长峰不禁和徐航对视一眼，笑了笑。

段福说：我今天是请假走的，并不是执行公务，就因为我和柳茹萍关系比较好，怕因为她的事受到牵连，所以想出去躲躲。

刘长峰问：她有什么事值得你出去躲？

段福说：没什么大事，都是些小事，我利用职务的便利帮过她一些小忙。

刘长峰说：说清楚一些。

段福说：她社会关系比较复杂，经常会有一些小麻烦处理。她每次都会私下找到我，并给我一些好处——

杨震办公室。杨震和段厚德的谈话还在继续。

段厚德说：是我举荐不利，让一个坏分子进入了干部队伍，如果段福有违法乱纪的事情我也脱不了责任，我来之前也是经过了很长时间的考虑。在这里我想说两句话，首先如果段福真的有违法乱纪的事情，查证属实，请从严处分，千万不要考虑他的背景。其次是请求纪委监委对我进行相关的处分，无论是什么结果，我都接受。

段厚德很诚恳，杨震微笑着。

杨震说：段局，您把事情想得太严重了，我估计公安机关请段福来也没有别的意思，就是想弄明白一些事情。弄明白了，没有什么事情，他们也会放人的。公安机关不是不讲理的地方。

段厚德说：是，是，这个我最明白了。唉，都是我太注重个人感情了，说不好会晚节不保啊！

杨震说：段福是段福，您是您，本来就是两个人嘛，您没有必要把段福的责任往自己身上揽，如果他犯了错，那也是他自己对不起党和组织。放心，放宽心。

段厚德尴尬一笑道：是啊，我倒是光明磊落了一辈子，所以对小事情也很在意，不想让自己辛辛苦苦经营的名誉有污点。

杨震笑道：理解，理解。

市公安局刑侦支队审问室内，讯问仍旧在继续。

刘长峰问：就这些？

段福说：就这些，还能有什么？总不能逼着我把没有的事硬往自己身上安吧？

刘长峰忽然笑了，问：特想问你一句，你平时都在哪儿泡吧？

段福被问得莫名其妙：这个有必要说吗？

刘长峰说：对你没什么印象，所以有点好奇。

段福有点惊讶地问：你也去那种地方？

刘长峰没有回答，看了看徐航，她也笑了。

段福说：哎，问完了没有，我是不是可以走了？

刘长峰笑得更让人难以琢磨了，他和徐航离开，关上了门。

段福说：靠！什么意思啊？

"八室"工作区。

叶雯婕正在整理针对柳茹萍案件的材料，当她把董明理的询问笔录进行比较时，愣住了。她把询问笔录放在一边，又把已经收拾整理好的文件拆开，拿出了一份举报信。

两者对比，叶雯婕忽然很惊讶。

叶雯婕自语道：难怪长峰主任说字迹很熟呢。

杨震办公室。段厚德放下茶杯，起身告辞：那就不打扰了，有机会一定亲自到府上登门拜访。真没想到，杨主任和我的性情一样直爽，真有点相见恨晚的感觉啊。

杨震送段厚德出门，礼貌地回应道：哪里，哪里，我只不过是和绝大多数的公务员一样，坚守着起码的党性，让您这么一说，倒觉得挺惭愧。

杨震送段厚德一路走出，挥手告别。

段厚德走了两步，回头看到杨震还在望着他，又挥了挥手。

杨震说：慢走，段局。

段厚德很快消失在走廊电梯间里。

"八室"工作区。杨震走来，被叶雯婕拦住了。

叶雯婕说：杨主任，我有两件事汇报。

杨震说：嗯。

叶雯婕说：我和何劲松去了柳茹萍最可能的去处。发现，柳茹萍的确去了她丈夫的住处，有几拨人找她。其中两拨是公安的，我们与曹刚那边核实了，的确是他们，这可以理解。另外一拨人显然是来者不善。后来，我们见到了柳茹萍的丈夫。雷文军承认柳茹萍是来找过他，说有人想害他。她说，她之前急着要离婚也是为了保护我。我就问：雷先生，谁会害她呢？雷文军说自己也不清楚，柳茹萍也从没有给他讲过。他们结婚前，柳茹萍就不让他管她的事情。结婚之后，她半夜总接到一些神秘的电话。雷文军感觉，他们结婚之前，她社会交往的圈子挺复杂的。我告诉雷文军，柳茹萍目前处境很危险。我问雷文军：柳茹萍目前在哪儿？雷文军却是一脸难色，说自己也不知道。我告诉雷文军，他这里也不安全。警察都来了好几拨了，自己都不知道到底啥事。接着我又告诉雷文军，如果柳茹萍有消息，请第一时间告诉我们，她真的有危险。

说到这儿，叶雯婕分析道：我估计，柳茹萍只会在雷文军的某一个最信任的朋友处。她现在已经是惊弓之鸟。另外——

说着，叶雯婕递过两份文件给杨震，杨震接过。

叶雯婕说：杨主任，您看看两份文件的笔迹是不是很相似？

杨震拿在手里比对着，也感觉很惊讶，说：马上送技术部门做下笔迹鉴定。另外，我待会儿给曹刚电话，你们就柳茹萍的下落直接联系。

叶雯婕应了一声，拿着两份材料离开了。

"八室"会议室内。所有专案组成员都在，每个人都在思考着。

文静发言：其实，我一直都认为段厚德是个好官，没什么可查的，从一开始怀疑到现在，我们根本没有掌握到任何有实质内容的线索，我倒是越来越倾向，这就是一起普通的刑事案件，没有继续查下去的必要了。今天他能来，也充分表明了自己的立场，哪有一个贪官为了自己的侄子而亲自来认错的呢？

徐航说：德昌集团的几个重大项目的确有段厚德的支持，但是不是董明理与段厚德有金钱上的往来待查。现在贪官都学精了，谈事洗浴中心，受贿一对一，现金交易，怕查怕留下把柄。至少我们目前没有发现段厚德的问题。

唐辉说：其实，现金交易也不安全，有权力的官员不收吧不甘心，收了吧不敢存银行，家里嘛没地方放，还得租或者买套房子专门放置受贿的财物，花是不敢花的，也是苦恼。这个时代，贪官都成了过路财神，只是暂时替国家保管而已。

刘长峰说：柳茹萍向董明理要了三次钱，德昌公司财务应该有提现或者走账的记录，我和文静再去核实下。董明理是不是真给柳茹萍了？还有不少疑点。很多问题，还要与柳茹萍当面对质才行。

唐辉说：从目前搜集的证据来看，段厚德帮了董明理没有收好处，柳茹萍索要，董明理不得不给，那柳茹萍与段厚德又是什么关系？

叶雯婕说：回到徐航关于好人坏人的探讨，我觉得人性是很复杂的。好和坏其实没有明确的道德界限，我在市检察院做公诉人的时候，很多犯罪的人都被人看作是好人，甚至犯罪事实确凿，也还有很多人为他求情，就是因为觉得他是好人，即便犯罪也是迫不得已的。

刘长峰说：老狐狸。

杨震问：什么？

刘长峰说：分明就是一只老狐狸，就冲今天这事，他没事，我也觉得他有事了。

杨震被逗笑了。

十四

市纪委监委办公大楼下的大院里。唐辉拉着徐航一路小跑，跑到楼下停车位。

徐航甩开唐辉的手臂，问：老唐，什么事啊？

唐辉说：徐爷，跟我做个实验。

徐航问：你又搞什么鬼名堂？

唐辉说：听我的，一会儿你就知道了。（说着拍了拍自己的宝马车）看到这辆车没有？

徐航说：看到了，有什么了不起的？

唐辉却像变魔术一样拿出一个遥控装置：把这个安装到我车驾驶座底下，你来干，我计时。（又递出了钥匙）这是车钥匙。

徐航诧异地问：什么意思，拿我当免费修车工啊？

唐辉说：赶紧的，现在没时间跟你解释，弄完了，再跟你说。

唐辉硬生生地把车钥匙和遥控装置给了徐航，弄得徐航莫名其妙，但看到唐辉一脸严肃的样子，她就没好意思拒绝。

唐辉把徐航推到车门前，看着手表：开始！

徐航有些不情愿地开车，然后翻动驾驶座，第一次没有成功，最后成功了，把遥控装置放在了车座下。

徐航像是发泄一样摔上了车门，说道：行了！

唐辉说：嗯，三分多钟，谢谢哈。

徐航气愤地说道：嘿，还真是骗我当免费装修工啊！

唐辉说：不是说了嘛，等会儿再跟你解释。

徐航说道：少蒙我了，我还敢跟你争犟这些破事吗？

徐航刚拉住唐辉，忽然愣住了，露出笑脸：郑书记早啊！

郑振国走来，一脸严肃地望着唐辉和徐航，最后目光落在了唐辉的宝马车上。

唐辉和徐航愣住了。

回到"八室"工作区，徐航得意地说：哎，有些人啊就是嘚瑟，这叫一报还一报，刚刚欺负完人，就遭报应了。

杨震走来说：怎么回事？一把手书记，也就是我们的郑书记亲自打电话，让我检讨咱们"八室"的群众路线作风问题。有些同志上班开上百万的宝马，很有钱是吗？

杨震见没有人说话，望向叶雯婕，她瞅了瞅唐辉。

唐辉无所谓地望着电脑，头也不抬地说：不就是开了辆好点的车嘛，值得大惊小怪吗？纪委监委监督别人，自己还不能用好东西了？又不是贪污腐败得来的。成！我明天换成骑摩托车上班总成了吧？

说完，唐辉像是发泄一样在电脑键盘上狠狠敲了起来。

杨震一时也不知道该说什么好了。

市公安局刑侦支队审问室内，段福焦躁不安。

门开了，他像是看到救星一样。

曹刚和一名刑警走进来。

段福说：求你们了，赶紧问吧。

曹刚问：想好要说什么了？

段福说：我交代，我全部都交代……准备记录了吗？

曹刚示意刑警记录，他直盯着段福说：你尽管说。

段福说：柳茹萍的汽车爆炸案件其实是孔强做的，他懂技术，是他一手策划实施的——

曹刚问：你怎么知道的？

段福说：他事后找我了啊。

曹刚问：找你干什么？

段福说：求我保他安全啊，他认为只要有我在，他肯定没事。

曹刚问：之前为什么隐瞒？

段福说：因为我们是磕头拜把子的兄弟。

曹刚边想边打量着段福，他显得越来越平静了。

曹刚问：孔强为什么要杀柳茹萍？两人有仇？

段福说：我说的可都是事实。你们可能在想，他为什么要杀死柳茹萍，犯罪动机是什么。其实很简单，他想通过柳茹萍来巴结我，进而巴结到我叔叔，他一直都知道我和叔叔对这个柳茹萍头疼得很。

曹刚和另一刑警交换一个眼神，对段福的话半信半疑。

曹刚问：你叔叔为啥对这个柳茹萍头疼得很？两个人有啥过节儿？有啥故事？

段福说：具体有啥故事我不知道，只知道柳茹萍不是什么好人，老找我叔叔麻烦。唉！也怪我，有事没事就找孔强喝酒聊天，结果醉话全说出来了。孔强就说，那还不容易，做了她。我以为是开玩笑，哪知道孔强很认真。

曹刚问：炸药从哪儿来的？

段福顿时语塞。

市公安局技术部门检验室内，各种仪器出现在眼前。

身着白大褂的检验员晃动着试管，唐辉凑近瞧着。

唐辉说：我们的有结果了是吗？

检验员忙不开地示意他往桌上看：笔迹检验结果，王主任给您做好啦，检验结果在那儿放着呢。

唐辉拿起检验报告，看了会儿，问：爆炸的检验进展如何？这成分分析说明什么？

检验员说：我这不在做着嘛。根据爆炸残留物分析，汽车炸弹应该是黑火药制作的，一般多用于烟花爆竹生产，或者是偏远郊区用于采石——

"八室"工作区。刘长峰接过唐辉递过来的关于火药的检验报告复制件，仔细阅读后，自言自语道：用于采石？

刘长峰忽然想起了什么——

某郊区乡镇公路，他和文静当时在段局长的老家。一村民说：我就是这儿的支书，我看着你们像是为公事来的，公事还是去正式的地方说好。刘长峰刚刚打开车门，忽然一声爆炸声把他吓了一跳。村民却很从容地打开了车门，上车：我们这儿常年开山，没事。

刘长峰立刻起身离开，文静追过去：想起什么了这是？

刘长峰说：这个段福指定有鬼！

市公安局看守所讯问室，杨震把唐辉留在监控室密切关注审讯过程。

曹刚把拿来的爆炸火药的检验报告扔在桌子上，问：讲讲你是怎么搞到黑火药的吧？

段福愣了一会儿反问：谁告诉你是我弄的炸弹？

曹刚问：我说炸弹是黑火药做的了吗？

段福有点蒙：不是，你什么意思？我老实交代，你还想把我往沟里带？

曹刚说：这个问题，你说与不说，我们都能证明你和炸弹的来源有不可分割的关系。我现在倒是更关心另一个问题。

段福等待着，猜测着。

曹刚问：你们是怎么把炸弹安装在柳茹萍的车里的？

段福说：肯定是孔强安装的！你问他去啊，我又没在场，可能是他修车时安的吧。

曹刚说：我们已经把柳茹萍案发前的行车路线查清楚了，她是去过孔强的修理厂，但是遥控引爆需要一定的距离，所以你和孔强必须尾随柳茹萍在一定距离内才能引爆。虽然你那天戴着鸭舌帽、墨镜，但十几个路口的监控都拍摄到了孔强，还有你。我们已经做了各种对比分析，就是你和孔强干的！

曹刚将一叠照片摔在段福面前，说道：你是不到黄河不死心啊！？

段福彻底蒙了。

"八室"会议室内。所有办案人员都在，摆着不同的姿势，想着相同的案子。

刘长峰说：从市公安局技术鉴定来看，我们收到的几份匿名举报信的笔迹和董明理的笔迹一致，可他为什么要举报段厚德呢？

叶雯婕说：可以理解董明理心理不平衡，尤其是本来不用花钱就可以搞定的事，还增加一笔开支，对吧？

文静说：我们查到，董明理的德昌集团，真正的老大是董明理的哥哥董明道。董明道长期在英国，因为这种额外的支出，增加了公司运营成本，所以对董明理很是不满。董明理心理上有巨大压力，所以会举报段厚德。但董明理也怕，也有顾虑，不敢实名举报。

杨震问：分析得都有些道理，现在企业做个生意多难啊，送吧怕查，不送吧怕刁难，办不成事情。唉。（顿了顿）小唐，你这边有啥进展？

唐辉说：我和徐航做了个模拟实验，如果嫌疑人拿到了原车钥匙，然后开车门，寻找空间隐藏炸弹，这个过程大概需要三分钟到四分钟的时间。这个时间如果把握得好的话，完全可以避开别人的注意力，基本上任何场所都可以完成。

杨震问：公安那边有什么新进展吗？

唐辉说：公安方面已经排除雷文军作案的嫌疑。嫌疑人孔强还是坚持原来那一套说辞。

杨震很有信心地说：快招了。

十五

雷文军公司附近的一家咖啡馆内,柳茹萍、雷文军相对而坐。

雷文军深情地望着柳茹萍,说道:昨天爸妈来电话了,可能他们还不知道……我也不知道咋说。就撒谎说你出差了,方便时再给他们回电话。

戴着墨镜、头巾的柳茹萍眼圈红红的,说道:我现在躲着,有家也不能回,也不知可以信任谁?还能信任谁?我怎么混的?混得自己到现在走投无路!

雷文军说:有时候选择错了,可能就必须将错就错了,最后错得只能等待来世了。

雷文军回忆起两人在一起的甜蜜镜头:两人一起手牵手悠闲漫步在公园;两人在小饭馆争夺一盘水果,雷文军赢了,却一个个喂给柳茹萍……

雷文军说:你曾经对我说,如果我愿意,你便不悔。但这话现在只能我对你说了。你最后也没能告诉我,为什么会走到今天这一步,到底是为什么啊?就因为你对金钱和地位的欲望吗?就因为我没有在有限的时间内给你足够的钱吗?我一直很努力啊,努力工作,努力爱你。我是个理工男,没那么复杂,我们就简简单单的不好吗?

雷文军回忆起某一天柳茹萍到家后说要"和他说点事"。那一晚,柳茹萍和雷文军彼此很认真地对望着,氛围很凝重。

柳茹萍说:我们离婚吧。

雷文军问:为什么呀?

柳茹萍说:因为不合适。

雷文军问:这借口你信吗?

柳茹萍说:不信。

雷文军真不知道该说什么了。

柳茹萍说:如果有一天我不在了,去找我的父母,他们能告诉你为什么。

雷文军气愤地摔碎了花瓶。

柳茹萍止住了雷文军的回忆,她说:有些事情,我对你隐瞒了很久。结婚之前，我很想告诉你真相，可又怕伤害到你，也怕你不要我了。

虽然雷文军遇到柳茹萍之前没怎么谈过恋爱，但结婚后他对妻子的婚前史也从没问过。谁没有过去？何必纠结于过去？他认为，向前看，好好生活，才是生活的应有之意。对于和柳茹萍的婚姻、爱情和白头到老，他是很期待的。妻子是公务员，虽然收入不高，可体面呀，何况还是个美女，大美女！雷文军当然很有自知之明，虽然自己不是大帅哥，可也很有男子气。自己已经在IT界打拼多年，收入嘛蛮不错的，如果妻子要求不高，养她也是没有问题的。

雷文军递过一张纸巾，柳茹萍擦掉腮边的泪水，继续说道：文军，认识你之前，我认识了一个男人。那时我刚大专毕业，到滨海打工，在一家高档饭店——厚德大酒店打工。因为我表现不错，被提升为领班。有一天……

以下就是柳茹萍的回忆——

滨海厚德大酒楼，一身服务员装束的柳茹萍刚领一帮客人上来。

客人说：VIP188。

柳茹萍说：好的，请跟我来。

柳茹萍将客人带到VIP188包间门口。

隔壁包间一个女孩子哭着跑出来，撞在一个客人身上。

女孩也没有道歉，哭着跑出去了。

柳茹萍说：对不起，先生，我们服务员没有礼貌。

中年客人很绅士地说：没有关系。

中年客人说：188房间。

柳茹萍正要带中年客人进入包间，隔壁包间里的一名青年男子冲出来嚷：靠！什么服务质量，不就是摸一下嘛？你把水倒到我裤子上，我摸一下你的屁股不行啊？！

柳茹萍忙说：对不起，先生，服务员是新来的，不懂规矩，抱歉，我请经理再给您换个服务员。

中年客人厌恶地望着青年男子说：小伙子，人家小姑娘出门打工不容易，体谅一下吧。

青年男子冲中年男子嚷：你丫谁啊？管得着吗？

中年男子：我也是客人，就在你隔壁。你再无理取闹，只会自取其辱。

VIP188出来几位中年人，一起问：怎么回事，段局？

青年男子还要继续嚷，被其包间的人劝回。

柳茹萍继续说道：这个中年客人是我们饭店的常客。对我们很好。有一次，他来早了，和我聊了很久，还把他的联系方式给了我。说，有啥困难可以找他。

雷文军静静地听着。

柳茹萍说：那时我父母身体很不好，我打工的钱根本不够养家。我哪有心思谈恋爱。后来……

厚德大饭店僻静处，柳茹萍在打电话。

柳茹萍难为情地说：我能见您一面吗？

中年男人说：我在开会。散会后，我联系你。

握着电话的柳茹萍脸羞臊得通红。

晚上。某咖啡馆，段厚德和柳茹萍面对面坐着。

柳茹萍迟疑地开口：段局长，我真的不知咋开口。我想……

段厚德说：小柳，说吧，有啥我能帮上忙的尽管说。

柳茹萍脸红道：我想问您借三万块钱。我母亲需要手术，急等着用钱。我在这个城市也没有亲友，我真的不好意思张口。我……

说着，柳茹萍掏出身份证，递给段厚德说：这是我的身份证，我不会不还的。

段厚德推回柳茹萍递过的身份证，很爽快地说：我当是多大的事情，你给我一个卡号，我明天就打给你……

柳茹萍感激涕零：谢谢段局了。

段厚德说：姑娘，你在饭店打工也不是长久之计。你要是信得过我，我帮你找个稳定工作。

柳茹萍说：我不知道自己能干啥。

段厚德说：没有人生来啥都懂的。不懂的可以慢慢学嘛。

柳茹萍继续向雷文军坦白道：后来，我进了一个区的商务局做办公室文员。当时还不是正式编制。再后来，段厚德帮我办了正式编制。为了办这个事情，他请人喝酒，是那种大酒。他对朋友说，我是他外甥女。那晚他喝多了，我送他到家。他老婆孩子外出旅游了，好像只有他一个人在家。他趁着酒劲就把我……

柳茹萍哽咽着不再说下去。

雷文军有些激动，低头忍不住抽泣。

柳茹萍说：后来给我转成正式编制。为了避嫌，又把我调整到另一个区商务局，还帮我升了职务，做秘书科科长。我曾经很感激他，后来我明白，我只不过是他的玩物而已。这种不见天日的关系，让我很痛苦。我也曾哀求他，放过我。他后来有一段时间没有找我，因为顾忌他仕途上的升迁，他想做正局长。再后来，你去帮我们修电脑，我们认识了，后来结婚。后来，他又找我，许诺帮我赚很多钱。我们家里的很多高档货，都是他朋友出钱买的。你问我，哪儿来的钱？我骗你是自己炒股赚的。我想和你好好过日子，但姓段的不干。我只好和你闹离婚，因为我不想伤害你。

雷文军一直在痛苦地听柳茹萍叙说。

柳茹萍说：我的那辆车肯定被做了手脚，如果那天开车的是我，我们可能永远不能见面了。我对不起卢海燕……

柳茹萍拿出一张卡递给雷文军，说道：这里面有10万块钱，是我自己的工资积攒的，这钱很干净。拜托，你交给卢海燕的父母。

雷文军接过银行卡，点点头。

柳茹萍说：文军，你是好人。我已经错得太深，躲避也不是办法。我现在谁都不敢相信，我要去自首。（抚摸着雷文军的脸）照顾好自己，以后找个靠谱的女人吧。

雷文军说：你我毕竟夫妻一场，有啥事你跟我说啊。

雷文军透过纱巾看得见柳茹萍腮颊上有泪水不断溢出，但最终柳茹萍沉着脸离开了。

十六

市公安局技术部门办公室里，唐辉趴在电脑前，看着技术员在破译密码。

唐辉问：我说你行不行啊？

技术员说：应该快了，嘿，你还跟我急？

唐辉说：我是等不急。

技术员说：我还饿得急呢，这连着多少顿了，都没吃饱过。

唐辉说：放心，破译成功了我请你吃大餐，你都没见过。

技术员说：仗着这年头空气质量差，使劲吹，也不多你这点儿污染。

唐辉盯着屏幕：哎，这个地方，你改一下。

技术员迅速敲打键盘，继续等待着。

忽然，两个人脸上露出惊讶，彼此对视，不禁喜出望外。

杨震办公室。唐辉把硬盘插到了杨震的电脑上。杨震看着电脑屏幕，很平静，而一旁的刘长峰竟然有点失落。

刘长峰说：真没想到，硬盘里就存了这么些照片。这些照片是段厚德出入各种不雅场所的照片，以及一些字画、古玩的照片。

徐航说：字画、古玩，我可看不懂。据说，这水深着呢。

杨震问：唐辉，你怎么看呢？

唐辉说：杨主任，这些照片并不是相机拍摄的，而是高像素手机拍的，但显然拍摄得不够专业，有些照片角度不对，有些模糊，不够清晰，说明拍摄的时候手抖动了，这就可能是偷拍的。照片算不上精良，不精良的照片为什么要保存它们呢？为啥还要费尽心机地加密、保密？这就说明，这些照片上的信息很重要。我仔细看了这几幅名人字画，如果是真迹的话，价值真的不菲。这几件古玩，每一件都会不低于100万。刘主任，你去过柳茹萍家，没见过这些名人字画和古玩吧？

刘长峰说：没有。我猜测，这或许是段厚德收受的贿赂。你们查段厚德及其家人的账，不是也没发现存款上的特别之处吗？他会不会收受的贿赂都是非现金的这种礼物？

叶雯婕说：这些年，官员受贿的方式有很多种，一些官员越来越不敢明目张胆地收钱，我觉得段厚德极大的可能就是你们说的这种——"雅贿"。

杨震说：我们还缺少一些证据可以让我们展开对段厚德的立案调查。柳茹萍啊，柳茹萍，你到底在哪里？

杨震继续盯着电脑屏幕，思索着。

电脑屏幕上不断变换着柳茹萍和段厚德的各种亲密照。

杨震沉吟了一下，部署道：唐辉、徐航，你们去趟市局看守所，看曹支队那边有啥进展？随时报告情况。

唐辉、徐航领命而去。

市纪委监委传达室内。戴着墨镜、披着纱巾的柳茹萍在排队登记。等轮到柳茹萍时，柳茹萍对工作人员说：我想见你们"八室"杨震主任。

传达室工作人员说：稍等。（拨内线电话）杨主任，有位柳茹萍女士要见您。

杨震电话里兴奋地说：好，我马上派人接她。

很快，柳茹萍被请进了市纪委监委办案区第七谈话室内，杨震、叶雯婕、何劲松和柳茹萍分坐在对面。

杨震说：我是"八室"主任杨震，这位是我们的工作人员叶雯婕，这位是何劲松。

柳茹萍点头致意。

杨震说：您请讲。

柳茹萍低头垂泪，叶雯婕忙递过纸巾。

柳茹萍说：我……来自首……我要举报段厚德。

杨震说：欢迎。

杨震示意何劲松记录，叶雯婕开启了录音录像设备。

柳茹萍说：事情还得从我刚到滨海时说起……

杨震刚回到办公室，文静抱着一摞材料走进：杨主任，这是你让我查的资料，真是不查不知道，一查吓一跳啊！

杨震正闭目养神：挑重要的帮我念念吧。

文静开始挑拣材料，念道：柳茹萍的父母原来都是地地道道的农民，不到几年，家里盖上三层楼，还办了一个厂子。在当地，柳家备受众人追捧。据说，柳茹萍回到老家，连当地乡长都要陪着呢，柳茹萍的父母倍儿有面子。

听到这儿，杨震忽然笑了。

文静感到有些莫名其妙，问：杨主任，您这是？

杨震说：去跟长峰主任说，可以行动了。

文静问：什么行动？

杨震说：他心里清楚。

文静答应一声，走出。

刘长峰正在办公室看着资料，不时用红笔画个圈，嘟囔道：这跟数字打交道还真是个急不得的活儿。

何劲松说：我说刘主任，要不要我教你。

刘长峰说：暂时不用。说真的，我不懂的，你真的必须教我。技多不压身。

何劲松说：叫声师父呗。你不是这个专业的，我可是专门学这个的。

文静的声音传来：学什么？师父，千万别上何劲松的当，他要是你师父，我岂不成了他徒孙？！

何劲松回头看去，文静就站在他背后，于是挤出一个笑脸。

何劲松说：来得正好，帮帮忙，我作为刘主任的师父快成近视眼了。

文静凑近刘长峰说：师父，这个交给何劲松弄吧，他弄得快。

刘长峰说：该干什么干什么去，我这是学习呢。

文静说：师父，杨主任让我告诉你，可以行动了。

刘长峰头也不抬地说：什么行动？

文静说：我也不知道，杨主任说你心里清楚。

刘长峰忽然愣住，然后兴奋地问：真的？

文静问：什么真的假的？

刘长峰嚷嚷着：文静，走，行动！

何劲松问：什么行动？

何劲松边问着，边起身追了出去。

刘长峰说：何劲松，你给我弄那个材料去，这儿没有你的事情。

何劲松喃喃自语道：一到抓人，就没有我的事。

何劲松叹气地坐到刘长峰的位置，开始鼓捣那堆账本、卷宗。

市公安局看守所监控室。唐辉、徐航在监控室密切关注讯问室的预审过程。

孔强激动地说：都是瞎扯，兔子死了杀狗，你们把他叫来，我要和他当面对质，想拿我当垫背的，门儿也没有！你们把他给我——

预审员训斥道：喊什么？我们说相信他了吗？

孔强安静下来：那就好，千万别相信这种人，他生下来就没说过实话。

预审员说：但是我们也没说相信你。

孔强说：为什么不相信我？他说的都是谎话，他是在拿我当挡箭牌——

预审员说：为什么不相信你，你还不清楚吗？一直以来，你交代的属实吗？

孔强顿时安稳了。

曹刚说：给你点时间考虑，我希望能看到你的态度。

孔强说：好，我实话实说，也不跟你们绕弯子了。柳茹萍宝马上的汽车炸弹是我制作的，但这一切都是段福策划的，我只是听他的话。我刚开始并没有想听，我也是没有办法——

曹刚吃惊地问：哪个段福？

孔强回答道：就是你们公安局的段福？

监控室唐辉、徐航特别注意到曹刚和预审员的反应。

曹刚将段福的照片拍到孔强面前，厉声说道：你个蠢货，我们整个市局就没段福这个人，他就是保安公司的一个小头目！

孔强瞪大了眼睛，吃惊地问：啊？他到我修车厂还开着警车？

市商务局段厚德办公室外，办公人员敲响房门，见没有回音，他推开门，发现屋内空空如也。

办公人员不屑地说：我已经跟你们说了，段局长今天一直没有来，真不明白你们为什么不相信。

刘长峰问：有他的联系方式吗？

办公人员说：你们到底有什么事情，我可以帮你们转达。

刘长峰说：你转达不了，他一般都是什么时候来单位？

办公人员说：一般都很准时，但今天也没有说为什么。

文静说：这样，如果有段局长的消息请第一时间告诉我们，配合市纪委监委工作是每个公民的义务，这个你懂的。

办公人员茫然地点头说：好吧。

刘长峰环顾段厚德的办公室，不自觉地走进，忽然被秘书拦住。

办公人员说：不能随便进。

刘长峰停住，眼睛落在办公桌上的一串钥匙上，问：那是这间办公室的房门钥匙吗？

办公人员疑惑地过去拿起来，说：是啊，段局长怎么没带房门钥匙呢？怪不得门没锁。

刘长峰快步离开，文静跟着走出。

十七

市商务局走廊里。刘长峰和文静边往外走，边讨论着段厚德的可能去向。

文静问：师父，你发现什么了？

刘长峰说：连钥匙都不带了，这家伙可能是潜逃了。

文静说：那现在——

刘长峰说：不信还找不着他了！

忽然，办公人员在后面喊：喂！等等！

刘长峰和文静两人停住脚步，办公人员小跑过来。

办公人员责备道：你们怎么连个招呼也不打就走呢？

刘长峰问：你有事吗？

办公人员说：懒得跟你说。

办公人员转而对文静说：我们段局长刚刚打过来电话，说他今天请假回老家探亲，现在车快到家了。

刘长峰想了片刻，转身快步离开。

文静说：谢谢啊！

文静说完，去追刘长峰了。

办公人员望着两个人的背影，自语道：什么人啊？敢情纪委监委的人都是脑子不正常的主儿吗？

文静终于追到和刘长峰并肩走着，边走边说。

文静问：师父，你说办公人员的话能信吗？

刘长峰说：秘书一定没撒谎，但姓段的撒没撒谎就难说了。

文静问：什么意思？

刘长峰没有回答，走到车前，拉开车门，弯腰钻进，刚刚打着火，却不知道往哪个方向开了。

文静问：怎么了？

刘长峰说：你觉得姓段的这个时候是故意分开我们的视线呢，还是真的回家探亲了？

文静问：他有必要跟办公人员撒谎吗？

刘长峰说：他知道他走后，一定会有人来找办公人员问他的情况。

文静说：那我觉得也没有必要，他这种超级自我感觉良好的人，认为一切都能应付，不会耍这种小心眼儿的。

刘长峰想了一会儿，一脚踩下油门：好，这回听你的。

文静有点紧张了：别啊，师父，我可承受不了错误的后果。

市公安局看守所提讯室。曹刚和两名刑警还在审讯孔强。

孔强说：过程就是这样，不信的话，你们可以回去问段福。

曹刚看了看预审员，预审员已经记录完毕。

孔强见两个人没有反应，有点激动地说：你们把他给带来，我和他当面对质！

曹刚说：如果你说的是实话，我们不会拿着当谎言听。

曹刚和预审员离开。

被民警带走的孔强心有不甘地说：你们把他带来跟我对质啊，我不能这么不清不白地给人背黑锅啊——

市纪委监委会议室。市监委委员全数到场。

听完杨震、叶雯婕的汇报，郑振国环顾会场说道：我建议对段厚德采取立案留置措施，各位没啥意见吧？

市监委委员全部举手表决通过。

郑振国对杨震、叶雯婕说道：市纪委监委领导和市公安局领导对你们前期工作很满意，与公安方面配合得不错。两家决定成立联合办案组，公安方面继续调查故意杀人案，你们继续深挖案件背后的职务犯罪分子。

杨震、叶雯婕说：是！

市公安局看守所监控室。曹刚和预审员等密切关注唐辉、徐航提讯过程。

段福装出一脸无辜说：我？指使他？我疯了？我放着大好前程不要，为了一个不相干的女人？是我脑子进水了，还是你们脑袋进水了？你们到底有没有基本的智商？

唐辉问：说完了？

段福说：啊？

唐辉说：说完了，该我们说了？火药的来源我们已经查清，在你的老家有一个采石场的小老板，姓段——

唐辉故意停顿，观察着段福的反应。

唐辉说：我更希望是从你嘴里说出来的，你要搞清楚，不是我们在故意拖延时间，而是在给你机会，你不珍惜，我们也有证据证明你做过的事。

徐航说：孔强都已经交代了，我们再次对你讯问，只想证明口供和事实是一样的。

段福彻底妥协了：是我找到的那个小老板，给了点钱，看在我的面子上给了些炸药。然后我拿给了孔强，他制作了简易炸弹，并安装了遥控装置。

唐辉说：你们是怎么安装到柳茹萍车上的？

段福说：孔强不是修车的嘛，柳茹萍那天去修车……

曹刚和预审员等密切关注唐辉、徐航的提讯过程。

唐辉问：孔强为什么要帮你？

段福说：因为他的修理厂是我帮忙搞起来的，他的很多客户也都是我介绍的，他对我一直都很感激，我本以为我提出帮忙制作炸弹他会很爽快地答应，但第一次还是被拒绝了。

唐辉问：既然他已经拒绝你，为什么还找他？

段福说：因为只有他最可靠，还懂技术。于是，我承诺帮他弄个更大的修理厂，他便答应了。那天他开着刚维修好的一台警车跟踪柳茹萍，并随时汇报柳茹萍的行踪——

唐辉问：柳茹萍手机上最后一个电话是你打的吗？

段福说：可能吧，我不清楚。

唐辉示意徐航把手机号码拿给段福看。

唐辉：这个号码是你的吗？

段福点头说：是我买的，怕事后被查出来，在一家小店买的。

唐辉问：你是怎么拿到柳茹萍车钥匙的？

段福忽然愣住，犹豫着。

唐辉问：不敢说了？

段福说：是——

郊区乡镇公路上，段厚德正被一群乡亲们围着，他和村支书聊得正欢。

段厚德说：真是过奖了，我并没有乡亲们说的那么好，不过，我一定努力把本职工作干好，不给乡亲们脸上抹黑。

村支书说：我知道，我知道，你平时工作忙，还抽空回家看看，现在都这种身份了，还不摆谱，真是难得啊——

段厚德说：主要是想和乡亲们多唠唠，平时没时间，回家再不抽点时间，不是一年三百六十五天都见不到面了吗。到时候乡亲们就得看我跟看庙里的塑像一样了，可远观不可近看。

村支书说：说得好啊，咱们村能出你这样的人才，真是争光，你们说是不是？

周围一片赞扬声。

段厚德说：过奖，过奖，我再怎么当官，也是您的晚辈，您见我就当小时候一样，做错事该打屁屁还照样打屁屁。

村支书说：呦，那可不敢喽！

周围一片笑声。

村支书意味深长地说：厚德啊——还是那句让你听烦了的老话，做人一定要踏踏实实，甭想着给咱们家乡带来多大建设，只要你干得好，就等于给咱们争光了。

段厚德被触动了，眼睛望向远方，忽然脸色变了。

不远处，刘长峰和文静正望着这一幕。

文静舒展了双臂，问：师父，咱什么时候过去？

刘长峰说：他一会儿会过来。

文静疑惑道：过来？

段厚德说：老叔啊，我可能临时有点事，得回去了。

村支书说：这才多大会儿啊，还没喝口水呢。

段厚德说：对不起啊，下次，下次我给乡亲们带点好茶叶，一起喝。

段厚德说完，松开村支书的手，朝刘长峰走去。段厚德的司机刚想跟上来，段厚德停住回头。

段厚德说：你把车开回去吧。

司机犹豫着。

段厚德说：别问，按我说的做。

司机点头，起身离开。

段厚德朝刘长峰、文静走来。

刘长峰利索地打开了车门，等待着段厚德。

段厚德上了刘长峰的车。

刘长峰问：段局，你知道我们会上这儿来找你？

段厚德说：不知道，但知道你们肯定会来找我。

刘长峰笑着问：段局，是回去说，还是现在？

段厚德说：你还不够级别。

文静有点生气：你——

刘长峰笑道：他说得对。

文静对刘长峰的反应有点惊讶。

十八

市纪委监委办案点第十五讯问室内。叶雯婕沉默着，观察着柳茹萍的反应。

柳茹萍哭着说：卢海燕一出事，我就知道是段厚德指使人干的，他就是凶手。他们雇凶杀人，就是冲我来的。

柳茹萍擦干眼泪，提高了音量，愤怒地说：我当时就是因为心理不平衡，玩弄我那么多年，我搭上了青春，搭上了感情……

柳茹萍说：段厚德是给过我不少好处，但我想过正常人的生活，我想光明正大地和段厚德结婚，不想偷偷摸过日子。可他不干！那我就自己嫁人，想踏踏实实地过日子，可他还不干。我都与人结婚了，他还纠缠着我不放。

有一天，在某宾馆客房内，事后柳茹萍半裸上身躺在床上，她被段厚德折腾了一个多小时，累得不想动弹。段厚德一边愉悦地哼唱着小曲，一边有条不紊地穿着衣服。

柳茹萍点燃一支烟抽了两口，她盯着段厚德的背影，带着怨气地问：你打算怎么办？我们就这样不尴不尬一辈子？我想过正常人的日子，想生个一儿半女。

段厚德说：凡事都有代价。生孩子嘛，和谁都是生，何必那么在意呢？目前你一切都有啦，别人得奋斗几十年才能做到的事，知足吧。

柳茹萍说：凡事还都有底线呢！我说，要么，你跟老婆离婚，娶我。要么你给我钱，一气儿300万，一次性给我，你我一刀两断。

段厚德说：娶你是不可能的，我有老婆孩子。给你钱，那么多，我也没有。

柳茹萍说：你这是玩我！

段厚德说：别闹了。你现在有车有房有地位，每年还有很多灰色收入。离开我，你啥都不是。我既然能给你，也能让你失去。

柳茹萍说：姓段的，你吃着碗里的，占着锅里的。我说，你不给我一个说法，我就找你们纪委。

段厚德说：你去啊！随便。你个忘恩负义的东西。

说完，段厚德开门出去了。段厚德没有注意到宾馆走廊的另一侧，有人用手机在偷拍。

柳茹萍继续向办案组交代：后来，我见他不同意离婚，就去他家闹，被他老婆、孩子给打了一顿。我威胁他，要去他单位闹，他说，你要是敢，就弄死你……我哪想到，这孙子来真的。那天卢海燕也心情不好，约我到海边散心的，我临时有事情，卢海燕开着我的车自己去了……

市纪委监委办案点第五讯问室内。杨震在提讯段厚德，何劲松在做记录。

段厚德很稳重地坐着，从表情上看不出任何变化，似乎心里很平静。

杨震说：段局，终于又见面了。

段厚德尴尬地笑了，说：看来，我们还是蛮有缘分的。

杨震冷静地观察着段厚德的一举一动，发现段厚德一点儿也不紧张，似乎对这一天的到来早有心理准备。

杨震看着一摞材料，抬起头说：行，我们开始吧。

杨震问：姓名？

段厚德说：杨主任，前面的都略去吧，还是直入主题的比较好，这么多年，我讲话也从来没有在前面加过官话套话，不习惯这些。

杨震问：好。你和柳茹萍是什么关系？

段厚德说：干兄妹。

杨震问：怎么认识的？

段厚德说：一次吃饭，偶然认识的——有一天，我在一家常去的饭店包间里正在沙发看报，一个新来的服务员端上来茶水，我不经意地转身碰到了她，茶水撒到了我的身上。服务员焦急地给我擦拭，我看了一下她的工牌，发现她叫柳茹萍。

杨震说：我希望你不是在编造故事。

段厚德说：真就是这么认识的。当时她就是一个打工妹，没有很高的学历，没有背景，又不愿意出卖自己，只能在小饭馆里打工。我经常会在那家小饭馆吃饭，因为距离我们单位比较近，又比较实惠，那里基本上成为我们单位的食堂了，这一点你尽可以去调查。

杨震说：这家饭馆可不是小饭馆吧？小饭店也请不到柳茹萍这种长相的姑娘吧？是很上档次的厚德大饭店，这饭店不是你开的吧？

段厚德说：呵呵，杨主任调查得还很细，的确叫厚德大饭店，在滨海算是中等偏上吧。饭店叫厚德，只是凑巧而已，和我没有啥关系。因为她刚来，当服务员还不老练，把茶水撒到我裤子上了，也就是因为这点小事，我们有了彼此认识、聊天的可能。然后我了解到，她是一个很要强的女孩，一直在空余时间学习，准备攒钱上大学，可能是相同的身世吧，我被她感动了。

段厚德有些感慨，这副神情似乎加深了杨震的相信。

杨震问：她能继续上学，大学毕业后能进入国家机关工作，和你也有关系吧？

段厚德说：是，我是帮过一些忙，但主要是她自己努力，这一点，你们也可以去查。我是清白的，她并没有靠我的关系进入机关工作，事实上她在这方面从没有求过我，我也从没有想过担着违法乱纪的危险去帮她。关于她是如何进入机关工作的，同样有档案可查，你们可以去调查嘛，总比在这里问我要好得多。

杨震说：我们会的。但是，这是从前的你，现在的你和柳茹萍都变了。

杨震盯着段厚德，他似乎被触动了，不知道该说对还是错。

市纪委监委办案点第七讯问室内。刘长峰、徐航正在对董明理进行讯问，文静在做记录。

刘长峰说：董总，终于又见面了。

董明理说：少来这套，我记得上次我说过，要是再跟我弄没影儿的事，我保证会告你们。

刘长峰说：看来，你对我们的意见蛮大的。

董明理鄙夷地说：还愣着干什么，开始吧？

刘长峰笑道：交代一下你行贿的事情。

董明理不耐烦地说：有证据就拿出来。你们有，我就认了，这样多轻松，你们省时间，我也省得跟你们磨嘴皮子。你们没有，那就放我出去，出去我就告你们。你们太猖狂了，一而再、再而三地把我叫来，还一个劲儿地往我身上泼脏水。我董明理就这么好欺负吗？我也是咱们市里有名有姓的企业家，是招商引资来的！

刘长峰问：说够了？

董明理说：啊。

刘长峰说：你说的我们都调查得很清楚，也知道需要承担什么后果，这个不用你为我们担心。我们现在发现你有问题，想让你主动交代。

董明理说：我没问题，我累了，你们主动拿证据吧。

刘长峰问：你和柳茹萍是什么关系？

董明理说：又想把我跟她扯到一块儿？我们没关系，就是认识，其他都是别人随意捏造的，跟绯闻没什么区别。

徐航说：绯闻？

徐航感觉有点哭笑不得，她把破译的柳茹萍硬盘里的照片冲洗版拿给了董明理，说：你看看这个！

董明理愣住了：你们这是从哪儿弄来的？与我没有关系。

刘长峰说：这是从你电脑里取出来的。你为了要挟段厚德，跟踪他和柳茹萍，偷偷拍摄的吧？

董明理又看了看，回忆着，忽然想到了什么，但仅仅一瞬间又强迫自己恢复平静。

刘长峰说：董总，你还真心细，省去了我们很多麻烦。

董明理似乎不明所以。

刘长峰说：给柳茹萍的好处，一笔一笔记得很清楚。

刘长峰将打印的账单递给董明理。

董明理无语。

十九

市纪委监委办案点指挥中心内。一面墙上都是各种大大小小的屏幕，大屏幕上显示正在进行的讯问。

叶雯婕、唐辉领着柳茹萍的父母走进来，大屏幕上正是对段厚德的讯问画面。

叶雯婕将讯问的画面暂停，将段厚德的图像放大，她指着图像问：你们看看是这个人吗？

柳茹萍父母仔细看着，柳茹萍的父亲仔细端详一下点点头。

柳茹萍母亲说：好长时间没见了，应该是。

叶雯婕问：确定吗？

柳茹萍母亲：我们也只见过一次面，因为是女儿特别邀请到家的贵宾，所以印象比较深，但那时候他好像比现在精神。

柳茹萍父亲继续望着，似乎很纳闷，自语道：是啊，现在怎么不精神了呢？

叶雯婕、唐辉笑而不答。

市纪委监委办案点第五讯问室内。杨震继续提讯段厚德，文静在做记录。

段厚德说：既然这样，我就把事情的前前后后说了吧。我和柳茹萍的关系越来越亲密。随着她的地位的提升，她整个人都在改变。忽然有一天，她对我说，她和丈夫闹离婚，要和我在一起。但是，我没有同意，不仅仅是我们俩在年龄上不合适，更重要的我是有党性的，知道自己犯了生活作风上的错误，知道这是一种什么情况，更知道这样做了之后的后果是什么。

杨震问：可是你后来还是做了？

段厚德说：没有，我以人格担保，我没有这么做，我一直都拿她当我的妹妹！

徐航将一组段厚德和柳茹萍的合影、不雅照，摆在段厚德面前。

段厚德面对这些照片失去了狡辩的勇气，说道：我承认，我越界啦，后来她成了我的情人，我帮她进了商务局系统，帮她入了党，还提了干，这都是严重违犯党纪国法的。

杨震问：后来你还帮过她什么忙？

段厚德说：她说她想做点生意，因为公务员的工资并不高，她的经济压力太大，我理解她，断断续续地把一些搞企业的人介绍给了她。至于她和这些人私下怎么联系，我从来没有过问过，应该说是很少过问过。

杨震问：董明理，你认识吗？

段厚德说：认识，而且是老相识了，是我把董明理介绍给柳茹萍的，他私下应该没少帮柳茹萍，有时候柳茹萍也会求我帮董明理的忙。我想，他们俩在私下应该达成了一种默契吧。我没问过，我理解她。

杨震问：是你指使段福杀的柳茹萍吗？

段厚德说：没有！是段福自己干的，跟我一点儿关系没有。

杨震问：你事前知道吗？

段厚德沉默良久才说道：知道，但是当初我阻止他了，是他执意要这么做，他说是为了帮我搬走一块绊脚石——段福知道后，就说：叔啊，您就别管了，等着听信儿就成了。我立即反对：不行！她现在难缠，也不至于咱们用这种手段吧？段福说，她就是这么一个人，胃口越来越大，抓住您点小辫子就肆无忌惮，这种女人如果不除掉，一辈子都是定时炸弹。我警告段福说：你这样做的后果更是定时炸弹，而且还得提前爆炸。段福信誓旦旦地说，我有方法，知道怎么做能变成死案。我有些无奈，段福啊，我说你这孩子，怎么还不听话了呢？段福说：叔，没您哪有我的今天啊，如果您哪天要是栽到这种女人手里，我怎么办啊？我一时不知道怎么说了。段福说：叔，您就放心吧，我一定能把事情办漂亮！就算出了事，也是我一个人担着，和您一点儿关系没有！

段厚德继续说道：当时他是这么说的，我劝过他，事后也并没有怎么在意，因为我始终认为那天是他喝酒后的一时气话，真正实施起来他就没这个胆子了。他是我侄子，我从小看到他大，知道他的脾气，是个名副其实的胆小鬼。

杨震说：既然是个胆小鬼，他对你就这么忠诚？怎么听，怎么像水浒传啊。

杨震给监控室里的人员使了个眼色，继续问：那你和董明理之间都有什么经济往来？

段厚德说：经济往来没有，都是我帮助他，始终都是柳茹萍时不时地过来求我，我心一软就帮了。至于经济往来，我从来没有从柳茹萍那里得到过一分钱，而董明理本人，我也是很少见面，除了有时候工作需要……

市纪委监委办案点第七讯问室内。刘长峰、徐航继续提讯董明理。

董明理说：假的？绝对假的？我凭什么主动给柳茹萍钱？我又求不着她。是她主动索要的好吗？

刘长峰说：为什么你会主动给柳茹萍钱？段厚德在很多项目上帮你，你是生意人，不明白生意的规则？段厚德为什么帮你？滨海市企业多了，就你们企业牛，有实力？因为柳茹萍是段厚德的情人，枕边风好使。向柳茹萍行贿，就是通过柳茹萍达到让段厚德帮你，帮你们企业的目的。

董明理无语。

刘长峰拿出一份查账记录拍在桌子上，说：你以为隐瞒、撒谎有用吗？这些是我们调查出的你名下的公司的账目，有多少笔是不合理的支出，估计你自己也算不清了吧？其中，我们查到用于购买名人字画的有四笔，560万；买古玩的有三笔，280万；买高档红酒的有11笔，160万……

顿了顿，刘长峰问道：还要我继续说吗？

刘长峰冷冷地盯着董明理，董明理彻底无言了。

刘长峰说：另外，我想告诉你，你指望的靠山，现在就在隔壁接受我们的讯问。

董明理惊讶地问：谁？

刘长峰反问：你心里不明白是谁吗？

董明理说：我——没事，用什么靠山？

刘长峰说：做过的事情，你不说，会有人说，到时候对你的性质是不一样的，这一点希望你能清楚点，保不准你心里的金菩萨现在已经是泥菩萨了。

董明理琢磨着刘长峰的话……

市纪委监委办案点第五讯问室内。杨震等人和段厚德对视着，彼此都陷入沉默之中。

段厚德终于绷不住了，说道：就这些，我该说的都已经说了，我知道很多事情都是因为我的心软而起，但这都不是我的本意，我更没有主动去做过这些事情。

杨震问：柳茹萍的车钥匙是你给段福的吧？

段厚德顿时愣住。

杨震说：我相信你曾经是有党性的人，是一个受人称赞的好干部，但你做过的事情，我们希望你有胆量承认，而不是一味地掩盖。和社会上的企业之间，有过哪些交易？从你家中，从你办公室里，从你银行租用的保险柜，搜查到不少名人字画、古玩、名酒，这虽然不是现金，但专业的机构不会鉴定、评估值多少钱吗？这些东西怎么来的？你自己心里没数儿吗？

段厚德低头无语。

杨震说：我们专门调查过你的个人经历，甚至我们的同志还专门去过你的老家，我们每个办案人员都很佩服，从一个小山村的穷孩子，慢慢成长成为咱们市里独当一面的商务局常务副局长，这种成长经历有多少值得我们还有后辈们学习的。但走着走着，你忘本啦。

段厚德惭愧地叹息。

杨震说：同时，对你的家庭我们也做过调查，你可以说是一个有情有义的人，今天造成的结果当初或许是你一时冲动，但更多的也是你自己一步步陷入的深渊。人呢？走着走着，忘了自己为什么出发。你还记得当初在党旗下的誓言吗？还记得自己向组织、向家乡父老乡亲、向家庭、向孩子曾经的承诺吗？

段厚德沉默着，彻底低下头去，痛哭流涕：我……

二十

市纪委监委办案点第七讯问室内，刘长峰、徐航继续提讯董明理。

董明理说：好吧，段厚德接受过我的贿赂，每次都是通过柳茹萍当的中间人。

刘长峰问：具体来说，向段厚德行贿几次？一次一次地讲，我们有的是时间。

董明理交代说：第一次，大约是四年前，我想搞定鼓楼区老城拆迁改造的项目。市、区两级政府把这个项目交给市商务局具体负责招投标工作，段厚德是这个项目的负责人。为了得到这个项目，我通过中间人约段厚德在厚德大饭店见面，当时我送了他一张银行卡，卡里有200万。我们公司顺利中标了，不过，事后他把银行卡退给我了。段厚德说：想交我这个朋友，当时接了这张卡是怕我担心他不帮忙；中标了，就好好做项目。我后来明白，他是担心收钱不安全，他喜欢名人字画和古玩，还有好酒。所以，我就买了一张当代名人的字画送给他，价值应该不低于300万吧。我记得当时在花园饭店一个包间给他的，柳茹萍也在。他很喜欢，就收下了。饭桌上，他还让我帮帮柳茹萍，说他这个妹妹想做点生意啥的。第二次，是我陪他到北京出差，他看中了荣宝斋的一幅民国于右任的真迹……

董明理就这样一五一十地将十几次行贿段厚德的经过交代了，时间有的董明理记不清了，但柳茹萍拍的照片的时间戳大体上可以印证。

刘长峰问：你最后一笔给柳茹萍钱是什么时候？

董明理说：就是她出事前三天。我得到消息，为了承揽市政工程，想托柳茹萍帮忙，可等来等去，等来的却是工程被别人承包了。

刘长峰说：于是，你就对柳茹萍产生了报复的想法。

董明理说：放屁！

徐航说：你说话干净点！

董明理说：是，我是有想法，但我根本没实施，说实话，我当时是非常气愤，想整整这个不知道天高地厚的女人，可还没想好怎么做，她就出事了。应该是老天爷报应吧。

刘长峰说：你没有报复柳茹萍，但是你已经报复了段厚德，对吗？

董明理问：什么意思？

刘长峰举起一摞匿名信问：这不是你写的？

董明理说：这不是匿名的吗？

刘长峰问：匿名的没有笔迹吗？

董明理说：服了，真服了。德昌集团公司，我是总经理、CEO，但董事长是我哥哥董明道。他人在英国，我给他汇报工作的时候，他和董事会对一些非正常支出很有意见。段厚德这个人，表面上很儒雅，很廉洁，骨子里很虚伪，很贪婪。我就是想让段厚德好看，给他找点不痛快，我当时并没有想让他身败名裂，没想到——

刘长峰问：你怎么看待段厚德和柳茹萍的关系？

董明理说：我一开始觉得两人就是一个有感情的情人关系，后来发现不过是利益交换关系。段厚德这人好虚名，沽名钓誉，也比较好色；柳茹萍嘛，比较贪财，傍上段厚德获取了不少物质利益，当然都是真金白银。后来，两人产生矛盾。柳茹萍想和段厚德结婚，但段厚德不同意，反过来，柳茹萍威胁他。段厚德认为柳茹萍忘恩负义。柳茹萍放话说让段厚德不好过，段厚德气呼呼地出去了。

刘长峰问：你觉得如果不是段厚德，你会借钱给柳茹萍吗？

董明理说：你觉得可能吗？

市纪委监委办案点第五讯问室内。段厚德已经对自己的罪错经过做了坦白，最后他自我总结说：我错了，一切都是我的错——

段厚德忍不住痛哭流涕。

杨震也不禁长叹一声，说道：段局，我很为你感到不值。少年、青年奋发拼搏，中年沉沦，闹得事业葬送，家庭分崩离析，自己即将面对牢狱之灾。何苦呢？

杨震办公室。所有专案组成员都在。

叶雯婕说：段厚德等人涉嫌故意杀人的事情，公安方面已经查清，证据也已固定。董明理涉嫌向段厚德行贿的事情，证据也已固定。段厚德与柳茹萍是情人关系，虽然段厚德本人没有收受实际的贿赂，但可以按照"特定关系人"认定段厚德犯受贿罪。

杨震说：好，各位抓紧时间完善证据。对段厚德抓紧办理手续董明理、段厚德、柳茹萍、段福、孔强涉嫌故意杀人刑事犯罪，由市公安局刑侦支队继续侦查。我们接下来要做的，就是固定相关证据，尽快移送司法机关处理。

一个月后，市纪委监委办案点院内，两辆警车候着。

一组警察分别押送着董明理、段厚德、柳茹萍往警车走去。

三人相视表情复杂。

董明理表情无奈；段厚德灰头土脸；柳茹萍咬牙切齿。

三人交错的时候，戴着手铐的柳茹萍冲上去踢段厚德，大骂：姓段的，你太狠了！

段厚德躲闪着，不敢直视柳茹萍的眼睛。

警察急忙将两人分开，分别带上警车。

两辆警车很快驶离市纪委监委办案点。

市纪委监委大院门口。办案组部分成员下班，有说有笑地走出。

唐辉骑着一辆摩托车忽然停在叶雯婕、徐航身边。

何劲松说：嘿，鸟枪换弹弓了？

唐辉说：懂什么？快速便捷，紧张刺激，还锻炼身体。怎么样，两位美女，谁有兴趣搭顺风车啊？

徐航说：我没那么没品位。

叶雯婕说：我开车回去。

唐辉说：摩托车就是没品位？考虑清楚，我这可是双功能。

所有人愣住，似乎都没有听懂唐辉的意思。

唐辉解释道：上了我的车，先是在摩托车上笑，然后到家就换成宝马车里哭——

唐辉的话惹来一阵笑声。

一个衣着正式的女孩走过来。唐辉觉得面熟，一时又想不起何时见过。

女孩说：我找何劲松。

何劲松一愣，问：我们认识吗？

女孩说：滨海城市网络电视台记者章文锦，嘿嘿，这不就认识了吗？

六个月后。

滨海市中级人民法院一审宣判：段厚德因犯受贿罪、故意杀人罪，一审判处死刑，剥夺政治权利终身；段福、孔强犯故意杀人罪，一审判处死刑；柳茹萍犯受贿罪，一审判处有期徒刑；董明理犯行贿罪，一审判处有期徒刑……

第二章
特殊较量

文体局局长一个招呼就可以使得当事人获益丰厚。但查处"一霸手""招呼局长"却并非易事，因为此人极为老谋深算。在权钱交易、权色交易、官场潜规则中，埋藏着多少迷局，等待专案组倾力破解……

一

滨海花园咖啡馆内，坐在角落里的唐辉手里拿着一份《滨海都市报》，佯装在阅读，不过，眼睛却扫视着周围的每一个人。而对面坐着的徐航拿着饮料无聊地四下张望。

徐航低声问：老唐，都结案了，咱们还来这里干吗？

唐辉头也不抬地回应道：没那么简单的，这里面肯定还有事。

唐辉的手机振动了，他拿起手机：喂，杨主任……

半个小时后，唐辉和徐航出现在"八室"主任杨震的面前。

杨震边整理办公室桌上的材料，边问：你们两个去哪儿了？

唐辉回答：我们又去了趟滨海花园，我觉得……

杨震说：滨海花园的案子先放一放。

唐辉问：为什么？

杨震道：对滨海花园咱们还仅仅是出于"怀疑阶段"，虽然有点线索，但查的时机还不成熟，所以嘛，现在不宜调查。

唐辉问：为什么要暂停啊？有怀疑才更要深挖下去，你不是说赵建国案虽然结了，但可能还有更大的幕后黑手，找到突破口我们就深挖下去，滨海花园……

杨震道：你要知道，潜得最深的鱼最狡猾，最难抓，咱们要以静制动，静观其变。

唐辉有些不情愿地说：那好吧。

杨震说：你放心，滨海花园的黑幕咱们是一定会查的，只不过时机还不成熟。

徐航兴奋地望着杨震，问：对了，杨主任，您叫我们回来有什么事，是不是有什么新案子？

杨震把一份材料放在了唐辉、徐航面前，说道：有人举报一个叫田大毛的体育器材供应商涉嫌行贿，你先看看。

唐辉拿起材料看了起来，徐航也凑过来仔细地看，两人看着看着脸上的表情变得紧张。

唐辉惊异地抬头望着杨震说：这——

徐航说：这一看就是捏造事实啊。

唐辉说：连徐航这个新手都能看出来，这也太假了啊，根本没必要查。

杨震说：不错，任何人看到都能看出来这是蓄意捏造的，可疑就可疑在这点。如果说举报人想要报复田大毛，也不会傻到把举报材料夸大成这样，让所有的人都一眼能看出来的地步，所以我觉得大有文章，举报人是"醉翁之意不在酒"……

唐辉疑惑地问：那在什么？

杨震说：那得会会这个田大毛了，我已经约了田大毛了，现在他就在谈话室。

唐辉说：嗯，交给我吧。徐航，走！

说着，唐辉和徐航就出了门。

市纪委监委办案区第三谈话室里。田大毛惊异、恐慌、不知所措地抬头望着唐辉、徐航。

田大毛：举……举报我？这是哪个丧良心的给我扣屎盆子。

徐航说：请你注意言辞。

田大毛：对不起，办案人员，这明摆是有人陷害我啊，市文体局的大小项目，我半个毛也捞不着，我给谁行贿啊我，冤枉啊，冤枉啊……

唐辉和徐航强忍住笑，装作严肃的样子。

唐辉一本正经地说：既然有人举报你，肯定是有原因的，我希望你尽量配合调查。你仔细想想，这段日子有什么异常的事？

田大毛沉思了一会儿，抬起头说：你这一说我还真想起来了。前几天……

田大毛想起三四天前，他从洗浴中心出来，正走向停在路边的汽车。这时手机响起，他极不情愿地拿起手机，手机显示有一条短信。借着路灯的光线，他打开短信，顿时脸色大变……

难道是那事？！

第三谈话室内,田大毛思索再三,决定化被动为主动。不过,他还是有所保留,他想先试探一下对方到底掌握了什么情况。

田大毛说:我要举报,我要举报!

唐辉道:你先别激动,慢慢说,你要举报的人是谁?徐航,你做下记录。

徐航一边盯着田大毛的眼神,一边敲击着键盘,迅速地记录着。

田大毛说:我要举报高云爽!前阵子我去竞标市文体局的项目,本来我很有优势的,可没想到都被高云爽那臭女人抢走了,听说这女人很有办法,市文体局的很多项目都被她抢了去,只要听说有她竞标,那些有实力的老板都得往后靠。再这么下去,像我这样做小本生意的就得去喝西北风了。

唐辉问:你为什么要举报高云爽?

田大毛说:高云爽这女人和文体局副局长李鸿远有一腿,她每次中标的价格都要比其他的公司高出许多。

唐辉问:举报是要讲证据的,你有证据吗?

田大毛道:有!我有证据,就在手机里,我早就想抓高云爽这娘儿们的证据就是抓不着,不知哪路神仙弄到证据发给我,我还心想这两天来举报,你们就把我叫来了。我说的句句是真的,行贿的不是我,是高云爽。

田大毛掏出手机交给唐辉,唐辉和徐航仔细地看着手机里面的短信内容。

"八室"小会议室,杨震主持案情分析会。唐辉、叶雯婕、徐航、何劲松等人分坐两边。

杨震说:田大毛手机里提供的证据,技术部门已经核实并固定了。根据这些证据,高云爽和市文体局副局长李鸿远私下交往密切。在市文体局资助的健身设施项目的数次招投标中,虽然每次中标的企业名称不一样,但是那些企业的实际控制人都是高云爽。

唐辉说:给田大毛发短信的这个号的机主我也查了,他说半年前他调离本市,就把手机号匆忙卖了。至于卖给谁,他说当时几易其手,他也记不起来了。不过,要调查还是能调查清楚的,就是费点周折。

杨震轻轻地摆摆手道:一定要找到这个人。

唐辉点点头。

杨震说：这个人既然这么大费周章地通过田大毛来举报这件事情，就是不想露面。从他提供的情况来看应该和嫌疑人熟悉，我想，他一定还会再给田大毛提供情况，咱们耐心等待，等到一定的时机，他自会浮出水面。但咱们的调查也要快速而有效，多方取证，客观精准地判断分析，尽快拿下案件。

唐辉等人说：好！

杨震的目光从何劲松开始扫视了一圈又回到何劲松身上，他说道：劲松，你比较熟悉财务知识，你和雯婕先调查高云爽和她掌握的公司的财务情况；唐辉、徐航在外围调查王吉平和李鸿远。

唐辉、徐航、叶雯婕和何劲松起身出门。

市场监管局办公室内，工作人员对着电脑查看记录。叶雯婕和何劲松站在工作人员身后盯着电脑。

工作人员指着电脑上的资料在跟叶雯婕、何劲松说着什么。

半个小时后，叶雯婕和何劲松走出市场监管局大门，叶雯婕拨通了杨震的电话。

叶雯婕说：杨主任，我刚从市场监管局出来，这三家公司的法人分别是高云爽，高云爽的父亲高瑞平，高云爽的哥哥高天海。根据我们对这三家公司金融账户和高云爽、高瑞平、高天海三人个人金融账户的初步调查，我们可以断定，三家公司的实际控制人的就是高云爽。

杨震电话里说：好，马上对高云爽展开调查！

叶雯婕说：好的。

何劲松和叶雯婕走向汽车。

另一边，某体育器材商铺前，徐航和唐辉商议了一下，走进体育器材商铺……

某办公大楼内，唐辉、徐航走进一个办公室，办公室门上挂着一个牌子：规自局（全称：规划和自然资源局）办公室。

……

一家饭店门前,高云爽体贴地拉着自己的父亲,亲热地和哥哥嫂子说笑着走进饭店。

不远处的车内,何劲松拿着手机拍对着高云爽一家人不停地按着快门。

坐在何劲松身旁的叶雯婕眼睛盯着高云爽,若有所思。

二

市纪委"八室"小会议室,案情分析会,叶雯婕等人向郑振国、杨震汇报初步调查结果。

叶雯婕说:高瑞平和高天海以前都是食品厂的职工,并没有从商经验,都是老实巴交的工人。高云爽家境一般,没有什么背景。她从汉江师范大学毕业后并没有进入教育、教师行业,而是进入一家从事医疗保健产品销售的外企,迅速从一名客户代表晋升为客户经理,然后自己从外企辞职开办行销保健器材和体育器材的公司,仅仅三年时间就从一家公司迅速发展为现在的三家公司。

杨震问:高云爽一没背景,二没资金,怎么会短短几年就做得这么大?

叶雯婕说:根据我们的调查,高云爽这个人长得漂亮,而她本人也是八面玲珑,结交广泛,尤其有异性缘。她善于调动身边的人脉资源,抓住商机,经营事业,管理公司的能力也很强。李鸿远和高云爽的这三家公司在表面上并没有直接关系。

何劲松补充道:根据市场调查,市文体局对"跑步机"的购置价格比市价竟然要高出一倍,这就说明高云爽和市文体局的一把手王吉平、二把手李鸿远在暗地里应该是有利益方面交易的,神秘人的材料和田大毛的证词确实属实。

杨震问:唐辉,你那边查得怎么样了?

唐辉道:王吉平和他爱人余芳名下只有两套房子,其中一套还是市文体局分的老福利房,银行存款也不多,看起来不像个贪官,但李鸿远却截然相反。李鸿远和他的爱人名下共有三处房产,有两套是高档公寓,除此之外,两人各有一辆豪车。

文静则在一旁配合着播放 LED 投影视频照片，照片上是李鸿远进入某高档会所的照片。

唐辉指着视频说：李鸿远几乎每晚都要出入这样的消遣场所，可以看出他是一个生活奢侈、耽于享受的人。如果仅靠自己的收入，李鸿远是不可能维持这样一种夜夜笙歌的生活的。

杨震望着视频，若有所思。

唐辉说：据我们调查，市文体局负责招标的是副局长李鸿远，而李鸿远是王吉平一手提拔上来的，和王吉平的关系非同一般。而王吉平嘛，可谓是少年得志，十几年前从市政府办公厅秘书处的副处长位置空降到体育局任副局长，再后来任文化局副局长、局长，文体局成立后任首任局长至今。当然，一路仕途顺遂，是很有能力，也做出很大成绩的。除了市文体局的项目，王吉平经手的都不是小项目，像十年前的城市运动会、5 年前的青歌会……这都是很烧钱的政府项目。

听完唐辉的报告，所有人的表情都很凝重。

参加案情分析会的郑振国表情严肃地说：初步的调查和判断容易，接下来的深入取证可是最难的，稍不留神就会打草惊蛇。一旦打草惊蛇，咱们的调查取证就会功亏一篑，所以每一步咱们都要深思熟虑，谨小慎微。

这时，杨震的电话响了。

杨震挂断电话后，表情严肃地说：刚才，田大毛的电话，他说又收到了一条短信。短信内容已经转发到我的手机上了。这个神秘的举报人又给咱们提供了重要的信息，高云爽在几个高档会所、餐厅里办了消费卡送给了李鸿远，咱们可以到这些地方去取证。

说毕，杨震脸上浮现出一丝成竹在胸的微笑。

某会所包间。包间内清静幽雅，高云爽和李鸿远并排而坐，李鸿远一手抱着高云爽，一手拿着酒杯，色眼迷离地望着高云爽，高云爽则媚笑着半推半就。

高云爽柔声问：晚上想吃什么啊？粤菜？川菜？

李鸿远色眯眯地说：我现在只想吃了你。

说着李鸿运抱着高云爽就要亲，高云爽娇嗔着推开他。

高云爽说：得了吧，少跟我来这套，今天我可是有备而来。

高云爽拿出手机，翻出几张年轻貌美的女孩照片给李鸿远看。

李鸿远欣喜地接过手机，一旁的高云爽则得意地望着李鸿远，一副一切尽在自己掌控中的神情。

高云爽问：看看哪个最合你的胃口？

李鸿远看了一眼高云爽，眼神满意，随即低头兴奋地翻看着照片。

一个女服务员走来给李鸿远倒酒，眼睛盯着李鸿远手上的手机，一不小心，酒杯满溢，酒洒在李鸿远的裤子上。

李鸿远放下手机，呵斥道：你怎么搞的？干什么吃的，叫你们经理过来。

女服务员忙鞠躬道歉：对不起，先生。

李鸿远并未原谅服务员的道歉，盯着服务员骂道：毛手毛脚的，什么东西！

女服务员带着哭腔说：对不起，对不起！我真的不是有意的，对不起！

高云爽很尴尬地打圆场道：行了，李哥，她也不是有意的，快打发她走吧，何必跟这种人动气。

李鸿远摆摆手道：走吧，走吧，别摆这副死相，赶快走！

女服务员慌张地转身把盘子拿走，顺势偷偷地把一个微型摄像机放在了他们对面。

女服务员走出包间，立马恢复了神清气闲的状态。这个穿着服务员工装的不是别人，正是叶雯婕。

叶雯婕走在大厅内，看四周没人，就进到了一个包间，包间里坐着何劲松，何劲松面前放着一台笔记本电脑。

何劲松旁边是一个披着毯子的女服务员，叶雯婕走过来把身上的工装脱掉，露出身上的紧身裙。叶雯婕把衣服递给女服务员，女服务员接过衣服穿起来。

叶雯婕说：谢谢！

女服务员出门。

何劲松问：怎么样，没被发现吧？

叶雯婕说：什么话，你也太小看你雯婕姐了吧。

何劲松不好意思地低头微笑。

叶雯婕说：放心吧，那两个人光顾着谈情说爱了，没注意我。

何劲松说：我多虑了。

叶雯婕说：赶紧把画面调出来吧。

何劲松敲打着键盘，电脑屏幕上出现了高云爽和李鸿远的画面。

何劲松说：搞定！

叶雯婕和何劲松紧盯着电脑屏幕。

包间内，李鸿远兴奋满意地望着高云爽，高云爽则得意地笑着接过手机看看照片。

高云爽说：真不愧为情场高手，眼光就是好。

在高云爽的恭维下，李鸿远脸上肥硕的横肉也笑得绽开了花。

李鸿远说：知我者云爽是也。

高云爽又从包里掏出几张卡，得意地递给李鸿远。

高云爽说：购物卡、按摩卡、宾馆房间卡上的钱都用完了吧，我给你又办好了。

李鸿远接过卡片，贪婪地望着手里的几张卡片。

李鸿远矫情地说：妹子，你这让哥说什么好。

高云爽说：跟我就别客气了，你别忘了，妹妹我发财可全指着哥哥你了。

李鸿远说：妹妹你放心，只要有我李鸿远在，你就有赚不完的钱！

说着，李鸿远转身抱住高云爽就要吻下去，高云爽半推半就……

三

"八室"小会议室内，文静将微型摄像机连接上小会议上的播放设备，高云爽、李鸿远的照片和视频资料出现在室内的 LED 大屏幕上。

高云爽甜腻到能让人骨头酥掉的声音响起：想疼我还不容易，你把你手上那几个项目给我，我赚了钱再给哥哥你分嘛。

……

唐辉和徐航、何劲松、文静都强忍住笑，叶雯婕、杨震则脸上一脸严肃。

杨震说：初师告捷，看来咱们的策略对了。

叶雯婕说：李鸿远是一个焦躁、蛮横、狂妄的人，这样的人很容易暴露自己，成为调查的对象。让这样的人当自己的副手，是官场的大忌，王吉平不是收受了李鸿远巨大的好处，就是有什么不可告人的目的。

唐辉眼前一亮，脱口而出：李鸿远是替罪羊？何以见得？

叶雯婕微微一笑道：我是一种感觉，李鸿远有问题，但后面他的领导很可能才是大瓜。

唐辉点点头说：懂了。

唐辉转向杨震问：杨主任，下一步咱们怎么办？

杨震一边听着八室成员的汇报、讨论，一边在思考着下一步的调查方略。他谨慎地做着部署：虽然咱们掌握了比较可靠的证据，可是王吉平是否是背后牵线操纵的人，还不能过早地下判断，我们不妨先试一下。

唐辉问：怎么试？

杨震道：唱一出"敲山震虎""引蛇出洞"。

杨震胸有成竹地望着在座的部下们，部下们的眼神中都透露着兴奋和期冀。

唐辉、徐航走进市文体局办公大楼，给门卫出示了证件，门卫做出手势让他们两人进去。

市文体局办公楼内走廊里，走在前面的唐辉向徐航使了一个眼色，背着包的徐航警惕地看看四周，走进女卫生间，唐辉则继续向前走。

此时，李鸿远正坐在办公椅上品茶，轻轻哼着小曲，舒适惬意地享受着午后的时光。

敲门声响起。李鸿远放下茶杯，冲门口说道：进来。

唐辉推门而入，李鸿远疑惑地望着这个不速之客。

李鸿远狐疑地问：你是……

唐辉拿出工作证。望着工作证件上"市纪委监委"的标志，李鸿远神情紧张，张着嘴，一时不知该作何反应。

唐辉收起证件，笑眯眯地望着李鸿远。

唐辉说：我是市纪委监委的唐辉，很唐突地来拜访李局长。

李鸿远连忙起身招呼：快请坐。

唐辉落座后，似笑非笑地望着李鸿远。

李鸿远故作镇定地说：唐办案人员大驾光临，不知有何贵干？

唐辉声音轻柔地说：李局，咱们都是国家工作人员，自己人，不必紧张，我来可不是办公务的，而是专门来烧香拜佛，来求您的。

李鸿远紧张地说：求我？您这话怎么说……

唐辉继续笑眯眯地望着李鸿远。

唐辉解释道：我表姐是做体育器材的，听说您这儿最近搞了一些小项目，这不，我表姐公司的实力也很强，有心想竞标上这个项目。我表姐让我来打听一下文体局"跑步机"的收购价格，我只好贸然来麻烦您了。还是那句话，咱们都是自己人，对不，李局？

李鸿远听着唐辉的话，望着唐辉无法捉摸的表情，心中半信半疑。

李鸿远说道：这个，呃，呃，……这，这样吧，这，这谈不上求，不过，这个项目刚开始，价格我还不太清楚，我们还得研究研究，放心，放心，自己人，自己人……

唐辉立即装出不高兴的样子，声音冰冷地说：李局，看来你是瞧不起我们这无名小卒了，那我告辞了。

说着唐辉起身要走，李鸿远见状，慌了神，忙阻拦唐辉。

李鸿远说：别，别，请留步。

唐辉停住脚步观察着李鸿远。

李鸿远为难地说：这价格确实还没最后确定，不过，我可以告诉你一个数儿，但我说了最后也不"作准"，还没最后定，这个，是……

唐辉望着窘急的李鸿远，心里有了底，笑眯眯地望着李鸿远。

唐辉说：谢谢李局，以后还少不得麻烦李局。这样，今天这么冒昧来访，过两天，我和我表姐请李局吃个饭，李局可一定要赏脸哦。

李鸿远紧张地胡乱答应着：好，好，哦，太客气了。

唐辉起身，拱手抱拳道：谢谢您，李局，我先告辞。

李鸿远说：您慢走，慢走，不送，不送。

惶恐不安的李鸿远迫不及待地想打发走唐辉。正往外走的唐辉忽然又回头看了过来，这让心有余悸的李鸿远十分惊异。

唐辉说：对了，李局，这事最好只有你我二人知道，呵呵，我不是来办公务的，这事可千万别让我们单位知道了，呵呵。

李鸿远又松了一口气，道：好，好，您放心。

望着唐辉消失在走廊的尽头，李鸿远松了一口气，忙关上自己办公室的门，焦急慌张地向王吉平的办公室走去。

走廊，徐航穿着清洁工衣服低着头，装作打扫卫生，慢慢拖着地，看到李鸿远匆忙而去，紧跟着李鸿远。

李鸿远走进局长办公室，徐航在王吉平的办公室附近慢慢来回拖着。

市文体局局长办公室，王吉平坐在椅子上，面前站着一脸紧张的李鸿远。

李鸿远问：忽然来了这么一出，我真的是蒙了，到底是怎么回事啊？王局，这姓唐的是真来替亲戚问"跑步机"的价格，还是来试探我？

王吉平也拿不定主意，他看看李鸿远，表面却不动声色。

王吉平说：他们这不是试探，我觉得就是想利用他们市纪委监委的身份捞点实惠，赚点钱，实在不行就给他们一个项目了事。

李鸿远将信将疑地望着安然自处的王吉平。

李鸿远问：真……真的没事？

王吉平不屑地笑看着李鸿远，自己慢悠悠地坐在椅子上。

王吉平道：真的没事，我诓你干什么？有事我不第一个着急，你放宽心吧，即使有事也是我第一个顶着。

李鸿远望着王吉平坚定的表情和语气，放心地舒了一口气。

李鸿远说：哦，哦，那就好，那就好。

　　王吉平安慰道：别多想了，该干吗干吗，手头上的项目你要抓紧，该办好的事就去办，别天天疑神疑鬼的，你先回去吧。

　　李鸿远谦卑地冲王吉平笑笑，说道：我这不是担心嘛，没事就好，没事就好。

　　说着李鸿远讪讪地开门离开。

　　看到李鸿远离开，王吉平颓然疲惫地靠向椅背，表情惶恐不安。

　　办公楼走廊，站在门口的徐航听到李鸿远出来，急忙拿着拖把走到一边，假装拖地。

　　李鸿远低着头匆匆从王吉平办公室走出来。

　　徐航抬手看了看手表，计算着李鸿远在局长办公室到底待了多长时间。

　　局长办公室。王吉平颓然坐在椅子上，突然好像想起了什么，忙拨打了一个电话。电话里传来高云爽的声音。

　　王吉平说：今天的见面取消吧。

　　高云爽电话里娇滴滴地问：怎么了？王哥。

　　王吉平表情凝重地说：李鸿远可能漏了。

　　电话那边高云爽沉默了，王吉平顿了顿，捂住话筒低声嘱咐高云爽。

　　王吉平提醒道：这两天咱们不要见面了，有什么事备用电话联系，你现在做的事情也停一停。还有，云爽，你在李鸿远面前不要漏一点儿风声，实在不行就把李鸿远抛出去，咱们自保，你明白我的意思吗？

　　电话那边沉默了一会儿。

　　高云爽柔声说：我明白，平哥，你……你多注意点。

　　王吉平道：咱们都多注意，有什么情况及时联系，你，你也小心点。

　　十字路口交通指示灯显示为红灯，高云爽忙停住了车。

　　高云爽手拿电话，表情严肃绝望，握电话的手微微发抖。

　　高云爽说：好。

　　高云爽挂了王吉平的电话，她的表情惊恐慌乱，拿着手机的手不知道该放在哪里，她极力镇定着自己。

　　交通指示灯变为绿色，高云爽竟然没有察觉。

后面的汽车不停地按着喇叭，刺耳的声音让高云爽回过神来，急忙发动汽车，疾驰而去。

四

"八室"小会议室，杨震主持案情分析会，唐辉、徐航、叶雯婕、文静和何劲松等人分坐两边。

杨震说：唐辉，先说说你这组的调查结果吧。

唐辉汇报说：下午我假意找李鸿远办事，试图引起他的警惕，如果他心里没事的话肯定不会把我找他这件事放在心上，可如果他心虚，那一定会认为我在试探他。

杨震问：那结果呢？

唐辉说：不出所料，我把他吓到了。我走之后，他就神情慌张地去找王吉平了。

杨震沉思。

徐航说：该我说了！

唐辉和杨震望着徐航焦急的样子觉得好笑。

杨震道：好，你说吧。

徐航自信满满地拿出小本子，一边看一边说。

徐航说：李鸿远在王吉平的办公室总共待了15分钟，进去的时候神情慌张，出来的时候神情较为泰然。

唐辉说：看来你这招"引蛇出洞"算是用对了，"蛇"出来了。

杨震说："蛇"只是从洞里探出了头，咱们不能让他感到任何的风吹草动，要让他自露行迹。

唐辉问：那下一步怎么办？

杨震说：你和徐航跟紧王吉平！

唐辉、徐航响亮地回应：是！

一高档小区门口，王吉平走在马路上，像平时一样悠闲从容。远远地在车里唐辉拿着望远镜盯着王吉平。

王吉平走进自己的小区，坐在车里的唐辉和徐航彼此对望一眼，眼里透着疑惑和失望。

徐航说：这个王吉平每天两点一线，回家上班，没有什么异常，这么跟着没意义啊。

唐辉说：别急，再狡猾的狐狸也斗不过猎人。

徐航说：可这是个老狐狸，伪装得这么好。

唐辉说：别忘了，我是个老猎人。

徐航说：得了吧老唐，您就别跟我倚老卖老了。

徐航说完，冲唐辉做了鬼脸。

唐辉说：行了，王吉平这边今天看来是没什么结果了，我带你去个地方吧！

徐航好奇地问：哪儿？

唐辉说：夜店！

徐航惊讶道：干吗？

唐辉说：李鸿远晚上常去夜店消遣，我们去看看有什么线索。

徐航说：哦，那……那你自己去吧。

唐辉说：没想到我们的徐爷也有怕的时候。

徐航说：谁说我怕了？只是我从小到大都没去过夜店。

唐辉像看外星人一样望着徐航，说道：不会吧？你这个年纪的人哪有没去过夜店的。

徐航说：你以为谁都跟你似的，富家公子哥，就知道吃喝玩乐。好吧，今晚上我也豁出去了。不过，我可没钱哈。老唐，开车！

夜店内，周围人声嘈杂，一个稍微宽大些的区域内，李鸿远喝得红光满面。他坐在长条沙发上醉态十足，一张脸因酗酒而扭曲变形。旁边的人一脸媚态，显然是客户，这位客户伸过胳膊，手上端着酒杯敬李鸿远。

客户：李局，我敬您，您是我们这些人的老大，救星。

李鸿远晃晃悠悠也端起了杯子，口齿不清地说道：哪里，哪里，干，干！

李鸿远抱着一个年轻女孩，把杯中的酒一饮而尽。

趁着迷离的灯光掩护，李鸿远的手不安分地在身旁的年轻女孩身上游走。

远处的沙发上坐着唐辉和徐航。徐航被巨大的音响声吵得不舒服，她皱着眉头，和周遭的环境格格不入。

服务生走到二人跟前，问：请问两位需要喝点什么？

徐航说：来两杯橙汁，谢谢！

服务员一脸吃惊地望着徐航。

唐辉说：一杯橙汁，一瓶百威，去吧。

服务员走开。

徐航问：你点酒干吗？

唐辉说：来这种地方，不喝酒会让人起疑心的，放心，就是摆摆样子。

徐航望着周围，狐疑地说道：真不理解这些人，这破地方有什么好玩的？

唐辉说：这你就不理解了吧，男人啊，有点钱就不知道怎么嘚瑟了，努力给自己找刺激，这里呢，正好能满足这些人的私欲。你要是不适应就出去吧，我自己应付得来。

徐航说：我没事。

唐辉望着窘迫的徐航觉得好笑。

高云爽的车停在一个餐厅门外，她下车后，环视了一遍四周，走进餐厅。

叶雯婕将车停在马路对面，她透过车窗紧盯着高云爽走进餐厅。

透过餐厅的落地窗，叶雯婕看见高云爽走进餐厅一角和一位男士握手，随即坐下轻声言谈。

不一会儿，高云爽起身走出餐馆，上车离开，叶雯婕赶紧驱车在后面紧跟。

20分钟后，车停在一家银行门外，高云爽下车走进银行。

叶雯婕坐在车里密切注视着银行大门。这时手机响起，叶雯婕拿起手机。

叶雯婕说：喂，劲松，什么事？

何劲松电话里说：田大毛那边又收到一条短信。

叶雯婕说：知道了，我马上回单位，等我。

叶雯婕驾车离开。

市纪委监委办案区第三谈话室内，田大毛把手机递给何劲松。

田大毛说：我又收到陌生人发来的一条短信，说高云爽的助手每月固定给李鸿远的妻子打一笔钱，还提供了银行和账户姓名，我收到短信就赶紧过来汇报了。

叶雯婕说：谢谢你的配合。

田大毛说：这都是应该做的，我也希望你们能尽快把高云爽他们抓起来，这样对我们这些正正当当做生意的人也有好处。我冒昧地问一句，你们什么时候能把他们抓起来？

叶雯婕说：这个你放心，一旦证据充分，高云爽他们是跑不掉的。关于案情的细节，我们正在调查，不方便向你透露，请你理解。另外，也希望你务必配合我们做好保密工作。

田大毛说：一定，一定！没什么事我先走了，你们忙着。

说着，田大毛边告辞边出门了。

何劲松问：叶姐，我们到底什么时候收网啊？

叶雯婕说：别急，据我调查，高云爽这两天忙于转让小项目，收拢资金，她还从市文体局接了个大项目，从中操作换取利润。就像一架赚钱的机器，她非但没有停止业务，反而加快马力尽可能地赚钱。这样看来，她比我们更急，人一着急就会放松警惕，我相信她很快就会露出马脚。对了，田大毛今天提供的信息非常具体、重要，你赶紧和文静走个请示程序，去趟银行核实一下，查下李鸿远老婆是否每个月都收到高云爽公司打来的钱？我这就去找杨主任汇报。

叶雯婕到杨震办公室的时候，正赶上唐辉跟杨震起急。

唐辉望着杨震，语气急而冲：咱们掌握了李鸿远那么多的证据，为什么不对李鸿远立案？把李鸿远抓来一问不就什么都清楚了吗？

杨震正要解释，叶雯婕开了口：唐辉，现在咱们只掌握了李鸿远的罪证，还是部分！我们没掌握王吉平的任何罪证，到时候王吉平把责任都推到李鸿远身上，或者李鸿远把责任都揽过来，咱们的调查工作就会非常被动。

杨震道：雯婕说得对，李鸿远贪污腐败的证据咱们都没有充分掌握，已经掌握的，还缺乏大量的证据支持。王吉平贪污受贿的证据在哪里？需要我们继续跟进，去查！去找！唐辉，要有耐心，耐心等待，"蛇"头终究会按捺不住探出来的。

五

"八室"办公区，何劲松坐在座位上摆弄着手里的订书器，一副心事重重的样子。

徐航走过来，何劲松没有察觉，她凑近何劲松耳边问：想什么呢？

何劲松吓了一跳，手中的订书器掉在地上，他急忙弯腰捡起，胡乱地收拾着桌上的文件。

何劲松说：没事，你不是和唐辉要去跟踪王吉平吗？还不快去。

徐航说：等老唐。

何劲松说：哦。

徐航坐到何劲松的桌子上，仔细地打量着何劲松，问：咱俩多年的同学，我太了解你了，快说，是不是有心事？

何劲松说：嗯。

徐航说：快跟我说说。

何劲松说：跟你说了，你可不能告诉别人。

徐航说：赶紧的。

何劲松说：章文锦过生日，约我吃饭。

徐航说：嗨，我当什么事呢，约你吃饭就去呗。

何劲松说：我们又不熟，我怕去了尴尬。

徐航道：这有什么啊，挺大个人了还怕这个，听我的，该去去。对了，别忘了带礼物。

何劲松问：还要带礼物？

徐航道：当然了，你这个榆木脑袋。

何劲松问：那你说我带什么啊？

徐航想了想，说道：就带一束鲜花，女孩一般都喜欢。

这时，徐航看见远处唐辉从杨震的办公室走出来，急忙从桌上下来。

徐航说：先不说了，我要出去了。

徐航走了几步又回过头来，神神秘秘地凑到何劲松身边。

徐航问：那个章文锦是不是喜欢上你了？

何劲松道：一边去！

徐航打趣道：呦，脸红了呢。

徐航笑着离开了。

马路上，王吉平悠闲地走在下班回家的路上。王吉平环视四周，发现没人，拐进一边的树丛中，从随身带的包里拿出一根雪茄，悠闲自得地抽起来。

王吉平的这一小动作引起了悄悄在后面跟踪他的唐辉的注意。

抽完雪茄的王吉平随手把小半截烟头扔在了旁边。

王吉平走在路上，唐辉用手机把王吉平的西装、领带、皮鞋、皮带都一一拍了下来。

等王吉平走远，唐辉走上前去捡起了小半截雪茄，表情惊异地望着这支雪茄。

而与此同时，某酒店外，高云爽低着头，行色匆匆地走进酒店大门，叶雯婕悄悄跟了进去。

夜晚。户外咖啡馆。

何劲松大汗淋漓地跑到咖啡馆，章文锦坐在椅子上已经等候多时，见何劲松过来急忙起身。

何劲松桌子上摆着烛光晚餐，一个玲珑可爱的生日蛋糕摆在中间，烛光熠熠。

何劲松不禁愣住了，章文锦故作妩媚的样子走到何劲松面前笑看何劲松，笑容甜美可爱。

何劲松问：不……不是说你的生日会吗？怎么别人还没来？我还以为我迟到了呢。

章文锦说：傻瓜，今天我只邀请了你一个人。

何劲松既不好意思又激动兴奋地望着章文锦。

章文锦看何劲松激动忐忑的样子，不禁好笑，她问：何先生，我可以看一下我的生日礼物吗？

何劲松有点不好意思，他扭捏小心地把一小束花从身后拿出来。花束虽小，但能看出来是何劲松精心挑选的。

何劲松兴奋忐忑地望着章文锦，希望能看到章文锦激动惊喜的表情。

章文锦接了花，表情明显失望地说道：只有鲜花啊？

何劲松一下子紧张、内疚、不知所措起来，他解释道：这两天任务很紧，没来得及给你买生日礼物，我明天一定补上。

章文锦故作遗憾地望着何劲松说道：明天可不是我的生日了，你再送我什么也没有意义了。

何劲松焦急窘迫，更加手足无措。

章文锦莞尔一笑，说道：我要你今天就送我礼物，我不要那些庸俗的礼物，我要一个轻轻的、温柔甜蜜的礼物。

章文锦娇羞地看了何劲松一眼，低下头。意思显而易见，刚才紧张的何劲松似乎领会了章文锦的暗示，脸唰的一下红了。

章文锦含情脉脉地望着何劲松，何劲松被章文锦看得不好意思。

何劲松为了化解尴尬，赶忙说道：那什么，赶紧吃蛋糕吧。

章文锦失落地摇摇头，何劲松十分惊异，问：怎么了？

章文锦失神地望着生日蛋糕，满面忧郁，她说道：没什么，这个生日礼物在我期待的时候很美好，很美好。

何劲松声音激动得发颤：那……那，那我改天再送一个礼物给你。

章文锦说：劲松，我这两天工作压力很大，总是找不到什么有价值的新闻线索，你能给我提供点新闻线索吗？

何劲松惊异地望着章文锦说：这，这，这不好吧。

章文锦望着何劲松，娇嗔道：你又来了，不就是让你提供你们正调查的案子的情况吗？哪些能告诉我，哪些不能告诉我，你心里还没数儿吗？你把能告诉我的告诉我，不就行了吗？

何劲松说：我们的调查当然是不能告诉你，不过，我可以告诉你一些不重要的消息，什么样的新闻对你来说才算是有价值的新闻？

章文锦说：接地气，关乎民生，又能刺激到民心。

章文锦满心期待地望着何劲松。

何劲松顿了顿，说道：哦，嗯，呃，有个这个，我想告诉你也没多大关系。前段时间我们做了一个"跑步机"的市场价格调查，发现市文体局购买的"跑步机"价格要比市价高出一倍，这个可以吗？

章文锦欣喜兴奋地望着何劲松，笑容在脸上绽放，她踮起脚尖亲了何劲松脸颊一口。

章文锦说：谢谢你，我最最最英俊、最最最温和的何先生，呵呵！

何劲松被章文锦突如其来的举动惊得不知所措。

次日一早，市文体局局长办公室。王吉平双眼死死盯着电脑屏幕，表情紧张惶恐，额头渗出汗水。

电脑屏幕上新闻的几个大字：政府作为大于市场作为——街头跑步机进入官堂，身价飞增。

坐在办公椅上的王吉平慌忙地捡挑材料，挑出一些材料，撕掉了这些材料。

王吉平紧张地拿起电话。

"八室"小会议室，徐航疲惫地坐在椅子上，手里摆弄着笔，笔不小心掉在地上。

杨震走过来把笔捡起来放在徐航面前,他关切地问:徐航,怎么一副无精打采的样子啊?

徐航说:这两天高云爽和她的助理都没露头,公司也没去,我们分散开人手等了她们一天一夜都没见踪迹,可能躲在家里,或者逃了,杨主任,她们不会是知道什么了吧?

杨震说:这些人做事十分谨慎,应该是听到风声了,下一步我们的工作要更加保密。

徐航点点头。

杨震说:别闲着了,赶紧把这几天搜集回来的材料整理一下。

杨震走开,徐航冲杨震的背影做了一个鬼脸。

六

市文体局局长办公室。王吉平镇定自若地望着坐在对面沙发上的三名下属,脸上竭力装出一丝笑意,说道:最近有些人居心叵测地想要扳倒我,散布一些莫须有的流言,甚至有人到市纪委监委去告我。

王吉平边说边观察着三名下属的反应,三名下属却面面相觑,不知所以然。

王吉平不屑地说:雕虫小技!我王吉平既然能坐在这个位置上,能轻易被别人扳下来,我也就不是王吉平了。在咱们这个圈子里混,找对靠山,站对队很重要,你们都业务精通,为人踏实,这我心里都有数儿,咱们都是自己人,利益与共,对不对?所以该说什么话,做什么事,你们心里要有底,有谱,明白吗?

王吉平端起茶杯喝了一口茶,随即抬眼看了看对面紧张严肃的三名下属,说道:好。开会去吧。

三名下属诺诺而出。

几分钟后,王吉平出现在市文体局的一个中型会议室里,他坐在主位上主持会议。李鸿远坐在王吉平的旁边,其余几位班子成员也分坐两旁,表情都紧张严肃。李鸿远低着头,表情窘迫惊惧,在做自我检讨。

李鸿远说：是我工作失误，把关不严，才造成今天的失误，我全权负责。

李鸿远胆怯惊慌地望了一眼王吉平，王吉平高昂着头，斜眼看了一眼李鸿远，表情满意。

在座的人员偷偷互看，心知肚明，但也不敢有异议和表现。台下，办公室主任李学斌低着头，表情若有所思。

王吉平威严地望着众人，说道：从今天起，凡是李副局长批的项目，一律暂停，咱们重新审查。

王吉平说完，众人十分惊异。

王吉平给一个亲信使了个眼色，亲信心领神会，忙带头鼓起掌来，众人有的情愿，有的不情愿地都鼓起掌来。

王吉平脸上现出得意、满意的笑容。

局长办公室里。王吉平装作若无其事地用小水壶浇着花，一边说着话，背后站着两位忐忑紧张的下属。其中一人正是办公室主任李学斌。

王吉平说：你们俩都是李鸿远的人，现在李鸿远捅了这么大的一个娄子，我就是想保他也力不从心啊。一旦李鸿远出了事，你们不小心也会被牵连进去，唉，现在你们俩要好好想想怎么自保吧。

王吉平假装叹着气，把水壶放在桌子上，望着面前忐忑不安的这两个人。

其中有一位下属似乎猜到王吉平话里的意思，忙赔着笑脸，诌媚地望着王吉平，说道：王局，我就是平常给李局办点小事，项目的事情我们说了也不算，我们什么都不清楚，我们怎么能是李局的人呢？要说，我们是市文体局的人，您是市文体局的老大，我们就听您的，是您的人。

王吉平满意地笑笑，又看看旁边的李学斌。李学斌也装作一副俯首帖耳的样子望着王吉平。

高云爽公司大楼那头，在监视者何劲松、叶雯婕眼里，没有发现什么异常：

高云爽在公司里忙碌的身影；

高云爽在电脑前紧张地忙碌着；

高云爽在接打电话；

……

高云爽公司大楼外，何劲松和叶雯婕苦苦等候，天由白昼转为漆黑，也没有看到高云爽和助理出来。

一定是有人走漏了消息？叶雯婕不无忧虑地对何劲松说。

杨震主持案情分析会，何劲松表情焦急。

何劲松说：高云爽的助理忽然不见了踪影，一定是跑了，我们光注意监视高云爽了，忽视了这个重要的证人。

杨震表情惊异地望着何劲松，随即他表情凝重地说道：这也是我工作的疏忽。唐辉，你去查清神秘举报人的身份，咱们的计划失败，要想尽快破案、立案，只能找这个突破口了。

唐辉回复道：好的。

杨震的脸上阴云密布，他担心地说：市文体局采购"跑步机"的消息一被泄露出去，咱们的调查就处处于被动的境地。王吉平和高云爽都做了充分的准备，我们之前为抓住王吉平贪污行贿的证据而精心铺的网也前功尽弃了。

徐航说：咱们总是落后一步，我看一定是有人走漏了消息。

坐在旁边的何劲松表情紧张，愧疚，眼神慌乱。其他人也表情凝重。

杨震说：现在不是讨论这些的时候，大家赶紧准备吧。

杨震转身准备出门，何劲松一脸紧张。

何劲松起身叫出杨震，说道：杨主任，那个，有件事我要汇报一下。

杨震说：说吧。

何劲松有些吞吞吐吐地说：嗯……是我把"跑步机"可能有猫儿腻的事情告诉章文锦的……

杨震一愣：什么？！

何劲松说：杨主任，您先别生气，我就是简单跟她说了一下，没聊具体的。我们工作的内容，我一点儿没聊。

徐航气愤地说：好你个何劲松，真是家贼难防啊，你让我说你什么好！就知道贪图美色！

何劲松说：对不起，我错了……

杨震说：你……

本想发火痛骂一顿的杨震看到何劲松脸红愧疚的样子骂不出口，他气愤地坐回自己的座位。

杨震道：这事情，何劲松你违反纪律，这个案子你不准再参与，停职反省。

说完杨震起身出门，屋里只剩下何劲松和徐航。

何劲松一脸沮丧地靠在椅子上。

徐航说：我早就跟你说过，像章文锦这种唯利是图的女人就不能来往，你就是不听我的话，中了人家的美人计。现在好了，等着受处分吧，这都是你自找的。

何劲松内疚地说：我也是一时昏了头。

徐航道：我告诉你忠言逆耳，咱们多年的同学了，我可不会害你，你以后啊真得长长你看人的本事。行了，你自己再好好反省反省吧。

说完，徐航拍拍何劲松的肩膀出了会议室。

市纪委监委走廊。徐航正向办公室走去，章文锦迎面走了过来，徐航脸色难看，故意视而不见。

不明就里的章文锦拦住徐航，依旧热情地跟徐航打招呼：徐航，这么巧。

徐航不无好气地说道：是啊，哪儿都能碰见你。

章文锦察觉到徐航态度不友好，但她又不知道、也不好意思问原因，于是就转移话题问：看见何劲松没？我刚去办公室看他没在。

徐航生气地说道：又想从何劲松那儿挖新闻啊？我告诉你啊，你可别看劲松这人善良就一次次地利用他。

章文锦一听也不高兴了，问：徐航，你这话什么意思啊？

徐航反讥道：什么意思你自己最清楚，我们调查市文体局的事是不是何劲松告诉你的？

章文锦疑惑地点点头。

徐航再次追问：你是不是报道了？

章文锦解释道：嗯，我只是简单了报道了一下，没透露细节，不会影响你们办案的。

徐航仍旧气愤难当地说道：你说没影响就没有影响？你知不知道你这一报道，我们之前的保密工作都白费了？何劲松因为这事可能会受到怎样的处分？

章文锦愧疚地说：啊？我没想到这么严重。对不起，这事都怪我。

徐航说：行了，这话你还是跟何劲松说去吧。

章文锦说：他在哪儿？我去找他！

徐航说：在会议室呢，我劝你现在还是别去了，他这会儿肯定不想见你。

徐航离开了，留下章文锦一个人尴尬地站在原地。

市纪委监委办案区第三谈话室内。田大毛兴奋焦急地望对面坐着的着杨震，叶雯婕、唐辉则分坐在杨震两侧，观察着田大毛的反应。

田大毛将手机递给杨震，说道：杨主任，神秘人又发来短信，提供了高云爽以自己父亲的名义把房子廉价卖给李鸿远的父母的信息。

杨震接过手机，将短信及其来电号码记录了下来。他将自己记录的字条递给唐辉、叶雯婕，对两人说道：唐辉，雯婕，设法联系到发这个短信的人，我们需要核实短信内容的真假。

唐辉、叶雯婕点点头说：好的。

杨震沉吟了一下，对田大毛说：田先生，感谢您提供的重要情况。您先回去吧。有啥情况，随时联系我们。

等田大毛离开，杨震表情冷峻地对叶雯婕、唐辉说：事不宜迟，马上对李鸿远立案，采取措施。

叶雯婕说：杨主任，我来准备请示手续。

唐辉说：我来协调公安机关协助。

七

可没等相关手续走完，李鸿远却出事了。

唐辉、叶雯婕和几位警察匆匆赶到李鸿远家，却发现李鸿远把自己吊在了自己书房的房顶，两条腿还轻微晃动着……

已经出警的警察正在处置。30分钟后，李鸿远的遗体也已经被抬上了担架，几位警察在李鸿远家中取证，拍照。

一位出警警察对唐辉、叶雯婕说：我们在一个小时前接到报警，根据我们的现场调查和法医检查初步判断，李鸿远是自杀。

叶雯婕低声问：死者有遗书没有？

出警警察回答：我们没有发现。

不远处的客厅里，李鸿远的妻子抱着十岁的女儿坐在沙发上痛苦地哭着。

李妻哽咽：我就是带孩子出去买东西的工夫，没想到他就……什么事解不开，偏要自杀，连封遗书都没给我们孤儿寡母的留下……

叶雯婕走过去，坐在李妻身边，掏出纸巾递给李妻。

叶雯婕说：人不在了，请节哀顺变。

李妻擦拭着脸上的泪水。

叶雯婕问：这几天李鸿远的行为有什么异常吗？受没受过什么刺激？

李妻说：我也不知道他为什么要自杀，最近几天他都很烦躁，也说一些莫名其妙的话，我也没留意，谁知道会这样，这个狠心的……

叶雯婕皱着眉头站起来。

"八室"小会议室内，听完叶雯婕、唐辉的汇报，杨震一言不发地坐着沉思。

徐航说：李鸿远肯定是畏罪自杀了，他这一死我们就不好办了，本来还想着以他为突破口呢。

叶雯婕说：这个李鸿远就是个替罪羊。

唐辉建议道：都这时候了，咱们得赶紧控制住高云爽，再等就来不及了。

徐航点头说：是啊。

唐辉、叶雯婕、徐航望着杨震，希望他能早些作出决定。

回过神来的杨震望着徐航、唐辉、叶雯婕，表情坚定。

杨震道：现在还不是动高云爽的时候。

此语一出，震惊四座，所有人都疑惑地望着杨震，唐辉又急得瞪起了眼睛。

唐辉说：再不抓高云爽，高云爽就跑了。

杨震冷峻地望着大家。

杨震说：如果案子拿不下，我负责任。

杨震斩钉截铁的坚定态度让在场的所有人都感到震惊。

杨震说：王吉平和高云爽既然在做这么周密的部署，让李鸿远做了替罪羊，现在动高云爽，他一定会把责任都推到李鸿远身上，咱们拿不出有力的证据，就得在二十四小时后释放高云爽。这样不但从高云爽身上打不开缺口，而且还会彻底打草惊蛇，让这两个人逃之而后快。

唐辉、叶雯婕理解了杨震的意思，两人点点头。

徐航还是一脸焦急，她说道：你说得是有理，不过，不控制高云爽的话，风险也很大。

杨震说：不错，但有的时候做事情就得承担风险，就得赌一把，我的提议就是咱们按兵不动，欲擒故纵，让对方摸不清咱们的虚实。

唐辉等人都点点头。

徐航说：那个神秘举报人也不再给咱们提供线索了？关键时刻掉链子。

杨震道：下一步我们工作的重点就是找到这个神秘的举报人，由我来负责神秘举报人的追查工作。唐辉、徐航、雯婕你们紧密监视高云爽和王吉平的动向。文静，你负责汇集线索和案件材料。

马路上。唐辉和徐航神情紧张地在马路上走着，前方王吉平在路上漫步。王吉平明显觉察出有人在跟着他，眼睛微侧，不动声色地仍继续走着。

商场门口，高云爽走进自己的车，开车疾驰而去。

叶雯婕、文静开着车跟在高云爽的后面。

王吉平住宅小区外。何劲松悄悄地等在王吉平家小区外某偏僻角落，双眼紧张地望着王吉平家小区门，希望自己能发现什么。

远远地，章文锦开着车望着何劲松，表情内疚。

忽然王吉平的妻子余芳从单元门里匆匆出来，向小区门口走去，何劲松看到余芳神神秘秘的样子，忙跟踪而去。

在小区门口，余芳打了一辆出租车，坐车而去，何劲松紧随其后也打了一辆车紧跟着余芳的出租车。

章文锦忙开车跟了出去。

马路上，出租车停下来，余芳下车，一个黑瘦的男子也从一辆车上下来，两人走在一起。

黑瘦男子伸手搂着半老徐娘的余芳向餐厅走去，他们亲密的样子证明两人的关系非同一般。

何劲松忙走在侧面，拿出手机悄悄拍照。

市纪委监委办公室。何劲松对着电脑望着一张新闻照片，照片上的人正是昨晚和余芳在一起的男子。照片被放大定格：龙腾装修公司董事长贾旺。

何劲松拿出手机打电话。

何劲松说：哎，浩子，咱们市的龙腾装修公司你有认识人吗？嗯，嗯，你帮我打听一下他们公司，对，好，那浩子我就等你电话，好，谢谢哥们儿。

何劲松正要放下电话，忽然一只手重重地拍在了他的肩膀上，让毫无准备的他吓了一跳。何劲松回头，原来是徐航。大大咧咧的徐航咧开嘴笑看何劲松。

徐航问：干什么呢？神神秘秘的。

何劲松表情有些不耐烦地望着徐航说：没什么，我先出去一下。

何劲松站起来走出门，徐航表情疑惑地望着何劲松默默地走开，不得其解。

市纪委监委大院外。叶雯婕疲惫地走出门，眼睛搜索者马路上的过往车辆，看看出租车多不多，好不好打。

忽然一个温柔的声音响起——"我送你回家吧。"

叶雯婕惊异地循声望去，唐辉从阴影中走出来。叶雯婕惊异地望着唐辉，唐辉略显紧张地望着叶雯婕。

叶雯婕慌张地应对：这么晚你也还没回去？

唐辉说：我和你一样也都熬了一天一夜了，刚交接了班，这么晚打车不安全的，我送你回家吧。

叶雯婕既慌张又疑惑地问：不是不让你开宝马车上班吗？你开别的车了吗？

唐辉腼腆地笑笑。

唐辉说：难道只有汽车才能送美女回家吗？

叶雯婕表情疑惑，唐辉则得意地一笑，将头盔递给叶雯婕，叶雯婕接过戴上。

八

夜晚，马路上唐辉驾驶摩托车快速行驶着，嘴里哼唱着开心的歌曲。叶雯婕小心翼翼地坐在后面，她也被唐辉的快乐情绪所感染，脸上也绽出了开心的笑容。

郝楠开着车行驶在马路上，小心翼翼地观察着路上的行人。

郝楠的手机响起，电话显示为唐辉的父亲来电，她把车停在路边，郝楠接通了电话。

郝楠很客气地问：伯父啊，找我什么事？

唐辉父亲关切的声音传来：郝楠啊，今天晚上唐辉就值完班了，怎么？你们这两天都没联系吗？

郝楠道：哦，他最近工作忙，我们没怎么联系。

唐父电话里明显不满：唐辉这孩子真是的，一天到晚就知道工作，等他回来我一定教训他。

郝楠说：伯父，您别生气，唐辉也是没办法。

唐父道：郝楠啊，唐辉这孩子不懂事，等你俩的事办了，咱们就是一家人了，到时候你可得替我好好管教他。

郝楠说：嗯，我知道了。

郝楠挂断电话，神情不自觉地一阵黯然。

这时候唐辉拉着叶雯婕从郝楠的车前经过，两个人满脸的笑意，郝楠突然瞥见后顿时脸色变得难看。郝楠发动汽车，跟在唐辉后面。

唐辉大声说道：好多年不骑摩托车了，都快忘了。

叶雯婕也大声说道：正好让你这个富家公子哥也体验一下老百姓的生活。

唐辉说：你抓稳了，我要加速了。

唐辉加速，叶雯婕下意识地搂住唐辉的腰。

后面车内的郝楠看见这一幕，顿时气不打一处来，狠踩油门，超过唐辉，紧接着一个急转弯，挡在唐辉前面。

唐辉急忙停住，坐在后面的叶雯婕险些摔倒。

唐辉摘下头盔，有些不悦地喊道：你这人怎么回事，会不会开车？

对方从车上下来，走到唐辉跟前，唐辉和叶雯婕都大吃一惊。

郝楠问：这么巧啊？

唐辉说：是啊，我刚下班。

叶雯婕下了摩托车，尴尬地说：你们俩慢慢聊，我先打的回去吧，再见！

唐辉一把拉住叶雯婕的胳膊。

唐辉说：这边打不到车，我还是送你吧。郝楠，我们改天再聊。叶姐，上车。

叶雯婕尴尬地望着唐辉和郝楠。

郝楠说：那好吧，我就不打扰二位了，再见！

郝楠上车，重重地关上车门，汽车疾驰而去。

叶雯婕问：唐辉，郝楠肯定是误会了吧？

唐辉说：没事，随她怎么想，上来吧！

叶雯婕说：算了，我还是打车吧。

叶雯婕拦住一辆出租车，上车匆匆离开。

唐辉无奈地望着出租车消失在茫茫夜色中。

咖啡馆内。何劲松和他的朋友浩子相对而坐，他一脸期待地望着浩子。

何劲松问：我让你查的事怎么样了？那个贾旺跟市文体局有什么关系？

浩子不说话，慢条斯理地喝着咖啡。

何劲松说：你快说啊，真是急死我了。

浩子问：说好的请喝酒，算数儿吗？

何劲松道：你就这点儿出息，放心，少不了你一顿饭。

浩子放下咖啡杯，凑近何劲松说道：我帮你打听了，贾旺和市文体局确实有关系，市文体局办公大楼的装修项目就是他承包的。

何劲松问：你确定？

浩子说：我的好哥们儿就是那家公司的行政经理，千真万确。

何劲松思忖片刻，嘴角不禁泛起一丝讥笑。

何劲松起身欲离开，浩子拦住他。

浩子问：干吗去，又想卸磨杀驴啊？

何劲松放下200元，说道：咖啡，我请了。不好意思，公务繁忙，下次一定请你吃饭。

何劲松迅速地跑开。

某公寓房前内，房门大开着，余芳和贾旺指挥工人把废弃的装修材料搬出门，何劲松装作找人的样子在走廊里偷偷观察。

夜晚，王吉平卧室内，余芳在衣柜前挑衣服，衣柜里满是颜色艳丽的衣服。

余芳拿出一件衣服在镜子前比照着。

王吉平走进来，表情严肃地问：还赌气呢？

余芳没好气地说：谁跟你赌气了？我现在犯得着跟你赌气吗？值得跟你赌气吗？

王吉平说：房子先暂时不要装修，贾旺也从办公大楼装修那件事情上先暂时撤出来，我会安排好一切的。你和贾旺最近也不要见面了。最近风声很紧，上面在查我，你知不知道？最近李鸿远自杀了，虽说是一了百了，但没人相信官方的抑郁症的结论。要审时度势啊……

余芳讥笑地望着王吉平，说道：少来这套，天天拿这些话吓唬谁呢？你和高云爽那婊子什么龌龊事都干得出来，没人查你，怎么我和贾旺干点事到有人来查了。你以为我不知道你那点小心思，我和贾旺的事你一直心里不舒服，正面一套，背面一套，不就是想挖个坑让贾旺栽进去吗？我告诉你，有我在，休想！

王吉平生气地望着余芳，说道：余芳，咱们二十多年的夫妻，就这么点情分吗？你这样看待我？

余芳讥讽地望着王吉平，说道：情分？王吉平，咱们把话说清楚了，是谁先不顾夫妻情分的，我跟了你二十多年，只吃了苦，没享过福，好不容易盼着你有出息了，还没等我喘口气，你就开始胡搞。你让我这辈子过得不痛快，我也让你不痛快，你越不痛快我越高兴，你在外面想怎么风流我不管你的事，我在外面跟谁好，干什么，你也管不着。

王吉平脸上泛出怒容，望着妻子那张阴阳怪气、讥讽冷笑的脸。

王吉平说：你……

余芳转过脸来看王吉平一副要吵架的嘴脸，直接回击道：我什么我？这些年你便宜了高云爽那个贱货多少好处，我想捞点好处，你凭什么限制我？

王吉平焦急地望着余芳，说道：这次不同以往，弄不好我都要栽进去了。这几年，我苦心专营是为什么，不就是赚点家当，让咱们都过人上人的生活吗？给贾旺项目咱们赚了不少钱，如果不是迫不得已，我会让贾旺退出项目吗？这几年你总是跟我怄气，处处别着来，但这回真的是在风口浪尖上，我真的不知道能不能过这个坎儿。

余芳说：我倒恨不得你进去呢？这几年我家当也攒得够了，你进去了我活得更自在，更清净。

听到妻子说这样绝情的话，王吉平怒不可遏。

王吉平说：你……

余芳瞪着眼睛挑衅地望着王吉平。

王吉平无奈地望着妻子叹了口气，说道：说得好，你厉害……

王吉平转身离开卧室。望着丈夫颓然的背影，余芳想说什么，却欲言又止，神情担忧地望着丈夫离开。

客厅里，王吉平正阴郁颓然地坐在沙发上，低着头，余芳走到王吉平面前坐下来。

王吉平抬头望着妻子，看到妻子一脸的关切，他知道妻子最终还是会帮自己的。王吉平脸上露出欣喜、放心的表情。

王吉平说道：我就知道你最终还是会帮我的，在这种关键时刻，你不会不管的……

九

余芳儿子的新房是个四居室，室内一片狼藉，工人们正在不时地丁丁哐哐装修。在一间待装修的卧室内，余芳和贾旺关着门在商谈着什么。

余芳说：这也是没办法的事情，你先退出来，放心，有我，你的钱我会想办法的。

贾旺急切地望着余芳，急赤白脸地说：想办法，你有什么办法？干这个项目要前期垫资。除了给你和王吉平的200万，前前后后我投了好几千万，这可是我的全部身家了，现在你轻轻松松说一句让我撤出来，我就撤出来？

望着焦急万分的贾旺，余芳正要说什么，敲门声响起，余芳和贾旺都很警觉。

进来的是一个穿物业制服的年轻人，正是何劲松。

贾旺没好气地问：什么事？

何劲松克制住内心的紧张与恐惧，故作平静地说：楼下住户顶棚漏水，我过来看一下是不是你们的暖气漏水了。

贾旺示意让工人领着何劲松看，何劲松装作在客厅检查暖气片，却时刻关注着在卧室里的贾旺和余芳。

何劲松在客厅、卫生间里各走一圈，装模作样地走进卧室，贾旺和余芳都各怀心事，脸色难看，没过多注意这个小物业人员。

何劲松装作在看暖气，随手把一个正在通话中的手机放在了一个靠近贾旺、余芳的精致小茶几背后。贾旺和余芳没有发觉，何劲松偷偷看看贾旺和余芳，装作迷惑不解的样子。

何劲松说：没有漏水啊，我再到楼下看看。

说着何劲松就往门外走。贾旺和余芳望着何劲松走出去，贾旺关上屋门，表情焦躁、愤怒、慌乱地望着余芳，余芳也焦急地望着贾旺。

余芳说：贾旺，王吉平正在风口浪尖上，要是他栽进去，你可不是把身家赔进去的事了，你可要跟着栽进去啊，我这可是为你好。

贾旺仍焦躁地望着余芳，说道：全部钱都没了，我还活什么活呀？我真是倒霉了，我死的心都有了，还怕坐牢。我的钱，我那些钱，我的钱，我……

贾旺焦急痛苦不堪，余芳略显鄙夷地望着贾旺。

余芳说：哼，你就知道你的钱，没有我余芳，能有你那些钱？你也不想想，只要老王保住了，还愁你的钱回不来？市纪委监委现在正在查老王，在这个紧要关头，你先退出来，避一避。

贾旺可怜兮兮地望着余芳说：就没有别的办法吗？

贾旺的手机响起，贾旺拿出手机一看号码，扭头对余芳说：你们家王吉平。

贾旺接听手机，手机里传来王吉平威严的声音。

王吉平电话里没有商量的余地：贾旺，合同我先停止了，你先暂时从装修文体局办公楼这个项目上撤出来，你明白吗？现在查得太紧，我暂时给你退不了钱，等风声过了，再说吧。

贾旺求饶般说道：别，哥，我这，这是我全部的钱啊！

王吉平电话里声音不耐烦地说：急什么？你的钱我会想办法的，先这样。

贾旺哀求般说道：喂，喂，王哥，哥……

王吉平的电话已然挂掉，贾旺绝望地握着手机，眼神呆滞。

而在未装修的另一房间的角落里，何劲松拿着手机听着。

耳麦里传来贾旺哀求般的声音说：王哥，哥……

公寓楼前。章文锦坐在车里望着公寓楼，表情疑惑焦急。

章文锦自言自语道：何劲松怎么进去这么久？

新房卧室内，余芳看到贾旺这样子，决定趁热打铁。

余芳说：钱的事你就放心吧，有我呢。

贾旺说：放屁，有你又能怎么样？你算个什么东西，你们夫妻俩一里一外，唱了一出双簧，合起来涮我……

余芳说：你说什么，啊？你个没良心的王八蛋，就是涮了你，又怎么样？你又敢怎么样？在王吉平面前像个孙子似的，屁都不敢放一个，把气都撒我身上。当初你怎么像条狗一样来求我，讨好我，不是我，你能从王吉平那儿得那么多好处，你个王八蛋！

贾旺气恼地望着余芳说：这两年来我没少给你钱花，像女王一样捧着你，到头来你为了王吉平一脚就把我踢开了，把我当猴耍啊，亏我还给你儿子装修房子。

余芳说：给我儿子装修房子是看得起你，没有我，你今天还是小包工头，没有我让王吉平给你项目，你能今天把公司开那么大？

余芳扑打贾旺，贾旺用手慌乱地阻挡余芳。

余芳不小心把身边的小茶几带倒，茶几下的手机引起了贾旺的注意。贾旺惊异地望着余芳，余芳还在打骂贾旺，看到贾旺的怪异表情，她顺着贾旺的眼神望去，也看到了那个正在通话的手机。

余芳刚要惊异地开口说什么，贾旺猛然反应过来捂住了余芳的嘴，摇头示意让余芳不要说话。

贾旺放开余芳，余芳和贾旺在互相望着，贾旺打开门对门外的工人大声说：那你们先在这干活儿，我们到别的屋。

贾旺趴在余芳耳朵上低声说道：别打了，有什么话好好说，咱们到书房去说。

贾旺示意余芳跟他走出去，余芳惊魂未定地和贾旺走了出去。

何劲松蹲在一个空房的某一个角落里，拿着手机，耳麦传来电钻的刺耳声。何劲松无奈地放下电话。

新房书房内，余芳紧张慌乱地望着贾旺，问：刚才那个人可能是市纪委监委的人扮的，怎么办？他一定都听到了，怎么办？

余芳惊慌地拉着贾旺的手，说道：糟了，糟了！完了，咱们都完了，完蛋了！他肯定在附近，也许还有别人。

贾旺暴怒道：老子跟他们拼了，要不是这帮孙子，老子也不会这么倒霉，一不做二不休，豁出去了。我刚才那样说，那人应该不会怀疑，可能一会儿还会上来，看看咱们怎么回事。虎子，二蛋，你们过来。

两位年轻人走进来，贾旺对两人说道：你们出去看看，找找刚才那个物业人员，看他是不在这楼里，在哪儿？还有没有别人和他一起，不要被发觉，明白吗？顺便到我车里把那药拿来。

虎子、二蛋：知道了，老大。

余芳紧张地望着贾旺，贾汪咬牙切齿地骂道：龟孙，想弄我？看我不弄死你！

公寓楼内，何劲松收起手机停顿了一会儿，想想应该没什么，就匆忙从空房间里走出来。

在何劲松后面的走廊里，虎子和二蛋出现了。虎子向二蛋递了一个眼色，二蛋蹑手蹑脚地走进何劲松藏身的空房间，虎子则悄悄地跟着何劲松。何劲松走到门前停住，理了理自己的衣服，稳定自己紧张、恐惧的情绪，给自己鼓着劲。终于，何劲松鼓起勇气敲了敲门，贾旺打开门，何劲松边往进走，边说着。

何劲松说：楼下住户又投诉了，你们这个房子肯定有漏水点。

在走廊里，二蛋拿着何劲松留在沙发上的手机，走到一直悄悄在不远处盯着何劲松的虎子旁边。

何劲松进到了新装修的房间，他刚一进门，门就被贾旺关上了……

内心忐忑、紧张地何劲松顾不上细观察眼前这两个人的情绪变化，只是重复自己内心想好的话，他说道：肯定暖气有漏水点，上次匆匆忙忙的没找到，我再仔细看看。

何劲松边说边四处查看暖气，虎子和二蛋进来悄悄地走到贾旺旁边。虎子把何劲松的手机悄悄给贾旺看，又俯在贾旺耳边，悄声说：老大，他就一个人。

贾旺听闻，脸上露出欣喜的表情，随即欣喜的表情变为阴狠。

贾旺给虎子使了一个眼色，虎子心领神会，偷偷拿出一个小药瓶倒进一个矿泉水瓶内。

余芳看到想说什么又止住了。

虎子走到正弯腰假装检查暖气的何劲松身边，热情地说：哥们儿，辛苦了，有什么问题多担待点，漏水不严重吧？

何劲松心里紧张极了，可还是极力镇定地说：不严重，时断时续地漏，要严重的话，楼下住户肯定闹起来了。就是因为不严重，才让我一个人上来检查修理。

虎子再次说道：辛苦，辛苦！哥们儿喝点水，我一会儿和你一起检查。我看得把这暖气上的装修拆开检查。

何劲松接过水用眼睛的余光偷偷观察房间的动静，顺口喝了一口。

何劲松说：不至于，我查查就行。

何劲松继续低头检查着，忽然眼前天旋地转起来，一下子躺到了地上。

余芳焦急地望着贾旺，虎子从何劲松身上搜出证件，递给贾汪。

贾旺仔细看了几遍证件，对余芳说道：这小子果真是市纪委监委的。

虎子把何劲松的手机砸烂，余芳则脸色发白，表情惊慌。

余芳声音颤抖地问：你……你打算把他怎么样？

贾旺恶狠狠地说：还能怎样？现在咱们没有了退路，只能做了他。

余芳胆怯地说：啊？不行，我再想想，杀人是犯法的啊？

贾旺带着杀气说道：这是他自个儿找的。

余芳还是不放心地问：被人发现怎么办？

贾旺无所谓地说：神不知鬼不觉地处理掉，谁知道？他们几个都是和我一起从老家出来的兄弟，没事的。不杀了他，你、我、王吉平都完蛋；处理掉他，王吉平保不准逃过了这一劫。你记着，这人是我替王吉平杀的。我替王吉平做了这么大的事，他肯定会心中有数儿，一定会保住我的钱的。

余芳恨恨地望着贾旺，焦急之下也不知如何是好。

贾旺望着余芳，摆摆手说：你快走吧，我处理完了就去找王吉平。

见余芳没动，贾旺推着余芳离开，余芳望着躺在地上的何劲松恐惧不忍。

余芳踟蹰道：这，这，贾旺……

贾旺威胁道：你要想现在坐牢，我就放了他。

余芳犹豫着，贾旺把余芳推出门，示意余芳快走，余芳狠下心来，转身走开了。

贾旺、虎子等人把何劲松装进麻袋里……

十

公寓楼外，正在车上焦急等待的章文锦，看到几个身上脏兮兮的装修工人从楼里抬出一个大袋子，贾旺在后面跟着，神情慌张。

章文锦感觉情况异常，盯着这几个人看。

虎子等人抬着麻袋上车时，二蛋一滑手，麻袋的一端掉下来，何劲松的腿从麻袋里露出来了，章文锦看到后大吃一惊。

何劲松被抬上车，贾旺和虎子坐上车，汽车离去。

章文锦反应过来，忙拿出手机拨打电话。

"八室"主任办公室，正在忙于整理资料的杨震接到章文锦的电话，表情惊异地紧张起来。随即杨震果断地下指示：你跟踪那辆车，我马上派人过去。

马路上，正在开着车的章文锦在电话里着急地讲着：他们在去往秦冠路，马上就到温泉理疗会馆了。

唐辉表情紧张急切地开着车，坐在旁边的徐航也表情焦急。

温泉理疗会馆招牌前，贾旺驱车疾驰而过，一会儿，章文锦驱车疾驰而过……

僻静的郊区小公路上，坐在车里的章文锦紧张地盯着前方贾旺的车。章文锦一手拿着手机，表情焦急地要给唐辉打电话。

一辆车拦在了贾旺的车前，贾旺一个急刹车停车，坐在车里的贾旺和虎子大汗淋淋，惊恐地望着眼前的吉普车。贾旺反应过来，看路上没什么其他车辆，一个大掉头准备往回走。刚掉了头，章文锦开车就迎头过来，看贾旺要掉头走，忙把车一横挡在贾旺车面前，前后夹击。

唐辉拿出呼叫机。

唐辉说：我们在秦冠西路的辅路上拦截下来，你们尽快部署。

章文锦急忙下车一边往贾旺的车旁跑，一边对前面坐在车里的唐辉、徐航喊：何劲松就在后备箱里。

唐辉看到章文锦不顾一切地冲上去，意识到形势不妙，连忙下车。

唐辉说：章文锦……

贾旺车里，虎子焦急地望着贾旺，颤声问：老大，市纪委监委的人，市纪委监委的人怎么追来了，怎么办？老大……

惊慌失措的贾旺望着前面唐辉走下车跑向他的车，而此时章文锦也正跑到他的车旁。贾旺立刻下车，跑到她身旁，一手抓住她的头发，一手掐住她的脖子，章文锦立刻惊慌起来。

章文锦说：啊，啊，干什么？干什么？放开我，放开我……

贾旺拖着章文锦往后退，紧张慌乱地望着唐辉，在车里的徐航看到这样被动的形势，十分懊恼。

徐航说：成事不足，败事有余。

徐航也表情焦急愤怒地走下车。

唐辉厉声说道：把人放了！

贾旺穷凶极恶地说：你们逼的我走投无路，我和你们同归于尽。

唐辉道：你到今天这个地步是你自己逼的自己，你跑不了，你把人放了，乖乖就擒。

贾旺慌忙得不知所以，但仍挟持着章文锦，虎子从车上走下来，也紧张慌乱地站在贾旺旁边，望着唐辉和徐航。

贾旺说：别逼我，别逼我啊！逼我，我什么事情都做得出来。

唐辉道：我们不逼你，你先把人放了。

贾旺说：我还有老婆孩子，你们放我一条活路，让我走。

惊慌失措的虎子看看贾旺、唐辉、徐航，又看看自己右边的壕沟路，撒腿就向壕沟方向跑了。

贾旺看到虎子没吭一声就跑，焦急万分。

贾旺愤怒地喊：虎子，虎子，王八羔子……

趁贾旺分神之际，徐航一个高抬腿就踢到他的肩膀上，贾旺和章文锦都同时倒地。

章文锦忙挣脱开贾旺的手，向旁边连爬带跑。

贾旺站起来时，徐航和唐辉已跑到贾旺身边，趁贾旺没站稳之际，徐航和唐辉本可以制伏贾旺，但唐辉向徐航传递一个眼神，徐航心领神会，两人都故意拖延了一下。狗急跳墙的贾旺站起来，不顾一切地撞向唐辉，夺路而逃。

唐辉被撞了一个趔趄，重新站稳望着贾旺向壕沟方向逃去的背影。

章文锦忙跑到贾旺车前，要打开后备厢，后备厢已锁，她到车里找钥匙，拿着钥匙慌忙开车门，徐航也来帮忙。

唐辉拿出呼叫机，喊道：嫌疑人向西小树林跑去。

呼叫机传来其他办案人员的声音说：我们看到了。

章文锦打开后车盖，在麻袋里蜷缩着身子的何劲松呈现在他们眼前。徐航刚要伸手去抱何劲松，章文锦含着泪水不管不顾地一把抱住何劲松。

章文锦带着哭腔喊道：劲松，劲松……

徐航望着焦急哭着的章文锦，不禁狠狠地瞪了她一眼。

唐辉走来，看到何劲松这样，着急地对章文锦说道：还哭什么？看什么呀？快送医院。

十一

　　王吉平家。听完余芳惊慌的叙述，王吉平惊异地望着站在自己面前，表情慌张恐惧的余芳。

　　王吉平说：糊涂，你们，你们坏了大事。

　　余芳无奈地望着王吉平。

　　余芳：事到如今，事到如今，吉平，怎么办？

　　王吉平颓然地叹了口气。

　　王吉平说：还有什么办法，只有一条路了，跑路。

　　余芳惊异痛苦地望着王吉平。

　　余芳：你……跑，咱们能往哪儿跑？

　　王吉平说：你得留下来，撑起这个家。余芳，你听我说，咱们之前不是说好了吗？证明贾旺诬告的证据咱们也有，只要你一口咬定没有参与，市纪委监委不会拿你怎么办。儿子快结婚了，你得留下来撑起这个家。

　　王吉平匆忙收拾几件日用品，换了一身他儿子的休闲衣裤，拿起了一个运动帽。

　　余芳痛苦地坐在沙发上，忽然想起了什么，走过来，一把拉住王吉平。

　　余芳说：你是不是要和高云爽那个贱货一起走？

　　王吉平脸色一沉，甩开余芳的手。

　　王吉平说：余芳，这个时候了你还说这样的话，我已经栽了，像高云爽这样贪钱好利的女人会跟我走吗？我先跑，等风声过了，我就跟你联系，到那个时候就有办法了，咱们一家三口总有团聚的时候。

　　余芳的眼泪像断了线的珠子一般流下来。

　　王吉平说：咱们的那些钱……

　　余芳说：放在我弟弟那寄存，你放心吧，他们不会找到的。

　　王吉平说：你记住，有钱就有办法，那些钱你一定要保住，不为你我，也得为儿子。

余芳含泪点点头。

王吉平拿起包戴上运动帽就步履匆忙地走了出去。

小树林里，贾旺慌忙奔跑，跑到另一条路的路边。在远远的地方，装作散步的一个年轻男子拿出呼叫机。

年轻男子：目标已经出了树林，到了马路上。

贾旺在马路上慌忙拦车。

贾旺拦了一辆出租车，出租车向前驶去，一辆车偷偷地跟在出租车后面。

坐在出租车上的贾旺拿着手机表情焦急地给王吉平打电话。

王吉平走进市文体局局长办公室，迅速锁上门，走到一个隐蔽的保险箱前面。

此时他的手机响了，但他并没有理会。

王吉平从保险柜里拿出一个沉甸甸的小黑匣子，此时手机不响了。

王吉平把小黑匣子放在办公桌上，办公桌上的电话又响起来。王吉平打开黑匣子，里面是一块块金条。王吉平把盖子关上，提着黑匣子，伴着电话铃声，踏出了办公室。

坐在出租车里的贾旺听着对方电话"滴滴"的等候音，越发烦躁不安，惊恐万分。

贾旺焦躁地嘟囔道：敢不接老子电话！

王吉平家小区外。贾旺下车急匆匆地就冲进单元门，唐辉开着车也驶进小区。望着气急败坏的贾旺的背影，唐辉对旁边的徐航笑笑。

唐辉说：杨主任的判断太对了，这人和王吉平有关，他一定会来找王吉平。

徐航说：幸好刚才我没把贾旺放倒。

唐辉拿出对讲机，指挥道：各小组注意，收网！

王吉平家。贾旺疯了一般向余芳大喊。

贾旺：我需要钱，我得拿钱安顿我老婆孩子，我得跑路。

余芳：我这里只有这么多，你先拿去用。

余芳递给贾旺一个信封，里面装着一沓钞票。

贾旺拿过信封拿出里面的钞票，把钱狠狠地摔在地上，钞票散落一地。

贾旺：打发要饭的呢，我帮你们挣了那么多钱，到头来这点钱就想把我打发了？没门儿。

余芳：钱都在王吉平那儿，你跟他要去。

贾旺：我要是找得到他还来找你干吗，我看你们夫妻俩就是合伙来坑我！我告诉你，逼急我了，大家一起死！

正说着，唐辉带着几个人冲进来。

唐辉说：我们是市纪委监委的，请配合调查！

贾旺见势不妙，准备夺门而出，徐航眼疾手快，把贾旺按倒在地，其他几名工作人员迅速配合着制伏了贾旺和余芳二人。

唐辉在屋子里面四处看看，却不见王吉平的影子。

唐辉说：余芳，你丈夫王吉平去哪儿了？

余芳盯着唐辉一言不发。

唐辉吩咐工作人员。

唐辉说：先把这两个人带回市纪委监委。

工作人员带着贾旺和余芳二人出门。

唐辉一脸的沮丧。

唐辉说：没想到还是让王吉平跑了！

市纪委监委办案点第二十一讯问室旁边的监控室。

唐辉和杨震望着监控画面。

监控画面里，叶雯婕和徐航正在讯问贾旺，文静在做记录。

杨震转身问唐辉说：劲松怎么样？

唐辉回答道：正在医院接受检查，应该没什么大碍。

杨震有些自责：那就好，怪我对他太严厉了，要不这孩子也不会铤而走险。

唐辉有些遗憾地说：杨主任，我们还是让王吉平跑了。监视王吉平的人说没有看到王吉平离开家，是我的疏忽。

杨震说：我知道，不怪你，先看看从贾旺这儿能不能得到什么线索吧。

杨震体谅地拍拍唐辉的肩膀，扭头看监控器里受审的贾旺。贾旺表情惊慌，颓然地望着对面严肃的叶雯婕，徐航在一边做着记录。

叶雯婕说：你是什么时候认识王吉平的？

贾旺：我通过王吉平的老婆，就是余芳，认识的王吉平。这两年从王吉平那里拿了大大小小五个项目，给王吉平送了有300万。光为了得到文体局大楼的装修项目，我就给王吉平和余芳前前后后送了有200万。

叶雯婕说：是现金，转账，还是实物？

贾汪：现金。

叶雯婕说：你和余芳是什么关系？

贾旺：情人关系。

叶雯婕说：你和余芳的关系王吉平知道吗？

贾旺：应该知道吧，余芳和王吉平早就没有感情了，王吉平外面也有情人，两个人都是心知肚明。

叶雯婕示意徐航继续讯问，从讯问室走了出去。

市纪委监委留置点第九讯问室。

余芳面不改色、镇定自若地望着叶雯婕、唐辉。

余芳：这完全是贾旺的污蔑，我怎么可能和这么一个不入流的小老板有关系。他的项目都是李鸿远瞒着老王给他的，证据都在老王和李鸿远的办公室的文件里，你们可以去查。李鸿远自杀后，老王宣布所有的项目都暂停，贾旺不想从这个项目上撤出来就来求我，主动提出给我儿子的房子装修，我就背着老王答应了，但我没有收贾旺的任何好处。

叶雯婕说：可是贾旺不是这么说的。

余芳：一派胡言，贾旺知道李鸿远死了，自己的钱也就没有了，他问我要钱，被我拒绝，狗急跳墙想要诬陷我。你们的那个执法人员只不过是上了贾旺的道儿了，今天上午我确实是在我儿子的房子里见到贾旺，但我们就谈了装修的事情，贾旺向我借钱，就这些，贾旺完全是诬陷。

余芳一副大义凛然的样子，叶雯婕望着余芳，表情若有所思。

叶雯婕低声对唐辉说：看来余芳早就做好了准备，何劲松和贾旺都没有证据，余芳要坚决不承认……

市纪委监委办案点监控室，杨震望着监控。

杨震自语道：看来这个余芳早就做好了准备，死活是不开口了。

唐辉通过内线电话，请示杨震说：我们现在还没有确凿的证据，要是余芳不开口，我们还是没有办法。

杨震说：这样，你带人再去王吉平家看看，也许能找到什么线索。

十二

医院病房内，何劲松躺在病床上昏睡，而章文锦却和徐航吵了起来。

徐航说：章小姐，拜托你以后不要再影响我们的工作，你要找新闻素材拜托去别的地方找，好吗？我们这是市纪委监委，我们调查的每一个线索背后都有可能是一个大案，牵一发而动全身，拜托你行行好，不要老盯着我们，有本事就自己查出线索，利用别人的弱点来达到自己的目的算什么。

章文锦说：这次如果不是我，何劲松早就没命了，这也叫影响你们的工作？你说话讲讲理好吗？我怎么利用"别人"的弱点了？

在旁边的医生忙阻止，说道：你们吵什么吵，病人虽说没什么大碍，但药劲还没过去，需要安静地休息。

徐航和章文锦都自感失态，章文锦看看徐航，又看看何劲松、医生，气愤之下，瞪了徐航一眼，转身愤然离开。

暂时占了上风的徐航既得意又生气地望着章文锦的背影，撇了一下嘴，自语道：做贼心虚。

躺在病床上的何劲松眼皮在动，头脑里波涛汹涌，之前的记忆如潮水般涌上来——偷放手机、监听对方通话、喝水、晕倒等情景快速划过……

王吉平家。唐辉、文静带着几位工作人员和警察在执行搜查，他们在衣橱、壁柜、抽屉等里面并没有搜查到什么。

唐辉站在屋子中央，眉头紧锁，最后他还是决定拿起手机拨通了杨震的电话。

唐辉说：喂，杨主任，王吉平家里的搜查看来是没什么成果了，这样吧，我和文静跟着高云爽吧，从她那儿应该能找到王吉平的下落。

唐辉放下电话，对着几个工作人员交代任务。

唐辉说：你们几个去王吉平的办公室看看。

高云爽家对面大楼天台。唐辉拿着望远镜在观察着高云爽家里。家里只有高云爽的身影在晃动。

高云爽接了一个电话，穿上外套，拿上包走出家门。

唐辉拿出呼叫机。

唐辉说：文静，注意，目标出门。

市文体局局长办公室。几位办案人员在仔细地搜查，但一无所获。

宾馆大厅。唐辉在王吉平和高云爽秘密约会的宾馆大厅内"闲坐"着，同时密切注意着进出的人。

某商场大厅，商场里。高云爽在认真地挑选化妆品，文静也装作买化妆品悄悄跟着高云爽。

市纪委监委办案点讯问室旁监控室里。何劲松已经从医院出来，杨震拍拍何劲松的肩膀。

杨震说：行啊，小子，好样的。

徐航在一旁认真地看了一下何劲松，随手一巴掌又重重地拍在了何劲松肩上，何劲松不由得身体向前倾，表情做痛苦状。

徐航由衷地赞赏道：这次终于老爷们儿一回。

何劲松表情做无奈状，揉着自己的肩膀，杨震等人望着笑起来。

叶雯婕说：何劲松将功补过，"功"大于"过"，你回家先好好休息。

何劲松说：这算是什么"功"啊，杨主任，我没事的，药劲过了就没事了，我可以马上投入工作。王吉平还没有出现？

杨震摇了摇头，也表情忧虑。

杨震说：现在唐辉、文静等人正在严密监视高云爽及其家人，据我们的判断，王吉平逃跑高云爽一定知道，却装作一副什么都不知道的状态逛街买东西，故意在兜圈子。监视高云爽的唐辉说高云爽从中午到现在共打了三次电话，但电话却没有监听到高云爽这三次电话，说明高云爽是用另一个手机号和王吉平在联系。

何劲松急切地望着杨震，说道：杨主任，让我也去监视高云爽吧。如果这次让高云爽这个唯一的"饵"跑了，王吉平就再也抓不到了，那咱们就真的前功尽弃了，我这次保证完成任务。

徐航说：说得好，我和你一起去。

杨震点点头同意了。

高云爽在马路上悠闲地走着。远处，何劲松和徐航坐在车里望着高云爽。

高云爽在打电话。打完电话，高云爽大跨着步子向附近的一家美容会馆走去。何劲松和徐航迅速下车，悄悄跟上。

高云爽走进美容会馆，何劲松和徐航也走到美容会馆的门前，看到几个记者在门前拍摄。

何劲松和徐航不禁愕然。正惊异之时，章文锦拿着采访器材走出，六目相对之时都彼此惊异地张着嘴，说不出话来。

何劲松说：文锦，你怎么在这儿？

章文锦说：你好点了吗？

何劲松说：你没事吧？

两人几乎同时出口，何劲松和章文锦都不好意思起来。何劲松看章文锦的眼睛里充满惊喜和爱意，一旁的徐航反感地望着章文锦。

章文锦说：有人打电话给我们电视台，说这家美容院出了重大的整容事故，所以我们过来采访，来了之后才知道本市的几家大媒体都接到这样的电话赶来了。

何劲松和满脸不高兴的徐航听着，谁也没反应过来什么，章文锦望着何劲松。

章文锦说：劲松，上次的事真的很对不起，都是我太自私了，我一直想找机会……

眼盯着美容院，神情焦急的何劲松打断了章文锦的话。他说道：文锦，我应该谢谢你。杨主任和徐航都告诉我了，这次多亏了你。我们现在正在办案，十万火急，一会儿再说。

说着何劲松就和表情傲慢不屑的徐航进去，刚走了两步何劲松仿佛想起来什么似的急忙扭头拉住徐航。

何劲松低声地说：徐航，这是个大好机会，章文锦是新闻记者，你和章文锦进去以新闻记者的身份找到高云爽，监视高云爽，我在外面盯着。

徐航一听满脸厌烦，也低声地说道：何劲松，你好了伤疤忘了疼是不是？有没有脑子啊？咱们的工作，怎么还能让她参与呢，上赶着被人利用啊！

何劲松说：徐航……

章文锦一听徐航这样出言不逊，杏眼圆睁。

章文锦说：徐航，你太过分了，别张口闭口地贬损别人。

何劲松既焦急又无奈地左看看章文锦，右看看徐航，一副不知道该说什么好的为难样子。

何劲松说：哎……哎……好了，好了，别吵了，办不办正事了？

高云爽换了一身衣服，发型也换了，戴着一个大墨镜，拿着一个麦克风和几个记者走了出来。何劲松和徐航、章文锦都忙于斗嘴，没有注意。

徐航说：我才懒得跟你在这儿磨牙，还用得着你，我自己进去查。

章文锦说：你以为我稀罕掺和你们的事情。

何劲松伸出手来阻止徐航和章文锦，劝说道：行了，行了。两位都是为了工作，别吵了，好吗？

何劲松扭头一看，诧异道：咦，高云爽呢？

徐航、章文锦也发现两人争执的时候，高云爽早没了踪影。

美容院门口。徐航气冲冲地走进美容院门。何劲松无奈愧疚地望着满面怒容的章文锦。

|十三|

"八室"主任办公室，杨震、唐辉和叶雯婕三人正在商讨审讯结果。

手机响了，杨震接起电话，他表情瞬间惊异，愤怒。

杨震惊怒道：什么，高云爽逃脱了，你们没有盯住？

唐辉和叶雯婕也表情惊异紧张地望着杨震。

杨震放下电话，表情严肃冷峻，眼神惊异愤怒。

杨震说：这个何劲松和徐航坏了大事，高云爽摆脱了他们，跑了。

叶雯婕和唐辉都不敢相信地望着杨震。

叶雯婕说：杨主任，还有一种可能性值得一试。高云爽是个爱财如命的人，她不太可能放下她的那么多钱和王吉平跑路。之前她把自己的所有流动资金和储蓄都集中在两张卡上，这几天一直没有取钱的行为，现在在逃之际，她很可能去取钱，哪怕是只取出一张银行卡的钱。因为她和王吉平都清楚，就算他们逃出去，他们的账号也会被立刻冻结，所以唯一的取钱机会就是高云爽摆脱跟踪的这半个多小时，现在是差五分五点。

杨震说：好，立刻给高云爽存钱的这两家银行打电话。

市纪委监委走廊。叶雯婕和唐辉大跨步匆忙向外走。

叶雯婕说：两家银行都回复，高云爽打电话通知银行明天她要把卡上的钱款全部提出，我们得赶快行动。通知何劲松和徐航，分头行动。

马路上、银行门前。徐航急速开着车，何劲松坐在一旁的副驾驶位置，两人都表情焦急紧张。

某银行门前小型停车场。徐航和何劲松开车而来,看到前方高云爽拿着一个大包急匆匆地从银行出来,向一辆黑色的车走去。徐航和何劲松睁大了眼睛。

何劲松激动地伸出食指向前指着,紧张兴奋地说道:高云爽、王吉平……

徐航马上拿出手机打电话,汇报道:我和何劲松在银行门口发现王吉平……

杨震在电话里叮嘱道:徐航,务必盯住二人,我们这边马上到。警方也已经协调,会协助你们抓住二人。

徐航挂了电话,发现高云爽已经上了王吉平的车,马上启动车跟上。

何劲松在徐航开车减速时,拉开车门跳了下去,直奔王吉平的车。

王吉平已经发动了车子,何劲松一个箭步蹿到了王吉平的车前。王吉平反应过来,猛踩油门,眼睛直直地盯着何劲松。

此时的王吉平犹如红了眼的困兽不管不顾地开车,高云爽眼神恐惧地望着王吉平和何劲松。车子急速向何劲松冲去,眼看就要撞到何劲松,何劲松一闪身趴在了车盖上。

红了眼的王吉平不顾这是在市区,他左右打轮想要甩掉何劲松,何劲松死死地抓着雨刷器不放手,旁边的行人、车辆赶紧躲避。徐航看到何劲松的"壮举"大为惊异,忙开车追随。

看何劲松就是不放手,又在市区,慌不择路的王吉平不顾一个大活人还在自己的车上,疾驰着开车。车飞速驶出市区,徐航驱车在后面紧追不舍。

郊外马路上,何劲松紧紧抓着雨刷器,在高速行驶的车上随时都有生命危险。他竭力不让对方将自己甩下去,额头上冒出大汗。

狂奔追逐的徐航则神经紧绷地望着前面的车,一边紧张地呼叫救援。

车内,惊恐的高云爽望着王吉平,劝说道:停车,停车吧!

王吉平望着眼前的何劲松,眼神发狠地猛踩油门。

后面的警笛声远远地响起,在徐航的车后面终于出现了两辆支援的警车。

王吉平车内，高云爽紧张恐惧地向后看，又焦急地望着王吉平。

王吉平发现前方有一个转弯，他对高云爽说道：爽，转过弯去我就减速，你到时马上跳车。

高云爽惊异地望着王吉平，惊恐地说道：什么？让我跳车？你疯啦？

王吉平说：你想让咱们两个人都被抓吗？

王吉平转过弯，车开始减速。在车前的何劲松盯着王吉平，两只手早就僵硬了，他不知道自己该不该放手。

王吉平伸手打开了车门，推了一把高云爽，高云爽抱着钱袋从车里"跳了"出去。在地上滚了几滚的高云爽站起来慌忙跑了。何劲松看到这一幕大惊失色，但又无能为力。

王吉平发狠地加快车速继续行驶。不一会儿，唐辉开着车带着几辆警车在前面封锁了道路，等着王吉平。

王吉平见前方无路，只好停车，急刹车让何劲松飞了出去。

唐辉跑到车前，打开车门，拉出呆若木鸡的王吉平，一旁的两名警察给王吉平戴上了手铐。

王吉平傻傻地望着远处躺在地上的何劲松。

徐航也匆忙赶来，恨得就要打王吉平，嘴里骂道：你个王八蛋！

唐辉忙拉住徐航，劝说道：行啦，行啦，何劲松这小子命大，没有大伤。这傻小子，为了将功补过，不要命了……

市纪委监委办案点第三讯问室里，王吉平高昂着头，神情傲慢不屑，极力保持自己一贯的威严，但是却掩盖不了内心的慌张，不停地整理着衣领。

王吉平的对面坐着杨震、唐辉和徐航。徐航在做记录。

杨震道：你认为贾旺是诬陷你，既然你是清白的，为什么见着我们纪委监委的人就夺路而逃呢？车里怎么会有一箱黄金呢？

王吉平习惯性地又高抬了一下头，眼神轻蔑。

王吉平说：谁说我要逃走，我只不过是和高云爽在一起准备去吃饭，忽然有人拦在我车前，我怎么知道他是什么人，开车逃走是人的正常反应。你们市纪委监委的不会连这种正常心理反应也理解不了吧?

唐辉问:那贾旺的证词你作何解释?

王吉平说:那是你们的事,他信口胡说你就信了?

杨震说:那好,你说说贾旺为什么要诬陷你?

王吉平说:他因为我废了他和李鸿远的合同而恨透了我,市纪委监委的同志们,这不难理解吧。那箱黄金又没有写着我的名字,我怎么知道是谁的,我建议你们去问问高云爽。

在一旁早就气愤异常的徐航忍不住厉声质问王吉平。

徐航说:王吉平,你到现在还嘴硬……

杨震做手势阻止住徐航,示意徐航不要意气用事。

唐辉在杨震耳边耳语了几句。杨震走到满脸傲气不屑的王吉平身旁,仔细地打量着王吉平的西服、领带、皮带、皮鞋等。

王吉平感到心里隐隐的慌乱,不安地斜眼望着杨震。杨震慢条斯理地上上下下打量王吉平,越打量王吉平,脸上越挂着成竹在胸的笑容,徐航疑惑地望着杨震。

杨震、唐辉故作玄虚的姿态让王吉平越来越坐立不安,表情惶恐。

杨震看时机已经成熟,走到王吉平面前,俯下身望着王吉平,王吉平极力镇定。

杨震说:王局长果然档次高,品位高,这种档次可不是一般人所能企及的。西服是英国的高级定制,皮带和皮鞋是意大利高级定制,手表也是定做的,德国纯手工机械内芯,拿出哪一件来,其造价,都让国内人们知道的那些所谓的大牌望尘莫及。

十四

王吉平内心无比紧张却极力地维持镇定,他的眼睛望着别处,眼神不敢与杨震对视。

看到王吉平这样的表情杨震一笑,直勾勾地盯着王吉平,问:像王局长这样高品位的行头还不止一套吧？

杨震拿出几张照片，潇洒地打成扇形让王吉平看。照片上的王吉平身上所穿的西服都是不同颜色，只是款式略有变化。

王吉平斜着眼睛望着照片，表情惊异慌张，但仍没有半句话，杨震似乎也并不想让王吉平说什么。

杨震说：在咱们这个城市没有这些高级定制的地方，只有北京、上海才会有，或者是到国外定制。

王吉平瞪着惊异的眼睛定定地望着杨震，杨震自信地笑笑。

杨震说：听起来不太可信是吗？可是在国内确实是有这样的一个俱乐部，讲究真正的贵族风范，讲究顶尖的生活品位。这个俱乐部叫 SNSCLUB——smordering noble style，王局长一定很熟悉吧。每逢聚会王局长几乎次次都不误，这个俱乐部的成员多数都抽古巴的上等雪茄。

杨震说着拿出小半截雪茄看似不经意地给王吉平看，王吉平此时已是满脸大汗，更不敢直视杨震。

杨震说：吃饭的每一道菜都不下十道工序，用材极度讲究，甚至鱼翅都是菜品的辅料。生活的每一个方面都要极端的奢华，这个俱乐部的人把这一切称之为隐奢华，要有一定的资格才能进这样的俱乐部。什么样的人才能进这样的俱乐部呢？王局长？一夜暴富的人，富二代，身价过亿的商人，还有就是像您这样的毫无底线、下线的官员！

杨震说完定定地望着表情极度恐慌的王吉平，问：对吗，王局长？

王吉平满脸是汗，不敢回答。

杨震说：王局长，在这个俱乐部里你能充分体验到人上人的感觉吧，你奋斗这么多年不就是想要这种感觉吗？是高云爽给了你这种感觉，是她把你介绍进这个俱乐部，这种隐秘而极度的奢华让你沉醉，不能自已。

王吉平睁着惊异的大眼睛死死地望着杨震。

杨震说：王局长，难道你还要否认你是这个俱乐部的一员吗？

王吉平无言以对。

神情颓然恐慌的王吉平望着杨震，愣了一会儿，忽然大声地笑起来。

王吉平说：不错，我是这个俱乐部的成员，不过，这些钱都是我老婆给我的。

市纪委监委办案点第十三讯问室内，余芳望着审讯她的叶雯婕。
余芳：对啊，钱是我给老王的，至于老王怎么花那是老王的事情，我从来不干涉。
叶雯婕问：你哪来这么多的钱？
余芳：我可不是国家工作人员，你们没有权力调查我。
余芳也是昂着头，一副凛然的样子。
余芳：我父母给我的钱，我父母老家的地被征用了。
余芳倔强地望着叶雯婕。
余芳：我父母的传家宝我给卖了得来的钱，行了吧，这是我们家的私事，你们有权力问吗？

"八室"小会议室内，杨震正主持案情分析会。
徐航说：这夫妻俩是不见棺材不落泪啊。
唐辉讥讽道：这王吉平家里有个强悍的老婆，外面有个能干的情人，怪不得他能平步青云，尽享人间富贵。
徐航忍不住笑起来，叶雯婕无动于衷，仍一副表情严肃的样子。
叶雯婕说：高云爽也跑了，案子僵在这儿了，你们也不说赶快想办法，还有闲心逗闷子。
杨震淡淡地笑笑。
杨震说：都这时候了还这么硬，我再会会王吉平吧。

市纪委监委办案点第七讯问室。
杨震笑眯眯地望着坐在被审椅上的王吉平，身边坐着叶雯婕，王吉平又恢复了以往的傲慢神态。
杨震说：不可否认你是一个厉害的角色，是我这几年碰到的最难对付的人之一。

王吉平听杨震这样说，脸上隐隐有得意之色。

王吉平说：过奖，不是我难对付，而是我确实一点儿问题没有。

杨震观察着王吉平脸上的微妙变化。

杨震说：不过，人的这一生曲折沉浮，很难说得清楚。比如说，你小的时候家里经济条件不好，你又体弱多病，家庭不好，学习不好，一直在同学的欺负中长大，你自卑内向，一直到你去当兵……

王吉平看杨震的眼睛都快要愤怒地瞪出来了。

王吉平说：我以前的事情你怎么会知道？

杨震淡然地笑笑。

杨震说：干我们这行就是要琢磨人，如果我们只做表面的调查能干得了这行吗？尽可能地了解对手是我一贯的经验之为，你是本地人，想了解你的过往并不难。

杨震继续说道：军营生活练就了你的体魄和意志。部队转业后，人生机遇垂青于你，你进入了政府，成为一名官员（黄天祥）的秘书，从此开始了你平步青云的官宦生涯。

王吉平仍死死地望着杨震。

杨震说：当然，我刚才说过，你是一个聪明有能力的人，你的政绩也一直不错，但没想到以这样的耻辱结束你的政治生涯。真是英明一世，毁于一错，一步错全盘皆错……

王吉平听杨震这样说，表情激动，焦躁。

王吉平说：我没有错，自始至终都没有错，我王吉平半辈子勤勉工作，通过自己的努力一步步走到今天。在单位我政绩卓著，受人拥戴，我王吉平这辈子都风光辉煌，更别说有什么错误，我没有错误。

杨震望着焦躁不安的王吉平，一丝微笑浮上嘴角。

讯问室旁监控室内，唐辉和徐航望着监控器里杨震正在讯问嚣张自傲的王吉平。

何劲松拄着拐棍，受伤的脚被包着，脸上也包着一块纱布，走进来，其他人都专注地望着屏幕没注意到何劲松。

徐航说：自恋狂！

何劲松说：我都替他脸红，还政绩卓著？

唐辉和徐航回头看见何劲松都很惊讶。

徐航说：你怎么来了，不是让你在医院好好养着吗？

唐辉和徐航连忙扶着何劲松坐下。

何劲松说：没事，在医院我也不踏实，就偷着跑出来了，审得怎么样了？

徐航说：王吉平还是铁板一块，这不，连杨主任都亲自出马了。

唐辉说：放心，看杨主任这架势，肯定能把王吉平拿下。

三人盯着监控画面。

画面里，杨主任离开。

不一会儿，杨震走进监控室，看见何劲松后十分惊讶，问：劲松？你怎么在这儿，不是应该在医院吗？

徐航急忙替何劲松解释道：劲松着急案情进展，偷着跑回来了。

杨震看了看何劲松，说道：不去医院也行，不过，要注意，别乱跑。

何劲松点点头。

杨主任：都各忙各的去，余芳我没必要审讯了，咱们马上就会得到王吉平贪污受贿的充分证据。

几人惊讶地望着杨震。

杨震说：唐辉，你跟我走一趟。

十五

市文体局机关大楼走廊内。市纪委派驻文体局纪检组的监察室主任何立群和两名工作人员面带微笑地等在那里。

一见杨震、唐辉到来，何立群主动上前握手，打招呼道：您好，杨主任，我是何立群。

杨震问：何主任，人都到齐了吗？

何立群说：已经按照您的指示，通知了相关人员，他们都在小会议室等着了。

杨震说：好，带我们过去吧。

杨震和唐辉随着何立群向小会议室走去。唐辉不知道杨震有什么安排，一头雾水。

市文体局小会议室，包括李学斌在内五六位文体局的老员工望着杨震和唐辉，表情尴尬。

何立群看杨震等坐下后，说道：各位同事，这位是市纪委监委的杨震主任，这位是唐辉同志，大家不要紧张，他们这次来，主要是向大家了解下情况。

杨震礼貌地向对面坐着的文体局的几位人员点点头，开门见山地说：希望你们配合我们的调查，我们今天只是来了解一下情况，你们不要有太多的顾虑。

几个人彼此小心翼翼地对望一下，都微微低下了头，有的人则尴尬地笑笑，气氛一下子愣住了，没有一个人愿意开口。李学斌则低下头，表情严肃，若有所思。

杨震也和唐辉彼此看看，唐辉表情失望，杨震则镇定自若，眼睛如刀般观察着这几个人。李学斌的异常让杨震敏锐地捕捉到，他偷偷观察李学斌，表面上不动声色。

杨震沉稳地说：各位可以先回去考虑一下，我们呢，就在这儿附近等着。

市文体局的几位陆陆续续起身告辞，组织召集的何立群有些尴尬地面对杨震、唐辉说道：杨主任，唐同志，真的不好意思。

杨震起身说道：您辛苦啦！唐辉，我们走吧。

唐辉和杨震走到市文体局走廊某僻静角落里停住，唐辉表情显得焦急。

唐辉说：杨主任，您也看到了，咱们这样敲锣打鼓地走访不会有什么效果的。

杨震微微一笑，他拍拍唐辉的肩膀，说道：有时候做成一件事情只需要耐心，耐心，一定会有人站出来检举揭发王吉平的。

杨震自信地冲唐辉笑笑，转身要离开，唐辉迷惑不解地问：杨主任，您，您为什么这么有把握啊？

杨震再次笑笑，说道：表面上越嚣张霸道的人，内心深处往往越自卑怯懦；越是内心自卑怯懦，又手握权力的人，越会滥用权术。因此，文体局一定会有很多人对王吉平心存怨气。只要我们表现出诚意和耐心，一定会收获到证据的。走，咱们坐下来好好休息休息，这几天也够累的了。

说着杨震就迈开悠闲的步子往楼下走。唐辉虽仍是满脸怀疑，但还是跟着杨震走了下去。

午后的太阳暖煦，照得人昏昏欲睡，杨震坐在市文体局外某较为僻静的花坛台阶上闭目养神，唐辉也略带困意，但还是警惕地望着四周。

忽然从楼上飞下来一个小纸团，不偏不倚正好砸在了杨震的脚前。

唐辉说：杨主任，你看！

杨震睁开了眼睛，捡起纸团。杨震打开纸团，纸团里还包着个小小的石头，纸上面写着：晚上六点后，在清风茶馆给你们想要的证据。

唐辉接过杨震递来的字条，一看字条的内容，他咧开了嘴，而杨震则面不改色。

唐辉心悦诚服地望着杨震，说道：杨主任，您真是料事如神啊！

杨震对唐辉笑笑，说道：一个合格的办案人员除了眼光敏锐，直觉敏锐，一定还要有开阔的思维，你要好好锻炼自己，尽快地成熟起来。

唐辉笑着说：是！

杨震站起身来，仔细地整理下衣装，说道：走，去清风茶馆！

清风茶馆内，杨震和唐辉坐在角落里的一间雅间等候。

唐辉不时地望着窗外，神情焦急，不停地看表。

唐辉说：杨主任，咱们不会被放了鸽子吧？这么久了还没人来！

杨震闭着眼睛，仔细地听着茶馆放着的轻柔的音乐，头不时地随着音乐微微晃动。

杨震说：不急，该来的自然回来，先听会儿音乐，难得有这么好放松的机会。

唐辉无奈地继续望着窗外。

一个中年男子神色慌张地走进来，进门后，仔细地打量周围，低声问服务员之后，朝杨震和唐辉所在的雅间径直走了过来。

杨震睁开眼睛时，中年男人已经坐到杨震对面。

中年男人说：不好意思，让二位久等了。

杨震说：既然是你主动约的我们，那咱们就开门见山，把你知道的都告诉我们吧。

中年男人说：实不相瞒，我是市文体局负责项目招标的副主任，刚才你们来局里的时候我想找你们反映的，可是局里人多眼杂，我怕被人发现不好。

唐辉说：这个我们理解，放心，我们会替你保密的。

中年男人说：这几年来，市文体局就是王吉平、李鸿远的天下，我们私下里称王吉平是"招呼局长"。平时，市文体局里所有的合同和协议，王吉平几乎都要过问，向具体承办的部门负责人"打招呼"，是个不折不扣的"官霸"。我们有些涉及钱财的招标项目，招标办说了又不算，一些重大项目的招标都是王吉平拍板，李鸿远操持，我们只是负责走流程，形式上符合《招标投标法》的要求。但这位王吉平局长又比较狡猾，从来不给人留纸面的证据和把柄。比如，一些涉及人财物的事情，签字的都是李鸿远，但意思都是王吉平的。

杨震说：那李鸿远呢？

中年男人说：我们私下里称李鸿远是"答应局长"，因为他对王吉平唯命是从，甘愿为王吉平冲锋陷阵。凡是王吉平认为会担风险的项目，王吉平都让李鸿远代自己签字。李鸿远唯王吉平马首是瞻，对我们这些下属则是跋扈不屑，是个彻头彻尾的"官痞"。

中年男人继续说着，杨震和唐辉仔细地听着。

20分钟后，中年男人站起身准备离开。

中年男人说：局里好多人都有意见，可大都是敢怒不敢言，现在好了，我希望你们尽快把王吉平绳之以法。

杨震说：放心吧。

中年男人离开后，唐辉也准备起身离开，却被杨震一把拉住。

杨震说：还会有人来的。

唐辉将信将疑地坐下来。

唐辉内心不安地望着稳如泰山的杨震，杨震端起茶杯喝水，神态自若，时间在一分一秒地过去。

唐辉在焦急地等待。

半个小时后，一个女工作人员悄悄走来。杨震微笑着望着女工作人员，礼貌性地点点头。这位女工作人员坐在杨震和唐辉的对面，杨震表情放松，认真聆听，唐辉则表情兴奋激动。

女工作人员说：王吉平有自己的人脉网络，文体局的项目只和王吉平有关系的单位公司合作，而且全文体局的人都知道，他把最肥的生意都给了他的情妇高云爽……

女工作人员讲述着，杨震和唐辉在仔细地听着、记录者。

女工作人员刚起身离开，又一个中年男子坐在杨震和唐辉的对面。

中年男子：王吉平在公司里培养了一些亲信，时间一长，这些人也在文体局的招投标项目中大肆收受贿赂，甚至入股中标的公司参与利润分成。王吉平也睁一只眼闭一只眼，市文体局俨然成了他王吉平的一个小朝廷。我们这些人要权没权，要人没人，只能忍气吞声。

唐辉看了一眼杨震，眼神里都是崇拜。

五六个人依次走来坐在杨震面前，侃侃而谈，杨震和唐辉认真仔细地听着，记录着。五六个人依次离开。

最后，一位中年男子坐在杨震和唐辉面前，杨震满眼微笑着望着此人——原来是李学斌。

李学斌神情镇定地望着杨震。

李学斌说：该说的其他人都说了，我没什么说的了，只有这个。

李学斌把一个录音笔放在桌子上，推给杨震。

杨震表情疑惑地问：能告诉我这里面是什么吗？学斌主任。

| 十六 |

　　李学斌愣了一下，随即淡然地笑笑，他解释道：这是王吉平在自己的办公室里逼着李鸿远把一切责任都承担下来的录音，我偷偷录的，我也帮不上什么大忙，只有这个。

　　杨震望着李学斌，感激地说：错，学斌主任，正是您拉开了这场好戏、大戏的序幕，没有您，我们还不知道市文体局有这样大的一个害虫，也感谢您通过田大毛给我们提供证据。

　　唐辉恍然大悟，既惊异又激动地望着李学斌。李学斌起初表情惊异，随即不好意思地笑了。

　　李学斌说：早就听说杨主任是"反腐尖兵""贪官克星"，今日一见果真名不虚传啊，举报的事情您都知道了？

　　杨震真诚地说：学斌主任，我很理解您的做法，一个时期以来，好人、主持正义之士好像成了"地下党"，怕遭遇打击报复，所以，您内心不确定的话，也不敢走这步棋啊。这个案子成功告破，您也是功臣之一。

　　李学斌说：岂敢，岂敢，身边乌烟瘴气，我辈岂能坐视，只是做了我该做的罢了。

　　杨震满眼的欣赏，他问：李主任，既然你有这么重要的证据，为什么不在李鸿远自杀后提供给我们呢？

　　李学斌表情从微窘到愧疚，他说道：我不知道你们到底能不能扳倒王吉平。说起来惭愧，多年在官场里摸爬滚打，我已经养成了如履薄冰、谨小慎微的习惯，对不起，没能及时把证据提供给你们。

　　李学斌愧疚地望着杨震和唐辉。

　　市纪委监委办案点第三讯问室内，已露出颓然之色的王吉平还在苦苦地支撑着自己的傲气和尊严，仍高昂着头，表情不屑。杨震不漏声色，仍淡然微笑地望着他。

杨震说：王局长，上一回我和你探讨了你青年时代的生活，这次咱们该说道说道你中年得志，问鼎权力的生活了。

王吉平沉着脸不看杨震，望着地面无语。

杨震说：2015年10月，你升任市文体局局长，同年12月，你就利用自己的权力以公谋私，收受下属牵线搭桥得来的50万的贿赂。2016年4月，你在市文体局已经形成了自己的小团体……

杨震的话犹如一记重锤，敲得王吉平蒙了，杨震的声音渐渐和脑子里的嗡嗡声混合，眼前的杨震也渐渐模糊，摇晃。王吉平脸色苍白，虚汗直冒，两眼呆滞，空洞。王吉平微张着嘴，努力支撑着，眩晕稍微好点时，杨震的声音变得虚渺空旷却又真切地回响在耳旁。

在王吉平耳朵中，杨震的声音变得既遥远又清晰：2016年9月，你通过朋友和高云爽结识，从此开启了你贪婪无度，一发不可收拾的局面……

杨震继续有条不紊地说着，王吉平翻起了白眼。杨震看到王吉平眩晕的样子，眼睛掠过一丝同情，但随即正义和使命压倒了一切，仍冷峻严肃地望着王吉平，步步紧逼。

杨震说：若要人不知，除非己莫为！你所做的一切我都有证据，而这些证据的提供者就是你市文体局的下属们。每一位下属向我们提供的证词和证据，你要不要看一下？

这最后一击似乎彻底击垮了王吉平，他面色死灰。

讯问暂时中断，也让双方有个短暂的休息，杨震就趁工夫回到监控室。

郑振国正坐在监控器前，监视器里的王吉平颓然低头坐着，眼神呆滞，沉默不语。

杨震望着监控器里的王吉平，又看看旁边的郑振国。

郑振国问：王吉平还是不开口？

杨震点点头。

郑振国说道：这个案子已经上市委办公会了，薛书记的态度很明确，一查到底。鉴于王吉平的身份、位置、职级，我们按照程序也向省纪委监委作了汇报。你们的关键是把这个案件证据做扎实，让王吉平认罪服法，他还有没有要检举、揭发的？

杨震微微一笑，把握十足地说道：他目前的心理防线有所松动，关键是证据。他现在是不见棺材不掉泪，那就给他时间，让他好好想想。

旁边的另一个监控器里呈现高云爽的哥哥受审的影像，叶雯婕和徐航在审问。

市纪委监委办案点第九讯问室内，高云爽的哥哥高天海一脸倔强不理叶雯婕和徐航的审问。

叶雯婕说：你们一定知道高云爽的下落，我劝你好好配合我们的工作，这样也是对你妹妹负责。

高天海脖子一梗，说道：我不知道。

叶雯婕说：我希望你配合我们调查，你妹妹高云爽涉嫌行贿、受贿，希望你能劝你妹妹主动投案自首，争取宽大处理。

高天海说：少跟我来这套，我妹妹就是个普通生意人，她能犯什么法。你们少在这儿满口胡说，小心我告你诽谤。

徐航呵斥道：高天海！你少在这里嚣张！

叶雯婕说：高天海，我知道你是护着你妹妹，但是现在的情况你也了解，别的话我们也不必多说。记住，逃得了一时，逃不了一世。

高天海低着思考不说话。

市纪委监委办案区第五谈话室内，工作人员搀扶着高云爽的父亲高瑞平坐在椅子上。

高瑞平坐下后惊恐地望着杨震和唐辉。

杨震说：不用紧张，今天找你来只是想知道你女儿高云爽的下落，希望你能如实告诉我们。

唐辉说：你女儿的命运就掌握在你的手中了，你可要想清楚啊。

高瑞平为难地望着唐辉，嘴唇嚅动了一下，想说什么又咽了回去，满眼犹豫和疑惑。

高瑞平说：我，这，我，云爽去了哪儿我也不知道啊。

唐辉说：根据你的邻居反映，高云爽在失踪之前曾经去家里看过你，她去哪儿了，你应该最清楚。

高瑞平低头沉思，神情紧张。

唐辉和杨震对视，杨震微微点头，表示火候快到。

杨震说：你现在心情我了解，我和你一样都是做父亲的人，我也有一个女儿。

高瑞平抬头望着杨震。

杨震说：做父母的哪有一个不为自己的孩子考虑的，都希望孩子能够幸福，不管孩子多大都是咱们的心头肉，看不得孩子受一点儿委屈，遇到事，我们都会尽全力地保护孩子……

高瑞平的神情变得充满怜爱。

杨震说：我相信每个父亲在孩子小时候都会教育他做一个遵纪守法的好人，没人希望自己的孩子犯罪。可是有时候孩子会犯错，会走弯路，这时候我们应该怎么办？

高瑞平不说话。

杨震说：我希望我们不要让孩子错上加错，现在挽回还来得及……

高瑞平说：别说了，我告诉你们高云爽在哪儿。

杨震和唐辉顿时露出欣喜之情。

高瑞平说：高云爽就在她母亲的老家，高山村她三姨家。

高瑞平说完一脸如释重负的表情。

杨震凑到唐辉耳边轻声地说：协调公安方面，立刻安排人去高山村对高云爽实施抓捕。

唐辉说：是！

唐辉起身出门。

高瑞平说：同志，您能答应我一件事吗？

杨震说：你说！

高瑞平说：高云爽这孩子本性不坏，她都是为了这个家才干的那些坏事，你们能不能对她宽大处理。

杨震沉默片刻。

杨震说：老高啊，对不起，这个我不能向您保证，我们能保证的是——依法公正办理。

高瑞平老泪纵横地说道：都怪我！都怪我没教育好我的孩子。

杨震望着高瑞平满头白发、神情哀伤，竟然一时不知道该说些什么。

十七

高山村，砖房鳞次栉比，小路狭小曲折，穿着一身休闲服的高云爽神情忧虑慌张地走在小路上。她不时抚摸脸上的擦伤，估计是因为伤口已经开始愈合，所以自然就开始发痒了。

前面就是高云爽三姨的家门，高云爽慢慢走着，刚走到门前台阶，唐辉、徐航带着几名便衣警察就冲了出来，不由分说按住高云爽。

高云爽挣扎着，大声说：你们干什么，干什么？

徐航向高云爽出示证件、法律文书，厉声道：高云爽，干什么？你说我们干什么？

高云爽表情万分惊异，瞪着惊恐的眼睛望着一脸正义凛然之气的徐航……

杨震家。杨震围着围裙，手里端着早餐从厨房走出来。

杨震把早餐放在桌上，摆上碗筷，倒了杯牛奶放在早餐边。

杨震喊道：豆豆，洗漱完了吗？快点出来吃早饭。

豆豆从卫生间走出来，坐到椅子上，问：我妈呢？

杨震说：上级有检查，提前去学校了，一会儿爸爸送你，先吃饭吧。

豆豆望着丰盛的早餐愣住了。

杨震说：看什么呢，快吃啊，一会儿迟到了。

豆豆说：爸，今天不是什么特殊的日子吧？

杨震摇摇头说：不是，怎么了？

豆豆说：我可是记得你好几年都没给我做过早餐了。

杨震略显尴尬地说道：哦，爸爸以前工作忙，别怪爸爸。

豆豆吃着早餐，小大人似的说：嗨，没事，谁让你是办案人员呢，我理解。

杨震欣慰地望着女儿，轻轻地抚摸着女儿的头。

杨震的手机响了，他一看号码就忙拿起电话。

唐辉在电话里说：杨主任，高云爽已经带到市纪委监委办案点了，就等你了。

杨震说：好，我马上到。

杨震转身带着歉意对豆豆说：豆豆，爸爸……

豆豆懂事地说：没事，你不用送我了，一会儿我坐公交就行，你快去吧，工作要紧。

杨震解下围裙，走到门前，穿上挂在门口的正装，对着镜子整理衣装。

杨震开门，回头说道：爸爸走了啊。

豆豆说：等下。

杨震回头，豆豆拿出手机对着杨震拍照。

豆豆说：爸爸还是穿正装帅，好了，走吧。

杨震微笑着出门。

市纪委监委办案点第九讯问室里。高云爽坐在讯问室的椅子上，表情颓然沮丧，头低着，眼睛空洞无神，沉默不语。

杨震坐在高云爽的对面，并没有摆出审问者居高临下的姿态，而是脸上挂着温和的微笑，就像和朋友谈心般亲切随和。

杨震说：高云爽，我真的很佩服你的聪明，你对待感情理智冷静，分析对方的性格，洞悉对方的心理，抓住对方的弱点，从而有效迅速地掌控对方，这是有些女性梦寐以求的能力。总之，情商、智商都很高。

高云爽空洞的眼神略显活泛，透出些许惊异和感动，但还是没有正视杨震。

市纪委监委办案点第七讯问室内，余芳仍倔强地昂着头，望着天花板，一眼不看叶雯婕。叶雯婕仍是一副随和亲切的姿态，像一个女性朋友般望着余芳。

叶雯婕问：你知道王吉平存了一箱黄金吗？

余芳显然十分惊异，她不再昂着头，而是将脑袋转向审讯台，睁大眼睛望着叶雯婕。她用疑惑的眼睛探寻着叶雯婕，似乎想从对方眼神里探知她所言是真是假。

叶雯婕仔细观察着余芳脸上每一个细微的反应，好对症下药。

叶雯婕再次问：王吉平和高云爽一起逃跑的时候就带着一箱黄金，你知道吗？

余芳更加惊异地望着叶雯婕。惊异和愤怒同时侵袭着余芳，叶雯婕微微一笑，成竹在胸。

市纪委监委办案点第九讯问室内，杨震微笑着望着高云爽，高云爽表情呆滞。

杨震说：王吉平表面上是一个意志坚强、性格强硬、有能力有魄力的人，但因为成长经历的阴影，在骨子里又是一个极其自卑的人。你观人于微、入木三分的天赋和过人的分析判断能力，使你找到王吉平的这一心理弱点，介绍王吉平加入SNSCLUB，带王吉平体验各种奢侈的生活方式，甚至给王吉平提供不同的年轻漂亮的女孩。王吉平只有通过你才能体验到这种人上人的感觉，体验到从未有过的成功和心理满足，使他对你产生深深的依赖，心甘情愿把大项目拱手给你，甚至放弃患难与共的妻子和唯一的儿子，而选择和你一起外逃。

高云爽略显惊讶地望着杨震，似乎被杨震说中了。

杨震说：而李鸿远这个人性格浮躁、贪图享受，做人处事没有头脑，没有主见，你敏锐捕捉到李鸿远的弱点，不断地给李鸿远金钱物质上的利益，让李鸿远瞒着王吉平不断地给你提供一些中小型的项目。

高云爽静静地听着杨震的话，没有认同也没有反驳。

杨震说：其实，王吉平对你是有感情的，但不管是对王吉平、李鸿远，还是对其他人你都不在乎，你认为他们都是你利用的工具，你的垫脚石，你唯一在乎的只有一样……

高云爽圆睁着眼睛望着杨震，似乎在等待下文……

市纪委监委办案点第七讯问室内，望着余芳惊异的表情，叶雯婕微微一笑，示意文静。

文静给余芳放了王吉平所携带黄金的视频、图片和文体局王吉平的下属提供帮王吉平买黄金的证据的视频。

余芳惊异地望着视频上说话的中年男性，耻辱和愤怒压倒了她，她再也支撑不住，委屈地哭起来。

叶雯婕同情地望着余芳，继续说道：你恨高云爽，也恨王吉平，你和贾旺在一起也不过是想报复王吉平。你是一个有责任、有担当的妻子和母亲，曾经给王吉平付出很多，所以你痛恨，你要报复。你和贾旺在一起不过是给寂寞痛苦的感情找个发泄口罢了。王吉平形势不妙时，你又担当起家庭的责任，但没想到王吉平最终还是背叛了你，抛弃了你。

余芳痛哭流涕，叶雯婕的话句句戳在了她的心口上……

市纪委监委办案点第九讯问室内，杨震坚定自信地望着高云爽。徐航在记录。

杨震说：你唯一在乎的只有你的家人，你拼命奋斗挣钱就是为了你挚爱的家人，你的父亲，你的哥哥，你的侄子，让他们不会在为钱发愁，让他们过好日子。

高云爽眼含泪水，徐航看到火候已到，忙打开笔记本电脑所存文件，高云爽的父亲出现在电脑屏幕上——

高瑞平眼含热泪地说：云爽，爸不管你做了什么，只要你回头，改了错，就行。你还年轻，路还长，爸不能眼望着你毁了自己啊。

看到满脸皱纹的父亲痛苦的神情，高云爽再也控制不住自己，痛哭起来。

高云爽哽咽着说：我告诉你们，我全都告诉你们……

意识到高云爽的心理防线彻底破防了，杨震暗自松了一口气。

十八

市纪委监委办案点第七讯问室内，叶雯婕望着满脸悲戚的余芳，脸上有了同情之色。

叶雯婕说：我知道，即使王吉平再欺骗你，你再恨他怨他，在关键时刻你还是要保护他，支持他，你认为你们一家人的命运都维系在一条线上。对吗？

余芳点点头说：我们都是女人，女人最想要的就是一个美满幸福的家，我做这些也都是为了这个家，可没想到……

余芳低声哭泣，叶雯婕拿出一张纸巾递给余芳，余芳接过纸巾擦拭脸上的泪水。

叶雯婕说：余芳，你知道吗？其实王吉平并不喜欢高云爽，他只是贪图高云爽带着他享受的生活，给予他的心理上的满足感、成就感而已。

余芳说：这个我心里也有数儿，我和老王毕竟是结发夫妻，还有孩子。

叶雯婕说：想想你们夫妻走过的二十几年的路，多少艰辛？多少苦？你一直也在撑着这个家，现在更要撑起这个家，你的选择就是你这个家的选择。你现在回头还来得及，你还有儿子，儿子也需要你帮他撑起一个家啊……

已经泣不成声的余芳望着叶雯婕，满面动容……

市纪委监委办案点第四讯问室内，王吉平表情僵硬，呆滞的双眼透出惊异和悲戚，死死地盯着前方，嘴角肌肉在抽搐。

顺着王吉平的视线，桌子上摆放着一台电脑，电脑屏幕上放映着高云爽和李鸿远亲密相拥的照片——正是何劲松在清风茶馆里用照相机拍的照片。

杨震虽表情淡然轻松，但两只眼睛却像刀子一样盯着王吉平。

杨震说：王局长，还有一样东西高云爽交给了我们，但我们没有看，我想，你应该很有兴趣看一看。

说着，杨震把一台手提电脑的屏幕推到王吉平面前。

王吉平表情疑惑、恐慌地望着杨震和拿到自己面前的手提电脑。他紧张地盯着屏幕，屏幕上显示出一个个姿色各异与他在一起的年轻女性。他一时什么都听不见了，愤怒、痛苦、绝望等情绪交织在一起，他闭上了眼睛。

杨震说：你没有想到高云爽还会来这手吧？高云爽让你得到心理极大的满足，也使你陷入自己的世界中，你越依赖这种感觉，就越依赖高云爽，认为只要和高云爽在一起，只要有钱，你仍然可以过"人上人"的"成功"生活。在整个过程中，头脑清醒的是高云爽，她讨好你，顺从你，似乎给你奉献她的一切，甚至不断地为你介绍年轻的女孩，但实质上，高云爽只是利用你，处处提防你，只要有机会就得到你犯罪的证据，以便将来要挟你。

王吉平此时的脸色苍白到极点，眼神呆滞，他没有想到高云爽还留了一手，这种巨大的打击他已然承受不了。

杨震严肃地望着王吉平，说道：当然，你还有一个生死同盟，她就是你的妻子余芳，你一直很自信，认为余芳在关键的时刻会为你，为你这个家做一切，所以现在很有必要让你再看一件东西。

王吉平呆呆地望着眼前的一叠材料——余芳的证词。

杨震说：你妻子余芳的证词很详尽，王吉平，即使你不开口，你单位下属和高云爽、余芳的证词，尤其是相关证据，这些就足够定你的罪，但我还在等你的醒悟，等你亲口承认供述这一切，供述你和高云爽怎样逼死李鸿远。要不然我给你提个醒吧。

文静打开笔记本电脑内存的一个文件——屏幕上，高云爽哭着，她表情惊慌内疚地讲述起来。

高云爽说：我和王吉平事先商量好，在半夜时偷偷叫出李鸿远，在我们事先安排好的地方……

杨震示意文静按了一下暂停，王吉平呆滞地望着前方，颓然绝望。

杨震说：王吉平，你来继续说吧。

王吉平突然狂笑起来，这种歇斯底里的笑令人毛骨悚然。

杨震镇定地望着王吉平。

王吉平笑完，呆滞的眼神看看杨震片刻，忽然哭起来，崩溃痛苦的哭泣，同样让人不寒而栗……

十九

对于李鸿远为何走向绝路的，杨震可以猜想到，不过，他还是希望从王吉平或高云爽的口中说出来。后来，高云爽交代了一个重要的信息——

那天夜晚，王吉平约了李鸿远来到滨海市西郊半山腰的隐秘会所，这是高云爽自己的会所。在会所豪华包间，李鸿远坐在椅子上，面前的桌上放着几瓶好酒，李鸿远习惯性地不停地自斟自饮。

王吉平不久就到了，他和高云爽一左一右坐在李鸿远的两边。

王吉平和高云爽交换了一下眼色，两人都极力掩盖着内心的恐慌和紧张。

李鸿远忐忑疑惑、惶恐不安地望着王吉平，时不时回头看看高云爽。

王吉平极力维持自己一贯的威严和强势，以此来掩饰内心的恐慌。

王吉平说：老李，你知不知道现在有多少人在市纪委监委告了你的状？咱们市文体局不少人匿名举报，那些竞标不上项目的商人们，他们手里都或多或少攥着你的证据啊。

李鸿远拿起酒杯将杯中酒一饮而尽，把酒杯狠狠地放在桌子上，他恶狠狠地骂道：这帮混蛋，得不着便宜就回头咬老子一口！

王吉平说：老弟，你这几年太张扬，太狂妄了。

李鸿远说：王哥，涉及人财物的大事，我不是都请示您了吗？

王吉平说：请示我？好多事，你都是已经生米做成熟饭，再请示我有屁用？！我是一把手，如果把你的方案否决了，不就是显得你没有权威吗？显得正副局长存在矛盾，让人看笑话？你呀，走到今天这一步，你好好想想后路吧。

李鸿远听闻似乎还没有太反应过来，只是表情惊愕地望着王吉平和他一旁的高云爽。

李鸿远表情惊慌地问：那，那，那，那现在怎么办啊？王哥，你不是说，你让我把一切责任承担下来就没事了吗？你……

王吉平望着李鸿远，痛心疾首地说：我也没想到会这样，这次我罩不住了，老弟，众怒难消，民意难违，唉……

李鸿远感到一阵阵恐慌，望着王吉平说：什么，这，这，王哥，你不能不管我啊，我这么多年鞍前马后地为你奔命，你不能不管我啊！

李鸿远拉着王吉平的手，焦急地望着王吉平，双腿发软，几近要给王吉平跪下来。王吉平身体僵硬，神情冷峻，威严地望着李鸿远，给李鸿远一股无形的巨大的压力。

王吉平说：我真的无能为力了，我保不了你了，你做好准备吧。

王吉平的话犹如当头棒喝，打在了李鸿远的头上，李鸿远呆愣着望着王吉平。

李鸿远问：准……准……准备，什么准备？

王吉平说：准备被枪毙，你的一切家产被没收，我也得准备，准备被你咬出来。

王吉平威严地望着李鸿远，李鸿远则惊异地望着王吉平。

李鸿远说：王……王哥，你……

王吉平盯着李鸿远，眼神中透着凶狠和威严之气。李鸿远不禁在这种气焰下心虚，底气不足，慌乱而不知所以。细想王吉平的话，李鸿远明白了自己难逃这一劫。惊慌悲痛之下，无以名状的恐惧让李鸿远哭起来，眼泪鼻涕一起流下来。

王吉平望着李鸿远这样，和高云爽又悄悄地交换了一下眼色。

王吉平放低声音说：还有一条路，就看你有没有勇气走？

夜晚，会所豪华包间内，李鸿远抬起头来望着王吉平，眼睛中充满期冀。

李鸿远急切地问：王哥，你快说，什么路？

王吉平做了个上吊自杀的手势，说道：这样，你的家，你的钱就能保住，保一头，总比什么都没了强。

李鸿远惊异万分地望着王吉平，他不敢、不愿相信这话出自自己一向信赖的大哥之口。

李鸿远一时间血冲头顶，也不管不顾地说道：好你个王吉平，你为了自保，就把我往绝路上逼，你一直就拿我当炮灰，出了事，又让我当替罪羊，现在又让我去死，你太狠了，我和你拼了，我……

说着，李鸿远就站起来掐住了王吉平的脖子，高云爽在一旁既焦急又极力稳定李鸿远的情绪。

王吉平使劲推开李鸿远，厉声说道：你清醒一点儿，现在你只有这条路走，明白吗？

王吉平说：市纪委监委查到你，你也是死路一条。你想明白一点儿，终归也是个死，如果你下不了手，我可以找人帮你。人一死，天大的案子就不会查了。我还是局长嘛，给你做个工作压力大，患上抑郁症自杀身亡的结论，对上、对下，对里、对外，都有个交代，还可以体体面面送你一程。

李鸿远愣住了，眼神中无比的绝望，他一屁股坐在地上。

李鸿远喃喃自语道：我还不到五十，我还没抱上外孙，我……就没有不死的办法吗？

王吉平走上来，将其拉起到沙发上坐下。他望着李鸿远说道：鸿远，事情到了这个地步，谁都没有办法。现在已经是箭在弦上，这一两天市纪委监委的人就要来抓你了，他们已经二十四小时盯住了你，今天咱们见面，他们就知道，逃是不可能逃走的，就算逃走了，你能逃哪去？能逃几天？早晚会被抓住的，这样一来，你辛苦这几年的钱，你的房子，你父母的房子都会被收回去。如果，如果，你选择了第二条路，这一切都能保住，家，钱，房子，一切的一切，我还会让高总给你的妻子和你父母各五百万。想想你的妻子孩子，你的父母，鸿远，你好好想清楚，我们给你时间，你要想清楚。

高云爽面无表情地点点头。

李鸿远陷入深深的绝望，忽然狂笑起来，似哭似笑，阴森入骨……

高云爽可以想象到，从包间出去后，李鸿远是何等颓然绝望……

二十

"八室"小会议室内,案子成功告破,每个人都神采飞扬,兴奋不已,彼此说着破案时的细节。

徐航说:我和老唐赶到那里,就看到何劲松倒挂在那里,哼哼着,就这样……

徐航学起何劲松当时呻吟的样子,何劲松忙用手捂徐航的嘴,其他人都哈哈大笑起来,杨震也笑起来。

杨震说:行了,行了,这个案子何劲松立了大功,勇气可嘉。不过,劲松啊,你要尽快成熟起来,成为一名优秀的市纪委监委调查人员。

唐辉戏谑地拍拍何劲松的头,以示鼓励。

杨震说:好啦,今天的会就开到这儿,大家辛苦了这么多天,好好休息休息,散会。

众人散去。出了办公室,何劲松接到章文锦邀约的电话,只是他没想到有个特别的惊喜在等着他。

某餐厅内,章文锦坦然大方地望着何劲松,何劲松则忐忑不安,拿着刀叉的手笨拙而紧张。章文锦看在眼里,乐在心里。

章文锦说:这可是咱们的第一次约会,何先生,拜托你不要这么紧张好吗?

何劲松惊异得像被噎住了似的,瞪着眼睛望着章文锦,一脸疑惑。

何劲松问:约……约会……什么约会?

章文锦不以为然地望着何劲松,主动地说道:对啊,约会,你和我的约会啊,你我从此时此刻起正式确立恋爱关系。

何劲松万分惊异地望着章文锦,一时无言以对。望着何劲松这副傻样,章文锦忍俊不禁。

章文锦说:咱们俩的性格彼此互补,所以我觉得你可以做我的男朋友,我也可以做你的女朋友。我想了想,觉得没必要这么费劲,直接约会就好了,所以就约会啦!

何劲松惊异地咽了一下口水。这么直白让何劲松惊异万分。

望着何劲松如此惊异，章文锦扑哧一笑。

章文锦说：傻瓜，跟你开玩笑的。

紧绷着情绪的何劲松舒了口气，傻笑着望着对面笑吟吟的章文锦……

8个月后。

市公安局看守所内监室内，穿着囚服的王吉平，身体消瘦，曾经的青丝变为白发，呆滞的眼神、麻木的表情与曾经的不可一世、威严傲慢的形态判若两人。

王吉平拿到了法院的一审判决，他被滨海市中级人民法院一审判处15年，他没有上诉。

他的妻子余芳因受贿罪被判处有期徒刑12年。高云爽因受贿罪、行贿罪数罪并罚被判处有期徒刑10年。贾旺因行贿罪、故意杀人罪（未遂）被判处有期徒刑14年。

第三章
突破危局

根据市纪委书记郑振国的指示，杨震带队进驻盛荣县，对常务副县长李正雄展开秘密调查，可很快遭遇失火、举报人被威胁、证人被串供等重重困难。杨震也被陷害接受调查。面对重重危局，办案组能否完成任务……

一

　　市纪委监委会议室内,"八室"办案人员围坐在桌旁,望着前面的大屏幕,杨震站在屏幕下面。大屏幕上显示的正是滨海市盛荣县原县长罗文昌的照片。

　　文静好奇地问:这人是谁啊?

　　徐航说:长得肥头大耳的,一看就像个贪官!

　　唐辉说:徐大小姐,你别总是以貌取人,谁说贪官就一定长成这样?长成这样一定是贪官?肥头大耳的人多了,难道都是贪官?你看,上次我们去税务局办事,他那个门卫不也肥头大耳吗?他想当贪官,有机会呢?

　　叶雯婕说:老唐,你是不是话有些多了?我觉得徐航的话不是你理解的那个意思。不过,我觉得徐航的话还是有道理的,不是有那么句话嘛——相由心生。人的内心会一定程度反映在面部表情上,久而久之,长相自然会和心理同步。

　　唐辉点点头道:嗯,似乎也对,你看咱们杨主任、叶大美女,整天想着铲除贪腐,所以人就长得一脸正气嘛。

　　杨震说:各位打住。说正事,别贫了。照片上的这个人是原盛荣县长罗文昌,此人现在涉嫌贪污腐败正在被我们七室调查。

　　唐辉问:既然已经被我们市纪委监委调查了,那我们现在做什么呢?

　　杨震道:罗文昌严重违法违纪和涉嫌职务犯罪,市纪委监委七室已经基本查清,不久就会转给司法机关处理。郑书记的考虑是,案件来了,由七室郑海生主任那边负责。我们的调查对象并不是罗文昌,而是该县常务副县长李正雄。相关方面转来了大量针对李正雄涉嫌贪腐问题的举报信,郑振国书记也有明确的批示。

　　屏幕画面显示郑振国书记的批示——请第八审查调查室依法查办,郑振国。

　　徐航有些不满地说:领导也是,把大头给七室,把一个小喽啰给咱们,没意思。

　　杨震说:呵呵,话不能这么说,级别高不一定是大头。据反映,这个李正雄有可能是盛荣县长年官场腐败的幕后推手。罗文昌的交代材料中，多次提到李正雄以及李正雄的妻子王海梅，认为两人在盛荣县十几年，利用职权搜刮了不少钱财，做了不少违纪违法的事情。

叶雯婕问：罗文昌的交代中，有清晰明确的证据或者线索吗？

杨震道：明确倒不是。相关材料，我已经安排文静去我们办案点取回来了。

唐辉疑惑地问：论职务，他只是个副手，怎么可能呢？

杨震道：这正是案子有趣的地方。

叶雯婕问：杨主任，接下来我们怎么办？

杨震道：李正雄这半个月在省委党校开会学习。我们利用这个机会进驻盛荣县，在那里设立我们的临时办案点！

徐航兴奋地说：太好了，终于有外派的机会了！

唐辉说：别高兴得太早。俗话说，强龙压不住地头蛇。盛荣县是人家的地盘，李正雄等人的关系网肯定遍布当地。

杨震说：唐辉说的没错，所以说这次又是一场硬仗啊！好了，大家收拾一下准备出发。

几人异口同声地说：是！

杨震说：对了，我们的临时办案点条件艰苦，你们要有思想准备。出发前，都提前给家里说声，要外出办案，暂时回不了家。我们所有人的去向、案情都要保密，给家人解释不通的，让他们直接找我。

唐辉说：杨主任，就你最应该给家里人说。我们都是未婚青年，一人吃饱，全家不饿。

杨震、叶雯婕、何劲松、唐辉、徐航、文静和一名书记员带着行李行色匆匆地走出市纪委监委大楼。他们走到车前，放置好行李，开车门钻了进去。不久，两辆汽车驶出了纪委监委大门。

两辆车一前一后飞驰在公路上。

前面的车上，叶雯婕驱车，文静坐在后座上。杨震坐在副驾驶位置，研究着一摞举报材料和罗文昌的交代材料，面色凝重。

后面的吉普车上，唐辉驱车，徐航坐在副驾驶位置，新奇地望着窗外的景色。何劲松坐在徐航的后边，低头摆弄着电脑。

车子驶入盛荣县县城。

二

滨海市盛荣县粮食局招待所是个相当简陋的招待所，牌子上的字迹都有些斑驳不清了。

一行人将车停到后院后，收拾好行李，迅速在小会议室展开工作。

唐辉在整理文件，就是杨震车上看的那些，边看边在计算机上敲打记录。

何劲松在鼓捣计算机、打印机、视频等设备。

徐航则在擦拭每一张桌子、椅子。

小会议室内家具简陋，五六张桌子而已。

徐航把手中的抹布扔到桌子上，坐到一边的椅子上歇息。

唐辉看见了，说道：别偷懒，这一大堆活儿呢。

徐航说：我是来查案的，不是来当保洁员的。

唐辉起身拿起抹布扔回到徐航怀里。

唐辉说：现在收拾屋子就是你的工作，赶紧的，小心我向杨主任报告你消极怠工，不认真工作。

徐航无奈地拿起抹布继续擦着桌子。

徐航抱怨道：我就纳闷了，就不能挑个好地方做办公室吗？好歹咱们也是市纪委监委的人，这办公条件也太寒酸了吧。

唐辉说：你就知足吧，我听杨主任说过，当年他下去办案子还住过帐篷呢。

徐航不高兴地说：切！我宁可在帐篷里办公。

唐辉问：说你没经验你还不信，你就没看出来杨主任在这儿办公别有用意？

徐航急忙凑到唐辉跟前，说道：老唐，说说看。

唐辉边整理着文件边说：懂不懂什么叫低调，李正雄在这里关系网复杂，如果我们大张旗鼓地查，肯定逃不过他的耳目，那样我们的调查就完全暴露在人家眼皮底下了。你看这里多好，清净，正是办公的好地方。

徐航似懂非懂地说：哦，听你一说，好像有那么点道理。

唐辉说：行了，别傻愣着了，赶紧干活儿！

徐航潇洒地一挥手说：是！

三个人继续忙活起来。

临时办案点杨震客房。叶雯婕推门进来，发现一位三十出头的年轻人也在，她一愣。

杨震指着这位三十出头的年轻人介绍说：雯婕，这是招待所经理小谢。小谢，这是我的同事叶雯婕。

叶雯婕忙问候道：谢经理好！

小谢也赶紧回复道：叶老师好！

小谢看叶雯婕进来，知道有事，就起身告辞。

小谢起身向杨震告辞道：杨叔，你们先忙，有啥事直接找我。

杨震说：小谢，你也忙你的。暂时不要告诉你爸我在这儿。等我们这边完事，我会去看他的。

小谢说：好的。

说着，小谢关上门出去了。

杨震向叶雯婕解释道：这是原来县粮食局的招待所。二十多年前，我那时还是毛头小伙子，和咱们老领导郑振国郑书记办案就住在这里。小谢的父亲当时是招待所所长，很好的一位大哥。那时，粮食局还挺火的，在当时这里的条件算不错的。

叶雯婕说：时代在变嘛。计划经济条件下，粮食、棉油、农机等行业那时挺吃香的。市场经济，改变了很多东西，包括人的观念。

杨震道：是啊。包括吃苦耐劳的精神。我们选择这里做办案点，一是不张扬，比较隐蔽；二是这招待所价格便宜，我们也给国家省些"银子"。

叶雯婕说：两间临时询问室，文静已经布置了。白天询问，晚上就是客房。

小会议室徐航他们也收拾好了。我和唐辉分头整理了材料，还没有来得及细碰。

杨震道：好。根据举报信的材料和罗文昌的交代，我们先梳理下线索，尽快接触举报人。

文静和叶雯婕早已收拾好两间客房作为临时谈话室。简陋的屋子里，只有一张桌子和几把椅子。

其中一间谈话室，我们姑且称之为临时谈话室甲。叶雯婕、何劲松已经支好录音录像、笔记本电脑以及便携打印机开始工作了。

叶雯婕、何劲松并排而坐，对面坐着一个中年男人。

中年男子神色慌张地望着座位，一脸的局促不安。

叶雯婕说：不用紧张，有什么话尽管说。

中年男子说：好，上面来人我就放心了，这下可有人管管李正雄了！

叶雯婕说：请把你知道的情况如实向我们反映一下吧。劲松，你做一下记录。

何劲松在一边敲打着键盘。

中年男子说：李正雄在我们盛荣县可是个了不起的人物，他就是这里的"土皇帝"。

叶雯婕疑惑地问：可他只是副县长，怎么会有这么大的权力？罗文昌呢？他不是盛荣县的县长吗？

中年男子说：这您就有所不知了，李正雄才是我们盛荣县名副其实的"霸王"，罗文昌不过就是李正雄的一个傀儡。盛荣县真正掌权的是李正雄，大事小事，实际上是李正雄在作决定。

叶雯婕问：那领导班子的其他人呢？

中年男子：县长罗文昌，县委书记李秋来，都听李正雄的，其他副县长根本没有啥权力，李正雄全权掌控啊。

另一间临时谈话室，唐辉和徐航也开始了工作，在他们对面坐着一个中年妇女。

中年女性略显胆怯地望着唐辉和徐航。

中年女性说：李正雄这个人贪财好色，上到县里委办局稍微有姿色的姑娘、娘儿们，下到宾馆服务员，只要是他看上，他都会利用自己的权力给睡了。

中年女性滔滔不绝地讲着，唐辉和徐航皱着眉头听着。

临时询问室内。叶雯婕和何劲松无奈地望着对面的中年人。

中年人问：我刚才说的你们都记下了吗？

何劲松有些不耐烦地说：你说了半天，总是翻来覆去说罗文昌怎么怎么被李正雄当傀儡，那你倒说上一件实际的事情啊，费了这半天嘴皮子，也没说到点子上。

叶雯婕提醒说：劲松，注意态度。

何劲松无奈地低下头。

中年男子不好意思地笑了，但这笑容没有表现出紧张和愧疚。

叶雯婕望着中年人问：不好意思，请问你有没有什么实际的证据？

中年男子说：嗯，容我想想啊。

中年男子动作夸张地思考着。

何劲松无奈地吐了一口气。

中年男子说：有了。我们老城区改造，我们家住的地方属于拆迁范围，补偿款国家是有规定的。我们的明显少于李正雄亲戚的。还有县里的几个大项目，都是李正雄的亲信在做。李正雄自己捞好处，搂了大笔的钱不说，还不放过每一个榨我们这些人的机会。他生日，他老婆生日，他父母生日，他岳父岳母生日，凡是跟他沾点边的亲人的红白喜事都要办。办一次，李正雄就捞不少钱。用李正雄的话说，谁来、谁送我不知道，谁没来、没送，我知道。我们这些人要是不去送礼送钱孝敬，大事小事上就受磕绊，受气。遭罪啊，李正雄在我们盛荣县可是只手遮天啊。

因为这些都没有实质性的证据，何劲松听得有些不耐烦，叶雯婕也皱起了眉头。

中年男子说：李正雄的老婆就是一个搂钱的大耙子，夫妇两人都爱财如命。

何劲松打断他说：你这说来说去就在李正雄怎么贪钱上兜圈子，能不能说点实际的，你不给我们提供一些实际的事实、实际的案例，我们没法调查呀。

中年男子一脸无奈地说：我，这我，我就是一个处处受欺负的小人物，这我哪知道啊，不过，我可以提供几个跟李正雄关系好的，他们肯定知道内情。

叶雯婕说：好，你说吧。

另一个临时询问室内，中年女子绘声绘色地说着。

中年女子说：要我说，李正雄的老婆心也真是够宽的，老公在外面胡搞，她一点儿都不生气，要是放我身上，我可受不了，我非把老爷们儿惹事的玩意儿给阉了。唉，不过，想想也是，李正雄的老婆还指着他挣钱呢，可不敢撕破脸。

徐航打断她道：停停停，你是来聊情况的，还是来聊家常的？能不能说点和案情有关的？

中年女子不好意思地说：我说的和案情都有关啊！

徐航刚要说话就被唐辉拦住。

唐辉说：你说李正雄有什么情人，那能不能告诉我们这些情人都是谁？你说李正雄的老婆靠李正雄挣钱，有什么具体的事情没有？

中年女子愣愣地望着唐辉。

中年女子说：他女人很多，名字我一时还真记不住了，反正有好多呢？

唐辉耐着性子问：一个都记不起来吗？

中年女子转着眼珠说：好像又能记起几个。

唐辉道：那你说吧！

临时办案点会议室。杨震在观看笔记本电脑中的举报人诉说情况的视频，表情若有所思。

临时办案点会议室内。电脑里呈现举报人来此举报时的影像，杨震等人沉默地望着。

杨震关掉视频。

杨震抬起头说：好了，说说你们调查的结果吧。

叶雯婕说：这么多人，而且有条不紊地过来举报，提供了李正雄大量的信息，却没有什么可查的线索。

何劲松说：我看这些人是来起哄的。

徐航说：树倒猢狲散，李正雄在盛荣县作威作福这么多年，肯定得罪不少人，这些人是趁势来告倒李正雄的。

何劲松问：这么多人来举报，咱们怎么分辨哪些是实话，哪些是假话？

大家都望着杨震，杨震无奈地叹了一口气。

杨震说：要想解决这个问题，又想尽快梳理个头绪出来，只有一个最笨的办法了。

众人怔怔地望着杨震。

杨震说：私下排查，对这些举报人说的情况的真实性进行调查，争取找到突破口，尤其是密切关注这些举报人提供的一些和李正雄更为亲近的人。唐辉、徐航，这个任务就交给你们。

盛荣县偏僻街道。徐航扮作来旅游的人走到一个小吃摊儿前，笑容可掬地和店老板谈笑起来。

而另一处偏僻街道，路边有几个老年男子在下棋。

唐辉悄无声息地走过去看棋。

"将"，唐辉的手把一个棋子打在桌上，此时的唐辉已经和这些老人们下起了象棋。

唐辉和这几个人谈笑起来。

三

临时办案点会议室。杨震等人围坐开碰头会。

杨震说：唐辉、徐航，说说你们的调查结果吧。

徐航不停地打嗝儿，众人疑惑地望着徐航，徐航拿起一杯水猛喝几口，止住打嗝儿。

望着众人疑惑的眼神，徐航脸一红说：不好意思，为了打听消息，我可是把盛荣县县城的面馆都吃遍了。

唐辉忍不住笑道：还好去的是面馆，要是酒馆你还不得喝醉了回来？

徐航瞪了唐辉一眼。

杨震道：好了，赶紧汇报。

徐航说：据群众反映，李正雄虽然只身为盛荣县的常务副县长，却是盛荣县名副其实的老大。罗文昌虽然是县长，李秋来是书记，但在弄权之路上却远远不如李正雄。据说李正雄上有过硬的关系给他撑腰，下有盛荣县黑恶势力给他卖力，所以李正雄就做了盛荣县实际的老大。

杨震问：罗文昌和李正雄的关系如何？

徐航说：那罗文昌和李正雄关系不错，任李正雄在盛荣县横行，他自己也紧锣密鼓地捞好处，结果把自己捞了进去。

唐辉说：这个李正雄虽然在盛荣县横行霸道，倒没有像那些个举报人所说的四处搂钱，大钱小钱都不放过，只要有搂钱的地方都拿着大耙子搂。这有些夸张的成分。我们也侧面向县纪委了解了，李正雄是有过生日宴请的情况，但基本都是亲戚、朋友，连同事、下属都不叫。这方面，他很谨慎。

杨震等人关切地听着唐辉的汇报。

唐辉补充道：还有，李正雄是个出了名的"妻管严"。

徐航质疑道：什么？可是有人反映他情妇很多啊？

唐辉说：你先听我说完，李正雄的老婆王海梅是有名的悍妇，把李正雄管得很严，而李正雄也特别听他老婆的，所以李正雄倒不是情妇如云，拈花惹草的那种人。

杨震点点头，其他等人反而陷入了沉默，满脸疑惑。

徐航继续质疑道：这些举报人都是托儿吗？哎呀，我晕了，谁的托儿？李正雄的？

何劲松问：难道有人在给咱们放烟幕弹吗？

杨震看看徐航，笑起来。

杨震说：现在下结论还为时尚早，咱们的调查毕竟还没有深入。别看这儿只是个县城，在像这样的县城调查，其程度要比在市里某一个领域里要艰难得多。我在基层干了十几年的调查，基层政权中的人，关系复杂，甚至盘根错节。大家要做好思想准备。

众人点点头。

杨震道：调查还要继续深入，唐辉，李正雄身边的人查得怎么样了？

唐辉说：我私下调查了下周峰、罗世强等人，这些人确实和李正雄关系密切，都仰仗李正雄得到利益。李正雄的朋友圈基本上是生意人。

杨震点点头。

杨震问：他们和李正雄有没有利益冲突，积怨？

唐辉说：李正雄这么霸道，肯定是会有的。我认为，关键是得让他们知道李正雄这棵大树快要倒了，要不然他们不会反水。要知道，李正雄不出事，对他们有好处；李正雄出事，他们需要更多的感情投资在新任县领导上。我想，他们明白这个理，所以咱们还得做点工作。

杨震问：直接亮明身份，直接传唤呢？

唐辉等人惊异地望着杨震。

唐辉说：现在？这就打草惊蛇了。

杨震道：恐怕在咱们还没到盛荣县时就已经打草惊蛇了，不妨来个引蛇出洞嘛？

杨震高深莫测的话语和表情让唐辉等人都疑惑不解。

盛荣县僻静的街道上。周峰穿过小巷，走进一间小餐厅。

这是一家小而雅静的餐厅，餐厅内，客人稀少。坐在偏僻一角的唐辉望着进来的周峰，两人彼此对看，心领神会。周峰走到唐辉所坐的桌子前，望着唐辉，慢慢坐下。唐辉将证件给周峰看了一眼。

周峰说：你们还真有两下子，暗访明查，居然能找到我。

唐辉有些意外地望着周峰，他没想到周峰会这么直白。唐辉镇定一下，望着周峰。

唐辉说：我们知道你靠着李正雄走到了这步，成为一个房地产小老板，但是你也处处受李正雄的限制，就像个被牵着线的木偶……

唐辉正要说下去，周峰疲惫地摆摆手。

周峰问：我只问你一句，李正雄这次是不是真的会倒？

唐辉郑重严肃地点点头，说道：盛荣县出了这么大的事，上面是真的要彻查罗文昌。盛荣县出了这么大的娄子，李正雄作为分管经济和城建的常务副县长能撇得清吗？更何况我们也掌握了不少证据，如果没有一定的把握，我们不会贸然来到盛荣县。

周峰若有所思地望着唐辉说：其实，不瞒您说，我，我们很多人都想让李正雄垮台。李正雄联合盛荣县的各种势力，称霸盛荣县，其实，他贪污腐败那些事，不算什么，你知道吗？李正雄身上背着命案！

唐辉震惊地问：什么？！

盛荣县一个普通的茶馆。徐航和罗世强相对而坐，罗世强有些紧张地望着徐航。

徐航说：我找你来的目的你应该清楚，所以我们就直接进入主题吧。

罗世强点点头。

徐航说：据我所知，你是县长罗文昌的本家侄子，可你为什么跟李正雄走那么近？

罗世强说：我家那亲戚就是个废物，收钱不办事。反正一切也是李正雄做主，所以我就直接跟着李县长了。

徐航问：既然你和李正雄走得那么近，那对李正雄做的一些违法的事应该很清楚吧？

罗世强说：李正雄很贼，他指使别人做事情，不会轻易给别人留下明面上的把柄。不过，我跟了李正雄这么多年，还是知道李正雄一些事情的。

徐航问：那你能把知道的都告诉我们吗？

罗世强迟疑地不说话，徐航死死地盯着罗世强。

罗世强点了点头。

盛荣县小餐厅。唐辉的调查还在继续。

唐辉问：你说清楚了，李正雄背上什么命案？

周峰说：我们县的一个房地产商，得到了内部信息，政府要占用耕地，就大量从农民手里购买耕地，但有几家占有大片耕地的农民说什么就是不卖。开发商仗着有李正雄这个背景，肆无忌惮强买农民的地，结果发生了农民和开发商的冲突，事情愈演愈烈，在我们县城里一发不可收拾。李正雄封锁消息，先向民众道歉，然后查到带头闹事的两个农民，找人悄悄地做了他们，伪造成这两人因为女人争风吃醋，发生争执，就这样结了案。最终耕地也落到了开发商的手里。

唐辉对周峰的讲述很有画面感：夜晚，农村偏僻之地，两具浑身是血的尸体，被几个人搬动着……

唐辉问：这件事县公安局没过问吗？

周峰说：出了这么大的事肯定要过问，连市公安局都来人了。可是李正雄买通了几个目击证人，公安局的人也没办法，查了半个月，愣是啥也没有查出来。

唐辉皱着眉头沉思。

盛荣县茶馆的一个角落。罗世强、徐航相对而坐。

罗世强望着徐航，低声说：前些年，盛荣县县政府重盖办公大楼。大楼盖了一半，李正雄发现对面一个在建商业楼太高，高过县政府，影响县政府的风水，所以以施工安全措施不符合要求为由让对方停工。在建商业楼开发商一怒之下诉诸法律，但李正雄是个霸气的狠主儿，开发商跟他来这手，他当然会以高压手法压下去。后来，工程被迫停工了。开发商赔了个底朝天，索性也就硬到底，判决下来不服判决，结果就是不停地上诉和申诉，耗了两年也没结果，事情也就不了了之了。

案件办多了，事情经历多了，有时别人的叙述，徐航都有画面感。

罗世强的叙述，在徐航脑海里浮现的画面正是萧索凋敝的大楼，开发商望着大楼，神情悲凄绝望。

而常务副县长办公室内，李正雄端着一杯清茶，望着对面的烂尾楼。

李正雄回头得意扬扬地望着罗世强说道：世强，你是罗县长的侄子，那我们就不是外人，我们哥俩儿谈谈心。

罗世强说：李县长，别，我应该叫您叔，您和罗县长平辈。罗县长是我本家叔叔，这个不能乱。

李正雄说：好吧。叫叔、叫哥，这都是形式。我们老家还有一句话嘛，各亲各论。说正事，县委县政府门前的商业楼高过政府机关大楼，从风水上讲是大忌。你叔叔罗县长真的非常恼火，他给我施加不少压力——因为这块我负责嘛。但你知道，做事必须依法做事，现在国家也提依法行政嘛。县政府大楼是建起来了，可门前这烂尾楼也望着堵心呢。你说咋办？

罗世强望着李正雄的眼神比较复杂，有畏惧、崇拜，更有期待。

罗世强说：李叔，搞建筑开发具体的事情，我懂，但这政策上的事情，我是外行。

李正雄沉吟一下说：商业楼还是要建的，这些年盛荣县经济发展，城镇居民收入提高，消费水平也提高了。你找下你罗叔，看他出面，可否与商业楼开发商谈谈。你接下来，资金不足的话，我们一起想办法。

……

徐航一直静静地听着罗世强的叙述。

罗世强停顿了一下，继续说道：这家开发商是外地的，他也给罗文昌不少好处——后来，罗文昌出事了，也就是因为商业楼的事情。最后，我们从开发商手里拿到了这个项目。李正雄有没有收钱我不知道，但背后一定是他运作的。罗文昌别看是县长，他没有这个本事。

徐航若有所思。

四

一个三十多岁的男子鬼鬼祟祟地走进粮食局招待所。

套房里，叶雯婕和何劲松坐在沙发上等待此人的到来，何劲松不时焦急地看下手表。

叶雯婕说：别急，人应该快到了。

敲门声起，何劲松急忙起身去开门。门打开，男子急忙侧身挤进来，把何劲松撞了一个趔趄。

何劲松关门。男子走到窗前，警惕地看了看外面。何劲松坐回叶雯婕身边。

叶雯婕说：不用紧张，这个地方很隐蔽，不会被人发现的。

男子表情严肃忐忑地坐在叶雯婕和何劲松对面。

男子说：我们恨透了李正雄，恨不得他垮台，进监狱，他和他的那些手下，黑恶势力，就不会在盛荣县作威作福了。

叶雯婕说：你的心情我们理解，谢谢你配合我们调查。请把你知道的情况告诉我吧。

男子说：好的……

盛荣县某街道。一辆车静静地停在一个偏僻之地，一个三十多岁的男子匆匆走来，四下悄悄看看，钻进了车里。

车里，唐辉坐在驾驶座位上，男子坐在副驾驶座位上。

男子说：我可以告诉你们一些关于李正雄的罪证，但你们得保密，为我保密，李正雄在盛荣县势力太大。

夜晚。临时办案点会议室，杨震等人围坐在一起，继续召开案情分析会。

听完徐航、唐辉、叶雯婕的汇报，杨震疑惑地问：这些人这么轻易地就……

唐辉和徐航点点头。

唐辉说：我也奇怪，感觉太顺利了，心里不踏实。

叶雯婕说：给咱们造成的感觉就是——盛荣县的人都已经恨透了李正雄，但又敢怒不敢言，不敢公开举报李正雄。

徐航说：这些举报人提供的证据，包括那起命案，恐怕还是烟幕弹吧？

杨震说：想知道是不是烟幕弹，只能继续查。

忽然，屋里的灯全部熄灭了。

室内变得一片漆黑，杨震等人陷入了黑暗中，都慌忙四顾，起身。

徐航问：停电了？

叶雯婕说：不应该吧，你看对面的楼房还亮着灯呢。

何劲松说：估计是保险丝烧了吧。

唐辉说：不见得，兴许是人为的。

徐航说：胆儿太大了，我去看看！

忽然临时办案点的玻璃发生脆响，原来玻璃被砸碎了。一排排的玻璃都被砸碎，玻璃碎屑冲击而下，杨震等人忙躲避，何劲松吓得扎在徐航的怀里。

一阵玻璃"雨"后，杨震等人直起了身。

杨震小心翼翼地拿出手机照亮，看外面的情况。

徐航一把推开何劲松，何劲松不好意思地笑了。

唐辉跑到窗前，只见外面一个黑影闪过，迅速消失到黑暗中。

唐辉准备去追，杨震一把拦住唐辉。

杨震说：算了，人家是有备而来，追也没用。

电灯忽闪几下，亮了，杨震看到满地的狼藉，表情凝重，唐辉满面愤慨。

杨震说：看来咱们的调查让某些人害怕了，这是好事，他们自己先慌了，肯定很快就会露出马脚。

徐航气愤地说道：这帮人也太胆大包天了！

杨震提醒专案组成员道：估计这次只是他们的警告，随着咱们调查的深入，肯定还会面临更多的危险，大家以后一定要小心！

众人点点头。

杨震说：好了，今天的会就到这儿吧，大家都回去好好休息吧。

夜晚。临时办案点房间卫生间内，睡眼蒙眬的徐航洗着脸，脸上抹满了洗面奶。

徐航低头接水，这时候水龙头的水停了，徐航拧了水龙头几下，没有反应。

徐航自言自语道：怎么还停水了？！

门外传来敲门声。

徐航问：谁啊？

何劲松说：是我，你这屋有水吗？

徐航问：怎么，你那屋也没水了？

何劲松说：嗯，水电网，都没了！

徐航气呼呼地拿过一旁的毛巾，胡乱地擦了几下脸，她怒气冲冲地打开门。

徐航狼狈的样子让何劲松吓了一跳。

徐航说：走！找杨主任去！

夜晚。粮食局招待所经理室。

经理小谢无奈地说：杨叔，我也没有办法？供电、供水的都是爷，我们得罪不起。我这招待所快撑不下去了。原来，我们还有一个饭店，愣是让这帮爷给吃垮了。

杨震同情地望着小谢说：有些人芝麻大的权力也要榨出油来。我也听说了不少类似的事情。

小谢说：要不是考虑到粮食局还有下岗的职工，我早外出打工了。杨叔，给你们一些蜡烛，先对付今晚吧。我明天再求他们供水供电。真的很抱歉。

杨震接过几只蜡烛，说：没事，你也早点儿休息吧。

杨震走了出去。小谢一脸无奈地送到门外。

夜晚。临时办案点会议室，大家围坐在蜡烛旁，烛光照得见每个人愤怒的脸。

唐辉愤懑地拍着桌子，说道：这帮县霸，地头蛇，太过分了，这是要把咱们逼走啊！

杨震叹了口气，说道：恐怕没有这么简单，大家想想，在幕后指挥这一切的人是什么目的？这么直接简单的暴力手段，他的真实目的也是直接简单吗？如果不是这么直接简单，那么他们到底是想达到一个怎样的结果？

唐辉等人沉默思考。

杨震说：有时候思考问题要换个思维，也许他们这么做并不是逼咱们走，而是……

叶雯婕说：逼咱们迅速地调查结案滚蛋！

杨震说：对！逼咱们按照他的思路去查案，带咱们兜一个无止境的大圈子。

唐辉问：那咱们怎么办？

杨震说：咱们就陪他绕这个圈子！

众人惊讶地望着杨震。

杨震说：一方面咱们佯装跟着他们兜圈子，另一方面咱们改变调查思路和方法，把调查的触角真正伸入到盛荣县官场，找到突破口。

唐辉说：好。

杨震说：分头监视和李正雄关系亲近的那些人。

五

夜晚。盛荣县某洗浴中心里，李正雄穿着浴袍，半眯着眼睛舒服地躺在床上，享受着按摩。

罗世强也穿着浴袍，匆匆走来，走到李正雄旁边，俯下身子，凑近李正雄的耳朵说了几句。

李正雄惊异地望着罗世强，随即又眯着眼睛。

李正雄轻声问：我刚从省里回来，他们就紧锣密鼓地调查开了？

罗世强说：李叔，你不要担心。我已经让供电局、自来水公司，把水电都给断了。还让人吓唬了他们一下。

李正雄愤怒地发火道：你傻啊？整这干吗？

罗世强说：我就是吓唬吓唬他们，让他们滚蛋呗。

李正雄说：你就是猪脑子！你以为这招有用啊？他们不会去别的招待所、宾馆？不会直接住在县纪委监委？你真是气死我了！

罗世强问：大哥，你说咋办？

李正雄道：咋办？立即给他们恢复水电。派人远远地盯着他们就行了。养兵千日，用兵一时，你看看，就你这智商能干啥？

罗世强低头无语。

李正雄说：该出力的时候，你们就得出力，帮我渡过难关，帮我想办法。老子没有事，你们就有好日子过。

罗世强说：我侧面打听了下，他们是从市纪委那里拿到的举报信。如果市纪委领导放话出来，肯定管用。

李正雄低语：市纪委，市纪委……

罗世强说：大哥，我忽然想起一个人，还记得我之前跟你说过的赵东升吗？

李正雄点点头。

罗世强说：我已经约了他。

李正雄起身，说道：嗯，好，咱们这就去会一会这个赵东升。

盛荣县某高档茶餐厅。装修高档的茶餐厅内，罗世强点头哈腰地把李正雄迎接进来。

赵东升早已经在餐桌前坐着，身着对襟白褂，面色白润，气宇不凡。

赵东升看到李正雄进来，面露不满之色。

罗世强说：大哥，这就是我给你说的那个赵东升，赵哥，在咱们省里、市里都很有背景。

李正雄笑容可掬地打招呼，赵东升反而显得倨傲不屑。

李正雄说：你好，你好！

赵东升头也不抬，自顾自地喝着茶。李正雄面带愠色地望着罗世强。罗世强示意李正雄先坐下。李正雄有些不悦地坐到一边。

罗世强凑到赵东升身边，小声说道：赵哥，我们可指望你了，看您这么淡定，一定是有办法了。

赵东升放下茶碗，轻轻地盖上盖子，说道：我可以帮你们。我跟市纪委郑振国书记是亲戚，我能说上情，把举报信悄悄地复印一份给你们。

罗世强问：领导们都看过举报信了，现在把举报信复印件拿回来有什么用啊？

赵东升不屑地看了下罗世强，说道：你知道什么？你知道人家举报啥？人家为啥举报？举报信的内容和你们下一步的对策息息相关。看到举报信的内容，你们才知道市里的领导大概知道你们多少事情？市纪委领导啥态度？可能是些什么人举报你？你们好对症下药，找对靠山，想好对策，明白吗？

罗世强连忙点头，李正雄也信服地点点头。

李正雄说：那就全仰仗赵哥您啦！

赵东升暧昧地说：这个拿举报信可不是容易的事啊，很多关卡得打通。

李正雄心照不宣地笑笑，说道：没问题，没问题，啊，您看，这得需要多少啊？

李正雄做出搓手的动作，赵东升伸出两个指头，李正雄微微点头。

李正雄说：好，明天就给您送来，一切就有劳老兄你了。

李正雄和罗世强走了，赵东升甚至都没有起身。

望着两人走远，赵东升转过头，拿起茶杯喝茶，脸上掠过一丝贪婪的笑容，与之前的清高淡雅截然相反。

夜晚。破旧的出租房内，房间内陈设简陋，赵东升坐在桌子前，桌上亮着一盏台灯，灯光灰暗。

赵东升戴着眼镜，低头捣鼓着，原来是在刻一枚公章。

一个中年男子匆匆推门而入，赵东升急忙放下手里的工具，满怀欣喜地望着他。

赵东升问：打听清楚啦？

中年男子说：放心，我媳妇娘家就住在李正雄隔壁，他们是邻居，这还打听不出来吗？

赵东升说：好，你说说，李正雄都干了些啥？

中年男子支支吾吾不说话。

赵东升说：哦，我明白了，你看我，光顾着问你了，把规矩忘了。

赵东升从抽屉里拿出一沓钱，递给了男子。

中年男子接过钱，翻看了几下，满脸欢喜地把钱放进口袋。

中年男子说：我也不是非得要您这钱，实在是最近手头紧，没办法，你别往心里去啊。

赵东升说：行了，赶紧说吧！

中年男子坐下滔滔不绝起来……

赵东升一边听着一边在本子上记着，不时地露出得意的微笑。

县政府办公室里。相关人员表情复杂：紧张，惶恐，忐忑……还有，彼此窃窃私语，唏嘘感叹。

一人说：罗县长这么快就栽了，听说到市纪委监委了。

另一人说：可不是吗？这一下彻底栽了。

六

夜晚。李正雄家客厅里。李正雄王海梅夫妻相对而坐，李正雄一脸愁容。

王海梅安慰道：老李，你别着急。你赶紧找市里的关系！这么多年，我们逢年过节没少花费，关键时候，不能拉一把吗？

李正雄说：你不了解形势。我在省里开会的时候，分别拜访了，但人家都讲冠冕堂皇的话。明显不愿意帮嘛。不是很铁的关系，找也没有用。加上罗文昌出事，市里火了，盛荣县目前处于风口浪尖上。这个时候，谁敢管呢？

王海梅问：罗文昌出事和你有啥关系？

李正雄说：没有关系。我毕竟处于一个具体做事的位置，要说一点儿关系没有别人谁信？

王海梅说：我印象中，咱们一直对罗文昌很警惕，他应该并不清楚我们做的事情。很多项目上的事情，程序也是公开透明的。商业大楼的那件事，和你一点儿关系都没有，是罗文昌主持拍的板嘛。当时，李秋来书记也在场嘛。

李正雄说：这事的确和我没有关系，市纪委监委真查，也能查清楚。我担心的是旧城区改造和拆迁的事情。你那个弟弟和罗世强一起做的项目,他们做事你不是不了解,太贪了,民愤极大。对了,你抓紧时间悄悄地找下你弟弟,话该怎么说,不用我教你吧?

王海梅问:我也听说举报你生活作风问题?

李正雄说:哈哈!都是些人想当然。有你这只母老虎,盛荣屁大的地方,我就是想,我敢吗?再说,我本来还想做个县长、书记啥的,所以我一直很谨慎,都是你们这帮人,光想着捞、捞、捞。好处是那么容易捞的吗?!

王海梅说:我还不是为了咱家,为了孩子?

李正雄说:我忽然想起来了,儿子在国外学习,今年也毕业了,近期就别回来了。你待会儿给他打个电话,交代一下。别说太多,免得他担心。

王海梅说:好,我昨天刚给他转了200万。

李正雄说:都啥时候了,你还整这个。人家到银行一查账就明白了。

王海梅说:我托罗世强转的,不是以咱们的名义。

李正雄说:唉,你真是妇人之见。你不好好学法,给你说这个没用。你先去打电话吧。我一个人待会儿。

王海梅叹口气进了卧室。

县政府李正雄办公室。李正雄坐在椅子上一脸的焦虑。

罗世强推门进来,李正雄急忙起身。

李正雄走到门前,向外张望,确定没有别人,关上门。

李正雄和罗世强落座。

罗世强说:李叔,不至于这么草木皆兵吧?

李正雄说:你知道什么,罗文昌快被移交检察院了,估计他的案子很快到法院。再这么下去,估计我也悬了!

罗世强说:啊,动作够快的啊!

李正雄满脸焦虑,低头沉思,罗世强在旁边也焦虑地望着李正雄。

罗世强说:李叔……

李正雄说:咱们只能指望赵东升了。

罗世强说：那……

李正雄说：你今天就给赵东升把钱送过去。

罗世强有些为难地说：好，那……那……钱？

李正雄有些生气了，说道：你先垫上，敏感时期我拿钱不方便。

罗世强目瞪口呆地望着李正雄，李正雄则镇定地望着罗世强。

李正雄质问：怎么啦？有难处？这几年李叔给你多少好处，现在让你出点血，你倒为难了。

罗世强忙掩饰尴尬，说道：哪有啊，行，行，我这就去办。

李正雄道：对了，市纪委监委的人万一找到你，啥话该说，啥话不该说，你清楚吧？

罗世强说：李叔，你一百个放心。我先走了。

罗世强离开了。李正雄一个人坐在办公桌前发呆。

盛荣县茶餐厅，戴着一副墨镜的赵东升端坐在桌子前。罗世强拿出一个巨大的袋子，放在桌上，推给赵东升。赵东升慢慢地拿起袋子，看也没看，随手把袋子放到身后。

罗世强问：您不点一下吗？

赵东升说：这么点儿钱，不用麻烦了。

罗世强说：哦，我忘了赵哥是见过大世面的，我小人之心度君子之腹了。

赵东升微笑着，一副高深莫测的样子。

罗世强说：那个……

赵东升从包里拿出一封信，放在桌上。

罗世强急忙拿过信来，仔细地望着，一边看一边冷汗直冒。

赵东升说：怎么样，没错吧？上面还有市纪委一把手郑振国书记的批示呢。我已经托关系，让他们转到县纪委处理。估计县纪委查也就是走个形式，这是李县长的地盘嘛。

罗世强回过神来，把信放好后，抬举道：没错，没错，一点儿都没错。赵哥，你真行啊，这么几天就搞定了！

赵东升说：在你们眼里天大的事，到我这儿也就小菜一碟。

罗世强竖起大拇指，佩服道：高，实在是高！

赵东升说：你回去和李县长合计合计，看下一步怎么办，总之，我赵某人高官认识得多了，走哪条路我都走得通。

罗世强说：多谢！敢问，是谁举报的？

赵东升生气地说：你想害领导？要是告诉你，不就把郑书记卖了？！再说，你还想打击报复举报人啊？要是你们老大屁股没有屎，用得着这么怕吗？

罗世强说：对不起，赵哥。我不是替老大着急嘛。

赵东升说：记得告诉你们老大，把屁股擦干净。

赵东升凑近罗世强，低声叮嘱：我找郑书记的事情，跟谁都不能说，打死都不能说，明白吗？

罗世强忙说：那是。肯定的。

李正雄家。李正雄坐在豪华客厅内的沙发上望着信，对面坐着低眉顺眼的罗世强。

李正雄望着举报信复印件，举报信上有郑书记的批示，有公章。看信的内容，写的也是李正雄的事情。

李正雄放下信，表情凝重。

罗世强问：这信？

李正雄说：市纪委郑书记的字，我是认识的。这的确是郑书记的笔迹。他给我们讲过廉政课，还亲自阅批过我的廉政论文呢。

说到这儿，李正雄顿了顿，笑了，说：说得还挺全，不看这材料，我都忘了干了多少好事了。

罗世强说：幸好咱们及时知道了举报内容，要不就被动了。

李正雄说：嗯，看来，在咱们盛荣县还有压不住的人呀。

罗世强急急火火地要出去，他说道：我马上去查。

李正雄说：回来，着什么急？你去放出口风，说我上头有领导罩着，举报信查证失实。让那些纪委监委的人不要再做无用功了。

罗世强说：好。

李正雄说：等等，先把这消息跟咱们自己人透透，得要咱们自己人先知道，要防先防咱们自己人。

罗世强虽表情疑惑，但望着李正雄严肃阴冷的表情，点点头，匆匆走出去。

罗世强说：知道了，大哥，这就去办。

罗世强匆匆走出去。

李正雄的妻子从卧室走出来，其貌不扬的王海梅满脸透着精明，气质凌厉。

李正雄一看到王海梅就笑起来，他带着戏曲腔说道：一切都按夫人所说办了。

王海梅自负地一笑，说道：别高兴得太早，这次想要渡过这关，关键是看那老狐狸帮不帮你。

李正雄满面愁容，说道：这次我要是能化险为夷，那老东西绝对还扶我，要是我栽了，那老东西只会想着自己怎么脱身。

王海梅轻蔑地望着李正雄，讥笑道：亏你当这么多年的常务副县长，一点儿政治头脑、战略眼光都没有！以前我让你在盛荣县办高尔夫球场时，留的那后手，把那老狐狸和市里那几个官员都拴在一条绳上了，一荣俱荣，一损俱损。到时候，咱们把砝码亮出来，不怕那老头不听咱们的。

李正雄两眼放光，再次戏剧腔道：高，高，真是高，夫人真是我的军师啊！

王海梅说：那老狐狸的亲信一会儿就得打来电话了，你给我用点脑子，听听他们那边的意思，尤其是想法、情绪。

李正雄说：对，对，对对。还是你想得全面。

电话响起，李正雄拿起电话，王海梅凑过来听着。

电话里一神秘男声说道：纪委监委那边的路数都告诉你了，你先兜一阵圈子，老头子那里自会给你想办法。

李正雄唯唯诺诺道：是，是，明白，明白……

七

周峰低着头，匆匆行走在街道上，唐辉和徐航悄悄地跟在其后。

周峰走进一间茶馆里，唐辉也偷偷跟进去。周峰走到一间小雅间里，雅间里坐着罗世强。

本身用来清雅喝茶的地方，罗世强却喝着白酒，摆着小菜，破坏了整个气氛。

周峰和罗世强相对而坐，罗世强一脸苦闷地望着周峰。门外唐辉和徐航悄悄地听着，徐航打开手机的录音功能，开始录音。

罗世强抱怨道：我这么多年鞍前马后地为李正雄卖命，现在李正雄张口闭口就让我往外掏钱，还说是抬举我，这什么事，这口窝囊气……

周峰劝慰道：行啦，说说心里痛快了也就算了，再窝囊的气也得吞下去，忍着吧，谁让咱盛荣县他李正雄说了算呢！

罗世强说：谁知道他还能挺多长时间？

周峰提醒道：你可不要掉以轻心，我倒是望着市纪委监委的人也不过就是来走个形式。

罗世强问：周哥，你听到什么消息了？

周峰说说：没听到什么，总之，凡事还得悠着点。

罗世强点点头，说：这些人里，我就服你，周哥，我只听你的话。

周峰说：世强，哥早就跟你说过了，李正雄让咱们做的事情，咱们能不做就不做，能拖就拖，这是个官场"老讲话"。罗文昌出事固然有罗文昌自身的原因，李正雄不给他下套，他不会这么快出事。我们目前的形势是，该往后撤的时候，就往后撤，在这敏感的时候，自保为上。

罗世强诚惶诚恐地点头，说道：对了，李正雄已经把举报他的那封信复印件拿回来了。

周峰奇怪地说：啊，怎么可能？

罗世强说：是找了一位高人帮着拿回来的，千真万确。

周峰说：奇怪，啥高人？这县里的高人我哪个不认识？

罗世强说：这个人可不简单啊，人家在市里、省里都有人。

周峰说：不应该啊？李正雄在市里的后台很硬，他怎么可能……

罗世强说：那个赵东升还真是有办法。

罗世强发现说走嘴了，低声神秘地说：这个高人竟然把举报信的内容和市纪委郑书记的批示给搞出来了，李正雄的意思是还要用他这边的关系。

罗世强自顾自滔滔不绝地说着，周峰则表情疑惑惊异，他感觉老奸巨猾的李正雄怎么可能这么轻易地信任一个"外人"。

临时办案点会议室。众人围坐在桌前开会，桌上放着徐航的手机，里面传出罗世强和周峰在茶馆的对话录音——

罗世强说：那个赵东升还真是有办法。

罗世强说：这个高人竟然把举报信的内容和市纪委郑书记的批示给搞出来了，李正雄的意思是还要用他这边的关系。

……

杨震等人表情凝重。

唐辉奇怪地问：怎么会这样？

杨震说：雯婕，你和我先回单位一趟，事情应该不会这么简单。

市纪委书记办公室。郑振国坐在椅子上，表情严肃地望着杨震。杨震、叶雯婕坐在对面的沙发上。

杨震点点头说：我了解郑书记您的为人，您是一个原则性极强的领导。

叶雯婕说：我也不相信。这很有可能又是李正雄的一个障眼法，这个人还真不是一个好对付的主儿。

郑振国问：你们下一步有何打算？

杨震说：敌动我静，敌静我动，咱们就看看他们到底要什么花招？

郑振国赞同地点点头。

桌上的电话响了，郑振国拿起电话。

郑振国说：喂，是我……好……我知道了，谢谢！

郑振国放下电话。

杨震焦急地问：怎么说的？

郑振国说：办公厅做了调查核实，根本没有这回事。我根本没有一个叫赵东升的亲戚，更没有做过那种批示。这个赵东升是个骗子。

杨震听到郑振国的话起初表情欣喜，随即就又忧心忡忡。

杨震说：这说明李正雄已经慌了，这么精明的人，连骗子都分辨不出。不过，事情已经到这个地步，我很想知道，李正雄葫芦里到底卖的什么药？到底是什么目的？

郑振国若有所思。

杨震说：甭管他用什么战法，咱们都跟他兜这个圈子，他到底想干什么，早晚我们会弄明白。

郑振国赞同地点点头，说道：你们尤其要格外注意自身的安全。这不比当年我带你们办案的那会儿，社会形势非常复杂。对了，你们遭遇停水停电和威胁的事情，我也听说了。我已经与盛荣县纪委张旭书记沟通了，张书记表示，会全力配合你们的调查。必要时，你们直接与张书记联系。

杨震说：好的，您放心！

高速公路上，杨震、叶雯婕正驱车迅速返回盛荣县。

杨震戴着蓝牙耳机在通电话，杨震说：张书记，我是市纪委监委"八室"杨震。有个案件的事情需要您协助。好的，多谢！

随即，又接通唐辉的电话。

杨震说：唐辉，马上联系盛荣县纪委张旭书记，立即对罗世强实施传唤！我随后就到，在盛荣县纪委监委等你们。

电话里，唐辉回复道：杨主任，好嘞！我这就去办。

盛荣县街道。罗世强停好车，正从车上下来。

唐辉和徐航佯装在路上走着，后面跟着盛荣县纪委的几个工作人员，走近罗世强。

罗世强似乎发现了什么，忽然拼命跑起来。唐辉、徐航一见这种情况，马上快速地追赶罗世强。

不一会儿，唐辉追上罗世强，把他摁住。

罗世强呼哧呼哧地喘着说：哥们儿，你没结婚吧？

唐辉一愣。

罗世强望着唐辉明知故问：你谁呀？

跟上来的徐航拿出证件和法律文书给罗世强看。罗世强一看，顿时傻了眼。

赵东升简陋的房间，叶雯婕和何劲松带着几名警察破门而入，室内空空如也。

叶雯婕失望地走近房东，问：最近几天没见过赵东升回来过？

房东说：这几天没见过他。他租了半年，还差三四月到期呢。

叶雯婕说：谢谢了。见到赵东升稳住他，马上报警。

房东说：啊？这个赵东升看起来不像是坏人啊？

何劲松道：坏人脸上可没贴着标签。

叶雯婕转身对带队的警察说：我们走个程序，对赵东升上手段吧。

而就在此时，盛荣县纪委监委谈话室，罗世强惊慌失措地望着徐航、唐辉。

罗世强问：你们凭什么抓我？

唐辉说：罗世强，你还不清楚吗？

罗世强装傻：我真的不清楚。

徐航放罗世强、周峰的对话录音。

罗世强傻了：我交代，我全都交代，李正雄是我们盛荣县的大王，盛荣县的事他都说了算，我们几个都是跟着李正雄，跟着李正雄发财。李正雄知道你们在调查他，慌了神，就让我帮他想办法。我也是通过朋友认识的赵东升，赵东升说自己在市里背景雄厚，有很多当官的亲戚朋友……

罗世强一五一十地说起来……

八

唐辉和徐航带着几位警察匆匆走进县政府李正雄的办公室。

李正雄端坐在椅子上，看到市纪委监委的人来了，表情镇定，脸上还挂着笑容。

唐辉、徐航对视了一眼，两人对李正雄的镇定十分诧异。

很快，李正雄被带到盛荣县纪委监委办案区第七谈话室，叶雯婕、唐辉坐在主审位置，文静做好记录准备。

坐在办案组对面的李正雄镇定自若，仿佛不是来受审，而是来做客。叶雯婕对李正雄的镇定感到很惊异。

李正雄反客为主地问：你们这是干啥？

叶雯婕说：李县长，你真会装。罗世强你认识吧？

李正雄冷笑道：罗世强不过是在我面前溜须拍马的一个小角色罢了，看你们调查我，就跟着墙倒众人推。

叶雯婕说：你自己做过什么你最清楚，我们是不会无缘无故请你到纪委监委来的。

李正雄说：呵呵，盛荣县纪委监委我很熟悉。这块地就是我找人批的，这大楼就是我盯着建设的，当时花了县财政一千八百多万呢。

唐辉说：呵呵。我替县纪委监委感谢你。

李正雄说：说实在的，我当盛荣县副县长也有十几年了，这十几年来，盛荣县要不是我李正雄，经济能发展得这么快吗？城镇面貌有这么好吗？我对上，响应领导号召，贯彻上级方针，积极配合县长和书记的工作，当然，县长罗文昌贪污腐败的那些事我都没有参与，你们可以调查。为盛荣县人民鞠躬尽瘁几十年，我李正雄问心无愧，我做的事情就是证明，你们要听，我一件一件地说。

唐辉笑道：听，必须听。

李正雄滔滔不绝地讲起来……

唐辉、叶雯婕、文静隐忍着听李正雄的奋斗史和业绩史。

盛荣县纪委监委办案区监控室里,杨震正和何劲松、徐航盯着唐辉、叶雯婕对李正雄的讯问。

唐辉、叶雯婕出来,走到监控室里。

叶雯婕说:杨主任,罗世强出资200万找赵东升帮李正雄摆平事情,这200万可以认定为间接受贿。对李正雄立案调查没有问题,但还缺一个关键证人赵东升。

杨震点点头说:李正雄在基层工作多年,做的正事、好事不少,坏事也不少。他对官场潜规则运用得炉火纯青,早就练就了金钟罩、铁布衫、铁齿铜牙。要让他这么痛快地吐口,难度自然很大,咱们先找找其他的突破口。

叶雯婕说:还有,这段时间的举报人都举报了李正雄妻子王海梅的受贿问题,如果说李正雄是盛荣县的一土皇帝的话,那么王海梅就是土皇后,外戚在盛荣县的势力极大。

叶雯婕的幽默比喻让杨震哈哈大笑起来。

叶雯婕说:所以,咱们从王海梅的身上入手说不定能打开突破口。

杨震点点头,说道:唐辉,你和徐航先带着警察去李正雄王海梅家执行搜查吧,看看有什么收获。

唐辉、徐航异口同声地说:好。

李正雄家。唐辉和徐航带着几名警察在李正雄家仔细搜查。王海梅则坐在沙发上跷着腿喝茶,她镇定自若,脸有得意之色。

唐辉和徐航仔细望着家内的陈设,细细搜查着,却什么也没搜查到。唐辉和徐航互相看了看,两人有些失望地摇了摇头。

徐航低声对唐辉说:看来王海梅早就准备好了,我们什么都搜不到。

王海梅坐在沙发上望着两人在嘀咕,她故意大声说道:你们可得里里外外地搜好了,我们可是积极配合的。

徐航回头望着王海梅,说道:放心,这是我们的工作。

王海梅气焰嚣张地说：搜吧，不过，我丑话可说在前面，你们要是什么都搜不出来，可别怪我不客气，我也是懂法的人！

徐航回过头凑到唐辉耳边，小声问：怎么办？

唐辉给徐航使个眼色，走到王海梅身边，说道：不好意思，打扰了，谢谢您配合我们调查。

王海梅坐在沙发上依旧没有起身，傲慢地说道：慢走，不送！

唐辉看了一眼焊在沙发上的王海梅，转身给警察使了个"撤"的眼色，拉着徐航出门。

二人走到门外，唐辉说：应该早料到就会这样，我们暂时先撤吧！

徐航问：真的就这么放弃了？

唐辉说：肯定不是，咱们先在附近找个地方蹲守，等待时机吧。

徐航点点头。

李正雄家楼下，唐辉和徐航走出李正雄家小区，徐航一脸的沮丧。

这时候唐辉的手机响起，他从裤袋中拿出电话接起，说道：喂，杨主任，我刚从李正雄家出来，什么也没搜到……啊，我知道，我和徐航马上回去。

说完，唐辉挂断电话。

徐航问：怎么了？

唐辉说：杨主任说有紧急任务给我们，让咱们赶紧回去。

徐航兴奋地说：终于来大活儿了！快走。

唐辉和徐航向停在路边的汽车跑过去，几名警察也上了警车。

唐辉和徐航气喘吁吁地跑进临时办案点会议室，杨震正坐在椅子上等候着二人。

唐辉问：杨主任，什么任务？

杨震道：抓捕赵东升！

唐辉和徐航疑惑地望着杨震。

杨震说：根据罗世强的口供和我们掌握的证据，发现所谓帮助李正雄拿回举报信的赵东升是个骗子。此人伪造了举报信、领导批示给李正雄，骗了李正雄一大笔钱。当然，这钱是罗世强出的。不过，不影响对李正雄受贿的定性。

徐航说：这个李正雄智商也真够低的。

杨震说：李正雄这么做或许另有原因，至于为什么，我现在也不得而知。现在赵东升这个人是个突破口，只要找到他，案情应该会有进展。

唐辉问：赵东升现在在哪儿？

杨震说：我刚得到线报，说赵东升拿着骗来的钱去了上海，市纪委监委已经通知了上海警方。你和徐航马上动身去上海，配合当地警方抓捕赵东升。

唐辉和徐航异口同声：是！

唐辉问：那监视李正雄家的任务谁负责？

杨震说：交给叶雯婕、何劲松。

高铁车站。徐航和唐辉拉着拉杆箱风尘仆仆地走进车站。

徐航和唐辉拿着车票走进检票口，检票口上方显示着开往上海的车次。

铁道上，一列高速列车呼啸而过。

几个小时后，两人出现在上海某宾馆大堂前台，唐辉正在办两人的入住手续，徐航就接到了公安方面的电话，她放下手机，走到唐辉面前说：老唐，别办入住手续了，这家伙又跑到了广州。

唐辉转身忙对前台服务员说：对不起，我们不住了。

两人走到大堂休息区，徐航问：老唐，下一步咋办？

唐辉有些气急败坏地说道：这孙子！……徐航，我们走。

徐航和唐辉两人拎着尚未打开的拉杆箱又匆匆地走出去。

九

夜晚，李正雄家对面隐蔽处停着一辆车，车里面坐着两个人——正是负责监视的叶雯婕和何劲松。

叶雯婕坐在副驾驶座上密切地望着李正雄家的门口，何劲松坐在驾驶座上昏昏欲睡。

叶雯婕见何劲松睡着，从车后座拿出一个毯子给何劲松盖上。

叶雯婕揉了一下眼睛，强打着精神。

李正雄家的单元门打开了，王海梅悄悄地走出来。

王海梅站在门前看看左右没人，偷偷溜进自己的车里，启动车子，驶离自己的家。

叶雯婕急忙推醒了身边的何劲松。

叶雯婕说：快，赶紧跟着前面那辆车。

何劲松急忙发动汽车，紧紧地跟在王海梅车后面。

夜晚。王海梅开车在一小别墅前停了下来。

叶雯婕低声对何劲松说：我查了一下，这是王海梅的娘家。

从车上下来的王海梅偷偷看看左右，进了娘家小别墅的家门。

王海梅刚一进去，何劲松开车停在了对面。

何劲松轻声问：大半夜的，王海梅回娘家干吗？

叶雯婕说：肯定没什么好事，白天唐辉、徐航去李正雄家什么都没搜到，估计王海梅是把钱都放在了娘家。

何劲松说：嗯，有可能，这个王海梅真是狡猾。

叶雯婕说：看来在李正雄家的蹲守没白费。

何劲松说：雯婕姐，我刚才睡着了，对不起啊。

叶雯婕说：没事，这几天查案你也累得够呛。

何劲松说：我真是佩服你，这么有精力。

叶雯婕说：没办法，做咱们这行的必须时刻保持精力集中。行了，继续观察吧，我倒要看看王海梅她在耍什么花样。

何劲松和叶雯婕目不转睛地盯着别墅大门口。

夜晚。王海梅娘家。王海梅和弟弟王海生走进客厅。

王海生招呼姐姐坐下。

王海梅坐在沙发上，长舒一口气。

王海生拿来一瓶饮料递给姐姐，坐在姐姐身边。

王海梅喝了一口饮料，说道：这一天给我忙的。

王海生一脸媚笑道：姐，你说咱俩都是一个妈生的，可差别怎么这么大呢？

王海梅笑呵呵地望着弟弟问：此话怎讲？

王海生说：明知故问，你真是料事如神，市纪委监委的人还真去你家里查了啊。

王海梅说：可不是，多亏我早一步把钱放你这儿了，要不还真麻烦了。对了，钱呢？

王海生说：干吗？还怕我给你偷了啊，屋里放着呢。

王海梅说：拿来。

王海生惊愕道：干吗？

王海梅说：藏钱去啊，很快这里也不安全了。

王海生说：得令，我这就拿去。

王海生起身拿钱。

王海梅走到窗前，把窗帘拉开一个缝隙，望着对面马路停着的车。

王海梅嘴角露出狡猾的微笑。

王海生提着一个密码箱走进客厅。

王海梅说：弟弟，我告诉你……

夜晚，王海梅娘家门外。何劲松和叶雯婕坐在车内，还在目不转睛地盯着大门口。

何劲松说：王海梅进去了这么久，怎么还不出来啊？不会从后门走了吧？

叶雯婕说：不会，王家别墅只有一个门，再说，这里是出去的唯一一条路。

何劲松说：你功课做得真细致。

叶雯婕说：多年的习惯了，你慢慢也会有的。

叶雯婕的脸色一变，眼睛直直地瞪着大门口。

别墅的大门缓缓地开了，王海梅王海生两个人鬼鬼祟祟地走出来。

王海梅手里拎着一个巨大的袋子，袋子装得鼓鼓的。

何劲松说：不好。他们要转移赃物。

说罢，何劲松就要下车。

叶雯婕一把拉住何劲松，说道：别急！

王海梅王海生上了车，发动汽车离开。

叶雯婕说：跟上，看看他们去哪儿。

何劲松发动汽车跟上。

叶雯婕拿出手机，拨通杨震的电话。

叶雯婕说：杨主任，我和劲松在跟着王海梅，请派人支援，我在……

夜晚。盛荣县郊区野外。

何劲松开车跟着王海梅的车，和前车保持着一段距离。

叶雯婕死死地盯着前车的尾灯。

王海梅的车开到郊区的僻静处，周围一片漆黑。

王海梅的车一个急刹车在前面停住。

王海梅下车，站在车旁，四下张望。

何劲松顿时显得有些惊慌，不知所措。

叶雯婕说：别停，开过去。

何劲松开车在王海梅面前经过。

王海梅拿着装钱的袋子向路边的荒地走去。

何劲松的车继续开车，开过一个拐角。

叶雯婕回头看了看后面，发现已经躲开了王海梅的视线。

叶雯婕说：停车！

何劲松猛踩刹车停住。

何劲松和叶雯婕下车，向后方跑去。

王海梅站在一棵树下。

王海生用铁锹挖了一个大坑，王海梅拎着钱袋在一边望着。

王海生气喘吁吁地说：姐，差不多了吧，再挖，那可就挖出水来了。

王海梅说：没用的玩意儿，我看看。

王海梅用手电筒照了照坑。

王海梅说：可以了。

王海梅看了看周围，皱了一下眉头。

王海生说：姐，还愣着干吗，赶紧把钱放进去啊，这黑灯瞎火的，瘆得慌。

王海梅把钱轻轻地放进坑里，王海生急忙填土。

两束强光照在王海梅和王海生脸上。

王海生惊慌地叫道：谁？

叶雯婕和何劲松拿着手电筒站在一边。

叶雯婕说：不许动，市纪委监委的！

王海生听闻顿时吓得准备逃跑，此时当地警察及时赶到，下来几名警察把王海生王海梅团团围住。

王海梅显得异常镇定，不屑地望着叶雯婕。

王海梅说：哎呦喂，没想到你们盯得够紧的啊！

叶雯婕说：王海梅，这回被我们抓个正着，看你还往哪儿藏。劲松，把袋子挖出来。

何劲松从王海生手里夺过铁锹，挖出装钱的袋子。

何劲松拿着袋子走到叶雯婕跟前。

王海梅望着袋子，表情轻松。

叶雯婕察觉到王海梅的轻松，心生疑虑。

一边的何劲松打开袋子，顿时愣住了。

何劲松说：叶姐，你过来一下。

叶雯婕走到何劲松跟前，向打开的袋子里面看去，袋子里除了少数的钞票，其他装的都是报纸。

远处，王海梅得意地望着叶雯婕和何劲松。

叶雯婕和何劲松走到王海梅跟前。

叶雯婕说：说说吧，为什么大半夜的把钱埋在这儿？

王海梅说：这六万块钱是我的私房钱，攒了二十年了，我是听了一个算命的人说的，把钱埋到我们家的风水之地七七四十九天，我们家子女运就会好，孩子以后就会有福气。

何劲松气愤地问：那里面放这么多报纸干吗？

王海梅说：我骗鬼不行啊？这不显得钱多嘛？怎么了，这样做犯法吗？

何劲松说：你……

叶雯婕拦住何劲松。

叶雯婕说：不好意思，虚惊一场，我们回去吧。

叶雯婕和何劲松还有工作人员纷纷返回车内。

王海梅望着众人离去的背影，得意地冷笑。

王海梅说：想跟我玩，嫩了点！

王海生说：姐，这不会是你安排好的吧？

王海梅说：好戏还在后边呢，走，回家。

王海梅向停在路边的汽车走去，王海生一头雾水地跟在后面。

王海梅说：你明天赶紧给我回趟你姐夫的老家，到时候……

十

夜晚。临时办案点会议室。杨震、叶雯婕、何劲松、文静围坐在一起开碰头会。

文静和何劲松面带愁容。

何劲松说：太气人了，这分明是耍咱们玩嘛。

杨震说：很明显，这个王海梅是给咱们做了一场戏看，和李正雄一起跟咱们兜这个圈子。

叶雯婕说：仿佛我们做什么，王海梅和李正雄都知道似的。

文静说：你是说咱们这些调查方法，王海梅和李正雄都知道，不可能吧？

叶雯婕听了何劲松的话，低头沉思，忽然像想起来什么似的望着杨震等人。

叶雯婕说：咱们不妨设想一下，如果王海梅和李正雄知道咱们的调查方法，那之前咱们监听罗世强和周峰的谈话，私下接触李正雄的亲信，李正雄全部知道，这一切，这些举报人都是李正雄有意安排的？

何劲松说：啊？这不太可能吧。

杨震仔细地想着叶雯婕的话，打断何劲松。

杨震说：不是不可能，而是很有可能。李正雄这个老狐狸，确实在带着咱们兜圈子。

何劲松问：那他的目的是什么？企图混淆视听，转移调查视线，逃脱罪罚？

杨震摇了摇头，说道：没有这么简单，身为副县长的李正雄竟然能掌控盛荣县的生杀大权这么多年，背后一定有一个大靠山，要不然不会这么胆大妄为，白道、黑道一起走，还跟咱们纪委监委的人一次次地叫板。如果我分析得不错，那么李正雄不可能就这么轻易相信一个江湖骗子——赵东升。

文静说：对呀！李正雄混迹官场这么多年，被一个江湖骗子给蒙了？反正我不信。

何劲松疑惑地问：杨主任，您的意思是？

杨震道：李正雄在故意设局。

叶雯婕领悟了杨震的话，赞同地点点头。

叶雯婕说：我同意杨主任的分析，咱们得尽快改变调查思路和方式方法。

文静说：可是盛荣县是李正雄的天下，咱们这样正面去调查，短期内是不会有收获的，而李正雄又熟知咱们的调查方法，现在使咱们的调查陷入了极端被动的局面。

杨震郑重地点点头，说道：雯婕、文静说的都有道理，就现在的分析来看，最快能打开缺口的还是李正雄身边的这几个人——罗世强、周峰等，就算李正雄机关算尽，也有百密一疏的时候。人是复杂的，人与人之间的关系也是错综复杂的，这些人只是在观望，看咱们到底是不是能扳倒李正雄。咱们得分析这几个人，找到他们的心理弱点，先从这几个人身上打开缺口。

文静说：对！是人都有软肋，这几个关键人物的软肋是什么？我们要迅速研究清楚。

杨震说：看来只能采取迂回策略了。

叶雯婕问：怎么个迂回法？

叶雯婕、文静和何劲松认真地望着杨震。

杨震说：我带文静去秘密调查李正雄这些身边的人，包括李正雄老家的人，尽可能地摸清他们的底细，分析他们与李正雄的关系，从他们身上找到突破口，你和劲松留守办案点。

叶雯婕和何劲松点头。

叶雯婕说：只能这样了。

杨震说：那就这么定了，我马上动身。文静，跟我走。

文静起身收拾好桌面的东西说：好，杨主任，我随时可以出发。

叶雯婕说：你们去哪儿？

杨震说：走，先去李正雄的老家——李家庄。

叶雯婕说：这么晚了，明天再去吧。

杨震说：我们已经落后一步了，不能耽搁。

杨震说完起身离开，走到门口的时候，杨震转过身子。

杨震说：你和劲松在这儿万事都要小心，有什么情况随时向我汇报。

叶雯婕说：明白！

杨震带着文静出门了，叶雯婕和何劲松相对无语，各自陷入沉思。

夜晚。山间公路车内。文静在开车，杨震坐在副驾驶位置上，疲惫地靠在椅背上，望着窗外的漆黑一片。

杨震抬头望着满天的繁星。

杨震拿起手机，拨通妻子丁励勤的电话，电话接通。

杨震说：没吵醒你吧？

丁励勤说：我还没睡呢，最近我手头接的案件特别棘手，比较忙。

杨震说：你多注意身体，别太累了。

丁励勤说：还说我呢，你不是比我还累，案子办得怎么样了，什么时候回来啊？

杨震皱着眉头，说道：还好，你不用担心，顺利的话，应该很快就会回去了，豆豆呢，这几天怎么样？

丁励勤说：睡了，这几天有点感冒，不过，没大碍。

杨震说：哦，你也早点睡吧，家里有什么事记得给我打电话。

丁励勤说：嗯，你小心。

杨震说：好……

电话断了，没有信号。

文静说：杨主任，一进山就没有信号了。

杨震说：知道了，好好开车吧。

杨震靠在椅背上，疲惫地睡着了。

夜晚。临时办案点卧室，何劲松躺在客房的沙发上已经熟睡。另一间客房内，叶雯婕也沉入梦乡。

夜深人静，办案点临时会议室房间的一扇窗户被悄悄推开，一名男子蹑手蹑脚地从窗户爬进来。男子轻轻走到杨震办公桌前，摸到杨震的办公桌，偷偷往杨震的办公桌里塞了一件东西。

男子小心地关上抽屉，然后又偷偷地从窗户爬了出去。

临时办案点客房沙发上，何劲松依然呼呼大睡。另一间房间，叶雯婕也酣然入睡。

忽然一股浓烟飘进叶雯婕的房间，叶雯婕在梦中被呛醒，她咳着睁开眼，惊异地望着半屋的烟雾。她忙下床，边咳嗽一边喊叫。

叶雯婕说：劲松，何劲松……

何劲松惊醒，也被呛得咳嗽起来，望着屋内浓烟，惊异万分，忙开门跑了出去。

何劲松和叶雯婕碰到一起。

叶雯婕问：劲松，你没事吧？

何劲松咳嗽着，说道：没事，哪来这么大烟啊？

叶雯婕四下观望，看见浓烟是从临时办案点会议室传来的。

叶雯婕说：不好！

叶雯婕和何劲松一前一后跑到临时办案点会议室，看到窗帘上燃着熊熊大火，办公桌上的文件也着了起来。

叶雯婕和何劲松大惊失色，忙跑去扑火。

叶雯婕说：劲松，赶紧灭火。

叶雯婕和何劲松拿着被子去扑火。

叶雯婕说：救火啊，来人，咳咳……劲松，去拿水……

何劲松反应过来，忙跑出去。

叶雯婕冒着大火，从桌上拿文件。

何劲松端着一盆水冲了进来。

一盆水泼到了烧焦了一半的桌子上，叶雯婕和何劲松脸上身上挂着黑，呆呆地望着满室的狼藉，室内窗帘大半烧尽，好几个桌子也被烧焦，地上湿湿的。

十一

清晨。临时办案点会议室内满地狼藉。

叶雯婕和何劲松在忙着整理材料和损失的物品，县公安局来了几名刑警在仔细勘查现场，小谢带着几个物业人员在旁边陪着。

物业人员站在叶雯婕和何劲松对面。

何劲松问：怎么突然就着火了，你们查清原因了吗？

出现场带队的警察说道：我们查看了，这次失火是电线短路的原因，纯属意外，你们看看损失了什么？

何劲松气愤地说：倒是没什么大损失，就是很多重要文件都烧没了，这破招待所是干什么吃的，就不知道好好检查一下电路吗？

小谢经理说：不好意思，完全是意外，我们也没预料到。

叶雯婕说：好了，这里没你们的事了，需要的话我再通知你们。

小谢和物业人员离开。警察们也撤离了。

叶雯婕说：行了，事都出了，就别抱怨了，赶紧清点一下吧。

叶雯婕和何劲松在办公桌前清点损失。

坐在杨震桌前的叶雯婕在整理杨震的东西，拉开抽屉，把文件拿出来，忽然一张银行卡和一张纸掉出来。

叶雯婕把卡和字条捡起来，字条上写着银行卡的密码和一行字：钱在卡里，事情要加紧办。事成之后，另一半即可到账。

叶雯婕望着银行卡和字条，表情惊异。

何劲松凑过来，问：谁的银行卡啊？

叶雯婕说：在杨主任抽屉里找到的。

何劲松诧异地问：杨主任不是马虎的人啊，怎么会把银行卡放这儿呢？

叶雯婕说：你马上给杨主任打个电话问一下。

何劲松拿起手机拨通杨震的电话，电话那边传来手机暂时无法接通的声音。

何劲松说：打不通啊！

叶雯婕说：劲松，马上跟我去趟银行！

很快。两人驱车找到一家银行，叶雯婕和何劲松快步地向一个自动取款机走去。

叶雯婕拿出银行卡，插入，取款机提示输入密码。

叶雯婕说：把字条拿来。

何劲松把写有密码的字条递给叶雯婕。

叶雯婕输入密码，进入服务界面。

叶雯婕点开查询余额的按钮。

叶雯婕和何劲松死死地盯着屏幕，随即两个人都瞪大了眼睛。

取款机屏幕显示的余额为 50 万。

何劲松自言自语道：天啊，50 万！

叶雯婕取出银行卡，站在一边满脸的焦急。

何劲松问：雯婕姐，现在怎么办？

叶雯婕思考了片刻，径直向停在路边的汽车走去，何劲松紧紧跟随。

何劲松问：你这是要去哪儿？

叶雯婕说：我得马上回单位报告这件事。你留在这儿待命。

叶雯婕已经上了车，发动了汽车。

何劲松站在车窗前，为难地望着叶雯婕。

何劲松说：要不，等杨主任回来，听听杨主任怎么说再报告也不晚……

叶雯婕说：不用说了，你知道纪律的，我现在必须回去。

叶雯婕发动汽车离开，何劲松站在原地望着远去的汽车满脸愁容。何劲松再次拿出手机拨通杨震的电话，可依然是无法接通。

市纪委书记办公室。郑振国坐在椅子上沉思，他面前的桌子上放着银行卡和那张字条。

叶雯婕站在郑振国对面，她神情紧张地望着郑振国。

郑振国说：嗯。

叶雯婕说：郑书记，我相信杨主任，可是我必须立刻向您当面报告这件事情，如果我不这样做……

郑振国说：我明白。这件事情越拖，就越会使你们办案组被动，这件事情就会越抹越黑，按照程序，我得立即向市纪委纪检监察部门通报，你先回去，继续你的调查，查案是首位。

叶雯婕说：郑书记，我这么做是不是有些不近人情，毕竟杨主任是我们自己人，杨主任知道了会不会怪我……

郑振国说：雯婕，你做得对，就算是我遇到这种情况也会主动上报的，你不要有心理负担，杨震这个人我了解，他不会怪你的。

郑振国眉头紧锁，思考了片刻，拿起桌上的电话。

郑振国说：喂，是我，郑振国，有个情况要向你们反映……

汽车行驶在山间崎岖的公路上，杨震坐在汽车后座，低头翻看着资料。

文静说：杨主任，这次的调查有什么收获没？

杨震说：收获不大，李正雄的父亲是村里的老支书，家人对李正雄在外面做过什么并不了解，看来我们还要从其他人身上找到突破口啊。

文静说：杨主任，说心里话我是真挺佩服大家的，为了查一个案子，每次都要一层层地挖掘，要是没有过硬的心理素质早就完了。

杨震微笑着说：谁让我们就是干这个的呢，工作中遇到点困难也是正常，只要最后把腐败分子绳之以法，这些就都不算什么。

杨震的手机响起。

杨震说：不好意思，接个电话。

杨震拿起电话。

杨震说：喂……什么？……我知道了，马上赶回去。

杨震说：文静，快点开，赶回盛荣县。

文静加快车速。杨震望着窗外闪过的景色，眉头紧锁。

这时王海梅弟弟王海生驱车进山，与杨震的车擦肩而过。

十二

临时办案点会议室内，叶雯婕坐在桌前，低头不停地翻看文件以此来缓解焦灼不安的心情。

市纪委监委纪检室陈主任和一名纪检干部坐在一边。

何劲松拿过几瓶矿泉水放在纪检人员面前的桌子上。

何劲松瞟了几眼陈主任和纪检干部，露出不自然的微笑。

陈主任：劲松，你们在哪儿发现的银行卡？

何劲松指着杨震的临时办公桌说：就是在杨主任的抽屉里。

纪检干部对杨震的桌子、抽屉拍照。

陈主任蹲下身子，仔细望着抽屉，问：这抽屉就没有锁吗？

何劲松说：没有。我们的抽屉都没有锁，重要的文件我们一般放文件柜，在文静的房间。

纪检干部起身，对陈主任耳边嘀咕。

何劲松听不清他们说什么，觉得尴尬，就凑到叶雯婕身边。

何劲松低声说：雯婕姐，看这阵势上面是要动真格的啊！

叶雯婕说：上面也是按规定做事。

何劲松说：我真为杨主任担心，不会出事吧？

叶雯婕说：放心，身正不怕影子歪，没事的。

何劲松半信半疑地坐在到一边，不停地望着窗外，只见载着杨震的车驶进院内。

何劲松瞬时神情紧张起来。

杨震和文静急匆匆地走进屋来，屋里的人急忙都站了起来。

杨震望着被烧过的房间十分惊讶，对陈主任等人的到来更是惊讶。

陈主任走上前去。

杨震开玩笑地说道：陈主任，哪阵风把您吹来了？

陈主任说：杨主任，你好，例行公事，请你理解。

杨震点点头道：明白，都是自己人，不用客气。

陈主任对叶雯婕、何劲松、文静说：雯婕、劲松、文静，你们先回避一下，有些事情，我们需要与杨主任单独交流。

叶雯婕、文静出去了，最后出门的何劲松顺便把门带上了。

陈主任说：杨主任，请你跟我们回去接受调查。

杨震愕然，随即镇定，说道：好，请给我几分钟好吗？我跟我的同事交代一下工作就走。

杨震拉开门，走到门口叶雯婕、文静和何劲松身边。

叶雯婕、文静和何劲松都显得很尴尬，不知道该如何面对杨震，杨震却显得很自然，面带着微笑。

杨震说：一个个的干吗啊，又不是大不了的事，就当我休假几天了。

叶雯婕说：杨主任……

杨震说：听说昨天这儿着火了，我不在的时候一定要加倍小心，实在不行就联系县纪委监委和当地警方，别逞能。对了，王海梅转移赃款的地方会有几处，你们注意下：王海梅的父母以及弟弟家、李正雄的老家……你们与县纪委监委张书记联系，迅速搜查下。

叶雯婕、文静和何劲松点点头。

杨震说：行了，你们忙吧，办案中有什么情况就直接跟郑书记汇报吧，我先走了。

杨震说完转身跟着纪检的人走出门。

叶雯婕、文静和何劲松站在原地一动不动，表情复杂地目送他们离开。

临时办案点外空地。杨震跟着纪检人员向汽车走去。

杨震走到车前，开门，准备上车。

叶雯婕从楼里面跑了出来。

叶雯婕大喊道：等等！

杨震站住，回头。

叶雯婕跑到杨震跟前。

叶雯婕说：杨主任，是我从你抽屉里发现的，有张卡，还有密码，我就直接向单位汇报了……这是最快解决问题的方法，希望你能谅解。

杨震微笑着点点头。

杨震说：雯婕，我相信你。你做得对。盛荣县的案件调查工作就交给你了，时间紧迫，你要带领他们尽快找到突破口。

叶雯婕点点头。

叶雯婕说：放心，事情也很快会水落石出的，我们等待你回来。

杨震点点头，微微一笑。

杨震弯腰上车，陈主任的车驶离。

叶雯婕望着远去的汽车，脸上充满斗志。

夜晚。临时办案点会议室内，屋里的灯光昏暗，叶雯婕和何劲松坐在桌前，两个人的身边各放着一沓厚厚的资料，两人仔细地翻看着。文静在旁协助整理材料。

突然，门开了，唐辉风尘仆仆地走进来，一句话没说，拿起桌上的矿泉水咕咚咕咚地喝了起来。

何劲松惊讶地问：你怎么一个人回来了？徐航呢？赵东升抓到了吗？

唐辉放下矿泉水瓶。

唐辉说：别提了，赵东升那小子全国各地地跑。我和徐航为了追他几乎把南方的几个大城市都跑遍了。我一看这么盲目地追下去也不是办法，就先回来了，兴许在这边还能帮上忙。

何劲松问：你怎么把徐航一个人扔下了？！

唐辉说：放心吧，郑书记协调，市公安局给徐航调配了一个市公安局刑警大队的一位侦查高手，此人姓张名青，擅长追踪，比我能耐大多了。怎么样，你们这边进展如何？

何劲松说：唉，毫无进展啊。

何劲松和唐辉谈话期间，叶雯婕一直低头望着文件。

唐辉看了看周围，不见杨震。

唐辉说：杨主任人呢，我得赶紧跟他汇报工作。

叶雯婕拿起文件，径直走了出去。

唐辉问：怎么回事？你们怎么都怪怪的。快说，杨主任在哪儿？

何劲松为难地望着唐辉。

唐辉说：劲松，快说啊！

何劲松说：杨主任，他……他被我们单位纪检的人带走了。

唐辉大惊道：被自己人带走了？为什么啊？

何劲松说：说来话长，前天晚上，咱们这儿突然着火了……

何劲松把前因后果讲了起来，唐辉表情惊异地听着……

临时办案点叶雯婕房间。叶雯婕翻看着文件。

房门猛地被撞开，唐辉气势汹汹地直奔叶雯婕走过来。

叶雯婕见唐辉一脸的愤怒，知道他是为杨震的事而来，抬头望着唐辉。

唐辉问：你为什么要这么做？

叶雯婕说：咱们有纪律，我没有办法。

唐辉失望愤怒地望着叶雯婕。

唐辉说：咱们跟杨主任这么长时间，你应该了解杨主任这个人，杨主任根本不可能拿别人的钱，这完全是别人的栽赃陷害。

叶雯婕冷静地望着唐辉，说道：我知道。

唐辉急切地望着叶雯婕，说：你知道？你既然知道还要回去汇报？这件事情你就压根儿不应该汇报给单位。为什么不等杨主任回来，问问杨主任再作决定。你不等杨主任回来，也不和我们商量，就擅自这样做，叶雯婕，你太过分了。

面对唐辉的过激指责，叶雯婕愤怒地望着唐辉说道：商量完了也得这样做，只有这样才能快速有效地解决问题。

唐辉说：你这样做才是最快最有效吗？咱们完全可以内部解决这件事情。再说，让杨主任自己去向组织上说明白岂不是更好？

叶雯婕说：时间紧急嘛，我完全是按照规定行事。如果咱们私自内部解决了，会给咱们以后的工作带来大量的麻烦，只有第一时间按照程序，把这件事情汇报给组织，这才是保护杨主任最好的方式。唐辉，咱们调查案件、分析案件时要冷静理智，遇到问题时更要冷静理智，这样能最快最有效地解决问题。我也相信杨主任的为人，我相信组织上一定会将事情弄个水落石出的。

唐辉说：难道在你眼里就只有工作吗？你就没有一点儿常人的情感吗？我们是战友，是同事，是兄弟姐妹，连杨主任都不信任，你还信任谁？

叶雯婕说：这不是信任不信任的问题，这是个原则问题。杨震主任抽屉里，突然出现一张50万的银行卡，换作你，你会怎么办？

唐辉说：你反向思维下，如果杨震主任受贿，会把钱放在抽屉里，让你能找到？

叶雯婕说：我也知道杨震可能是冤枉的，但组织纪律要求我必须第一时间汇报。我们这个行业最怕的就是工作中掺杂私人感情。

唐辉说：你真是个冷血的人！

叶雯婕说：随便你怎么说，我不需要跟你解释。还有，明天郑书记来我们这儿具体布置工作。我希望明天你不要带着情绪。

叶雯婕绕开唐辉径自走了出去。

唐辉一个人愣愣地站在那里，脸上犹带有怒容。

叶雯婕心情复杂地望着窗外。

唐辉气汹汹地从叶雯婕身旁走过。

叶雯婕手机响。她看了一眼号码,接起。

叶雯婕说:郑书记,我在。

郑振国说:我明天一早到。

叶雯婕说:我去接您。

郑振国说:不用。你们早些休息,明天上午八点准时开会。

十三

临时办案点会议室墙上的时钟显示八点整。此时室外是阳光明媚。

郑振国主持会议,叶雯婕等人分坐两旁。

郑振国说:杨震主任接受调查,暂时退出对李正雄案的调查工作,我紧急赶过来,就是宣布,在杨主任接受调查的这一段时间,暂时由叶雯婕同志主持所有的调查工作,带领你们继续调查这个案件。下面,由雯婕通报一下案情的进展。

叶雯婕说:目前,我们还没有实现对整个案件的重大突破,李正雄受贿的数额肯定不止200万。可证据呢?还在艰难的查证中。不管是跟我们正面交锋,还是私底下,李正雄都占尽了先机。李正雄在盛荣县当了十多年的副县长,基层工作经验丰富,人际关系盘根错节,我们想迅速开展调查难度很大。

唐辉说:前段时日,我对李正雄几个亲信的调查有了一些进展,但还要花大量的时间和精力深入调查。

郑振国点点头道:你和何劲松继续进行调查,既然秘密调查成了明的了,你们就该去拆迁办的去拆迁办,该去财政局的去财政局,该去银行的去银行……人手不够,可以从我们第七审查调查室抽调,也可以从盛荣县纪委监委抽调。协调的事情,我来。

郑振国转向叶雯婕说:雯婕,像李正雄这样的基层起家的干部往往在某一个地区肆意行使权力惯了,形成了思维惯性,与此同时,思维和眼界也有了局限性，认为只要自己顶住，自己上头有人，自己就能高枕无忧，所以就导致了他们骨头最硬，认罪最难，所以你们一定要把各种证据做扎实。

叶雯婕郑重地点点头。

叶雯婕和唐辉互相看看，两人都欲言又止。

郑振国觉察出几人的微妙表情，说道：案情讨论就先到这里，接下来我们说说杨震主任的事吧。看你们一个个这架势，今天我要是不给个交代，你们肯定不会放过我的。

叶雯婕等人尴尬地笑了笑。

郑振国说：杨震是我徒弟。二十多年前，杨震从部队转业到我们市纪委工作，那时，我们今天所在的部门还不叫第八审查调查室，主要办理的案件和今天没有太大差异。我当时是主任，杨震是我的助手。我可以说是一步步望着杨震从一名普通工作人员成长为一名优秀办案人员的。后来组织上选择一批干部到基层锻炼，我推荐了杨震。这后来的事情，你们想必都知道了。杨震从一个地级市纪委办案人员到副主任、主任到纪委书记、监委主任，一步步成长为政治坚定、业务精通、善于管理的领导干部，成长为我们省最年轻的"十佳纪检监察干部"，他走的每一步都很艰辛，也伴随着误解、非议、诱惑、威胁……比这严重得多的是，杨震经受的考验，不是常人所能理解的，也不是常人承受的。他有高洁的人品，有坚定的信仰，有钢铁般的意志……

说到这儿，郑振国的眼睛湿润了。稳定了一下情绪，他继续说道：组织上调杨震回来，是希望杨震能带领我们这个省会城市纪委监委闯出一条新路来，所以，一些全市重大的案件会交给你们第八审查调查室办。当然，也是锤炼你们这支队伍。具体到杨震被纪检部门调查这件事情，你们不要有心理压力，做纪检监察工作的，要经得起内外多重考验。劲松不是被冤枉过嘛，唐辉开宝马车的事情也有人举报，还有"七室""九室"、办公室的一些同志都受到过组织的调查。组织调查是要把事情搞清楚，也是对我们同志的一种保护，要相信组织。

唐辉说：郑书记，您说得太对了，杨主任就是被人陷害了，等我查出来是谁干的，绝对饶不了他。

叶雯婕说：我们一定配合组织弄清楚。

郑振国说：杨震有你们这帮同事、战友，也算是他的福气了，不过，现在不是意气用事的时候。

唐辉自知说错了话，低头不语。

郑振国说：杨震做了我这么多年的老部下，杨震是什么样的人，我还不知道吗？我完全相信杨震。

叶雯婕说：郑书记，我觉得这件事背后很有可能是李正雄指使的，而且办案点失火问题的调查疑点重重，很可能陷害杨主任和放火这两件事都是李正雄背后所为。

郑振国说：看来想还给杨震一个清白就只有尽快把李正雄这个案子调查清楚了。怎么样，大家有信心吗？

众人齐声说：有！

郑振国说：好，这次我还给你们请了一个帮手，祝你们一臂之力。

唐辉好奇地问：帮手，是谁啊？

郑振国说：远在天边，近在眼前。

唐辉一头雾水。

文静说：郑书记说的是他自己。

郑振国说：没错，这次我这把老骨头要出马了，太久没到一线办案了，也得活动活动了。

叶雯婕说：郑书记，这次有您出马我心里就踏实了。

郑振国说：你别误会，我只是参与办案，只是客串帮忙，案件的负责人还是你，我得听你的。

叶雯婕尴尬地笑了。

郑振国说：我这可不是说笑啊，论在一线办案还是你们厉害，我呢，充其量也就只能给你们提供一些经验教训。

叶雯婕说：郑书记，您的经验可是我们没有的。

郑振国说：我的经验不也是一点一点积累的嘛，别急，等你们到我这个岁数，经验肯定比我丰富得多。行了，别愣着了，该干啥干啥。雯婕，跟我走，我要去县纪委监委给你们借兵了。

众人亢奋。

去盛荣县纪委监委路上。叶雯婕驱车，郑振国坐在副驾驶位上，望着窗外。

郑振国感慨地说说：这地，变化真大啊！我上次来这儿办案，还是和杨震，一晃快二十年了。

叶雯婕说：郑书记，您和盛荣县还是很有感情的。

郑振国说：这也是我的伤心地啊！

叶雯婕问：怎么？有故事？

郑振国说：十四年前，我们抓捕一个挪用公款的逃犯，我的一位同事谢良就牺牲在这儿。

叶雯婕驾车无语。

郑振国说：雯婕，你要时刻清醒——我们和腐败犯罪分子的矛盾不是人民内部矛盾，而是你死我活的敌我矛盾。和平年代，也会死人的，也会有牺牲。当年，也是在这个县城，我们追的那个逃犯逃进一个废弃的大楼，我们冲了进去，谢良替我挨了几刀。逃犯是抓住了，谢良没有撑过来……

叶雯婕扭头看到郑振国眼睛里有泪花溢出，她说道：没想到，纪委监委的岗位也有那么大的牺牲？！

郑振国调整了一下情绪，继续说道：现在谢良的孩子也上大学了。我很想念这个好兄弟。你在纪委干久了，就理解什么叫战友情了。

想起杨震被带走的情形，叶雯婕有些内疚。

十四

临时办案点会议室内。一帮人在忙碌着。

唐辉的手机响，因设置了无声状态，在看卷宗材料的唐辉没有注意。

文静的手机响，文静看了一下号码，是杨震妻子丁励勤的号码，她忙走了出去。

临时办案点会议室外走廊。文静接起了电话，她问：嫂子，您有事？

丁励勤问：你们杨主任呢？他的电话怎么打不通呀？

文静为难地说：嫂子，您有事找他？

丁励勤说：你让他赶紧给我回个电话，有急事找他。

文静说：好……可是……

丁励勤问：怎么了？

文静说：嫂子，是这样……

叶雯婕驱车，郑振国坐在副驾驶位置上。

郑振国说：盛荣县纪委监委已经派人对王海梅等人实施监控了。你安排唐辉、何劲松他们要想尽办法把李正雄身边亲信的缺口打开。再困难，硬着头皮也得上，去调查，必须将李正雄犯罪的证据牢牢"钉死"。

叶雯婕说：这个案件胶着在这儿，咱们这样做，不是使整个案件的调查难度更加大了吗？

郑振国说：正因为案件胶着在这儿，咱们才必须这样，再困难咱们也要拿下。

叶雯婕说：您放心，我们一定把案子查个水落石出。

郑振国说：好，雯婕啊，我建议你从杨震抽屉里的那张银行卡的来源做调查。

叶雯婕听了郑振国的话，沉吟片刻，点点头。

叶雯婕说：对，对！您说得对，我忽视这点了。

郑振国说：有时候，往往最简单的事才最容易忽略。

叶雯婕用力地点点头。

广州某繁华街道上，徐航和张青在路上风尘仆仆地从出租车上下来，走进一家大酒店。

徐航和张青走进大堂，径直走到前台，前台站着一个女服务员。

服务员问：你好，请问有什么需要帮助的吗？

张青拿出证件。

张青说：你好，我是滨海市公安局的，这是我的证件。

服务员看了看证件，又还给张青。

张青说：我们在找一个人，此人有可能入住过这间酒店，请帮我查一下。

徐航拿出赵东升的照片交给服务员。

服务员看了看照片，说道：我记得这人，他昨天入住的。

徐航兴奋地问：他住哪个房间？

服务员说：等我查一下。

服务员查了一下电脑说道：他上午已经退房走了。

徐航有些失望，又问：那你知不知道他去哪儿了？

服务员想了想，说道：我记得他要去周边的一个景点玩，好像那里有一条河，具体是哪儿我一时也记不起来了。

徐航说：不着急，你再想想。

服务员回忆道：他在前台结账，曾问我：附近有什么好玩的吗？最好是有山有水的？我说：先生，我刚来还真不熟。好像周边五公里左右有个景点，在珠江路附近……他接过账单，提起简单的行李，说声"谢谢"就走了。

徐航说：好的，谢谢啊！

徐航和张青转身向外面走去。

临时办案点会议室内。叶雯婕在电脑面前查着资料，郑振国站在叶雯婕身后望着。

叶雯婕在调取银行卡的资料，电脑屏幕上显示着这张卡的卡主是一个叫刘文超的人。

叶雯婕的电话响了，她拿起电话。

听了一会儿，叶雯婕说：喂，好的，我知道了。

挂了电话，叶雯婕回头对郑振国说：郑书记，根据银行那边反馈的消息，这张银行卡的主人名叫刘文超，是盛荣县政府办公室的一名普通公务员。

郑振国问：那这50万是怎么回事？

叶雯婕说：卡是在银行柜台办理的，钱也是通过柜台存入卡里的，至于存钱的人是谁，银行那边也不清楚。

郑振国说：走，咱们去银行。

半个小时后，叶雯婕、郑振国到了这家盛荣县银行监控室，两人站在银行安保人员的背后，望着监控录像。

电脑屏幕上呈现出50万被存入时的监控录像，存钱的人戴着帽子和墨镜。

叶雯婕和郑振国仔细地望着电脑屏幕，表情忧虑焦急。

郑振国说：看来只有把这个刘文超找来了。雯婕，马上派人传唤刘文超。

叶雯婕说：是！

临时办案点会议室内。刘文超惊异地望着叶雯婕和郑振国。

刘文超一脸无辜地说：我哪来的50万啊？我只是一个普通的公务员。

叶雯婕拿出银行卡的照片、资料。

叶雯婕问：这张银行卡是你的吧？

刘文超望着卡和资料说：这张卡是我的没错，可是我的卡前段时间丢了。

叶雯婕说：卡是怎么丢的？

刘文超说：我也不知道，反正就是不见了，我还问你呢，你怎么有我银行卡的资料？

郑振国问：卡丢了，你为什么不去银行挂失？

刘文超说：本来是想去的，可是想想卡里也没多少钱，而且挺麻烦的，就算了。可谁知道出这事啊，你说我冤不冤啊！我也是受害者！

叶雯婕和郑振国互相对看一眼，两人表情都半信半疑。

这时郑振国的电话响起，他看了一眼号码，接起说道：喂，徐书记啊，好，我知道了，我马上赶回去。

叶雯婕问：郑书记，什么事？

郑振国说：市里开会，让我马上回去，不知道什么事，这里就先交给你了。

叶雯婕说：让文静开车送您。

郑振国说：不用。我自己开车来的，就能开车回。放心吧。

叶雯婕点点头，郑振国出门。

市纪委监委办案区第十三谈话室内。杨震坦荡地望着纪检监察部门的两名工作人员。

杨震说：我对此事一无所知。我也不知道这张卡怎么到了我的办公桌抽屉里。我没有和嫌疑人，以及与嫌疑人有关的人有任何私下的接触和联系。

市委会议室正在进行会议，市委书记薛致用坐在主位上主持会议，常务副市长黄天祥坐在市委书记的旁边。汉江省纪委书记、监委主任徐放等坐在薛致用对面。

市委书记薛致用问：各位还有什么要讨论的？

黄天祥咳了一下，说道：最近，我接到报告说，市纪委监委有位负责办案的部门主任（加重口气）私自接受贿赂50万。现在正在本单位纪检部门接受调查。我们天天说反腐败，反腐败，没想到在我们反腐败的主力军里面也会出现问题，这对我们今后的反腐工作和我们党和政府的形象造成了很大的负面影响。所以，为了把负面影响降到最低，我建议尽快全面调查。一经查实，绝不姑息。作为市委常委，我建议由市纪委郑振国书记那边牵头调查。内部严查，查出问题倒好说，查不出，人家会怀疑纪委监委内部包庇干部。

徐放听到黄天祥这样说，露出不悦的神情，他克制住情绪说道：薛书记，我是来滨海调研的。按道理，我是听会的，不该发言。但涉及我们办案人员的问题，我是纪检监察工作者，不得不说几句。按照中央和国家的精神，纪委监委作为《宪法》规定的政治机关，监察活动是独立的，最讲证据——法律证据。我们的这位主任是否受贿，还没有调查清楚，自然还没有最后的定论，还是等调查清楚了再作结论吧。

黄天祥说道：徐书记，你这样讲，会让人产生质疑不是有意在包庇吧？我知道的情况好像是人赃俱获吧？

徐放说：黄副市长，现在只有物证而已，而且对物证的认定也是严格审慎的。到底这位主任是不是受贿，我们还要深入、认真调查，不能贸然下结论，更不能在没有调查清楚之前就随便定性。

黄天祥正要说什么,市委书记薛致用忙打了圆场。薛致用说道:徐书记,郑书记,你们要加快调查步伐,如果证据确凿,就尽快定案。希望不要因为一味求快就不细致调查,造成冤假错案,伤害了我们的干部。

徐放赞同地点点头。郑振国在旁也是捏了一把汗。

十五

市纪委书记办公室。郑振国生气地把办公桌上的电话挂掉。

徐放问:怎么了,是不是市里催着杨震的事?

郑振国说:这个黄副市长到底是什么意思?明里暗里、软硬兼施地催促我们快点结案,似乎急着要给杨震定罪。

徐放问:黄副市长为什么非要抓住这件事不放呢?为什么在市委办公会上,把这事单独提出来?你和政法委刘书记都没有发言,他那么紧张杨震之事意图何在……

郑振国说:项庄舞剑,意在沛公。我们最近两三年办的几个案件,都属于黄天祥分管的领域。

徐放明白了,说道:嗯。难怪。

郑振国想了想,坚定地望着徐放说道:不管他是什么意思,于公还是于私,咱们都得顶住这个压力,不能急着下结论。

徐放点点头,问:老郑,您是怎么给黄市长那边答复的?

郑振国说:软硬兼施呗,装糊涂地把他顶回去了,我相信杨震,但咱们也要加快调查的步伐。

徐放点点头。

郑振国办公室外走廊里传出杨震妻子丁励勤的声音。

丁励勤说:我就是想见一下郑书记,我怎么就不能见他们,我要见郑书记。

郑振国立刻站起来走到门口,开门。

走廊里面,一个工作人员在阻拦丁励勤。丁励勤看到徐放和郑振国,忙不顾一切地跑过来。

郑振国示意工作人员不要阻拦，让丁励勤进来。

丁励勤面向郑振国急切地说：郑书记，俺家杨震他不是这样的人啊，你们一定要为老杨主持公道啊！

郑振国转身对徐书记介绍说：这是杨震的妻子丁励勤，（又对丁励勤）丁励勤，这是我们省纪委徐放书记。

徐放与丁励勤握手，说道：丁励勤同志，请坐！

丁励勤坐下后，徐放诚恳地望着她说：丁励勤同志，请放心，我们一定会认真调查，还杨震一个公道。你先回家，我相信杨震一定会没事的。作为纪委监委的家属，你要理解，组织上有一定的工作程序，需要些时间。

丁励勤说：嗯，谢谢徐书记了。

丁励勤似乎不情愿地起身告辞。

夜晚。临时办案点临时改造的询问室内，刘文超一脸的不满和愤怒望着叶雯婕，而叶雯婕眼神犀利地望着刘文超。

刘文超说：我说，你已经问了我半天了，你怎么就不相信我呢？我一个小公务员，哪来的50万啊？再说就算我有50万，可我为什么要送给你们的主任啊？我脑子进水了？！

刘文超像快哭了一般。

何劲松说：你冷静一下，你说实话，是不是有人指使你这么干的？

刘文超说：没有任何人指使我，谁会指使我啊，要不你告诉我，你告诉我！

叶雯婕说：好了，今天就先到这儿吧。

何劲松疑惑地望着叶雯婕。

刘文超说：这还差不多，早干吗去了？！

叶雯婕说：对不起，这也是我们工作的需要，希望您能理解。这样吧，我先派人把你送回去。

刘文超说：没事，没事，算了吧，只要你们相信我就好，我真的就是一个普通的公务员。

刘文超起身离开了。

何劲松说：叶姐，这个刘文超明显是在耍赖啊，怎么就放他走了？

叶雯婕说：他肯定提前做好了准备，我们这么问也问不出什么来，还不如先把他放了，暂时麻痹他，我们再暗中进一步调查。

何劲松点点头。

这时，唐辉走进来，他问：怎么样，有什么收获没？

叶雯婕说：暂时先把人放了，我准备暗中调查。

唐辉说：嗯，我跟你一起去！

临时办案点外。刘文超得意地走到自己的车旁，开车离开。

唐辉开着车，偷偷跟在刘文超后面。

不一会儿，刘文超到了一家酒店门口，他把车停在酒店外，得意扬扬地走向酒店。早就等在酒店外的朋友招呼刘文超，刘文超大摇大摆地走了进去。

叶雯婕看到刘文超走了进去，和唐辉、何劲松下车，悄悄走到刘文超的车旁。

唐辉走到车后面，准备打开后备厢。

叶雯婕说：唐辉，你干吗？

唐辉说：非常时期，只能采取特殊手段了。

唐辉把刘文超的车后备厢打开，在后备厢的角落里找到了塞成一团的一件衬衫、一顶帽子和一副墨镜。

何劲松说：叶姐，这不就是监控里的那个人穿戴的吗？赶紧拍照取证。

叶雯婕拿出手机拍起照来。

酒足饭饱的刘文超从酒店里走出来，和朋友打招呼告别。

刘文超晃晃悠悠地走到车前，从口袋里面掏出钥匙，准备开车门。

刘文超不小心把钥匙掉在地上，他弯腰去捡钥匙。因为天黑，刘文超不断地摸索。

唐辉和叶雯婕走了过来。

唐辉把钥匙捡拾起来，递到刘文超面前。

刘文超迷迷糊糊地并没有看清二人是谁。

刘文超接过钥匙。

刘文超说：说了不用送了，怎么又跟出来了，快回去吧。下回再喝啊。

刘文超转身去开车门。

唐辉从后面拉住刘文超的肩膀。

刘文超一边转身一边说：没完是不？

刘文超回头看见唐辉、何劲松和叶雯婕，顿时傻了眼，短暂地愣住几秒。

唐辉说：刘先生，酒后驾驶可是要坐牢的哦。

刘文超说：我说你们怎么阴魂不散呢，我白天不是说得很清楚了，拿钱跟我一点儿关系都没有。

叶雯婕拿出一组银行监控的视频截图的照片，借着门前的光亮递给刘文超。

照片上一个穿着黑白条纹衬衫，戴着帽子和墨镜的男子正在柜台前办理着业务。

叶雯婕说：这个人你认识吗？

刘文超一惊，随即装作镇定。

刘文超说：不认识！

叶雯婕说：那你跟我过来。

叶雯婕走到后备厢前。

叶雯婕打开后备箱，里面放着和照片上男子一样的衬衫、帽子和眼镜。

叶雯婕问：怎么这么巧，你车里的衣服、帽子和眼镜都和照片上的男子一样呢？

刘文超冷汗直冒，站在原地不知所措。

刘文超说：我……我……

刘文超跟跟跄跄地撒腿就跑，唐辉伸出腿把刘文超绊倒，何劲松急忙上前摁住刘文超。

叶雯婕说：别动，这回看你还怎么抵赖！

刘文超无奈地垂下头。

办案点临时询问室。刘文超疲惫地靠在椅子上坐下，眼圈发黑，精神萎靡。

刘文超对面坐着叶雯婕、唐辉和何劲松。

叶雯婕递给刘文超一瓶水。

刘文超接过水大口大口地喝起来，一瓶水下肚，刘文超稍微精神了些。

叶雯婕问：怎么？酒醒得差不多了。

刘文超叹气说：都说喝酒误事，这回我算是知道了。

何劲松又好气又好笑地望着刘文超。

叶雯婕说：既然清醒了，那就请你看看这个吧。

叶雯婕把一台手提电脑放在刘文超面前，电脑屏幕上呈现出刘文超穿着大衬衣，戴着帽子墨镜到银行柜台存钱的情景。

叶雯婕望着刘文超，脸上挂着志在必得的微笑。

刘文超垂头丧气地望着电脑屏幕。

刘文超说：既然你们都查出来了，我也没必要瞒着了。确实是我把钱存到卡里的。

唐辉说：谁指使你这么干的？

刘文超说：那人我也不认识，是他打我手机指使我这么干的。

叶雯婕惊讶地问：那这钱是哪里来的？

刘文超说：说来也许你做梦都不信，他在我家门口放了60万，让我把50万存到卡里，剩下10万是我的劳务费，然后让我把卡偷偷交到杨震的手里，让我什么话都不用说，说杨震一切都知道。

叶雯婕惊异地望着刘文超。

十六

叶雯婕等人围坐在一起开会，叶雯婕神情焦虑疲惫。

郑振国急匆匆地走进来。

叶雯婕等起身：郑书记。

郑振国说：你们继续开会。

郑振国找个位置坐了下来。

何劲松激动地拍着桌子说：这就是圈套，是李正雄他们设的圈套。

叶雯婕说：刘文超的交代得汇报。

唐辉和何劲松焦急地望着叶雯婕。

何劲松说：如果还上报的话，那杨主任的嫌疑更洗不清了，咱们还是先自己调查。

唐辉说：按规定纪律办事，也得分情况，现在如果把刘文超的口供汇报上级，杨主任更加会被怀疑，我们第八审查调查室的工作就会陷入被动。

叶雯婕说：不汇报，我们的工作才会陷入被动。现在上级领导知道咱们在盛荣县调查杨主任主导的这个案子，正因为这样，咱们才要把每一步进展都汇报回去，每一步调查都透明化，这样我们的工作才能开展得顺利。如果我们在调查过程中隐瞒，就给其他人造成包庇的感觉，那我们以后开展工作才会不顺利。

郑振国听了叶雯婕的话赞同地点点头。

郑振国说：小叶说得对，你们俩不要冲动，先把刘文超的交代汇报上去，今天下午我赶回去还要听罗文昌案件的汇报。

唐辉和何劲松无奈地低下了头。

临时办案点楼下院内。郑振国准备驾车回市里，叶雯婕与之告别。

叶雯婕说：郑书记，您这么一趟趟跑，我们真过意不去。

郑振国说：我也是锻炼身体嘛。雯婕，在办案过程中，这种内外交困、头绪繁多的情形，很正常。这个时候，作为办案组的负责人，尤其是要冷静。杨震不是第一次被人诬陷了，在东山市纪委监委做纪委书记、监委主任时，什么威逼利诱的事情他没有经历过？我相信，杨震当下很着急，他着急的不是别的，是李正雄这个案件能不能顺利地拿下。你目前的担子很重，唐辉、劲松、徐航都是组织上精挑细选的干部，都是过硬的干部。和他们一起工作，要学会团结他们，一道把案子拿下来。

叶雯婕说：谢谢郑书记指点。我现在有些急躁。

郑振国问：对李正雄、王海梅藏匿赃款的搜查进行得如何了？

叶雯婕说：文静跟着去了，还没有回来。

郑振国说：将来，你也会做领导，要学会弹钢琴，轻重缓急，统筹安排。

叶雯婕说：是。

滨海市纪委监委纪检室谈话室。

杨震神情略显烦躁，对面的纪检人员严肃地望着杨震。

杨震说：我真的不认识那个叫刘文超的人。

纪检人员说：可是根据刘文超交代，说他把存有50万的银行卡交给你了。

杨震反问：在哪儿交的？是面对面交的？

纪检人员无语。

杨震说：这整个事情漏洞百出。如果是刘文超亲手交给我的？卡上应该有我的指纹。我应该认识他，一对质真相不就明了嘛？再说，调取银行的监控就可以查清，卡到底是谁的？找到这个人，调查为什么要送卡给我杨震？什么目的？……

纪检人员说：银行卡的指纹鉴定，技术部门在做了。

杨震说：我以党性担保，没有任何人把银行卡交到我的手上。我对此事一无所知。

纪检人员说：可是银行卡确实出现在了你的办工作桌抽屉里，这点你作何解释？

杨震说：根据我多年的经验来看，肯定有人故意陷害我，至于这个人是谁我还不好说，不过，我相信组织上会调查清楚的。

纪检人员说：杨主任，你是做纪检监察工作的，应该知道这件事的严重性。如果你是利用职务之便和犯罪分子做交易，那后果是非常严重的。当然，我们也希望是误会一场，可是现在的人证物证都对你不利，所以我们还是要对你继续调查。

杨震说：这个我理解，我也希望你们不要因为我的身份而有所顾忌。你们大胆地调查，只要是能查清事情真相，我杨震一定全力配合。

纪检人员说：谢谢你的理解，在调查的这段时间我们会限制你的人身自由。

杨震说：我明白，我现在能给家里打个电话吗？

纪检人员拿出自己的手机，说：用我的吧？

杨震说道：谢谢，我想和家人单独说几句话。

两位纪检人员互相看了看。

纪检人员说：杨主任，不行。根据纪律要求，不行。就在这儿打，用免提，我给你拨通。

电话接通了杨震妻子丁励勤的手机，但是开着免提。

丁励勤问：喂，哪位？

杨震说：是我，杨震，这是我同事的电话。

丁励勤激动地说：你没事吧？现在怎么样了，急死我了！

杨震说：不用担心我，只是简单的例行调查，很快就没事了。

丁励勤说：你不用骗我，我跟了你这么多年，知道事情的严重性。

杨震愣住了，望着电话半天说不出话。

丁励勤说：杨震，你的为人我最了解，不管外人怎么说，我和孩子都相信你，你是个好人。

杨震的眼中浸满泪水，他连忙安慰妻子道：嗯，有你和孩子的信任我很开心，你和孩子好好地在家里等我，我会平安回去的。

丁励勤说：嗯，什么时候回来提前告诉我，给你做好吃的。

杨震哽咽着说不出话来。

丁励勤说：行了，我也是瞎着急，多大点事啊，你大风大浪都过来了，还怕这个小坎儿吗？不多说了，省得你又着急。

杨震说：嗯。

丁励勤说：我挂了，注意身体啊！

杨震说：好。

电话那边传来忙音。

挂了电话，杨震抬起头，努力不让自己的泪水流下来。

而此时，某律师事务所办公室，挂断电话后的丁励勤坐在办公桌前，脸上已经满是泪水。

这时候律所进来几个律师,丁励勤急忙背着几人擦干脸上的泪水。

一个小时后,丁励勤出现在女儿豆豆的学校大门口,神情恍惚,整个人显得很虚弱。

豆豆从学校里面跑出来,跑到丁励勤身边。

丁励勤见到女儿强打起精神,微笑地望着女儿。

豆豆担心地问:妈,你脸色怎么这么难看啊?

丁励勤说:有吗?估计是这几天累的,没事,咱们赶紧回家吧。

两个人向公交站点走去。

豆豆说:妈,爸这几天怎么回事,我给他打电话总是没人接,今天还关机了。

丁励勤说:哦,你爸他们忙案子呢,估计是不方便接电话吧。对了,我看你这几天功课也挺累的,晚上想吃点什么,妈给你做!

豆豆说:随便吃点就行,等爸爸回来再做好吃的吧。

丁励勤轻轻地摸了摸豆豆的头。

远处公交车开进了站。

豆豆说:车来了,快跑!

豆豆向公交站跑去。

丁励勤刚跑了几步,突然一阵眩晕,晕倒在地。

跑在前面的豆豆没有察觉,跑到了公交站。

豆豆说:妈,快点啊!

豆豆不见母亲,急忙回头,见不远处母亲倒在地上。

豆豆急忙跑到丁励勤身边抱起丁励勤。

豆豆说:妈,妈,你怎么了!妈!

豆豆见丁励勤没反应,急忙拿出手机拨通120。

豆豆带着哭腔说道:急救中心吗?这里有人晕倒了,就在滨海第一中学门前……

豆豆紧紧地抱着丁励勤。

某医院里内走廊传来一阵嘈杂的声响，救护人员推着手术车走了过来，手术车上躺着丁励勤。

豆豆跟着手术车，紧紧地握住丁励勤的手。

丁励勤模模糊糊地睁开眼睛，看到身边的女儿焦急地望着她，满脸的泪水。

豆豆说：妈，没事了，到医院了。

丁励勤闭上了眼睛。

救护人员把丁励勤推进手术室，豆豆被留在了门外。

豆豆无助地瘫坐在椅子上。

|十七|

南方某小镇街道。一个黑瘦的男子背着包走在富有民族特色的小街上。正是骗子赵东升。

赵东升望着两边的景色感到很新鲜，一脸的得意之情。赵东升走到一家特色旅馆门前站住，看了看，走了进去。

特色旅馆外，张青盯着赵东升的行踪，徐航装作旅游者在旁边的店里。

张青向徐航使个眼色，两人向旅馆方向走去。

张青说：你从前门进，我去看看旅馆有无后门，防止他再跑掉了。对了，如果遇到他，不要直接与之冲突，等我回来。不知对方有无凶器，千万小心。

徐航说：我知道。

赵东升走进房间，把包扔到一边之后，重重地躺在了床上。

赵东升拿过包来，打开包看了看里面装着一沓钞票。

赵东升把包放在头底下准备睡觉，这时候敲门声响起。

赵东升问：谁啊？

徐航的声音传来来：服务员，给您送毛巾的。

赵东升说：睡个觉都不让人踏实，来了，来了！

赵东升起身把包用被子盖上，他走到门前，打开门，还没等他反应过来，徐航、张青就冲进来把他摁在了床上，戴上了手铐。

赵东升说：好汉饶命，好汉饶命！要钱我这儿有，咱别动手。

张青走到赵东升面前，出示证件，赵东升望着证件和法律文书顿时明白了怎么回事。

张青说：放心，不会要你命的。你小子够能跑的啊，把我们从上海带到广州，又从广州带到了云南，你可是逛好了啊，害得我们追你追得好辛苦啊。

徐航说：先让他坐起来，我有话问他。

张青松开赵东升，让赵东升坐起来。徐航拉过一把椅子，坐到赵东升对面。张青从被子下面拿出包，拿到徐航面前。

徐航打开包让赵东升看了看，她问：这些钱是李正雄给你的吧？

赵东升无奈地点点头。

徐航说：说说吧，你是怎么骗过李正雄的？

赵东升说：我也是一时糊涂，如果我都说了能不能争取宽大处理。

徐航说：争取吧，不过，这得看你交代得彻底不彻底。

赵东升说：好，我都告诉你们。其实我根本就没背景，也不认识那些市里的领导，这些都是我为了骗李正雄瞎说的。

徐航说：演技不错啊，那你本来是干什么的？

赵东升说：我以前就是配钥匙、刻私章的。后来，后来，因为我的朋友总找我刻些章，然后拿出去骗人，久而久之，我也摸到门路了，也就出去骗了。以前都是小打小闹，这次罗世强找到我，我也没抱太大希望，可没想到那个傻帽副县长居然相信了。于是，我就找了盛荣县认识的哥们儿，让他告诉我一些李正雄做的违法乱纪的事情，编造了一封信，模仿市纪委郑书记的字迹，做了假批示，然后刻了章，把信伪造好交给罗世强。

徐航说：就这样简单？

赵东升说：嗯，主要是那个副县长做贼心虚，要不我也钻不了空子。要说那个副县长还真大方，抬手就给了我200万，后来我本想继续再骗，可是有人打电话通知我说你们要抓我，让我赶快跑，我害怕了，就跑了。可没想到最终还是被你们抓到了。

夜晚。医院病房内,丁励勤躺在病床上挂着吊瓶昏睡。
医生和豆豆站在一边。
豆豆说:医生,我妈妈怎么样了?
医生说:没什么大碍,就是太劳累了,注意休息就好。
豆豆说:谢谢医生!
医生问:对了,你家大人呢?
豆豆说:我爸爸出差了。
医生说:哦,我先出去了,有什么事就按床头的按铃。
医生出门。
豆豆坐在床前,伤心地望着丁励勤。丁励勤微微睁开了眼睛。
豆豆说:妈,你醒了,真是吓死我了。
丁励勤说:妈没事,乖孩子,别担心。
豆豆说:不行,我得给爸打个电话,你都这样了,他就是再忙也得回来了吧。

丁励勤脸色苍白地望着守在自己床前哭着的女儿,说道:算了,你爸他忙,别让他分心。

豆豆说:为啥不能给我爸爸打电话,我爸也太过分、太不负责任了,不管你和我不说,多少天都没回家了,现在你都这样了,连个电话都没有,我去纪委监委找他去。

说着豆豆就站起来要往外走,丁励勤死死地拉着女儿。
丁励勤说:你干吗呀,不是跟你说了,你爸爸忙吗!你别走,你……
豆豆拼命挣脱丁励勤的手。
豆豆说:妈,你别拉我,你都这样啦,我不应该把我爸找回来吗?你放开我,我去找他怎么了?

丁励勤焦急地望着女儿,眼看自己拉不住女儿,焦急之下,脱口而出。
丁励勤说:你爸爸被人栽赃陷害,现在正被调查呢?

236

豆豆惊异地望着母亲。

丁励勤说：本来不想告诉你的，现在也没办法了。

豆豆担心地问：那爸爸他……他没事吧？

丁励勤说：肯定会没事，他什么坏事也没做，会调查清楚的。

豆豆问：是谁陷害的爸爸？

丁励勤说：应该是你爸办的案子的嫌疑人吧，你也知道，做你爸这行的免不了会得罪人，你爸性格又那么耿直，我就料到会有这么一天。

豆豆低着头不说话。

丁励勤说：你看我也是，跟你说这些干吗。

豆豆说：别的我不了解，但是我知道爸爸肯定是一位好人，他在我心里一直是战无不胜的大英雄。妈，你放心吧，爸会挺过去的。

丁励勤惊讶地望着女儿，没想到女儿这么懂事。

豆豆说：妈，你好好休息，我出去给你买点吃的，晚上我就在这儿陪你了。

豆豆说完走出门。

丁励勤躺在床上若有所思。

临时办案点的大院，一辆汽车停在大院。

徐航从车上下来，跑进招待所。

临时办案点会议室内。徐航坐在椅子上，叶雯婕、唐辉、文静和何劲松围着徐航站着。

唐辉调侃道：早知道我就不回来了，立功的机会都给你一个人了，唉！文静，我们走，提讯刘文超去。

唐辉与文静起身离开。

望着唐辉的背影，徐航说：老唐，你以为这个功好立啊，为了追这个赵东升，我差不多把大半个南方都跑遍了。

叶雯婕说：辛苦了，今天放你一天假吧，休息一下。

徐航说：没事，我现在正亢奋着呢。既然赵东升抓回来了，咱们得抓紧时间了。

何劲松说：嗯，赵东升这一归案，咱们总算是有突破口了。

徐航得意地笑着说：对了，我怎么没看见杨主任呢，他哪去了？我还等着向他邀功呢？

叶雯婕、何劲松互相看了看沉默不语。

徐航疑惑地问：说话啊？咋都不说话了？

何劲松说：杨主任出事了。

徐航说：啊？怎么了？快点告诉我！

十八

丁励勤躺在床上休息。病房的门开了，郑振国拎着一些水果走了进来。

丁励勤忙坐起来，说道：郑书记，你怎么来了？

郑振国把水果放在病床边的桌子上，说道：你快躺好了，你看你脸色这么差。

丁励勤靠在床头坐着。郑振国拉过一把椅子坐在床边。

郑振国说：豆豆给我打电话了，我听说你病了，就过来看看。怎么样，好些了吧？

丁励勤说：唉，这孩子心里藏不住事。谢谢郑书记关心，没事了，就是最近工作比较累，再加上杨震的事，一着急……

郑振国说：当我们纪委监委的家属真是不容易啊，我作为杨震的领导向你道歉了。

丁励勤说：郑书记，快别这么说，自从我跟杨震那天起，我就想明白了，我必须承担起比一般妻子更多的责任。

郑振国说：你能这么想，真是杨震的福气。杨震在工作上这么优秀，我觉得很大一部分功劳应该算在你的头上。

丁励勤不好意思地笑了。

郑振国说：等这件事完了之后，我给杨震放几天假，让他好好陪陪你和孩子，别一天到晚地就知道工作。

丁励勤说：谢谢郑书记，我先不想他陪我，我只想他能平安无事就好。对了，我生病的事不要告诉杨震，我不想他再分心……

医院病房外，豆豆拎着早餐走到门前，正好碰见郑振国从病房里面出来。

豆豆说：郑伯伯，您怎么来了？

郑振国说：我听说你妈住院了，就过来看看。

豆豆说：我妈没事的，郑伯伯你不用担心。

郑振国说：以后再有什么事一定要告诉我啊。

豆豆点点头。

郑振国说：买的早餐吧，赶紧进去吧，一会儿凉了，郑伯伯先走了。

豆豆说：郑伯伯，你等一下。

郑振国说：还有什么事吗？

豆豆问：我爸，他……他没事吧？

郑振国说：放心，孩子，你爸的事组织上正在调查，你相信郑伯伯，你爸爸会尽快回家的。

盛荣县纪委监委办案区谈话室内，唐辉严厉地望着刘文超，文静在做记录。

唐辉问：你说你把银行卡交给了杨震？

刘文超点点头。

唐辉说：杨震的口音偏重，语速又快，他说话你能听得懂吗？

刘文超说：听得懂，听得懂。

唐辉问：你不是说你和杨震什么话都没说吗？

刘文超惊慌失措，说道：哦，哦，对，对，呃，也说了一两句，他说得很快，我没听清，所以就，就忘了。

唐辉说：杨震说话一点儿也不快，他语速很慢。

刘文超更加惊慌，不知所措。

唐辉"啪"地拍了桌子，吓得刘文超一哆嗦。

唐辉说：刘文超，你真会撒谎。你根本没见到杨震。杨震多大岁数？身高、长相你说得清楚吗？

刘文超哭丧着脸说道：我，我，我，我……

唐辉说：满嘴谎言。

刘文超说：真的是，我，我有些记不清了。

唐辉望着刘文超，眼神坚定。

唐辉说：其实是谁让你栽赃杨震的，我们已经调查清楚了，你说与不说，都无所谓。

刘文超紧张地望着唐辉。

唐辉说：你一个政府小小的公务员消费能力可真高啊，而且在盛荣县也小有影响力，你投靠了谁才能有这样的消费能力和影响力啊。

刘文超冷汗直冒，他以为唐辉他们已经知道了一切，其实唐辉只是猜测，用的心理策略罢了。

唐辉说：你不说，也会有人说，现在让你说，是给你机会，到时候，你就没有机会了。

刘文超焦急地望着唐辉。

刘文超说：我说，我说，是王海梅，李正雄的老婆让我栽赃陷害杨震的。

唐辉和文静互相看了看，面露欣喜之色。

文静说：那你把事情经过跟我们复述一遍吧。

刘文超说：12号那天晚上，是我翻进窗户把卡悄悄塞进了杨震的办公桌抽屉里。王海梅知道你们早晚会查到我，就让我乔装到银行，然后又让我一口咬定是我把钱亲自交给杨震的。同时，王海梅派人准备举报杨震，没想到银行卡就让你们及时发现了。如果你们不向纪委监委汇报，形势将更对王海梅有利。

听到这儿，唐辉想到对叶雯婕的态度有些惭愧，他对刘文超说：过来签字，摁手印吧。

刘文超问：我都交代了，是不是没事了？

唐辉笑了，说道：你说呢？你的行为已经构成犯罪，你就等着上法庭吧。

刘文超懊悔不已地哆哆嗦嗦签字、摁手印，悔恨的泪落在讯问笔录上。

等唐辉、文静回到临时办案点时，徐航望着叶雯婕等人依旧余怒未消。

徐航说：咱们堂堂纪检监察人员被涮成这样，我，唉……

叶雯婕说：徐航，你也先别着急。在这个关口，咱们不能感情用事，好好想想咱们怎么去调查，找到突破口，让证据来证明一切。

文静说：刘文超已经撂了，杨主任被冤枉的事情基本查清楚了。

徐航好像想起了什么，说道：这个赵东升说他的一个朋友就是盛荣县人，知道李正雄的罪行。

叶雯婕说：好，咱们现在就开展调查。唐辉，你和周峰接触得怎么样了？

唐辉说：已经找到周峰的软肋。周峰是一个理性、有独立思想的人，不像天天围在李正雄身边的那些人。他也没从李正雄那里直接得到什么实质性的好处，好像刻意和李正雄保持一定的距离，但也不敢得罪李正雄，还为李正雄做了一些事情。

叶雯婕问：那他的软肋是什么？

唐辉说：表面上看似理智冷静，没有明显缺陷的人却往往有致命的弱点。

徐航说：哎呀，你就别绕弯子了，周峰致命的弱点是什么？

唐辉说：弱点就是——自私。周峰时时刻刻想着不要被李正雄骗，自己也做了很多的准备。只要让周峰明白，李正雄这棵树马上就要倒，他就是倒李的第一个人。

叶雯婕点点头。

唐辉说：咱们要想把这出戏做下去，先走走赵东升的这个盛荣县朋友的路子。

徐航说：嗯，我跟你一起去！等下，我先打个电话。

临时办案点走廊外，徐航在走廊边走边拨打手机。

徐航说：老徐，我必须得向你汇报个事情。

徐放问：怎么，想爸妈了？

徐航说：别打岔，是关于杨震主任的……

徐放说：我知道了。我和你郑伯伯心中有数儿，你做好自己该做的就对了。好，我在开会，挂了。

徐航说：等等……

徐放已经挂了电话，手机里传来对方挂断电话的嘟嘟声，徐航无奈地跺脚。

盛荣县某茶馆内，赵东升坐在角落的隔间里喝着茶，他拿着茶杯的手有些颤抖，不时地四下张望。不远处，徐航、唐辉和几名便衣警察已经准备就位。

赵东升的朋友走了过来，赵东升故作镇定地笑眯眯地望着朋友。

朋友坐在赵东升对面，咧着嘴笑，问：赵哥，你不是拿着钱出去逍遥了吗，怎么又回来了？

赵东升微笑不语。

朋友说：是不是又有什么发财的道了？快告诉兄弟我。

赵东升望着朋友的背后，面露紧张之情。

朋友察觉出赵东升的反常，回头看去，只见徐航和唐辉走了过来，坐到二人身边。

朋友一头雾水地望着赵东升，问：赵哥，什么情况啊？

十九

盛荣县某茶馆内。赵东升说：没事，这两位是市纪委监委的朋友，想跟你了解点情况。

朋友胆怯地说：哦，那……那你们问吧。

唐辉说：赵东升跟我说，你告诉了他不少李正雄的事，这些事你是怎么知道的？情况都属实吗？

朋友说：您说这事啊，都是我瞎说的，您别在意。

徐航说：你别装了，赵东升把一切都告诉我们了。你和赵东升的行为已经构成了诈骗，现在把你知道的告诉我们，就属于戴罪立功，你懂吗？

朋友瞪了赵东升一眼，低头沉默不语。

唐辉说：我知道你们都忌惮李正雄，请配合我们的调查，我们会保密的，你就把你知道的告诉我们就行了。

朋友说：那好吧，我说。

徐航拿出一支录音笔放在朋友面前。

朋友说：其实李正雄和他老婆王海梅那些事，我们盛荣县的人都知道，只不过有的人能拿出证据，有的人拿不出来。李正雄在我们盛荣县称王称霸十年，还养了一帮黑打手，县里面的人谁敢惹他？前几年也有来调查他的，转悠一圈走了，您想，我们县里的人谁敢告他，那些告状信可能就是县长罗文昌让人写的。我们盛荣县流行一句话：流水的县长书记，铁打的李正雄，谁到我们这儿来当县长，李正雄都有本事把他收拾厌了，把他架空了。现在罗文昌刚来了两年就进去了。出事前，他又不敢明目张胆地把李正雄咬出来，只好背地里指使人写举报信。

唐辉说：你知道的真多啊！

朋友说：我们盛荣县这段时间都是这么传的。我告诉你们，李正雄特别怕他老婆，他老婆王海梅就是在李正雄背后出谋划策的军师。李正雄做的那些事，有王海梅一半"功劳"。我们盛荣县都知道，那是王后娘娘，别看李正雄平时霸道横行，对他老婆那是言听计行。

唐辉问：那李正雄和王海梅到底在你们盛荣县怎么作威作福的？

赵东升的朋友说：我们盛荣县一半的大项目都是李正雄和王海梅的亲戚朋友承包建筑的，这还不算什么……

赵东升的朋友眉飞色舞地开始讲起来，边说边做着手势。

唐辉和徐航认真地听着。

夜晚，某幽静咖啡厅内，幽暗的灯光下，唐辉、徐航和周峰相对而坐。

唐辉说：你终于出来见我们了。

周峰说：有什么话你就直说吧。

唐辉说：跟聪明人打交道就是有这样的好处，不浪费时间。

周峰说：我可不敢自称聪明人，您才是。

唐辉说：恭维的话就免了，我想让你明白，李正雄倒台是迟早的事情，我们已经把罗文昌的家人保护起来，罗文昌在纪委监委也已经吐口了。

周峰惊异地望着唐辉。

唐辉问：怎么？意外吗？

周峰说：有点儿，没想到终于能有人降得住李正雄了。

唐辉说：一旦我们打开这个堤坝，盛荣县的百姓可能会把我们临时办案点的门槛踏烂的。

周峰听了唐辉的话，沉思良久，抬头望着唐辉，眼里既有忐忑又有坚定。

周峰说：你们这回是真的下定了决心要查李正雄？

唐辉坚定地点点头。

唐辉说：你伙同罗世强做的事情我们也掌握了十之八九，你要是可以帮我们，我保证你会从轻处理。

周峰望着唐辉、徐航，长出了一口气。

周峰说：好。

夜晚。临时办案点会议室内，房间只有唐辉和徐航。

唐辉问：徐航，这次抓捕赵东升，没有啥额外收获？

徐航反问：啥额外收获？

唐辉说：你就装呗。

徐航莫名其妙，忙问：老唐，你啥意思？

唐辉说：我提醒你一下，张青这个人怎么样？

徐航说：张哥这个人没说的，绝对是跟踪高手。

唐辉说：看样子，不要我牵线了。你们直接发展。

徐航说：死老唐，你到底啥意思？

唐辉说：徐航，这个张青是个纯爷们儿，是我们那届调查系研究生里最出色的一位。业务上优秀就不必说了，关键是个不错的爷们儿。仗义、心细、沉稳。是做老公的合适人选。他还要着单呢？你就没有动过心思？

徐航说：得，得，我就知道老唐你狗嘴里吐不出象牙来。本姑娘还真没有谈恋爱的想法。

唐辉说：你说你老单着，当哥哥的能不着急吗？

徐航说：你看你和郝楠唧唧歪歪的，我一想就恶心。不找了，单身挺好。

唐辉说：可惜啊！不过，徐航，你要真对张青有意思，我可以传个话。

徐航打着哈欠说：打住！本姑娘要睡觉了。

唐辉说：早睡早起，明早跟我再次搜查李正雄家。

徐航回房间休息了，唐辉继续网上查资料。一则新闻跳出——贪官藏匿赃款的N多方式。唐辉想起，第一次搜查，王海梅始终坐在沙发上，没有动窝。唐辉回头望着焊在沙发上的王海梅。唐辉自语道：我要是贪官，会把钱藏哪儿呢？脑子快速闪动搜查李正雄、王海梅家的画面——王海梅始终坐在沙发上，没有动窝。

李正雄家。唐辉、徐航带着警察第二次搜查。

王海梅依旧坐在客厅的沙发上，镇定自若。

唐辉说：县长夫人，麻烦你站起来一下？

王海梅问：你想干吗？

徐航出示传唤证给王海梅。

唐辉说：你因涉嫌受贿罪被依法传唤了。

唐辉使个眼色，警察过来要带走王海梅。

王海梅脸绿了，说道：我没有受贿。你们拿出证据来？

唐辉说：你说，堂堂的县长夫人，你坐这破沙发不嫌碜？

唐辉取下沙发罩，用刀子割开了沙发布。把海绵取出，下面竟然是空的，没有唐辉想象的那样——一摞摞的赃款和银行存单、银行卡、单据等。但细心的唐辉发现了一些纸屑，说明曾经存过钱物，很遗憾，再次被转移了。

唐辉让警察带着王海梅到废弃的车库，唐辉发现了车库墙壁被重新粉刷过，他耳朵贴近墙壁，轻轻敲着。

王海梅脸上汗珠开始溢出。

唐辉从车库找到一把铁锤，使劲砸向墙壁，墙壁迅即一个大洞，他扒开大洞，钱物从夹缝中露出……

王海梅望着被砸开的墙壁，瘫软在地，自语道：完了，全完了！

徐航向唐辉竖起了大拇指。

盛荣县纪委监委办案区第七谈话室，叶雯婕笑着看向李正雄，李正雄则一脸真诚的表情。何劲松在做记录。

何劲松配合着在屏幕上放出李正雄在盛荣县做的一件件的事情。

李正雄望着自己的罪行也大惊失色，但仍镇定地望着叶雯婕。

叶雯婕说：有句话，若要人不知，除非己莫为。你的事情，县长罗文昌会不知？王海梅会不知？你的勾当，罗世强会不知？……

李正雄惊异地望着叶雯婕，叶雯婕则摆出一副稳操胜券的表情，心理战术让李正雄忐忑不安。

叶雯婕说：至于是谁举报的都不重要了，关键是违法犯罪的事你做了。你做了些啥，我想我不说，李副县长心里也有数儿吧。

就在前天夜里，在临时办案点会议室，唐辉、徐航、何劲松等把赵东升朋友告诉他们的事情都一一罗列。

唐辉说：这几条可以暗示李正雄是罗文昌交的底，这几条可以暗示是周峰交的底……跟他玩个心理战。

叶雯婕说：这次搜查，你们功劳很大啊！

徐航说：多亏了唐辉。累死我了，数了五个小时才数完，一共是2315万。

唐辉说：县纪委监委从李正雄父亲的猪圈里，找到了2800万。据纪委监委的同事讲，老头当时就傻了，他是一点儿不知情，敢情儿子这么有"出息"，弄了这么多钱。李正雄的父亲直接住院了。

何劲松说：银行的记录显示，共有21笔不明走账，其中1400余万是汇给李正雄在美国的儿子，经手人是罗世强。罗世强也认了。

盛荣县纪委监委办案区第七谈话室内。叶雯婕让何劲松放出赵东升的照片。

叶雯婕说：这个人李县长应该还记得吧？

李正雄脸色发白。

叶雯婕说：李县长一直在跟我们兜着圈子，而利用赵东升跟我们兜的这个圈子尤其大啊。

李正雄满头大汗。

叶雯婕望着李正雄。

叶雯婕说：现在想不想听听刘文超的供词？

李正雄望着叶雯婕，忐忑不安。

何劲松播放了审讯刘文超的视频，李正雄知道大势已去，神情变得更加颓唐。

二十

市纪委书记办公室内。徐放紧紧地握着杨震的手，郑振国在旁边笑着望着杨震。

杨震显得有些憔悴，但是精气神还在。

徐放说：清者自清，杨震，你洗清栽赃，轻装上阵吧。

杨震说：谢谢徐书记。

徐放说：这段日子让你受苦了。

杨震说：没什么，只要能把事查清楚，这点苦不算什么。

郑振国说：是啊，先回去休息几天吧，弟妹都担心坏了。

杨震说：我回去看看他们，然后就和办案组会合，案子一刻都不能耽误。

郑振国指着杨震说：你呀……

杨震家。杨震在狼吞虎咽地吃着东西，丁励勤在卧室里给他收拾东西，把他的衣服装进行李箱。她边收拾边落泪。

杨震放下碗筷，走进卧室，看到丁励勤落泪，他轻轻地扶住妻子的肩膀。

杨震说：你看看你，我都回来了，还有什么着急的？别哭了。

丁励勤说：遭了这趟罪，还急着赶着去办案子。你真以为自己是铁人啊，你也是快奔五十岁的人了，这么拼命身体吃得消？

杨震笑着望着丁励勤，说道：好了，好了，我知道你担心我，我保证以后会注意身体的。

丁励勤说：总是说以后，以后就完了。你是家里的顶梁柱，要是你出了什么事，我和孩子怎么办？

杨震说：别说这么晦气的话，你看我现在不是好好的嘛，要不我给你做几个单手俯卧撑看看？

杨震说完起身趴在地上，单手做起俯卧撑。

杨震边做边问：怎么样，看我这体格是不是跟当初认识你的时候一样？

丁励勤赌气地扭过头去，不说话。

杨震说：你不说话，我可就一直做了啊？

丁励勤说：行了，快起来吧！

杨震起身，微笑着坐到妻子跟前。

杨震说：案子正办到最要紧的时候，我这个主任不在怎么行？

豆豆从书房走到卧室门前，说道：爸，你不知道妈前几天……

丁励勤说：行了，你不是还有功课呢吗，快回屋做去。

豆豆不情愿地离开。

杨震问：刚才豆豆说什么，你前几天怎么了？

丁励勤说：没事，前几天着急有点感冒，早就好了。行李给你收拾完了，你赶紧走吧，我看你在家也不踏实。

杨震说：嗯，等这个案子完了，我好好陪你几天。

杨震起身拿起行李箱出门。

走到门前，杨震转身走了回来，在丁励勤的额头上轻轻地亲了一下。

丁励勤说：行了，快走吧，别让孩子看见。

杨震微笑着出门。

夜晚。某宾馆内，两个三十多岁的男士——张铁头、王大柱走进宾馆房间，宾馆房间里坐着周峰和另外两个三十多岁的男子——李雷、赵强。

张铁头问：周哥，什么事？

周峰示意张铁头、王大柱坐下，两人就在床铺上坐了下来。

李雷说：叫你们过来，是商量一下，咱们一起反水。

张铁头和王大柱表情惊异。

周峰望着张铁头和王大柱，表情镇定地说：李正雄与王海梅已经被市纪委监委抓了，很快就完蛋了，咱们没必要跟他做陪葬。即便李正雄安然无事，也不会再相信咱们了。现在咱们适时提供李正雄贪污受贿的证据，让李正雄早垮台，咱们哥几个也才会安全。

张铁头和王大柱点点头，王大柱脸上流露出忐忑和阴郁的神情。

马路上，王大柱悄悄地溜到路旁的一辆车旁。从车窗外可以看到，王大柱和车内一个神秘的人在悄悄说着什么。

神秘人说：继续监视周峰那几个人。

王大柱说：是。

临时办案点会议室内。叶雯婕等人围着杨震，微笑着，真心为杨震洗刷冤屈而高兴。

杨震感激地望着大家，说：谢谢你们！

何劲松说：杨主任，我们就等着你来坐镇大局呢。

叶雯婕说：是啊，案子正进行到关键的地步，还等着你拿主意呢。

杨震说：嗯，闲话不多说了，赶紧讨论案情吧，我得把这些天漏掉的补回来。

杨震等人围坐在一起开会。

叶雯婕说：刘文超咬出了王海梅，王海梅也被我们传唤了，唐辉、徐航在询问她。

唐辉说：我们从李正雄家废弃的车库里搜查出巨额赃款，王海梅交代了一些赃款的来源。现在我和徐航正在核实谁送的？什么时间送的？因为什么情况送的？另外，周峰联络了李正雄过去的几个亲信，马上会给我们提供一些关键性证据。

叶雯婕说：李正雄的口供还没有拿下。

杨震沉思着。

盛荣县纪委监委办案区第七谈话室，李正雄闭着眼睛，神情疲惫地应付着叶雯婕他们一轮一轮的攻势。

叶雯婕神情镇定地望着李正雄。

叶雯婕说：举报你的人源源不断地给我们提供证据。你的妻子做了你这么长时间的智囊，给你出谋划策，让刘文超栽赃杨震，刘文超已经说出了一切。现在你们夫妇两个都被带到这里来了。

李正雄神情紧张惊异，满头大汗，但还强撑着。

叶雯婕说：你可以选择不说，也可以选择主动坦白。不过，即便什么都不说也没关系，我们也不会只靠口供定案。

叶雯婕说：先说说，在你家废弃的车库里起获的赃款吧……

李正雄表情痛苦地低下头。

盛荣县纪委监委办案区第十五谈话室，王海梅昂着头一语不发，杨震则冷峻地望着王海梅。文静在一旁配合着做记录。

杨震说：李正雄干的一半违法乱纪的事情都是你在背后出谋划策，盛荣县有你一半的天下。我说的没错吧？

王海梅说：那都是外面瞎传的，我一个女人家的，哪来这么大能耐？

杨震说：你可不是一个简单的女人，盛荣县人人都知道你和李正雄干的那些事情，你觉得就凭你的一些手段，能使你和李正雄逃脱罪责吗？

王海梅紧张得说不出话来。

杨震说：说说，藏在李正雄父亲家猪圈里的赃款咋回事吧？

王海梅说：……

夜晚。周峰开着车行驶在路上。

忽然车轮胎好像被路上的硬物扎破，车子差点撞到路边。周峰惊慌踩刹车，车子才停下来。周峰已经意识到事情不妙。

周峰拿出电话，拨通了手下的电话：喂，赵强，我车胎被扎爆了，在奇峰路，你带几个人过来。

周峰看了看周围，下车查看。他下车警惕地望着漆黑空旷的四周，几个黑影闪过。周峰惊恐地向后望去，后面一个黑影迅速走上来拿着一个绳子就勒在了周峰的脖子上。周峰拼命挣扎，另一个人走到周峰面前，拿起刀就捅向了周峰，周峰口吐鲜血，惨叫着。

不远处，两辆车亮着大灯开来，这几个人看有人来了，急忙跑掉，一辆车开过来接应他们。

赵强等人下车跑过来，看到周峰口吐鲜血躺在那里，满身也是鲜血，忙扶起周峰。

赵强喊道：周哥，周哥！

周峰想说什么却说不出来，昏了过去。

赵强抬起头对身边的一个留着平头的小伙子说：雷子，你先把周哥送医院。其余的兄弟，走，上车给我追！

李雷将周峰抱上小轿车，迅速向人民医院驶去，赵强的几个兄弟跳上车追逃走的行凶者，在马路上开始了惊心动魄的追车大战。

赵强兄弟的车紧紧地追着行凶者的车，忽然迎面驶来一辆大货车，迎头撞上了行凶者的车，车内的三个人都倒在血泊之中。

二十一

临时办案点会议室内，杨震等人表情严肃地围坐在一起召开案情分析会。

杨震说：这么关键的几个证人，就这么出事了！这是我们工作的疏忽！

叶雯婕说：十之八九是李正雄或王海梅的手下干的。

徐航说：李正雄在盛荣县有黑恶势力，这肯定是那些人干的。

杨震说：事已至此，看来咱们只能将计就计，采取一些非常手段了。

叶雯婕等人疑惑地望着杨震。

盛荣县纪委监委办案区第七谈话室，杨震把一个 U 盘给李正雄看。

杨震说：这是周峰交给我们的，这里面有你的罪证，证据确凿，你还不认罪吗？

叶雯婕问：从你家搜出赃款 3000 多万，你作何解释？

李正雄想到：罗世强、赵东升被抓、赃款被发现、妻子被讯问……

李正雄抬起头来，眼神呆滞，望着杨震，哭了起来。

李正雄心理防线彻底崩溃了，他带着哭腔说：我交代，我都交代，我当着副县长十几年……

李正雄开始讲起来……

盛荣县纪委监委办案区第十五谈话室。望着屏幕上李正雄交代一切的影像，王海梅紧紧地抓着椅把，眼睛中喷着怒火。想到李正雄这么轻而易举地就交代了一切，王海梅愤怒不已。

杨震说：李正雄把一切都说了，你还在负隅顽抗，有意义吗？李正雄能有今天这个下场，你的内助作用不小啊。按照法律规定，你的行为也构成了受贿罪。要想从轻减轻处理，主动坦白交代是唯一的出路。

听了杨震这句话，王海梅痛苦地低下了头。

临时办案点小院外。杨震、叶雯婕等从办案点做撤离准备。

小谢经理带着工作人员帮忙收拾行李，放在后备箱里。

杨震说：小谢，辛苦你们了。抱歉没有时间看老谢了，请代我和郑书记问你爸好。啥时到滨海，给我打电话。

小谢说：杨叔，您客气了。我知道你们忙嘛。昨天晚上，我给父亲说了你们把李正雄、王海梅给办了，老爷子高兴得不得了，还多喝了二两。这不，在家还没有起床呢。

小谢突然一愣，冲着门口喊：爸，你怎么来了？

杨震转身一愣：老谢！

杨震喜出望外，赶紧跑过去握着老谢的手。

老谢说：杨震啊，我听儿子说，你们来办案，一直想过来看你们，怕耽误你们工作，就没有过来。杨震，一晃二十年了，你都当领导了。郑书记也快退了吧？很想念你们啊！

杨震说：老谢，我们也想念你啊……

一行人依依不舍。

公路上，两辆车一前一后朝滨海方向驶去。

李正雄伙同王海梅、王海生涉及47起贪腐案件，涉案11800余万元，"荒唐县长"被滨海市人民检察院批捕，审查起诉；罗世强、赵东升、刘文超等相关人员也陆续被批捕，移送审查起诉。

夜晚。滨海城市花园某会所。

黄天祥和一个神秘人士相对而坐，从背影可以看出这位神秘人是位年轻人，黄天祥面有怒容。

黄天祥说：这个李正雄，成事不足，败事有余，真以为盛荣县是他们家的？真是昏了头。

神秘人士说：这还不是您意料之中的吗，他出事您老人家也省了事。

黄天祥说：他们夫妻俩还想找靠山保他们，更是荒唐、天真！这是什么时代？是一个讲法治、讲规矩的时代！李正雄这个地头蛇被查是件好事，你不用再畏首畏尾了，正好在盛荣县充分施展你的才华、抱负。

神秘人士说：多谢黄市长的栽培，我一定唯您马首是瞻，好好做事。

黄天祥笑眯眯地望着神秘人士说道：李正雄事情坏就坏在：一、纵容妻子，敛财无度；二、交友不慎，官商勾肩搭背。你要有所作为，一定不能贪，要汲取罗文昌、李正雄的教训……

黄天祥声音渐低，神秘人士不断地点头……

市纪委书记办公室。杨震站在郑振国对面，郑振国一脸的严肃。

杨震问：郑书记，您找我有事？

郑振国拿出一份举报信放在桌子上。

郑振国说：你看看这个。

杨震拿起信仔细地看着，眉头紧锁。

杨震惊异地望着郑振国，郑振国点点头。

杨震说：这封信直指……

郑振国说：又是来自滨海城市花园这个项目的举报。

杨震问：郑书记，您的意思是？

郑振国说：先不要轻举妄动，是狐狸总会露出马脚。还有，这件事暂时只能咱们两个人知道。

杨震点点头。

杨震小区大院。杨震提着一袋子菜向自己的小区门口走去。

杨震看见豆豆背着书包走在前面，喊道：豆豆，等等我！

豆豆回头，站住。

杨震跑了几步追上女儿，两人边走边聊。

杨震说：爸爸，晚上给你做点好吃的，给你补补身子。

豆豆说：爸，其实应该补身子的是妈妈。

杨震奇怪地望着女儿。

豆豆说：你被调查的那几天，妈妈因为劳累加上着急，晕倒了，在医院里面躺了两天。

杨震说：啊？你妈怎么没告诉我啊？

豆豆说：妈妈怕你着急，自己没说，也不让我说。

杨震低头无语。

豆豆说：爸，妈妈真的挺不容易的，你不忙的时候多陪陪妈妈吧。

杨震说：爸爸知道了。

两个人沉默了片刻。

杨震问：你怪爸爸吗？

豆豆问：想听实话？

杨震说：嗯。

豆豆说：当然怪了。别人爸爸都能在家陪着孩子，你却总是在外面跑。

杨震说：爸爸对不起你和妈妈……

豆豆说：好了啊，我不是小孩子了，我懂，虽然心里不情愿，但是也没办法啊。不过，有时候想想也挺好的，别人还羡慕我呢，是吧，我有个为民除害的爸爸，一般人还没有呢！

杨震轻轻地抚摸着女儿的头，眼神中满是怜爱和愧疚。

两个人走到单元门口，豆豆停住脚步说：爸，你能不能答应我一件事？

杨震望着女儿很认真的样子，忙说：豆豆，说吧！

豆豆说：今天好好陪我和妈妈吃饭，一点儿关于工作的事都不想，好吗？

杨震说：好吧，爸爸保证不想工作！

豆豆嘿嘿一笑，拉着杨震的手，父女俩有说有笑地走进单元楼。

第四章
惊弓之鸟

　　高昂的房地产价格让何劲松望而却步，但强烈的自尊心促使他故作高调，没想到却被售楼小姐一眼看穿，双方发生口角。售楼小姐一句不经意的话，让何劲松若有所思。房地产市场种种不正常的现象，引起了有关方面警觉，也使得利益各方意识到危机来临……

一

某小区新开楼盘。

寂静无声，一把锋利的剪刀送到了滨海鸿达地产集团董事长郭鸿达的手中，他拿着剪刀剪断了一条艳红的绸带。

忽然，鞭炮齐鸣，一片热闹喜庆的氛围，紧接着是众人的掌声和欣喜的表情。

郭鸿达微笑着示意众人安静，掌声随之停止。

郭鸿达说：今天是个好日子，我们的楼盘正式销售，如前期宣传的一样，前五十名订房者享受特殊优惠。我相信，我们的房子不是最好的，但比我们好的，只能是我们以后建的房子。

台下一片笑声。

郭鸿达说：希望大家能选中称心如意的房子。

台下，人声嘈杂，人群拥挤，纷纷拭目以待。

与此同时，车流湍急的街道，一辆汽车疾驰而过，可以看到车身上的大字：新闻采访。

车内，章文锦匆忙在本子上记录着什么。

章文锦着急地说：师傅，能不能再快点？再晚，恐怕真见不到他本人了。

司机说：你们也真是，明明是十点，非要卡着点走，怎么样，堵车耽误了吧？

章文锦说：也是没有办法啊，那小孩那么可怜，我们不能扔下不管啊。

司机说：也是，这做新闻的，也不能只关注那些大人物，普通贫苦大众，其实更希望得到我们的帮助。

章文锦笑了，说：师傅，我有种感觉。

司机说：好的就说，坏的就别告诉我，闹心。

章文锦说：我感觉，你更像记者。

司机问：为啥？

章文锦笑着说：你有一颗新闻人该有的心。

司机说：哈哈，这话听着舒服，就是有点酸。

汽车继续在街道行驶，很快融入车流里。

售楼现场门外，众多的购楼者在争先恐后地往里挤，表情不一，有的是期待，有的是随波逐流，有的是愤怒，等等。

人群中，有一张满是无奈的脸，正是何劲松。

何劲松自语道：这是怎么了？菜市场抢鸡蛋吗？！

何劲松努力掏出了手机，接听电话。

何劲松说：喂？什么？你大点声行吗？……我在，我在一个人特别多的地方，现在不方便说，你发短信吧！

何劲松努力把手机揣进兜里，却感觉有些不对。他再次抬起手，却是抓着另外一只手。他惊讶地回头看，看到了一张猥琐惊讶的脸。那人猛然抽回了手，拼命挤出人群。

何劲松追去，人流忽然涌动，他被挤了回来。

售楼现场外，郭鸿达透过车窗，望向窗外，可以看见售楼现场的门外已经没有了人。

郭鸿达说：气氛搞得挺好，只是差了一点儿。

司机说：郭董，您是指？

郭鸿达说：开好你的车，抓紧时间，不能太晚，否则会让人感觉我郭鸿达耍大牌的。

司机的一脚踩下了油门，汽车顿时加速……

售楼现场内展示的小区楼房的模型图，可以看清绿地和河流。这，吸引了来来往往围观的购房者。

售楼小姐介绍道：我们这个小区的设计，最大的亮点就在于最大限度地接近自然。

何劲松仔细看着楼房模型图……

售楼小姐继续介绍：绿化面积多，还有自动循环系统的河流，整体感觉舒适惬意……

何劲松的眼前一亮：这个房子好！

售楼小姐说：先生，您可以选择其他户型，这类户型是智能化控制，可能，可能不太适合您。

何劲松愣住了，问：你什么意思？我就问还有没有？多少钱啊？

售楼小姐回答：先生，均价是四万每平米。

何劲松咽了一口唾沫，故作高调道：你每天卖房子，也算是见多识广的人，怎么连一句老话都不懂呢？

售楼小姐说：先生，我没听懂，如果您想现在要的话，可以付定金。

何劲松又咽了一口唾沫，说道：古话说啊，人不可貌相，海水不可斗量。

售楼小姐笑了，何劲松更尴尬了。

何劲松说：笑什么？你见过几个真正的有钱人？

售楼小姐说：我建议您也不用再执着在这一套房子上，即便您真的有钱买，也买不到。

何劲松问：什么意思？

售楼小姐说：这房子啊早就预定出去了，我们一般不会说，除非有人真的想要买时才说。

何劲松说：这不是才刚刚开始预售吗？

售楼小姐说：预售是给普通大众的，这样的好房子是留给重要客户的，不在预售范围之内。

何劲松急了，气愤地说：那你们还展示干吗？！

手机忽然响起，何劲松接听电话。

何劲松说：……好的……好的，马上就到。

何劲松离开了，临走时扔下一个白眼。

何劲松自语道：重要客户，重要客户，真不知道你们眼里，什么才是重要客户！

礼堂内，周春雷仪表端庄地坐在主席台中央，两旁是其他领导。闪光灯频繁闪动。他很镇定，在等待着。

服务生挨个端上来一杯水，转身时，却碰倒了杯子。他急忙扶起杯子，擦拭桌面，连连道歉。

周春雷说：辛苦了！

服务生受宠若惊地说：应该的，应该的！

闪光灯再次频繁闪烁……

街道外，何劲松在街边抬起了胳膊，一辆出租车从他身边经过。

何劲松自语道：今天怎么了这是？都无视我吗？

手机铃声响起，他接听电话。

何劲松说：喂……我真不是故意晚点的，今天不知道怎么回事……好，好的。

何劲松急忙伸出胳膊，一辆出租车停住。

礼堂门口，章文锦拿着话筒往里走，被门口的一名保安拦住。

章文锦指了指胸牌，说道：市网络电视台记者。

保安却并没有放下胳膊，继续拒绝道：对不起，记者应提前二十分钟入场，现在已经过了时间。

章文锦焦急地小声央求保安放行。

后面的摄像师大声问：不是还没开始吗？

章文锦说：这样，我们现在不进，请麻烦一下，我要见你们的领导说明情况。

保安犹豫，愣愣地望着另外一名保安。

摄像师说：快去吧，我们也是带着任务来的。

保安离开，走出两步，不放心地回头，看到了摄像师不屑地挥手。

礼堂内，一片安静，众人抬头注视台上动态。

周春雷开始演讲，他慷慨激昂地说道：本区的经济增长相比去年同期，翻了一番，重点工程项目落成……

礼堂门口，保安恭敬地做了一个请的动作，郭鸿达和秘书稳步走进。

章文锦惊讶地看着这一幕，深吸了一口气，缓解了一下不平衡的心理。

一只手忽然拍打章文锦的肩膀，她回头，有些抱怨地回了一个眼神，是何劲松。

何劲松说：媳妇儿，你在这干吗？

章文锦说：我在工作啊！

何劲松说：是吗？那怎么不进去？

章文锦把目光移到保安身上，何劲松会意。

何劲松掏出手机，等待电话接通。

礼堂外，唐辉急匆匆走来，看了一眼何劲松和章文锦，知道他们没有搞定保安，于是转向值班的保安，将手中的证件一晃。

唐辉说：市纪委监委的。

说完，唐辉转身便走，何劲松拉着章文锦跟着唐辉，几人一起走进了大堂。

周春雷仍在铿锵有力地发言：对于老百姓的初衷，作为区长，我周春雷心知肚明，我只希望在任的这几年，能多建几栋安居房，能多修几条便民路，能多完善社区保障……

台下的郭鸿达鼓掌，带动着全场轰鸣的掌声。

周春雷停顿，目光望向前排的郭鸿达，面色庄重。

郭鸿达回以笑脸。

礼堂门口，另一个保安回来问：那记者走啦？

刚才值班的保安说：进去了。

另一个保安说：坏了！经理说不让进呢！

刚才值班的保安惊讶，向礼堂望去。

周春雷依旧一脸刚毅：我的观点非常明确，各级领导干部要以身作则！不能工程上马，干部落马。

又是一片雷鸣般的掌声。

闪光灯闪烁，定格了周春雷的标志性动作。

二

办公室里，杨震在临摹书法，他很专心。

此时传来敲门声。

杨震说：进来。

徐航走了进来，怀里抱着一摞资料，一股脑儿地放在沙发上的另一摞资料上。

徐航说：主任，这是最近我们单位举报中心转来的举报信，按照可立案程度，分成了三类。

杨震始终在专心临摹书法，随后答应道：好，我知道了。

徐航却并不走，愣愣地观察着纸面上的字。一个美字缓慢写了出来。

徐航打趣说：主任，真没想到啊，你还有这闲情逸致呢？又一个被纪检监察工作耽误的书法家！

杨震却把临摹和原本同时拿给徐航看，说：你看看，像不像？

徐航仔细辨认着。

杨震很认真地说：如果你是笔迹鉴定人员，你能区分出这是不是一个人写的？

徐航说：这鉴定是不是，要看吻合度？这两个字太像了，如果是我，我会给出百分之八十的可能性是同一个人写的。

杨震忽然感叹：如果没有证人苏醒过来，恐怕那次真的会成为一个冤案。

顿了一下，杨震忽然说道：而归根结底，就是这笔迹鉴定。细节如果分析不到位，掌握的证据只能起反作用。

徐航感同身受地点点头说：主任，您还是先关心关心眼下的案子吧。最近一个时期举报中心收到的举报信，大多都是涉及房地产领域的。

杨震说：房地产领域涉及工程建设、城市开发，一直都是贪腐和职务犯罪的重灾区啊。

徐航说：杨主任，我建议好好查查这一领域。现在房价高得没有谱，老百姓还买得起吗？！背后肯定有不法地产商推波助澜。

杨震皱眉道：是啊。我先研究下这些线索。

徐航心事重重地出去了。

礼堂内，记者蜂拥举起话筒，摄像师被挤出人群之外。

周春雷从容走下台，身边的工作人员把他和记者分开。

章文锦用力往前挤，却被挤得往后退，她有些着急了，索性退出，寻找了一条小路，小跑着绕向门口。

周春雷走到门口，碰到了章文锦。

章文锦说：就耽误您一分钟时间，一共两个问题，好吗？

周春雷说：你是哪家媒体的？

章文锦说：市网络电视台生活频道。

周春雷说：对不起，我该说的已经在会上说完了，如果还有问题，一会儿我会安排秘书和你们具体详细地解答。

周春雷径直从章文锦身边走过，她有些蒙，此时，摄像师也赶来了。

摄像师说：问出来了吗？

章文锦自语道：他还真是和别的领导不一样啊。

摄像师问：什么意思？你是说他好呢，还是坏？

章文锦问：那你以为大部分官员是好呢，还是坏？

摄像师一时回答不上来。

章文锦说：反正他和别的官不一样，你感觉别的官好，那他就是坏，你感觉别的官不好，那他就是好，总之就是不一样。

章文锦愣愣地望着周春雷远去的方向，一会儿才反应过来：唉，你说，咱们来个跟踪采访，怎么样？

摄像师说：第一次都没采访成功，还怎么跟踪采访？

章文锦说：跟踪采访嘛，跟踪！采访！

摄像师明白了章文锦的意思，脑袋摇成了拨浪鼓，章文锦有些失望。

"八室"小会议室内，杨震正和叶雯婕、唐辉、何劲松、徐航分析当前的形势。

杨震说：如果只有一份这种情况的举报信，我们可以考虑考虑，但现在是接连三份，而且其中一份还是市委办公厅转来的，市委薛书记也都作了批示，我们的主管领导要求我们落实举报信的真假。同志们啊，这些线索不得不引起我们重视。

唐辉说：房地产领域涉及民生，一套房子掏空祖孙三代的积蓄啊。

叶雯婕说：所以啊，这个领域的案件一直是中纪委和国家监委强调的办案重点。

何劲松忽然惊叹一声：这事……这事，我也遇到了，也是这套房子。

杨震说：说明白点儿。

何劲松说：今早，新楼开盘，我想看看，你们不知道，我有多想给章文锦一个家啊……

杨震说：说重点！

何劲松说：哦，是这样的，我看上的那套房子明明是在卖，我想买，可是人家却不卖。售楼小姐说，那样的房子其实早就给人留好了……

唐辉说：三封举报信涉及三处房产，三处房产就可能涉及三个受贿的贪官，如果能查实，咱这案子大啦。

杨震说：至于涉及几个人，案子到底有多大，还需要咱们详细地调查。这样，大家分分工，还是老样子，有了线索就找证据，有了证据就找目标，没有证据再怀疑也要按兵不动。

唐辉说：从哪儿下手是个问题，这样没有目标找目标的方法无疑是在浪费时间。不如……

杨震说：说。

唐辉说：咱们先分析分析，从楼盘老总的关系网入手，先假定一个最大可能，如果不是，再从第二个可能查下去嘛。

徐航说：假定？你准备把谁先判了？

唐辉说：你能不能说话注意点儿？

徐航说：本来就是嘛。

杨震思索着：那你是不是已经想到某个人了？

唐辉望着杨震，露出了意味深长的笑容。

杨震会意道：我看可以。

叶雯婕有些惆怅地说道：这样不好吧，毕竟他现在正是如鱼得水的时候，而且……

唐辉说：到底是谁啊？

何劲松说：对啊，你们别藏着掖着了。

唐辉的笑容更大，更意味深长了。

何劲松无限期待着，忽然掏出正在震动的手机，任由手机响了一会儿，对方挂掉了。

| 三 |

街道外，章文锦还挺执着，她带着摄像师要去跟踪采访周春雷。

摄像师说：你老公不是在市纪委工作吗？他肯定有路子。

章文锦说：我是指不上他啊，有时候他们忙起来，连电话都没法接。还是咱俩去吧，非得挖出点东西不可！

摄像师问：去哪儿啊？

章文锦说：你问我，我问谁啊？

摄像师说：一天了，肚子空空的，能不能回单位再说？

章文锦说：不行！

说完，章文锦大步流星地向前走，摄像师只好小跑跟随。

章文锦瞥到路边的报亭，忽然停住，拿起一本杂志，专心地盯着封面。摄像师凑了过来，她却藏在了身后，掏出十元钱扔在了报摊上。

章文锦看杂志说：我就知道，一定有他！

杂志上是周春雷的照片。

章文锦快速翻看杂志，找到有关周春雷的报道，脸上显出惊讶。而摄像师始终变换着角度看，就是看不清上面的内容。

章文锦自语道：他还真的不一样啊。

摄像师问：到底说的什么？

章文锦说：想知道吗？

摄像师有些警觉地望着章文锦说：啊？

章文锦说：跟我走！

"八室"小会议室内，讨论仍在继续。

杨震说：我看成，大的方针没错，至于具体实施细节，我还想听听大家的意见。

唐辉说：我倒是感觉，既然咱们的目标都是在还没有充分证据的条件下定的，那么询问一下还是可以的？先问嘛，问出来不就有证据了嘛。

一片沉静。

唐辉环顾着四周每一个人的表情，狡猾地笑着。

杨震说：我有种感觉，这个法子可以用。

叶雯婕思索着：嗯，是的。

夜晚，城市开始灯红酒绿起来。

一家私密的私人会所内，周春雷慵懒地躺在按摩床上，一名女服务员正在给他做按摩。

周春雷问：你们王老板怎么还不来？

女服务员有些嗲声嗲气地说：您问我这样的问题，是什么意思啊？

周春雷暗自笑了笑道：你还真能想。

周春雷掏出手机拨通电话，等待电话接通，自语道：这家伙，怎么连电话也不接了？

女服务员说：您就在这儿好好享受，王老板交代过，一定要把您伺候好了，一切放心就成了。

周春雷说：你以为我来这儿是为了享受吗？

女服务员说：哟，瞧您说的，我哪有那权力想您的事啊。

周春雷说：我就这么问你吧，今天还能看见王少一吗？

女服务员说：我真的不知道啊，要不您再打电话试试？

周春雷生气地坐起来，说：算了，算了，你出去吧。

女服务员愕然，愣住。

周春雷说：没听见啊？

女服务员尴尬地挤出一丝笑容，退了出去。

周春雷思索着，这王少一到底出了什么事？他想了半天也想不明白，脸上涌出一份茫然。

周春雷索性不再想了，他急匆匆地出了会所，走进停车场。他走到车前，用力拉车门，没有拉开，俯身看向驾驶室内，司机却不知道去哪儿了。周春雷拨通电话，很是气愤。

周春雷说：马上过来，超过五分钟，你就滚回家吧。

周春雷挂断电话，开始来回踱步，又打了一个电话，在等待接听。

私人会所内，周春雷的司机此时正躺在按摩床上，慵懒地挂掉电话，看了一眼身边的服务员，叹息一声。

女服务员说：今天怎么走这么早啊？

司机说：谁说我要走啊？

女服务员偷笑道：我都听见了，再不走，饭碗可不保啊。

司机说：是吗？是你了解他，还是我了解他？别说五分钟，十五分钟他也得掂量掂量。

女服务员说：这年头，蚂蚁爬上树也能当两天大王。

司机问：怎么着，不信？

司机亮出手机：现在就计时，不到十五分钟，我还真就不走。

女服务员有些惊讶。

司机说：还愣着干吗？继续！

女服务员继续给司机按摩。司机再没有刚才的享受感，而是在想着某件事情。

夜晚。周春雷不知道的是，他焦急寻找的王少一此时正在青春路的香茗茶馆里与唐辉、徐航谈话呢。

唐辉、徐航盯着王少一半响没有说话，王少一被盯得心里发毛，低头不敢直视两人的眼睛。

王少一抬起头问：你们找我啥事？

唐辉说：我们不会平白无故地找你来，你心里应该清楚这一点。

王少一说：我很清楚。

唐辉说：那就好，你可以说了，说得越多，到最后是对你越有利的。

王少一说：好，那我就从头说起，你听得明白，我说得痛快。

王少一沉思了一下，说道：我十岁的时候，就想我长大以后一定要当村长，看谁还敢欺负我们家……

徐航说：王少一！你还是老实点儿。

王少一说：我才刚开始说，又不让我说了，你们不能凭着市纪委监委权力大就为所欲为啊。别忘了，你们还有个外号呢？

徐航说：呵呵，还外号呢？

王少一翻着白眼思索着：对，人民公仆！

在隔壁的杨震看徐航问得差不多了，也走进谈话房间。

杨震说：我是市纪委监委"八室"主任杨震，今天请你来，我们就想看你的态度。你不想说，我们也不会强求。如果你想说了，请你能放明白点，能主动来找我们。你要知道，我们是在给你机会。

王少一说：少给我整这一套，我看电视剧都看烦了。

杨震说：呵呵，那今天就到这里，你可以走了。

王少一愣住：你放我？

杨震调侃道：你也可以在这里待着，我们欢迎。

杨震起身，接着叶雯婕和唐辉也起身了。

杨震说：我没有开玩笑，我这里随时欢迎你来。

杨震带着一众办案人员走出。

当唐辉即将走出时，他停住了，又望着王少一笑。王少一一时感到不知所措。

唐辉说：耍聪明的家伙。自以为聪明的家伙。呵呵。

唐辉说完，用力把门完全打开，风一样消失了。

王少一更加茫然了。

街道外，周春雷伸手拦住一辆出租车，急匆匆上车。

出租车一路远去，消失在夜色的街道里。

很快，周春雷到了某小区外，他下车走进小区内。

周春雷按下了楼栋前的房间号对应的按钮，等待着，没有回应。他反复地按，用力地按，依旧没有回应。

周春雷拨通电话：废话少说，王少一在你那儿没？好，我知道了。

周春雷挂断电话，又拨通了一个电话：王少一，今天见了没有？

周春雷挂断电话，思索着，最后在楼下停住，高高仰望着楼层。他想点一根烟，打火机却怎么也打不着火，于是气愤地摔了打火机。

周春雷在小区外不知待了多久，他依旧叼着那根没有点燃的烟，神情很迷离。终于，他把烟也丢在了地上，习惯性地用脚踩了一下，转身离开。刚走两步，忽然停住，他看到了匆匆走来的王少一。

周春雷不由分说揪住了王少一的脖领子，怒视着他，良久才说话。

周春雷说：说，你是不是摊上事了？

王少一愣住。

周春雷说：傻瓜，给我说实话！

四

夜晚，"八室"办公区内。叶雯婕、唐辉、徐航围在一起，聊得正高兴。

徐航问：你们说，那家伙真有事吗？

叶雯婕说：从王少一的关系网找，找到最合适的切入目标。一方面，王少一发家的经历有攀附权贵、投机取巧的可能性；另一方面，王少一和郭鸿达有来往，但不是很熟，没有到事事都会跟郭鸿达商量的地步。

唐辉说：杨主任这一招很险。弄好了叫"引蛇出洞"，弄不好叫"打草惊蛇"。

叶雯婕说：我看不尽然。王少一有没有问题，有啥问题，有多大问题，"打草惊蛇"蛇必惊。我有感觉，他会来主动找咱们的。

杨震的声音传来：行了，下班吧，早点儿回家休息。

杨震从办公室里走出，身上的正装已经换成了便装，他满脸笑容。

杨震说：今天的询问很成功。

唐辉说：真成功，我也有感觉了。

杨震说：啥感觉？

唐辉说：咱们在玩小孩子过家家的游戏，有童年的感觉。

杨震放声大笑。

唐辉却已经收拾好了东西，起身准备离开了。

唐辉说：我们可以回家睡个好觉了，但今晚有人肯定要失眠了。

夜晚，王少一家内。黑蒙蒙的光线里，可以隐约看到装饰豪华的客厅。然后，从走廊到卧室，光线越来越明显。卧室门上贴着一幅油画，是一张人物画，黑洞洞的眼睛。

穿过人物的眼睛，是明亮的卧室。

王少一盯着天花板，房间内烟雾缭绕。

床头烟灰缸里已经满是烟头。

王少一眨着眼睛，天花板也越来越朦胧，变成了黑色的天空，还有稀少的星星。

与周春雷见面的情形，就像过电影一般闪现在王少一的脑海——

某小区外，周春雷揪着王少一的脖领子：说！你小子最好给我说实话！

王少一愣着，一只手搭在周春雷的手上，一口气有些上不来。周春雷松开了手。

王少一咳嗽两下，长长地喘了一口气，眨巴着眼睛，撒谎说：我就是去趟红红家，看看还能不能有挽回的余地，毕竟我们俩是……

周春雷说：停！红红是谁？

王少一说：我这不是刚要告诉您嘛，是我一直暗恋的女人，我不想让别人知道。

周春雷说：那也该接个电话啊！

王少一掏出手机，看了一眼：呦，没电了，我哪在意了？

周春雷的愤怒在慢慢消散：我只允许你有这一次，以后保证给我二十四小时开机！

王少一说：行，行，行，我依您，还不行吗？

周春雷说：我最后再提醒你一次，你以后……

周春雷的手机响了，他不得不把话憋回肚子，掏出手机，随之暴怒。

周春雷说：我现在不想听你的解释，我也不会开你，你给我滚回家反思三天，这段时间我不想见你。

电话里司机声音满是哀求：周区长，您听我解释……

周春雷气呼呼地挂断电话，和王少一对视，那是一双洞悉王少一心底的眼睛。

卧室内，王少一吐出一口浓浓的烟雾，忽然坐起来，手忙脚乱地在床上翻找着什么，最后在被子下找到了自己的手机。他愣愣地盯着手机，始终没有拨出。

乡间小路，章文锦在翘首期盼……

摄像师无聊地蹲在地上，狠狠地喝了一口矿泉水。

摄像师说：我们都跟了一天一夜啦，连个屁都没闻着！

章文锦高兴地大喊：来了，来了！

摄像师像得到命令一般，立刻站起来，举起了摄像机，站在路上，镜头直对前方。

一辆轿车驶来，不得不停下，章文锦小跑到车窗前。

章文锦得意地笑着，伸出两根手指，道：两个问题，只耽误您三分钟时间。

拉下的车窗里，是周春雷惊讶的表情。

市纪委监委询问室内，一杯水被一只精致的手放在了桌上。

王少一说：谢谢！

一张座椅被推到了王少一面前，叶雯婕坐了下来，她的手里拿着记录本和签字笔。

叶雯婕说：有什么话，对我说就可以了。

王少一说：我今天见不到你们主任了吗？

叶雯婕说：杨主任交代过，你来了，由我和唐辉负责，至于杨主任为什么不见你，他自有他的理由。跟我说和跟他说，其实是一样的。

王少一略显为难地说：是啊，那好吧，我昨天想了一晚上，终于……

王少一长长地打了个哈欠，说道：终于想通了。

唐辉正望着他们，不由得笑了。

王少一说：我想了想，可能是，不，绝对是我的经济上的问题。

叶雯婕说：很好，如实交代才是你最好的出路。

王少一说：这几年做生意，我是干了些违法乱纪的事情，但那也不是我心甘情愿的啊。你们应该了解现在的社会，我不这样做，都没办法生活！

叶雯婕说：行了，这些话，你最好以后对你的家人说，他们会理解你的。

王少一说：好吧，那我就说说和郭鸿达之间的事情。郭鸿达给我介绍过不少客户，也帮我拉到过不少订单，可以这样说，他帮我搞定的订单能占到我所有生意的一半以上。

唐辉可以想象的画面：两只透明的大号玻璃酒杯干杯，里面的酒溅了出来。郭鸿达在笑，王少一痛快地喝干了杯中酒，而郭鸿达只是喝了一口。

王少一说：都知道他背后有人，我想，背靠大树好乘凉，所以这些年，我也没少帮他……

唐辉可以想象的画面：一扇门被推开，是王少一，他做了请的姿势，两双脚走进了会所包间。郭鸿达挡在王少一面前，示意他出去。王少一笑吟吟地关上了门……

叶雯婕问：那据你了解，郭鸿达的背后是谁？

王少一问：你，你们想调查谁？

叶雯婕说：这是什么话？知道就痛快点说，藏着掖着对你没好处！

王少一说：我，我没隐瞒，我不确定的事情也不能捕风捉影，对吧？

叶雯婕说：机会已经给你了，我希望你能好好把握。

王少一说：我该说的都说了，希望你们也别逼我胡编乱造。

唐辉说：你！还是老实点儿！

又一张座椅突然被推到王少一面前，坐下来的是唐辉。他示意叶雯婕暂时离开，叶雯婕会意，离开了。

唐辉说：这样哈，你该说的也说了，我呢，也想不起来问什么了。我能不能耽误你几分钟时间，咱俩聊聊天呢？

王少一一脸茫然。

唐辉说：我吧，挺欣赏你这类人的。我专门调查过你的经历，像你这样出身贫寒，完全靠着自己的努力和头脑打拼上来的人，这个社会上不多啊。

王少一说：不敢当，比我强的人有的是。

唐辉说：呵呵，谦虚，我特想听听你是怎么一步步走到今天的，能不能满足我这个好奇心呢？

王少一说：您……真想听？

唐辉肯定地点点头说：当然！

王少一说：你们市纪委监委平时都这么审问吗？

唐辉说：谁说跟你是审问啦？咱俩就是朋友和朋友之间的聊天，就是朋友。

王少一说：朋友？

唐辉说：嗯哼！

王少一说：那好吧，我讲讲，我十岁那年就特想当村长……

五

乡村小路上轿车行驶得很稳，驾驶车辆的是周春雷，副驾驶坐的是章文锦。

章文锦说：周区长，您和别的官还真是不一样。

周春雷问：哪里不一样？

章文锦说：低调、务实、亲民，真正替老百姓干事。

周春雷很受用，主动问：你第三个问题是？

章文锦说：第三个问题，你抚养这三个孤儿多少年了？

周春雷：从我在这里上任开始。

章文锦说：第四个问题，你去看望他们，都是自己开车吗？

周春雷问：你会报道出去吗？

章文锦说：看情况。

周春雷说：那好，章记者，如果你报道出去的话，我会对外称我从来没有看望过他们，只是有事情路过。如果你想听实话的话，你已经看到了。

章文锦说：你真的不一样！

周春雷笑了，问：那你是在夸我呢，还是在讽刺我？

章文锦问：你会告诉别人吗？

周春雷说：看情况。

章文锦说：如果你说给别人听，就是在夸你。如果你想听实话，自己猜吧。

周春雷爽朗地笑了。而后座的摄像师已经熟睡，打起了呼噜。

市纪委监委办案区谈话室，叶雯婕、唐辉对王少一的谈话仍旧在继续。

唐辉说：哦，那你靠郭鸿达认识的大哥一定跟你一样厉害吧？

王少一说：跟我？我和他比，那可是癞蛤蟆望天鹅，天壤之别！

唐辉故作惊讶地说：让王总这么说的人那得多厉害啊？起码是个股长科长！

王少一鄙夷地说道：股长科长？呵呵……你也太没见过世面啦！三年后换届，说不定是我们市的副市长。

唐辉说：那他现在是区长啊！

王少一说：他可和别的区长不一样，他可是咱们市最年轻的……

王少一忽然停住，惊讶地望着唐辉，他看到的是一张狡黠的笑脸。

唐辉说：最年轻的区长，是吗？

王少一说：我上你的当了！

唐辉说：咱们是朋友，我不是在一开始就说嘛，你担心什么？

王少一说：屁！我有权保持沉默，我再也不会说一个字了。

王少一陡然起身，想走。

唐辉一把将其摁在椅子上，脸上却依旧保持着笑容，说：你以为，你现在还能走得了吗？

王少一惊愕，准备掏出手机，被唐辉再次一把摁住。

一个水杯被用力放在审讯桌上，震动一响。

随着王少一的惊愕，唐辉厉声说：说！

王少一低下头去，小声地问：我说什么？

唐辉说：你的行贿问题。

王少一说：给谁行贿？

唐辉说：你说，还是我说？

王少一说：我说，你们为什么跟我纠缠不清了？我说，我还有没有人身自由权利？我说，我要打电话投诉你们！我再说，我就是天上飞的王八。

唐辉说：还是把你怎么行贿的事老老实实交代吧，否则，你甭想消停。咱就在这儿耗着，看你能撑到什么时候？

王少一说：你，你……

唐辉悠闲地用眼角瞥了一眼王少一，这令王少一更急躁了。

何劲松家。何劲松呆呆地看着一桌好菜，摆放着两双碗筷。他又看了看墙上的时钟，已经是下午三点多。

时钟嘀嗒地走着，他有些气愤地起身离开，在门口穿上了外套，还没系上扣子就开门而出了。

半个小时后，何劲松到了电视台大楼院外，他静静地等待着。

章文锦和摄像师一前一后走来。章文锦看到了何劲松，有些惊讶。摄像师很疲惫，草草地跟何劲松打了个招呼，便向楼内走去。

章文锦问：你怎么来了？

何劲松说：几点了？

章文锦疑惑地看了眼手机：三点二十啊。

何劲松说：我在这儿等你二十分钟了，在家等你足足三个小时！我休一次班，容易吗？不是说好了，今天在家一起吃饭吗？

章文锦恍然大悟，说：我忘了。

何劲松说：就知道你忘了。

何劲松像变魔术一样变出了一提饭盒，说道：给你的！别饿着你。

章文锦满脸花开，接过了饭盒：谢谢当家的。

章文锦左右看看没人，把何劲松拉到了角落。

章文锦说：我刚才去采访了三个被收养的孤儿……

何劲松说：这有什么好给我说的？

章文锦说：你知道是谁收养的吗？是这个区的区长，周春雷！而且他今天自己开车去看望这些孤儿了！

何劲松惊讶地问：真的假的？

章文锦说：真的，我还真从来没有见过这么好的区长，而且这几年区经济增长速度可是历史最高啊！

何劲松问：你决定把今天这事报道出来？

章文锦说：如果要报道，我还这么悄悄告诉你干什么？

何劲松故作严肃地说：行，跟我说过以后，就别再跟别人说了，听话啊。

章文锦说：你才是三八嘴呢，走了！

望着章文锦离开的背影，何劲松若有所思。

忽然，章文锦转身做了一个鬼脸，何劲松没有反应。

黄昏时分，"八室"办公区。徐航提着装满盒饭的大袋子放在桌子上，高声嚷嚷着：开饭啦，开饭啦！

唐辉、叶雯婕、杨震凑了过来。

唐辉已经抢到了盒饭，坐下来津津有味地吃起来。

徐航看了一眼说：老唐，你又拿错了！

唐辉问：我吃了谁的？

徐航说：那是雯婕姐的。

唐辉说：让雯婕姐吃我的呗。

唐辉转而对叶雯婕狡猾地笑着说：雯婕姐，如果你不在意的话，咱俩再换过来吧。

叶雯婕说：还换什么，我吃你订的盒饭，还沾光呢，每次都是你的最贵。

叶雯婕打开饭盒，不禁惊讶，说：又是乌鸡？你想补死我啊？

徐航凑近看了两眼，不满地说：我说唐辉，你是不是故意的啊？

唐辉说：别贫了，我得去谈话室了。估计王少一那边也吃完了。

吃完饭，一行人来到市纪委监委办案区谈话室。

王少一也吃完了，正闭目养神。唐辉让人把饭盒收走。

忽然，唐辉轻轻敲了下桌子。王少一惊醒。

唐辉说：你到底给周春雷行贿过什么？都是什么途径？时间、地点？

王少一说：行了，你别诈唬我！你有证据就拿出来，我看到就认，看不到我就不认。

唐辉说：嘴硬是吧？我告诉你，你这样的，我见得多了。

王少一说：你这样的，我见得也不少。

门忽然开了，王少一回头看去，见是杨震，顿时坐正。

王少一说：主任同志，我今天本就是来找你的，结果你手下的这些人对我没完没了，你看看，能不能……

杨震说：我还是原来告诉你的话，我希望你能拿出一个态度，说句糙点儿的话，是男人就该有个男人样，敢做就要敢当，走到哪儿都是条汉子。有句老话叫"人在做，天在看"，还有一句叫"若想人不知，除非己莫为"……对吧？

王少一说：我……

六

夜晚，"八室"办公区内。何劲松边吃着盒饭，边眉飞色舞地讲着：真没想到啊，周区长是这么好的一个官。唉，你们说，咱们收到的举报信是不是有人在故意陷害他啊，或者，压根儿就是咱们定的目标有误。

徐航说：闭嘴！好好吃饭。

何劲松抬头看了看徐航，咧开嘴笑了，说：徐爷，我是真的饿了。

徐航说：不好好在家待着，人都快下班了，你又来了，明摆着就是来蹭饭的嘛。

何劲松说：我又没蹭你的饭。

徐航说：行了，反正我现在也吃不下。对了，我刚才听见你说，周春雷？

何劲松说：对啊，章文锦今天采访到了他不为人知的一面。

徐航问：师父以前是怎么教你的？

何劲松问：咋了？

徐航说：干咱们这一行的，最忌讳的就是背后谈论别人是非，尤其是当事人的，这会影响咱们办案的思维，懂吗？

何劲松说：哦，我就是想把这些事说出来，你们都不知道。

徐航说：有案情，在开会时说，别整得跟传闲话似的。

夜晚，室内网球场内，宽阔的场地，亮如白昼。球场上，只有周春雷和一位工作人员。

周春雷问：他一天都没来了吗？

工作人员说：没有。

周春雷继续打电话，依然没有人接听，他陷入沉思，愣愣地盯着空荡荡的网球场。

工作人员忽然高声说道：我们李经理来了，我请他陪您打。

不一会儿，李平已经换好打网球的装束。

室内网球场内，网球在天空划过了一条漂亮的弧线。

周春雷准确地打出球，李平接到了球还击，两个人越打越激烈……

最终以周春雷的胜利告终，两个人边擦着汗边酣畅地笑着……

李平说：周哥，你要是喜欢这个地方，以后就归你专用了。

周春雷说：别这样，我只是偶尔锻炼锻炼。

李平说：客气什么，就这么定了，兄弟我是随叫随到，二十四小时待命！

周春雷说：此言当真？

李平说：比真金白银还真啊，咱哥们儿这交情，除非……

周春雷警觉地问：除非什么？

李平说：除非我出事了。

周春雷心里咯噔一下，王少一刚表态随时接电话，这电话一直不接，啥情况？莫非王少一出事啦？

透过前车窗，周春雷可以看见夜色下的街道，前方出现红灯，他在思考着什么，脚踩下了油门，车陡然蹿出，他慌张地踩下刹车，呼呼喘着惊魂未定的粗气……

车流穿梭的十字路口，周春雷的车几乎停在了正中央。

晚上两点。周春雷终于回到家中。他颓唐地坐在黑漆漆的客厅里，一点儿烟火若隐若现。

灯忽然开了，突来的光线让周春雷感觉十分刺眼，本能地抬手遮掩眼睛，妻子卢晓丹已经走到了他的面前。

卢晓丹问：你今天怎么了，还不睡觉？

周春雷说：你先睡吧，我可能有点失眠。

卢晓丹却不走，坐在了周春雷身旁，用力推了一下他。

卢晓丹问：怎么了，有事瞒着我呢，是吧？

周春雷不吱声，继续抽着烟。

卢晓丹一把抢走了周春雷的烟，气愤道：王八吃秤砣，你铁了心不说啊！

周春雷问：你让我怎么说？

卢晓丹说：有一说一，实话实说啊！

周春雷说：你还是睡觉去吧。

卢晓丹气愤地说：你这样，我还睡得着吗？

周春雷不禁惊讶地问：你真的关心我？

卢晓丹说：少废话，一月来不了两趟家，咱俩早断了，我可是为了咱儿子。

周春雷说：我不是不告诉你，是我也不能确定，只是隐约感觉出了点问题。

卢晓丹说：呀！我跟你说啊，不管你能不能确定，咱都得提前预防。

周春雷说：行了，我知道了，我知道该怎么做。

卢晓丹说：你知道什么？

周春雷说：你不睡，我睡。

说完，周春雷起身离开……

图书馆内，叶雯婕和徐航之间隔着一张书桌，上面放着一壶水果茶和散乱的书籍。

叶雯婕说：王少一是通过郭鸿达结识的周春雷，又依靠着周春雷给予的便利条件，承揽了全区百分之八十的绿化项目，仅此一项，王少一便收入不菲啊。至于他和周春雷之间是不是存在经济往来，他矢口否认。

徐航说：但我们可以猜测一下，这种可能性是非常大的。周春雷为什么要把这么多的项目给了同一个人，他和这个人不存在某种特殊联系，这是不可能的。而最大的可能就是经济利益上的牵扯。

叶雯婕说：是这样啊，但头疼的是现在没有证据。

徐航也很犯愁，不再说话，低头看书，却忽然有些激动，她把书递过去。

徐航说：雯婕姐，这是根据八年前的案子改编的作品，和咱们这个很相似啊。

叶雯婕看着：对犯罪嫌疑人的心理描述很细致啊，这是作者一厢情愿的猜测呢，还是嫌疑人真实的心路历程？

徐航思索着，停顿了一下说道：应该两方面都有。

叶雯婕忽然想到什么，翻动封页，忍不住小声念起来：惊弓之鸟。

徐航说：这上面写了一位高官，人前人后得到了很高的评价，但他内心的贪欲随着仕途的顺畅而膨胀。他每次接受贿赂都会很担心，但每次都收了。自从他第一次接受贿赂后，他的生活就全变了，他养成了一个习惯，用怀疑的眼睛看待任何一件细小的事情。哪怕一丁点儿的不如意的事情，他都会联想到最可怕的结局。

叶雯婕说：真是步步惊心啊，不过，这"惊弓之鸟"的不光是受贿的人吧？

周春雷家小区。周春雷驱车刚驶离了小区，不一会儿，他又驶回。

车内，周春雷盯着反光镜，盯了很长时间，发现没人跟着，这才仿佛一块石头落了地，重新启动了汽车。

小区门口外，横杆缓缓抬起，周春雷的车驶出小区，门口保安忽然敬礼，周春雷一惊，紧接着踩下了刹车。他按下车窗，怒视着保安，保安一脸茫然。

周春雷生气地问：你怎么回事？

保安：昨天……昨天经理开会专门教……教导我们一定要文明服务，以后这里的业主来往，我们都要敬礼……

周春雷重新启动汽车，骂了句：神经病！

望着远去的轿车，保安十分不解。

周春雷小区门前的街道，当周春雷的车驶离后，一辆停靠在路边的吉普随即也启动了……

车内是唐辉和何劲松，透过车窗可以看见前方是周春雷的车。

两辆车一前一后融入川流不息的车流里。

何劲松说：唐辉，我个人感觉，咱们是在做无用功。

何劲松还在和唐辉掰扯周春雷的光辉事迹。

唐辉问：你听到什么信儿了？

何劲松说：这倒不是，通过对他的各方面了解，可以确定，他是个好人，而且是特别值得表扬的那种。

唐辉说：呵呵……谁告诉你的，好人就不会犯罪？

| 七 |

夜晚，私人网球场内。李平在酣畅淋漓地对着墙壁打球。球速越来越快，他像是在进行一场战斗。

一旁的工作人员手里拿着毛巾和矿泉水，眼珠随着球移动的速度也越来越快。忽然，他的眼珠定格在一个方向。

球在地上弹跳几次，滚了起来。

李平走到工作人员面前，接过矿泉水，仰脖子猛喝，然后接过毛巾擦了擦嘴。

李平说：他走时都说什么了？

工作人员说：什么也没说。

李平问：什么表情？

工作人员说：很着急的样子。

李平笑了，重新换了个球，扬手扔出去，又是一次酣畅淋漓的战斗。

李平自我陶醉地喊着：就知道他得着急，问世间谁主沉浮，唯我辈英雄……

私人网球场门外，周春雷的车到了。他停在车位，弓身下车，却不禁惊讶，司机正一脸讨好相地站在周春雷的面前。

周春雷问：你怎么知道我要来这儿？

司机说：我就是您老肚子里的蛔虫，我能猜到。周区长，我这两天一直在反思，我知道错了，您宰相肚子里能撑船，就给我一次重新做人的机会吧。

周春雷说：你说实话，是不是一直在跟着我？

司机严肃起来，说：给我吃上俩虎胆，我也不敢啊。

周春雷不耐烦：行了，在车里等着我，以后给我听话点儿。

司机说：得嘞，必须老老实实的。

周春雷离开，却被司机喊住，周春雷侧身，不解。

司机说：钥匙，车钥匙？

周春雷扔了过去，司机准确地接在手里，讨好相地敬了一个不伦不类的礼。

司机说：您尽管放心，尽管放心！

司机迫不及待地钻进车内，顺手打开了音响，调到最大，一曲俗不可耐的歌顿时飘出车外。

车的周围都飘荡着这首歌，还有司机不着调的和唱。

网球场不远处停着一辆吉普轿车，吉普车内，唐辉、何劲松在盯着周春雷、李平等人。

唐辉说：有戏。

何劲松问：老唐，你是说，从周春雷的司机下手？

唐辉说：对，就从这人下手，明显一副欺上瞒下的狗腿子相。这种货，经不起咱两句吓，一准儿全撂了。

何劲松说：我也有这种感觉。但是，老唐，我还是想说一句，周春雷真的和别的官不一样，他是个好人。如果咱们上来对司机采取措施，我恐怕这种人会栽赃陷害。

唐辉说：你小子到底听到什么了，说明白点儿！

何劲松说：是这样的，我媳妇儿，嘿嘿，章文锦。她采访到了周春雷这几年资助孤儿上学的事，而这些事他从来都是隐瞒着。

何劲松向唐辉讲述了与妻子章文锦见面，章文锦叙述周区长如何资助穷困失学三个孤儿的情形……

听完何劲松的叙述，唐辉惊讶，自语道：哦？这还真是让我想不到。要这么说，他有这种心思，主动收受贿赂的可能性是相对小很多啊。这得回去研究研究。

私人网球场内的休闲场所。周春雷和李平隔桌而坐，桌上的茶杯里冒着袅袅茶香。

李平推出一张银行卡说：周哥，一点儿小心意。

周春雷却没有收，说：我这儿也不缺钱，你赚点钱也不容易，话又说回来了，咱们现在的交情也不是花钱能买得来的。有事的话，请直说，在我能力范围之内，我当办则办。

李平脸上的笑容凝固，他观察着周春雷，此时周春雷也有些不适，以喝茶来遮掩脸。

李平说：周哥，哦，周区长，今天怎么这么客套了。上次可不是这样的啊？

周春雷说：有句诗怎么写的来着？未来的某一天，我站到你的面前，是该从头开始还是要就此分离，我不能做主，你不能做主，把一切交给宿命。

李平说：呵呵，您的大作我基本上都背过，这首不错，挺感人的。

周春雷有些尴尬地问：是吗？

周春雷又喝了一口茶，算是平静一下心情，感叹道：虽然是我年轻时写的一首情诗，但道理终归是一样的。现在你好，我也好，但谁能保证以后呢？

李平问：您是不是遇到什么事了？

说着，李平的手摸回了银行卡。

周春雷说：老兄，几天不见，风趣很多啊。我现在的情况，不能说是一片光明吧，说是仕途坦荡总不为过吧？

李平观察着周春雷，看到周春雷得意的表情后，他讨好般笑了。他的手也同时把银行卡悄悄地推到了周春雷面前。

周春雷说：相反，我倒是感觉你最近是不是有事了？

李平愣住，想了一会儿说：小弟不是很明白，能不能说得稍微明白一些呢？

周春雷说：也没什么，我相信老弟的能力，即便有事也能逢凶化吉。只不过，这两天，我总是找不到你。你知道的，当哥哥的找不到弟弟，心里多少会有些牵挂的。

李平说：老哥，您以为我这两天被盯上了？

李平很严肃，周春雷笑得很隐晦。李平愣愣地盯着周春雷的眼睛，那双眼睛充满着冰冷的敌意。穿过周春雷的眼睛，是私人网球场外的停车场。

私人网球场外，何劲松有些困倦的眼睛慢慢地闭上了，他努力睁开，忍不住看了眼旁边的唐辉。

唐辉却目不转睛地盯着车窗外。

何劲松说：老唐，要不我睡会儿，一会儿替您。

唐辉说：你小子昨天晚上没睡觉啊？

何劲松说：我倒是想睡，可我媳妇儿不停地在耳根子边叨叨她采访的那点破事，我不听都不行。

唐辉说：行了，也是怕老婆的货。

唐辉看了看手表说：现在开始计时，十五分钟结束战斗。

何劲松说：得嘞，谢谢老唐。

何劲松迅速斜躺在座位上，闭上了眼睛，紧接着便打起了呼噜。

有人忽然敲响车门的玻璃。

唐辉警惕地看向车窗外，出现了一张满是怀疑的脸。

八

夜晚，私人网球场。周春雷和李平的私密谈话还在继续。

李平在放声大笑道：老哥，您真的是多虑了。如果如您所想，那我现在还敢顶风作案吗？

李平把银行卡直接推到周春雷手边，说：尽管放心，别忘了我可是学法律的，毕业照上的那顶硕士帽可是比真金白银还真啊。后顾之忧的事，我不会干。

面对那张银行卡，周春雷有些心动。

李平说：我也不绕弯子了，实话实说。这是项目定金，即便日后查账，也是标准账，没人说得出一二三来。

周春雷问：是吗？

李平拍着胸脯说：必须是。我就怕老哥你心有顾虑，这卡还是用我的名字开的账户，密码六个"8"，随时随地都能取出来用。日后有人问老哥您，这钱是怎么回事，您大可推到我头上嘛，这钱走到哪儿都是我的。

周春雷说：这是我欠你的。

李平说：什么欠啊？咱俩有借条吗？谁要说这钱是您欠的，也得拿出点真凭实据不是？

周春雷想要这笔钱了，却有些尴尬。

李平看出了周春雷的意思，主动把银行卡塞进了周春雷手里。两个人对视大笑。

私人网球场外，唐辉悄悄地驶离。

车内，何劲松看着反光镜，刚才敲车窗的人正注视着他们离开。

何劲松说：真想不明白，就这破地方的破老板，这保安干什么这么恪尽职守？

唐辉停下车，说道：就这儿吧，停哪儿也跑不了他。你听过一个故事没有，是这么说的。一个卖面包的小伙，他很踏实，但家庭很穷，所以很小他就出来卖面包。可是熟悉他的人都知道，小时候的他不知道微笑服务，三天打鱼两天晒网。可长大后的他，每天都会很高兴地卖十二个小时的面包。别人都说，他长大了，学会了很多东西。可你猜，他是怎么说的？

何劲松说：为了生活，他要多赚点钱。

唐辉说：这是你小子的逻辑。他说的是，小时候的老板给的太少，他懒得干。这时候的老板给他按提成算，他干得带劲。

何劲松说：嗯，明白了，有钱能使鬼推磨。我们出来了，周春雷那边还跟吗？

何劲松刚说完，唐辉便溜下身子，斜躺下来。

唐辉低吼：睡觉！

周春雷的车迅速驶离，和吉普车擦身而过。

车内，周春雷看了一眼路边停着的吉普车，没有发现异样。

吉普车内，唐辉和何劲松都在假装睡觉。等周春雷的车一闪过，何劲松马上启动了汽车。他手忙脚乱地换挡，还不忘抱怨道：咱单位这车什么时候能提高点档次，总是赶不上趟。

唐辉说：你开慢点！

何劲松说：啊？大哥，再慢，就跑啦！

唐辉说：让你慢点就慢点。

何劲松放慢了速度，过了一会儿，他有些疑惑。

何劲松说：奇了怪了，刚才开快的时候，总是差这么远，现在慢了，距离一点儿没变化啊？

唐辉长叹一口气道：下个路口，拐弯。

何劲松问：为什么啊？

唐辉说：叫你拐你就拐。

何劲松问：那咱们去哪儿？

唐辉说：回单位，你小子平时不把我的话当回事，跟个车都能让人察觉，真没用！

何劲松说：啊？！被发现了呀！

"八室"小会议室内，众办案人员围坐会议桌前。

杨震说：王少一算是撂了，可以进行下一步程序了。又一个目标进入咱们视线了，星夜公司的总经理李平，这个人应该和周春雷的关系匪浅……

何劲松举手。

杨震示意可以发言。

何劲松说：我先做自我检讨，今天跟踪时……

杨震说：我都知道了，可以原谅，成为一名优秀的办案人员的过程中，保不齐会犯点错。

叶雯婕说：我刚才梳理了办案过程和思路，有一点很奇怪。

杨震说：说。

叶雯婕说：从最初举报人的线索看，咱们调查的重点应该是郭鸿达以房产行贿。可这段时间的调查，咱们丝毫没有发现郭鸿达和周春雷有任何来往。假设两个人的关系很近，怎么能长时间的没有来往呢？

杨震说：对，这也是我将要说的。越是表面上看起来没有问题的事情，其实质就是越有可能有问题。

叶雯婕说：按常理推断，一个是一区之长，一个是区内龙头企业的掌门人，两个人是相互扶持、携手共进退的关系。哪怕是两人存在私人矛盾，也要顾全大局，紧密相连。可现在我们看到的情况却恰恰相反。

唐辉说：那还等什么，查，一查到底。

杨震说：查是必须查，但还没到时候，越是这种深层次的关系，越应该谨慎，小心打草惊蛇。

唐辉说：就打草惊蛇了，以迅雷不及掩耳之势打他们一个措手不及，反正现在已经被发现了，不如就来明的。

杨震问：你确定，今天被发现了吗？

唐辉说：干了这么多年调查工作，这个是跑不了了。

杨震说：两天，咱们只等两天，原计划不变，到时候看情况再做下一步打算，毕竟要动这样的官员，没有足够的证据是行不通的。再说，还有烦琐的程序要走。

周春雷家客厅，电视机里放着悲情戏，剧中的人物痛哭流涕，坐在沙发上穿着睡衣的卢晓丹跟着也是痛哭流涕。

周春雷进家的声音，让卢晓丹从悲情戏中暂时走出来。

卢晓丹惊讶地问：这两天怎么老往家跑？

周春雷问：什么意思？我的家我还不能回了？

卢晓丹说：谁还拦着你了，我是有点不习惯。

周春雷坐在卢晓丹身边，点燃一根烟，顺手抄起遥控器关了电视。

卢晓丹急了，抱怨道：干什么啊？回来就找麻烦，人家看得好好的。

周春雷说：可能要出事。

卢晓丹心一下子悬了起来，激动地问：怎么了？出事了就快想办法啊！

卢晓丹摇动着周春雷身体，被周春雷推开。

周春雷说：我告诉你，就是想提前让你做好心理准备，必要的时候你要离开了。

卢晓丹顺从地点着头，忽然想起什么，吼道：老不死的，你不会是想这么个阴谋赶我离开这个家吧？

周春雷说：都什么时候了，还有闲心跟我闹。废话我也不多说了，你随时做好准备。

说完，周春雷进了卧室，用力摔上了门。

卢晓丹一下子愣住了，心里暗想：这么快我也上演现实版的苦情戏了？

卧室内，周春雷边等待电话接通，边锁上了门。

卧室门口，卢晓丹趴在门前，侧耳倾听，腿有些颤抖。

她担心听不清楚，不断变换着姿势，却站不稳一屁股蹲在了地上。

卧室内，周春雷还在打电话。

周春雷说：一切都很顺利，工作上您尽管放心。……只是……只是最近总是心神不宁的。您知道的，像在我这样的年龄又多少作出了点成绩的官员，难免遭人嫉恨。我最近听到了一些不好的消息，可能有些看不过去的人捏造了些事实，然后寄给纪检监察部门……没有，还没有人主动来调查我，只是听到了一些风言风语……行，有您这句话，我就放心了。我一定把全部精力用到事业上。

周春雷挂断电话，掂量着手机，盘算着，稍稍舒了一口气。他忽然打开门，卢晓丹一头栽了进来。

周春雷瞥了一眼妻子，将其扶了起来，安慰道：事情还没有我想得那么糟，但你最好还是准备准备，得多为咱还在国外上学的儿子想想。

说着，周春雷把李平的银行卡给了卢晓丹。

卢晓丹问：这是？

周春雷说：老样子，密码六个"8"。随时可以取，但别一次取那么多？

卢晓丹说：这里有多少？

周春雷说：100个。

卢晓丹心情立即美丽起来，说：我晓得啦。

周春雷对卢晓丹的媚声有些起鸡皮疙瘩，他不悦地说道：你平时都把东西放哪儿了？

他顺着卢晓丹的眼神望去，就在卧室的角落里放着一个保险柜。

周春雷提醒说：东西要想办法收好，不要等被搜家时被人连锅端……

九

市纪委监委办案区接待室内。一个衣冠楚楚的男人正站在叶雯婕、唐辉面前，发起言语进攻。他是王少一的律师冯东祥。

冯东祥正在与叶雯婕交涉，他强调道：根据我的了解，你们没有实质的证据抓了我的当事人王少一先生。

叶雯婕说：纠正一下，王少一目前是配合调查，不是"抓"！而配合调查是每个公民的义务。我们所进行的工作都是在中华人民共和国现有的法律框架下进行的。

冯东祥说：我要求马上见我的当事人，我要求在对我的当事人询问时，我要在场，保证法律的公平公正性。

唐辉反击道：你不是第一次做律师吧？没有法律规定，监察机关询问当事人时必须或者可以律师在场。

冯东祥说：可事实是，我的当事人已经在市纪委监委询问室里待了近十个小时，而且是在夜晚。你们谁能保证，在困倦和心理压力的双重折磨下，我的当事人是清醒的？

冯东祥咄咄的目光巡视着在场每一位办案人员。

冯东祥说：你能保证吗？你呢？你呢？都不能吧？

叶雯婕说：我只能告诉你，作为办案人员，我们没有违反监察工作程序，没有强迫，一切都是合理的。在合理的情况下取得的口供，我们有理由认为它可以作为证据。

冯东祥并不理睬叶雯婕，气势高昂地踱着步子。

冯东祥说：委托我的人，我不便多说，但一定是你们想不到的。我的委托人曾告诉我，如果你们办案人员是想通过我的当事人获得口供，然后以此为证据去调查另外一个人，那你们就大错特错了。因为这显然是一个阴谋，也希望你们办案人员能擦亮眼睛，不要听风就是雨，最终倒成了被小人利用的工具。

叶雯婕说：谢谢你的提醒，这一点我们比谁都清楚。

冯东祥扬长而去，唐辉按动手机停止键，他在录音。

唐辉说：这个应该是他的真实意愿的反映吧。

叶雯婕无奈地看了一眼唐辉，很是惆怅。

叶雯婕和唐辉再次回到市纪委监委办案区谈话室，继续与王少一谈话。

王少一说：什么也不用说了，我承认我之前说了谎话，我怕被判刑重刑，就把责任推给了别人，其实错都是我一个人的。

叶雯婕和唐辉没有太大惊讶，依旧一语不吭。

王少一倒是惊讶了，问：你们怎么……怎么没什么反应？

唐辉说：我们陪你一起再编个故事？

叶雯婕说：王少一，你这种情况，我们不是头一次碰到了。我很了解你的内心，至于你是上次说谎，还是这次，我们会判断出什么样的结果，你心里更清楚。你这样无非是在做无用功，对于你要保护的人来说，不会有意义，对你更没有好处。请你好好想想。

王少一低下头想着。

叶雯婕说：我们留给你时间。

见叶雯婕、唐辉要离开，王少一急忙呼喊：等等！

唐辉说：聪明人，这么快能明白过来，少见啊。

王少一说：我不改了，我上次就是说谎了，你们按我说的重新记口供吧。

这回轮到叶雯婕和唐辉惊讶了。

杨震办公室内，一组办案人员刚交流完案情调查进展，氛围很压抑。

杨震说：正如大家感觉的，现在已经变成明仗，同时，咱们也变得更加被动。

唐辉说：被动是正常的，关键要争取变被动为主动。现在就去抓人，来得及。

杨震说：这种被动不仅仅是审讯上的，还有一些外部压力，我没有及时跟你们透露。

其他办案人员面面相觑。

杨震说：是这样的，今天委领导接到了市里某位重要领导的电话，他建议我们停止这次调查。

唐辉问：谁啊？

杨震说：现在我还不方便说，但事实是这样的。

徐航说：杨主任，你怎么看？是听市里的，还是……

杨震说：我现在只想听听你们的看法。

唐辉说：其他两个不在，我替他们表决了，一查到底，咱们"八室"不能尿了。

杨震苦笑不语。

徐航说：我也是这么想的，领导不了解情况，咱们可以给他们说清楚。等一切清楚了后，相信我们会得到支持的。

杨震说：但愿吧，明天我会去市里一趟，但是在没有得到准确消息前，恐怕咱们手头的工作要暂时放放了。

唐辉发泄似的站起来，说：我回家睡觉！

夜晚，豆豆正在台灯下复习功课，杨震通过虚掩的门缝看了看，没敢打扰，轻轻关上了房门。

丁励勤问：老杨，你今天怎么想起来关心女儿学习了？

杨震说：瞧你说的，再怎么说我也是孩子的爸爸啊，我盼着她茁壮成长呢。

杨震靠近丁励勤，给了她一个依靠的肩膀，满怀歉意地说道：唉，说起来，我亏欠你们娘儿俩的太多，希望咱姑娘别怪我。

丁励勤说：革命家属最光荣，咱姑娘从小就接受这种思想，早不拿你当回事了。

杨震故作惊讶，说：啊？咱姑娘的家谱里早把我除名啦？

丁励勤说：不是除名，是改名。

杨震问：改成什么了？

丁励勤说：皇上。

杨震说：那还不错，地位蛮高的。

丁励勤说：只是口头上的。

杨震抱得更紧了，眼睛有些湿润，说：皇后、公主辛苦啦！

十

图书馆内，叶雯婕和徐航对坐着翻阅图书资料。

叶雯婕说：也不知道杨主任这趟是吉是凶？

徐航说：是逢凶化吉，像这书里写的一样。

叶雯婕说：虽然案件相似，但这世界上不可能出现完全一致的事情，这书的内容简介我看了，心理承受不住压力的贪官选择了投案自首。而咱们所遇到的情况恰恰相反，咱们的敌人眼看就要反败为胜了。

徐航抬头望向窗外，眼睛里多了一份期望，轻声说道：希望杨主任能得到认可吧，一定能的。

叶雯婕的手机响了一声，是短信，她看了一眼，起身说道：徐航，我有事出去一趟，你帮我把书还了。

徐航说：嗯，交给我吧。

咖啡厅内，叶雯婕匆忙赶来，却看到唐辉很悠闲地品着咖啡。

叶雯婕入座，说道：说得像天塌一样，让我来这样的地儿，是请我享受世纪末日前最后美好时光吗？

唐辉说：正是。

叶雯婕说：别绷着了，快说，是不是杨主任的事？

唐辉说：我刚才还在想，是不是有必要说，我想最好还是说出来，都有个心理准备。至于怎么告诉大家，就是你要琢磨下的了。

叶雯婕说：战前宣言完毕了吗？

唐辉点点头说：是这样的，市委组织部里的朋友透露了一条消息，咱们杨主任面临调职。

叶雯婕惊讶地问：去哪儿？

唐辉说：这可是内部秘密，我那朋友即便知道也不会透露。

叶雯婕呆住，脑子里盘算着各种可能，眉头不禁紧锁。

"八室"办公区内,已经得到风声的何劲松、徐航一众人等皆是愁眉不展。

何劲松说:不行的话,来个联名上书,要么一个不走,要么一锅端。

徐航说:对,找郑书记。

叶雯婕说:都别激动,这样做只能给杨主任带来更大的压力,他一定有自己的打算。现在调动函还没有下达,等到真正下达的那一天,咱们再商量下一步。

门开了,杨震面带笑容地走来。

杨震说:呦,不是说了吗,今天可以休息,行,精神可嘉啊!

叶雯婕说:杨主任……

杨震说:知道我要开会啊,英雄所见略同,五分钟后开会。

杨震走进了办公室。

一众人很快集中到"八室"小会议室内,众人皆忐忑不安。

杨震说:我先传达一条指示,是市委领导给我们书记的口头建议,关于调查郭鸿达房产贿赂一案……算了,我用一句话总结吧,就是坚持以前的建议,让我们终止这个案子的调查。

每个人都在思考,心情也很低落。

杨震问:这是市委领导的建议,你们都没有表态吗?

没人发言,停顿片刻,唐辉举起了手。

唐辉说:支持,坚决支持。坚决服从领导的决定。

唐辉的表态引来其他人的不满,不忿写在众人的脸上。

杨震问:其他人呢?是支持还是不支持,总该有个表示吧。

叶雯婕说:我不支持,从监察程序上讲,我们是党领导下的政治机关,不受个别领导行政力量的干预,我们有独立自主办案的权力。这位市委主要领导的意见是他个人的意思,还是整个市委领导班子的意思?不让我们继续调查,总得有个说法吧?

徐航说:我听雯婕姐的。

何劲松说:我也不同意,谁犯事抓谁,我就认这一个理儿。

杨震说：呵呵，看来唐辉孤立无援啊。

唐辉说：我支持不是没理由啊，刚才怎么说的，房产贿赂一案，我认为我们现在调查的不是这个案子，而是绿化项目承包存在黑幕一案，还有官商结盟一案……

杨震笑了，说：很好，我就是想听到你们的心声，这我也就放心了。那咱就查下去。

杨震的话让众人高兴，短暂的高兴随之又被惆怅代替。

杨震问：怎么了这是？

叶雯婕说：杨主任……我们都已经知道了。

杨震说：知道什么了？哦，知道了就知道了，我不是还在这儿呢嘛，可留给咱们的时间是不多了。

唐辉说：那你安排吧，现在就开始真刀真枪地干一把。

杨震说：好！

杨震望着信心满满的办案人员，故作轻松地说：从现在开始，你们放下手头工作，清闲两天。

众办案人员惊讶。

办案点，王少一被他的律师冯东祥接出。

冯东祥走到杨震和唐辉面前，对视一眼，无言离开。

唐辉问：就这么让他走了？

杨震说：人该走终究会走，该来也终究会来。

唐辉说：我明天就把他再捉回来，不信他不撂。

杨震说：别胡闹。

王少一在不远处站住，转身似乎有话要说，杨震大踏步走近。

杨震说：说吧。

王少一说：……没什么，就是想说，如果你不是办案人员，我们会是很好的朋友。

杨震说：是办案人员，我们也能成为很好的朋友，只要你还能来找我。

杨震轻轻拍打王少一的肩膀，似乎有些深意。

冯东祥拉着王少一离开，留给杨震一个冰冷的眼神。

王少一和冯东祥弓身进了一辆高档商务车，驶离了大院。

处理完王少一的事情，唐辉驱车送杨震开会。

公路上行驶的车内，唐辉一脸的不情愿。

唐辉说：我真不明白了，明明知道时间不多了，还不赶快采取行动，你就这么甘心被调走吗？

杨震说：我调走了，会来新的主任，但纪检监察工作是不会终止的。

唐辉说：我知道，面对行政干预，我就不爽。

杨震说：当下我们国家正处于从人治走向法治的关键阶段，有些阻力是正常的。你也别丧气，这"八室"从成立到现在，每个人都付出太多的心血汗水，即便咱们都走光了，这个室也得存在着，咱们得完成培养新人的光荣任务。

唐辉说：是吗，你都泥菩萨过江自身难保了。我就纳闷了，我真看不出你的葫芦里到底卖的什么药。

杨震跟着调侃道：我就没葫芦。

汽车打了一个弯，在路边停下。

杨震说：我就在这儿下吧，还有一段路程，我步行过去。唐辉，实话跟你说，我现在只是想将计就计……你和何劲松这样……

唐辉闻听大喜。

酒店包间内，一张能容纳二十人的圆桌只坐着三个人，王少一、周春雷、李平。

三人干杯，一声清脆的撞杯声，酒溅了出来。

李平笑呵呵地说：一场虚惊啊，一场虚惊，好在安然无恙。

王少一却还有些担心，问：周哥，你认为真没事了吗？

李平说：你是信不过周哥，还是信不过咱们身后的大树？

王少一赔笑道：我倒不是这个意思，只是这一天一夜遭罪了，这心里总是七上八下的。

周春雷问：你还遭罪了，知道我们是什么心情吗？

王少一说：对，我错了，我自罚一杯。

说完，王少一干了一杯，然后自斟上一杯。

周春雷说：有句话必须提醒你，不要在大家不在的时候乱说话，那样会影响团结的，也会招来不必要的麻烦。

王少一说：对，对，我错了，我再自罚一杯。

说完，王少一又干了一杯。

李平说：咱们都是自己人，既然是自己人，一杯酒下肚，一切就都摸清了。来，再干一个。

周春雷说：不行了，我酒量有限，你们喝吧。

李平举起的酒杯停在半空，他有些尴尬，接着把注意力移到王少一身上。

李平说：王老弟，咱俩干一个。

王少一痛快地又干了一杯，而李平却仅仅抿了一口。

李平说：我去趟洗手间，你们先聊。

李平离开了。

酒店门前停车位。周春雷的轿车里，司机正跟随着重金属音乐摇摆身体，他很投入。

有人在敲车窗，连着敲了好几下，他才听到。他关掉了音乐，探出头来，脸上顿时堆满了笑脸。

司机问：呦，是李总啊，怎么到这儿来了？

李平微笑道：来看望看望老弟，挺不容易的。

李平递出一根烟。

司机接过，自己点燃，抽了一口，吹捧道：谢谢李总，谢谢李总！好烟啊就是好抽。李总，你找我不会有什么事吧？

李平问：你跟周哥几年了？

司机回答：从他当副区长时我就跟着了，差不多四年了。

李平盘算着说道：不短了，看来你们关系挺不错的。

司机说：还凑合，承蒙周区长关照，他官上去了，我这些年的日子也跟着好过了。

李平递出一张名片，说道：小伙子，好好干，有前途。这是我的名片，有空的话给我打电话，我有好事找你。

司机问：啥好事？

李平说：现在不是时候，有机会面谈时再说。

说着，李平把剩下的一盒烟扔给了司机，转身离开。

司机十分茫然。

同样茫然的还有远处吉普车内的唐辉和何劲松，两人对视，皆是一脸不解。

酒店门口停靠的车内，何劲松捅了捅唐辉。

何劲松有些兴奋地说：有门儿，看来要起内讧了。

唐辉道：聪明了。

何劲松说：谁啊？我像是傻人吗？

唐辉说：不像，平常就是，偶尔聪明一两回。

何劲松说：少挤对我，现在报告，还是过后报告？

唐辉说：又傻了？有重大或者异常的消息立即报告，这是基本规矩。

何劲松懒得再跟唐辉计较，掏出手机，拨通了电话。

公路上行驶的车内，杨震的电话响了。接听电话。

杨震道：好的，很好，继续监视，以李平为下一步的监视对象。

杨震顺手把手机放在挡风玻璃前，透过反光镜看到郑振国正闭目养神。

杨震说：好消息，他们内部起内讧了。

郑振国说道：自古皆如此啊，利益团体终归会被利益瓦解。

杨震说：最近麻烦事多，我送你回去休息吧。

郑振国问：什么意思？嫌我老了，还是你有其他事？

杨震微笑说：说实话，师父，不怕你笑话，我这次是真的遇到不好过的火焰山了，我得抽这点时间向您好好取取经。

郑振国说：呵呵，别扯了，以你的能力、水平、智慧、定力，还要向我取经？走，快到我家了，正好到家喝杯茶。

不一会儿两人出现在郑振国家。

阳台上，几盆葱绿的盆景正在接受男主人浇灌。

杨震也难得地在客厅悠闲地喝茶。

郑振国戴着老花镜，很细心，他边浇水边说：凡事都要一个专心，跟养花一样，多深的根茎浇多少水；还得掌握个时候，早了晚了都要出事。

杨震有些沮丧地说：现在的压力，我有些扛不住了。

郑振国说：这就是我马上要说的外界环境很重要。你要是把花放窗户外边吧，阳光啊，风雨啊，这花不多长时间就死了。所以啊，咱们得自己给它一个好的环境。

杨震疑惑道：自己创造环境？不是很明白。

郑振国说：还顶数你悟性高，也是锻炼得不到火候。记得十几年前我们一起办的一个副县长贪污、渎职的案子吧？

杨震说：有印象，怎么了？

郑振国问：当时我和你现在的处境有区别吗？

杨震摇摇头道：可是当时的环境不同，那时候办案程序没有现在这么完善，另外，办案也不像现在这么受限制。

郑振国道：当时，你知道吗？当时我们的书记、主管书记顶了多大的压力。那个案件要是办砸了，我们市纪委就会非常被动。还记得你在外地挂职时，办过的一个人事局副局长的案子吗？

杨震说：我记得，当时我的电话都被打爆了。书记都不敢接外部电话了。

郑振国道：当时求情的电话都打到我这儿，说你是我徒弟，好好说说杨震，放那个副局长一马。我给你打电话了吗？没有！我知道，办每一起案件，必然会触动一些人的利益，会改变一些人的命运。可，我们是干啥的？

杨震叹气道：是啊。当时，我刚有孩子，家里窗子玻璃半夜经常被砸，孩子吓得哇哇直哭。我真想大喊大叫，有啥本事冲我来。明枪暗箭一起来。那时血气方刚，现在人到中年……嗨……

郑振国道：你感觉不一样，其实是一样的，要学会变通。敌人可以做朋友，朋友再变成敌人，只是多了一道弯，而效果却是截然相反。

杨震陷入沉思。

郑振国说：还有一点，就是坚持。难办的案子往往会有这么一个规律，在你感觉到无法进行下去时，如果放弃，那么案子基本上就废了。十年二十年，或许一辈子你也没有找到答案的可能了。而你如果咬住不放，抽丝剥茧，很快就会迎来柳暗花明。

杨震问：师父，您的意思是说，这个案子一定能成？

郑振国道：我可没说这个案子。最近我一直在思索，自己也快退居二线了，有些事情——是退一步海阔天空，还是进一步做个悲剧英雄……想想谢良这一批老战友，为了正义，为了事业，把命都搭上了，和他们相比，我还担心什么？

杨震得到了启发，说道：我听懂了，师父。

顿了一顿，杨震试探地问：我听说，市里要调整我的工作？在这个当口儿，调整我的工作，案件怎么办？这帮年轻人还需要一个主心骨。

郑振国说：市里要调整你的工作，我怎么不知道？不管是市委哪家机构调整一个正处级干部，不和人家主管单位领导商量，哪有这个道理？再说，调整工作要是为了更好地工作，有何不可？我就不信，"八室"离了你就不转了？这帮年轻人还没断奶？

杨震尴尬了，忙说：师父，我不是这个意思。正在办的案子不是我熟吗？

郑振国感叹道：定力还有待锤炼哪！

某银行营业厅门口。叶雯婕和徐航停在门口，抬头望了望。

徐航上气不接下气：第十三家，没跑了，我就不信那家伙转账能折腾到第十四次。

叶雯婕说：没事，既然已经发现资金转移有问题，就不愁拿不到证据。走！

叶雯婕向银行走去，徐航在后面跟着。

两人到了银行内，一番交涉后，两人在电脑前查账，电脑屏幕不断刷新。

叶雯婕忽然喊停。

徐航注视着屏幕说：对上了，打出来。

叶雯婕说道：是时候可以对李平讯问了，我这就汇报。

叶雯婕拨通电话：杨主任，证据有了，够数儿。……啊？为什么？……好吧，听从命令，可缓一缓也总该有个期限吧？好吧。

徐航问：怎么了雯婕姐？

叶雯婕说：先打出来，然后我们就可以休息了。

徐航疑惑道：杨主任这是怎么了？

叶雯婕摇摇头，也表示很不解。

酒店门外，唐辉开车驶离……

车内，唐辉嚷嚷着：好戏就快开场了。

何劲松不满地说：又预测了？你这也不老准的，十次有八次准确就不错了。

唐辉正色道：更正一遍，这不是预测，而是根据现有情况进行的合理性推理，能有八成的准确率已经是相当高了。这次不信的话，可以打赌。

何劲松说：懒得跟你矫情，李平找周春雷的司机指定有事，傻瓜都能看出来。

唐辉大笑道：终于承认自己是傻瓜了。

私人网球馆门外。唐辉的车驶到李平的网球馆门外不远处的街边停住。

唐辉说：得，转了一个圈，又回来了。

何劲松问：你说，这李平葫芦里到底卖的是什么药？

唐辉道：什么药？迷魂药。周春雷那司机，一看就是个见钱眼开的主儿，这种人最容易被利用了，看来李平是想给周春雷下一剂猛药啊。

何劲松问：周春雷的司机今天会来吗？

唐辉说：这得看周春雷是不是得闲。

何劲松说：那我感觉杨主任的分析有误，咱们应该跟着周春雷走。

唐辉道：咱的亏还没吃够啊？他已经是惊弓之鸟了，万一再有个闪失，真的是前功尽弃了。

何劲松说：有道理。

唐辉道：以后清醒着点，再有个闪失，杨主任不发火，这些同志们也能把你给活吞了。

何劲松却不在意，仰倒在副驾驶座上，一副不在乎的姿态说道：你爱怎么挤兑就怎么挤兑吧，反正我已经习惯了，早就有免疫力了。

私人网球馆门外场景，天色渐黑，道路、树丛、高楼都隐没在灰暗里。

十一

区长办公室。周春雷趴在办公桌上，睡着了。

周春雷陷入了梦境——

地下停车场内。周春雷大步流星地走来，手里提着公文包。

仿佛黄天祥刚刚开会上的讲话：本市的经济发展态势良好，周春雷管理的天平区成绩最为突出，在这里给予表彰……

周春雷停在车前，正准备拉开车门，一张市纪委监委的立案通知书出现在眼前，他不禁愣住。周春雷抬起头，面对的是杨震一双犀利如刀的眼睛。

杨震正义凛然地说道：请跟我们走一趟吧。

周春雷说：你们请示过相关领导吗？你们这么做，胆子也太大了吧。

杨震说：一切程序合法合理，你有保持沉默和申诉的权利。

周春雷说：等等，我打个电话。

周春雷的手机被唐辉一把夺走，紧接着被强行推进了警车。

周春雷慌了，高喊：你们干什么？！快让我出去，否则你们吃不了兜着走。

没人搭理周春雷，都是一副正义凛然的神情。

周春雷越来越慌，嗓子嘶哑了，他喊道：我要让你们全部都丢了饭碗，全部！

区长办公室。周春雷猛然醒来，额头上冒着冷汗。

周春雷自语道：杨震？杨震？！

夜晚，汽车行驶在公路上，开车的是唐辉。他看了眼反光镜，杨震正在闭目养神。

唐辉嘟囔道：真行啊，自己取经，我成司机了。

杨震说：想听郑书记是怎么说的吗？老实地开车，我告诉你。

唐辉说：嘿，你没睡着啊？

杨震说：似睡非睡，自从我干上这调查工作以来，就从来没真正睡过一个好觉。

杨震迟疑一会儿，说道：我这样说，你信吗？

唐辉说：信，一百二十个相信，因为啊，我也一样。

唐辉也同样迟疑一会儿，说道：您也不用告诉我郑书记是怎么说的，因为我也能感悟到。

杨震惊讶地望着唐辉，两人同时笑了起来……

唐辉一下子醒了，原来是个梦，他发现何劲松还在盯着李平的方向。

唐辉问：有啥动静吗？

何劲松说：没有。

在唐辉、何劲松监控下，私人网球场休息场所内，李平和周春雷司机隔桌而坐，李平推给了司机一张银行卡。

周春雷司机愣愣地望着，不敢收。

李平说：我的名字开的户，没人知道你来这儿。

周春雷司机有些担惊受怕地问：能不能先告诉我是什么事呢？

李平说：交个朋友，相互帮助嘛，我知道你缺钱，我这不是帮助你嘛。

司机问：那我能帮助您什么呢？

李平说：很简单，就是多和我沟通沟通。

司机问：什么？

李平说：还非要我点给你吗？

司机说：我脑子笨。

李平说：说白点儿，就是时不时地和我通通气，说说你们老大（周区长）的动态，别的就没有了。

司机问：就这些？

李平说：就这些。

司机迫不及待地拿起了银行卡，有些谦卑地问：李总，能问问，这里面有多少吗？

李平伸出了两根手指。

司机问：两万？

李平回道：差个零。

司机目瞪口呆，紧接着便是惊喜。

夜晚，区长办公室，周春雷拨通了电话。

周春雷说：喂，今晚见个面吧，就咱俩，老地方，谁也不带，包括司机。

一个小时后，两个中年男人的背影出现在公园河边，周春雷靠在河边围栏上，四周无人，很寂静。

周春雷说：我下午在办公室做了一个梦，很不吉利。

男人说：呵呵……你还信这个？凡事都靠自己掌控。

周春雷问：你不信？

男人问：有时候信，但还是凭感觉。你今天找我，有什么事？

周春雷说：老同学，你说咱们这么一步步地走来，算是校友里的佼佼者了吧？

男人说：何止是佼佼者啊，校庆的时候不是专门邀请咱们回去作演讲吗？也是变相地给学校做宣传了，可咱俩愣是一个都没去。

男人笑着。

周春雷说：我总感觉，咱们还是明着来往比较好。

男人说：从一开始，你就前怕狼后怕虎的，结果我习惯你这一套了，你现在又变了。你啊，就是一只惊弓之鸟，上学时就这样。不过，话又说回来了，如果你没有这股谨慎劲儿，恐怕在仕途上走不到今天这一步。仕途升迁，宦海沉浮，又有多少可以由着自己的个性来的事情啊。小心驶得万年船啊！

周春雷说：是啊，跟你比起来，我就是个胆小鬼。如果你没有这么大的胆量，敢在商海里空手套白狼，你也难有今天的地位啊。

男人说：我们兄弟相互成就！有事情您就说话，您的仕途越好，我的生意越好。对吧？

周春雷说：是啊。但愿一切天遂人愿。

男人又笑了，借着月光，隐约可以看清，他是郭鸿达。

私人网球场门外。周春雷司机走出，转身，招手告别。李平打了个手势，便转身进屋了。

路边车内，唐辉、何劲松两人都很纠结。

何劲松说：你决定，现在是抓还是不抓？我敢断定，现在抓他，指定人赃俱获。

唐辉说：不抓，抓了他，周春雷就跑了。

何劲松愤恨地叹息一声。

唐辉说：跑不了，咱要先抓的话，也是抓个大的。

何劲松说：李平？

唐辉说：对头。

何劲松说：这是谁的意思？

唐辉说：这是头儿的意思，只是他还没说。

何劲松投去鄙夷的目光，嗤笑道：王少一的事情还不长记性？李平，你有啥李平的把柄？

这时，透过车窗，可以看见周春雷的车已经开出……

十二

"八室"工作区内，徐航拿着一份资料愣愣地站在叶雯婕身边。

叶雯婕一看这神情，打趣道：咱家徐航又有不开心的事了？

徐航没有吭声，叶雯婕见她盯着手里的档案袋，不禁疑惑地问：这是给杨主任的？

徐航点点头。

叶雯婕说：他在办公室，快送去吧。

徐航说：雯婕姐，这个可是我们干部室刚收到市委组织部发来的。

叶雯婕瞬间听懂了徐航的意思，吃惊地问：杨主任的调动函这么快就来了？

徐航道：还不确定，但我猜应该是。

叶雯婕有些担心地说：你还是先送去吧，杨主任肯定有他的想法。

徐航点点头，走去敲响了杨震办公室的门。

杨震正在办公室来回踱步，他有些急躁，忽然想到了什么。传来敲门声，他顺手打开房门。

杨震说：小徐，你现在通知其他同志，马上开会。

徐航说：嗯。

徐航刚转身，才发现忘了给档案袋，忙说道：杨主任，我刚才去干部室，这个是他们刚接到的——市委组织部发来的文件，我可没有看啊。

杨震接到手里，笑了，说：比我预想的要早一天。

很快，所有在岗的人都出现在小会议室。

杨震说：表面上咱们现在的情况不容乐观，抓的人放了，原本口供也改了，手里到现在也没有太有力的证据。可现在，咱们反败为胜的时机到来了，因为咱们的目标完全放松了警惕。

杨震举起了调动函，说道：在这个东西没来之前，我还不怎么确定他们是不是肆无忌惮了，这个东西来了，我确定无疑。

杨震扫过每一个人的表情，悲喜交加。

叶雯婕说：这样吧，时间上已经来不及了，依我看就用唐辉的法子，迅速出击。

唐辉一愣。

唐辉说：我现在就差领导一句话了。

杨震笑道：不急，这上面标明的调离日期并不是今天，留给我的时间足够了。当前任务依旧是抓证据，这个是网，扎结实了，鱼越大越跑不掉。

杨震的从容让办案人员安心了很多。

这时，传来敲门声。

新招录的内勤小苗探进半个身子：打扰一下，有人来报案。

唐辉说：小苗，让他先等一会儿吧，我们这儿忙完就去做笔录。

小苗答应一声刚想离开，被杨震喊住。

杨震说：等等，这就去。

唐辉很是疑惑。

杨震解释道：在这个时候来举报的人，八九不离十跟现在的案子有关。

杨震想了想，狡黠地笑着说：可能是有人一直在暗中观察着咱们的动态，感觉咱们放弃了，不得不冒出来给咱们送证据。也可能是咱们的对手还是不怎么放心，派人来试探了。

唐辉说：我去吧。

杨震想了一会儿，走到唐辉身边，拍了一下他的肩膀说：好吧。

叶雯婕说：我和他一起去。

唐辉顿时起身，快步走出，叶雯婕跟在后面……

杨震调侃道：小何，你看唐辉这小子是不是块好材料？

何劲松说：还成吧，就是太冲动。

杨震道：我看不是吧？唐辉是智勇双全，可以独当一面了。

市纪委监委办案区第七谈话室内，一个衣着普通的男子猥琐地观察着四周情况。

唐辉说：喂？

男子吓了一跳，愣愣地望着唐辉。

唐辉问：这地儿还成吧？

男子听得糊涂。

唐辉说：如果看着还成，就多留你两天，住着习惯，就待在这儿吧。

男子又惊又急道：我、我又不是犯罪分子，我、我是来报案的！

唐辉说：那你说吧，我听着呢。

男子问：我、我凭什么相信你？

唐辉一愣：不是相信我，是相信我们，相信整个市纪检监察机关。

男子问：那我、我凭什么相信你们？

唐辉说：既然你根本不相信我们，那你可以走了。

这男子显然没有想到面前这个帅气的男办案人员这么说话，他走也不是，不走也不是，处于纠结的尴尬境地。

叶雯婕说：你既然来了，肯定有向我们纪检监察机关反映的问题，最好把自己掌握的情况都说出来。如果我们不能帮你，也不会浪费你的时间。如果我们能帮你，那你的问题就解决了。您看是吧？

男子想了一会儿，下定决心道：我要举报区长！

叶雯婕一愣，问：哪个区长？

男子道：就是周春雷周区长。

唐辉和叶雯婕期待着。

男子说：他霸占了我的房子！刚开始，我害怕他，还托人给他送礼，期望能原价卖给我，但一点信儿都没有，我要举报他！

叶雯婕说：慢点说，你说周春雷区长霸占你的房子？他怎么霸占你的房子？他一个区长为啥要霸占你的房子呢？

叶雯婕一堆问话让男子愣住，他梗着脖子说：他就是霸占了我的房子！

唐辉问：你有证据？

男子说：有，我托人给他送礼，我都有录音。

唐辉道：不是他本人的吧？

男子越说越激动：我上哪儿能见到他啊，这么大一个官，但话又说回来了，官大了就能随随便便、光明正大地欺负人吗……

这男子说话也不利索，问了半天，叶雯婕、唐辉才明白事情的原委。

原来，男子是个小型企业的老板，做生意发了点财，就成了最早一批买郭鸿达房子的客户。原来看中也交了首付款的那套被房地产商给换了另一套，他自然不干，一打听，原来看中的那套给了区长周春雷。他去找售楼处交涉，售楼处就以各种理由推诿，实在急了，就说"你找区长啊"。男子哪里够得上区长啊，于是公检法司也找了，这不，居然找到纪委监委了。

巨大的监视屏前，何劲松边看着唐辉、叶雯婕的谈话，边叹口气道：得，好房源都是留给当官的，上哪儿说理去？

杨震说：小何，这也是一个重要线索。如果事情属实，间接证据也算证据嘛。

徐航说：小插曲。对了，杨主任啊，能不能说句实话？

杨震道：这儿没旁人，想说什么就说什么。

徐航问：调动函上写的到底是什么时候？

杨震笑而不语。

徐航更急了，问：你倒是说啊，有什么藏着掖着的？你这样，我们心里很没有底。

杨震道：后天。

徐航、何劲松目瞪口呆。

杨震说：我不希望给你们带来太大压力。

徐航说：不是，您这跟扔炸弹似的，咣当一下我都蒙了，咱就剩一天时间了，您还跟我们装淡定呢？

杨震说：不是还有今天吗？只要能证明咱们是对的，我就有足够的理由申请暂缓这次调动。我相信，咱们这个团队一定能渡过这次难关。既然我相信你们，我又何必不淡定呢？

徐航无奈地说道：好吧，我们这就抓紧时间去办案。何劲松，走！

徐航和何劲松一起走了出去。

十三

周春雷家客厅。卢晓丹背上了大号双肩包问：我可以走了吗？

周春雷站在窗前，往下望着，问：手机、银行存折、飞机票、护照都带着了吗？

卢晓丹说：都带齐了，要不要我给你留点儿钱？

周春雷故作平静地说：不用，你抓紧走吧。我在看着外面的情况，有情况我会及时通知你。

周春雷始终没有回头，卢晓丹点点头，离开。

周春雷家楼下。周春雷的司机下车，开门，等卢晓丹进了副驾驶座，他匆匆跑进了驾驶座。

汽车开出了小区……

周春雷家客厅。周春雷透过窗户，看到汽车远离。

周春雷仿如放下了一块石头。

汽车行驶快到机场附近，卢晓丹让司机把车停下。

卢晓丹说：行了，就停在这儿吧。

司机殷勤地说：您去哪儿？我直接送到多好啊。

卢晓丹不耐烦地说：哪来的这么多废话？！抓紧回去，给老周说，一切顺利。听清楚了吗？

司机有些恍惚，回答道：听、听清楚了。

卢晓丹气呼呼地下车，盯着汽车远去，才离开。

公路行驶的车内，周春雷的司机正在打电话通报：李哥，有件事挺琢磨不透的，周春雷的老婆今天不知道去哪儿，反正让我停车的地儿距离飞机场挺近的，步行大概十分钟……嗯，嗯……好嘞。您就靖好吧，您才是我老板……哈哈，对！钱是我老板。

街道外，周春雷的车停靠在私人会所门前。

司机迫不及待地走进会所……

滨海国际机场保安值班室内，监控屏幕上不停地在倒退画面，最后定格在卢晓丹进入机场的画面。

唐辉说：一点儿没错，就是她。

唐辉拍了下民警的肩膀说：感谢你们的帮助。

民警说：客气什么，又不是第一次了，还是你们前期准备工作做得好，每次都早早地提醒我们，这些犯罪分子一个也甭想外逃。

唐辉笑了，随即对身边的人喊道：走！

飞机场候机厅，唐辉、何劲松带着三名便衣警察和一组机场派出所的几名民警分开在人群中搜寻着……

机场人来人往，唐辉等四处搜寻，没有发现卢晓丹的影子。

登机处，卢晓丹已经在排队，不时地四下张望。

何劲松发现了卢晓丹，冲唐辉使眼色，唐辉做了手势，所有人向办理登机手续处包抄。

卢晓丹瞥到了包抄而来的何劲松，刚刚拿出的护照塞了回去，准备退出队伍。

唐辉等人越来越近……

一伙农民工忽然出现，挡在了唐辉等人前面。

农民工说：大哥，这飞机咋上啊？俺第一次上飞机，帮帮忙呗。

唐辉拨开农民工，两个人却争执起来。

农民工不依不饶，一口安徽口音叫嚷道：你这人，不说就不说，咋的还想打架？打架就打架，俺还怕你不成了？

唐辉动手制伏了农民工，侧目望去，其他几个人竟然和他是同样的遭遇。

登机处，早已没有了卢晓丹的身影。

唐辉忽然明白了，用力制伏着农民工，高喊着：都给我抓回机场派出所，一个也不能跑！

农民工惊讶道：你是警察啊？

唐辉说：才明白过来，晚了。回去老实点儿给我交代！

周春雷家。周春雷端来一杯咖啡，说道：没事了，喝点儿东西，压压惊吧。

卢晓丹惊魂未定地说：真出事了，真出事了，怎么办？怎么办……

周春雷道：今天让你去，其实并不是真想让你走。

卢晓丹惊讶地问：你早就知道会抓我？

说着，卢晓丹去拉扯周春雷说：你这个混蛋，你还真想整死我啊，这么些年，我帮你多少忙，为了你，我都守活寡，我容易吗？！到最后你还这么对我，我今天和你拼了……

周春雷推倒卢晓丹，呵斥道：胡闹什么！你以为就凭你那点小聪明能轻易地逃过市纪委监委那帮人？你以为那些突然出现的农民工都是你命好碰上的？

卢晓丹问：都是你提前安排好的？

周春雷道：不是我，能是谁？

卢晓丹问：你让我出国，就是想试探市纪委监委的行动？

周春雷点头道：现在没有悬念了，可以确定的是，我们已经被边控（边境控制）了。

卢晓丹问：边控？谁边控我们？

周春雷道：亏你还是国家干部，当然是公安机关！但命令肯定是纪委监委下的。

卢晓丹慌了，问：那咋办啊？

周春雷说：慌什么？我们必须想退路了。

卢晓丹悲伤地望着那杯咖啡，无言。

机场派出所谈话室内，因为人多显得格外拥挤嘈杂。

农民工一人对着一个办案人员说个不停，听不清任何一个人在说什么。

唐辉走来说道：都给我停下……都给我停下！

顿时安静。

唐辉说：来来来，站成一排，我问一句，你们说一句，要是不老实，咱现在就去公安局，挨个讯问！

农民工们老老实实地站成了一排。

唐辉问：第一个问题，你们真是农民工吗？

回答不一，有说"是的"，有说"不是的"，还有说"不知道的"。

唐辉道：也就是说，你们根本不是农民工，只不过换了身衣服。第二个问题，谁雇的你们？

这次没有人回答。

唐辉指着看似为首的人说：你说，在飞机场就是你拦的我。

农民工担惊受怕地说：是这样的，俺们确实是农民工，还都是老乡，只不过最近没拉到活儿，就想着在大街上等点装修类的活儿。还挺幸运，刚出摊就有主顾了，但不是让我去装修，就是让我们在飞机场拦人。

唐辉问：那人长什么样？

农民工比画着：一米七多的个头，短发，挺白净的，文绉绉的像知识分子。

唐辉回想着：等着！

唐辉转头对何劲松道：小何，去拿照片，让他们认认。

农民工相互对望，迷茫等待着。

何劲松拿出几张照片，让农民工看，仔细辨认一会儿，连连摇头。

唐辉和何劲松有些失落。

农民工说：好像是他……

唐辉看向照片，是王少一，说道：我就说嘛，这种人放出去就是祸害，不会改变的。还有那些该抓不抓的，让他们多一天自由日子，他们就得折腾一天。到底什么时候能抓啊？

十四

某银行门口外。叶雯婕手里拿着一叠材料，她边看边打电话：杨主任，已经掌握了李平资金流向，我个人建议，可以实施抓捕、搜查了。

杨震回复道：我已经让唐辉、何劲松去李平家搜查了。

叶雯婕挂了电话，转身对文静说：我们赶紧回去，准备好讯问。

李平私人别墅外。唐辉带着何劲松和三名警察风风火火赶来，敲门。

保姆迎来，唐辉亮明身份，出示市纪委监委搜查证。

唐辉说：市纪委监委的，搜查。

没等保姆反应过来，唐辉便带人进入。

别墅客厅内，空无一人。

唐辉说：跟我玩小孩子的捉迷藏吗？楼上楼下一块儿搜，盯了他这么多天，这个点他准在家！

保姆小跑过来，问：你们到底要干什么？

唐辉问：李平呢？

保姆说：我们家主人今早就走了。

唐辉问：带着行李？

保姆点点头，却看出了唐辉的不信任，解释道：真的走了，还说要很长一段时间才能回来，让我好好看家。

唐辉说：搜！

何劲松带着一名警察跑上二楼……

唐辉则在一楼开始了搜查，凡是目视可以藏人的地方都查了一遍，没有结果。

唐辉想了一会儿，重新走到保姆面前。

唐辉问：他走的时候有没有交代什么特殊的事情？

保姆摇着脑袋说：他就说等他回来，他一定会回来的。

唐辉问：他是这么说的？

保姆说：是的。

唐辉说：好，希望你能配合我们，如果他回来，请在第一时间通知我们，我给你留个电话。

说着，唐辉掏出一张印有他联系电话的卡片。

市纪委监委八层走廊尽头，唐辉和杨震站在窗前。

杨震说：边控周春雷夫妇是我向郑书记请示的，郑书记又专门请示了薛致用书记，按理说知情的人不多啊。你看，黄昏好美啊！明天的太阳照样会从那边升起，在对面落下。

唐辉有些动容道：这个李平还真是神通广大，咱们这么迅速，他都能摸到消息。

杨震问：你想说什么？

唐辉急了，他回答道：我用得着把话说得特别明白吗？这明摆着，咱们队伍里出问题了，下手这么快都会扑空，我想不出还有第二种解释。

杨震道：想不出那是你的问题，事实上一定有第二种解释。

唐辉问：您就这么相信身边的人？

杨震斩钉截铁地说：对！

唐辉问：既然您这么相信，那您怎么解释被调动的事情？

杨震说：同样有第二种解释，只是我也想不出。

唐辉说：您啊，太重情谊。

杨震说：换种解释，我是在拿着下半辈子的信仰赌一把，赢了我高兴，输了我无悔。

唐辉有些动容地望着杨震。

杨震却望着窗外说道：看，太阳马上就在对面落下了，我说的没错。

唐辉抱怨说：对，您说的没错，即便有错，也不是你的错，是咱们的案子错了。

杨震说：行了，别磨嘴皮抱怨了。我明天再找郑书记聊聊，有思路后电话通知你。

唐辉问：不带上我？

杨震说；你……随时待命。

夜晚，酒吧内。李平在和周春雷的司机喝酒。

李平敬酒道：行，兄弟，够义气，哥认你这个兄弟了。

周春雷司机微醉，嘴里不是那么利索地说道：还是哥够义气在先，放心，只要我能做到的，我一定照办。当然，我知道哥一定不会亏待我的。

司机的表情很猥琐。

李平看懂了意思：当然，干！

两个酒杯又碰撞在了一起。

李平提醒说：兄弟，最近一段时间，最好别来找哥，对你对我都不好。

司机道：明白！

李平说：钱上，你尽管放心，你帮了我，我绝不能让你吃亏。不过，话又说回来了，退一万步讲，咱哥俩真有一天在笼子里见面了，最好还是谁也不认识谁的好。

司机道：明白！

夜晚，周春雷另一个住处。

烛光晚餐，只有周春雷和卢晓丹两个人。

周春雷端起红酒，说：为了这丰盛的晚餐，这久违的夫妻团聚，干一杯吧。

卢晓丹楚楚可怜地盯着周春雷，被温馨的氛围感染，也举起了酒杯。

周春雷说：我喜欢这种感觉，但隐隐觉得缺少点什么。

卢晓丹说：咱儿子在国外呢。

周春雷说：对，如果儿子在就美满了。

卢晓丹说：你让我想起了咱们年轻时的状态，那时候咱们就像现在一样，简单的饭菜能带来天大的幸福。

周春雷动容，回忆着，不禁哀叹，接着抱怨道：提那些陈年往事干什么？都过去了。

卢晓丹问：可是现在咱们还有未来吗？

周春雷沮丧地回答：未来就更别提了。

卢晓丹激动地说：咱们不能就这样干等着吧，这算什么，最后的晚餐吗？

周春雷有些不悦道：你看你，怎么说翻脸就翻脸，多美好的夜晚都让你搅和了。

卢晓丹说：我都是为咱儿子考虑，如果咱俩都进去了，儿子不就成孤儿了吗？

周春雷说：这些丧气话憋回肚子里，不是还没到那一步吗，我在想办法。

卢晓丹问：什么办法？

周春雷说：你说的没错，这是咱们最后的晚餐。

卢晓丹问：明天咱就去自首？

周春雷急了，说道：自首？自首咱儿子就真成孤儿了！

卢晓丹说：那你说，我听你的。

周春雷说：你走，我已经给你安排好了行程，带着咱这几年攒下的所有家当。

卢晓丹问：那你呢？

周春雷说：我托关系，能维持一天算一天，至少还有你，咱儿子就不是孤儿。

卢晓丹听得落泪。

半夜，卧室。周春雷轻轻呼喊卢晓丹的名字，没有得到回应，他下床，离家。

夜晚，公园一角的条椅上。周春雷和郭鸿达坐着聊天。

郭鸿达问：你是怎么想的？

周春雷回道：我早已经给上面的领导打过招呼，可是到现在我也没有听见动静。市纪委监委那边是丝毫没有松口，我现在也是山穷水尽了。要知道咱俩是绑在一根绳上的蚂蚱，我完了，你以后的日子也不会好过。

郭鸿达问：那你想让我做什么？

周春雷说：花钱买活路，反正你手里有的是钱。

郭鸿达笑了，说：枉你做了这么多年的领导，这时候说的话竟然这么幼稚。

周春雷说：你说什么，我幼稚，提到钱，我就幼稚了，你赚钱的时候，怎么不说我幼稚地被你拉下了水？

郭鸿达长叹一声道：最关键的是，现在花钱，还有人敢收吗？

周春雷愣住。

郭鸿达说：即便有人敢收，也一定不敢干预这件事情，这火大着呢，万一引火烧身，可不是烫个包的事，会要人命的。

周春雷说：那你想个办法吧。

郭鸿达说：一不做二不休……

周春雷惊讶地盯着郭鸿达，半晌不知道怎么回答。

郭鸿达笑道：你尽管当个笑话听。

周春雷问：你真打算这么做？

郭鸿达反问：我有选择吗？

郭鸿达不再回答，借着月色，他在狞笑。

十五

公路行驶的汽车内，杨震开车，一旁是徐航。

徐航说：杨主任，我还是第一次单独和您去办案。

杨震问：谁告诉你，咱们去办案？

徐航问：跟着事必躬亲的杨主任，还能有别的事？

杨震笑了，说：我如果告诉你，咱们不是办案，而是去聊天，你怎么想？

徐航急了，说道：浪费时间啊，现在时间这么紧迫，咱们哪还有时间。杨主任，你是不是不敢管眼下的烂摊子了？

杨震说：敢不敢得先放一边，我今天领你去见一个人，见过后，你就知道我是不是在浪费时间了。

杨震踩刹车，前方红灯。

周春雷的车并排停下。

车内，周春雷隔着车窗看到了杨震，开始感觉似曾相识，辨认一会儿后变得惊讶。同时，杨震也侧头看到了周春雷。

周春雷急忙收回目光，愣愣地盯着前方，想着什么。

公路。杨震的车驶离，而周春雷的车还停着，后面传来接连不断的汽车鸣笛。

汽车行驶在公路上，徐航有些好奇地问杨震。

徐航说：杨主任，刚才那个人……

杨震冷笑道：真是狭路相逢啊，看得出来，他比咱们紧张得多啊。

徐航笑着说：我和雯婕姐看过一本纪实的书，书名用到他身上，再适合不过了。

杨震问：什么书？

徐航说：惊弓之鸟。

杨震说：我看过。

杨震的笑容渐渐变得僵硬，脚连续踩刹车。

徐航慌张地问：怎么了？

杨震说：糟糕，刹车失灵。这车被做手脚了。

徐航着急地问：那怎么办？

说着，徐航翻出手机，要报警。

杨震问：先别报警，系好安全带了吗？

徐航摸着安全带，点点头，焦急地问：咱们是不是要做烈士了？

杨震道：从现在开始，集中注意力听我命令！

平时一直女汉子状态的徐航，这时眼睛里居然泛起了泪光。

杨震急转方向盘，徐航随着向车门靠去……

城郊公路，路上的车辆越来越少，显得很冷清。

杨震的车画龙似的行驶在路上。

杨震问：这一路，你有没有发现有人在跟踪？

徐航回答：没有，一切都是好好的，怎么就变成这样了？咱们单位这是配的什么破车啊！没死在战场上，要死在这破车里了。杨主任，我是不是该抓紧时间留个遗嘱啊？

杨震道：可以，五分钟。

徐航问：然后呢？

杨震道：然后听我命令，跳车。

徐航惊讶地瞪圆了双眼。

杨震瞥了一眼反光镜说：我们一直在被人跟踪。

徐航更惊讶了，要回头去看。

杨震冷笑道：别看，保持不知道的状态，咱们要的证据送上门来了，不能让它跑了。

杨震来回打着方向盘，脸上写满了镇定自若。

城郊公路，一前一后两辆车在疾驰……

城郊公路行驶的另一车内，司机亮子，年龄三十岁左右，一身黑西服，戴黑墨镜，边听着激情的音乐，边加大了油门。

感觉手机震动，亮子接起电话，有些不耐烦地回复道：又怎么了？放心！这活儿轻松着呢，好戏马上就上演了……行了，哪来这么多废话，你是信不过我，还是太信得过他？

亮子把手机扔在车前，嘟囔道：可惜啊，可惜一场好戏只能一个人看。

城郊公路车内，杨震对徐航命令道：解下安全带……解下安全带，快！

徐航终于缓过神来，匆匆解下安全带，急切地问：然后呢？

杨震说：前方差不多三百米，有上坡，当车快到顶的时候，是车速最慢的时候，我让你跳，什么也别想，跟着我一起跳……

徐航问：杨主任，还有没有别的办法？

杨震道：有，但这次只能用这个办法。

徐航说：我——

杨震再次提醒道：准备好，把手放在车门上，打开车门、弯腰、跳车，一系列动作，记住了吗？

杨震从反光镜里看到了有些紧张的徐航。

杨震安慰道：一切都当成你在进行身体素质演练，和平常没什么两样。准备好了吗？

透过车窗，可以看到汽车正在爬坡。

杨震说：五、四、三、二、跳！

杨震迅速打方向盘，接着打开车门，与此同时，徐航也迅速打开车门，闭上了眼睛。

城郊公路亮子车内。亮子看得目瞪口呆，他说道：还真有胆啊！

亮子减慢车速。

城郊公路。杨震的车斜斜地行驶，横穿公路，撞在路边树干上。

公路一侧的草地上，徐航努力从地上爬起来，搜寻着杨震。

公路上，杨震蜷缩着，一动不动。

徐航爬起来，忍着痛小跑过去，搀扶起杨震。

徐航听了听杨震的心跳，喊道：杨主任！杨主任！

杨震微微睁开眼，声音微弱，却很坚定地说道：马上联系郑书记，协调人力立即展开全面抓捕，一个也别给我跑了——

徐航道：好，好，我现在就给急救中心打电话。

杨震说：先给郑书记打，我没事。

徐航犹豫：好！

城郊公路。亮子踩下油门，直直地向杨震冲去……

徐航看到了疾驰而来的车，惊恐。她用力抱起杨震，但为时已晚，她闭上了眼睛。

一声刺耳的刹车声，车紧贴他们停了。

亮子开门而出，气势汹汹地走来。

亮子一把拨开徐航，揪起杨震道：姓杨的，给我听好，你只有两个选择，要么以后听话别瞎闹事，要么今天就把你撂这儿！

杨震无力挣脱，也强硬道：你也只有两个选择，要么跟我回去把事情交代清楚，要么等着来人把你带走！

亮子愤怒地抬起了手，忽然被徐航挡住，接着就是一拳。

亮子顿时眼前变黑。

徐航摆好了格斗姿势，亮子惊讶之余，急忙应战。

徐航和亮子格斗，几个回合后以徐航胜利告终。

亮子见势不对，夺路而逃。徐航欲追，被杨震喊住。

杨震说：他跑不了。

杨震望着远去的汽车，手里多了一个钱包，他挥动着。

徐航惊喜地说：杨主任，没想到，你还有这一手呢？

杨震得意地笑了，却因忽来的疼痛而打了个趔趄。

城郊公路亮子的车内。亮子的视线从反光镜移到前方，手机再次震动。

亮子接听电话，说：这个问题问过千百遍了，你说呢？行了，把尾款给我结了，过了下午四点，我会查看账户余额，没有的话，别怪兄弟不客气。

说完，他关机了，拉开车窗，把手机扔了出去。

十六

"八室"办公区。

唐辉说：全体都在这儿呢，听我的吧，杨主任可能暂时不会来了，放下一切顾虑，用最快的时间把人都给我带回来。十分钟后行动。

何劲松说：我想去看看杨主任。

唐辉没有理睬，用力拍了下何劲松的肩膀，说：小何，跟我走！

何劲松正在慌乱地啃着一块面包，他忙起身说：唐辉，不是说还有十分钟吗？

唐辉说：到了。

何劲松有些抱怨地说：老唐，您那表怎么说快就快，说慢就慢啊？

唐辉大步走出，何劲松抹抹嘴，急匆匆跟去……

叶雯婕、文静、小苗等也随即起身，风风火火地走出……

市纪委监委大院，一组汽车同时驶离……

周春雷另一处隐蔽的住宅，卢晓丹背上了包后，问：我交代给你的都安排好了吗？

周春雷嚷嚷着：都问三次了，你快走吧，再晚就真的来不及了。

卢晓丹说：我想——

周春雷生气了，他吼道：你想什么？留下来陪我？那咱们的儿子怎么办？

卢晓丹说：他已经成年了，应该靠自己把握人生了。昨晚我想了一夜，一直以来都是咱们在给他安排，现在想想，或许咱们错了。咱们应该清醒，他也应该清醒。

周春雷问：你想让这个家就这么散了？

卢晓丹说：不会散的，只是暂时的分别。

周春雷说：可是——

卢晓丹说：我想好了，我还应该承担责任的。我昨晚想到了很多咱们从前的日子，那时候虽然很穷，但我真的从来没有感觉到不幸福，也没有感到过害怕，这种每天担惊受怕的日子终于可以结束了，我反倒多了几分期待。

周春雷吼道：我坚决不同意！快走！滚！

周春雷想要推出卢晓丹，却被卢晓丹紧紧地抱住。

卢晓丹说道：老周，就这样吧，咱们错了，这次真的错了！既然错了，就别再像孩子一样躲避错误了，好吗？

周春雷动容道：你最好还是走，这些年我亏欠你们娘儿俩的太多了，我不想就这么一直亏欠下去，你能替我想想，让我好过一些吗？

卢晓丹落泪了，她说：好吧，我听你的，我走，继续过担惊受怕的日子。

卢晓丹离开，还没有走到门口，便传来了敲门声。

两人惊讶。

卢晓丹苦笑道：看来老天爷想顺我的心思，我躲也躲不掉。

周春雷趴在猫眼儿上，看了一眼，敲门声更加急促了。

周春雷紧张地说道：我求求你，把一切责任都往我身上推，好吗？我最后一次求你了，让我心里就好过一些吧。

周春雷这处神秘的住宅门前，唐辉对身边几名警察使了下眼色，警察要强行开门。

门突然开了，周春雷有些狼狈地站在门前，他整理了一下衣服，尽量保持原有的派头。

唐辉有些惊讶，说：周区长，方便跟我们走吗？

周春雷说：是坐你的车，还是我的车？

唐辉说：恐怕你已经没有车了。

周春雷愣了一下：那就坐你的车。

唐辉说：对了，周夫人也要跟我们回委里协助调查。

卢晓丹勉强笑笑道：我等你们好长时间了。

唐辉更惊讶了。

时尚咖啡厅内。叶雯婕把证件亮出来,道:跟我们走吧。

王少一问:现在吗?

徐航反问:你说呢?

王少一说:再给我五分钟时间吧,我想最后品品这杯咖啡。

徐航说:少废话,走!

王少一说:人为什么总是喜欢咖啡?它是苦的,应该排斥。可它是高雅的,所以就被人接受了。这和我的人生太像了,追求高雅,人前显贵,但只有自己知道有多苦。

叶雯婕说:我已经给你五分钟了。

王少一站起来,伸出手问:需要戴手铐吗?

叶雯婕说:你好像并不紧张。

王少一叹息说:这是二进宫了,有经验了呗。

警察铐上王少一,将其带离咖啡厅。

十七

市纪委监委办案点第十一讯问室内,叶雯婕和文静在等待周春雷开口。

周春雷说:我什么也不想说,我知道你们手里有证据,你们能拿出多少,我就认多少。我累了,请求你们能给我一个地方,能好好休息,哪怕只有一张单人床也可以。

周春雷苦笑,开始闭目养神。

叶雯婕自语道:我原本以为周春雷能痛快地交代,没想到还是一块茅厕里的砖头。

市纪委监委办案点第十三讯问室内,唐辉和徐航在等待王少一开口。

王少一说:我做错的事情多了,我现在真不知道你们想知道哪个。但有些事情不是你们让我说就能说的,我也是上有老下有小的人。

唐辉说:想起什么说什么,我们有的是时间陪你。

王少一说：那还是跟上次一样，从我小时候说起吧——

徐航急了，说道：你最好老实点儿！你以为这次还能旧戏重演吗？

唐辉却笑了，说：我倒是认为可以，还跟上次一样，跟我说吧。

王少一回忆起曾经的事情，用愤恨的眼光瞅着唐辉，不再说话。

门忽然开了，唐辉、徐航都投去惊讶的目光，进来的是杨震，他的额头和胳膊缠着绷带。

唐辉主动让座：杨主任，您是不是先回去休息？

杨震摆摆手示意不坐。

杨震笑道：这点小伤还算扛得住，怎么样了？

唐辉摇摇头，杨震会意，低头耳语。

唐辉问：这样成吗？

杨震说：去吧。

市纪委监委办案点第十一讯问室门口，唐辉开门进来，示意叶雯婕出来。

叶雯婕会意，边站起来边说：您老在外面是领导，可以什么事都交代人去办，但交代犯罪事实的事，还是别让我们帮你说的好。我们说了，你的苦日子可能就长了。

叶雯婕盯了一会儿周春雷，走出，随手带上了门。

叶雯婕问：什么事？

唐辉说：杨主任回来了。

叶雯婕惊讶，说：他不是？

唐辉说：还好，看起来没有多大事。他想同时审讯周春雷和王少一。

叶雯婕说：这是他想的主意？

唐辉肯定地点点头。

叶雯婕琢磨不明白：这可是审讯的大忌！

唐辉解释道：可能是时间原因，可能杨主任有他的道理。

叶雯婕说：最关键的还不是这些事情，我是怕他盯不下来，要不我跟着一块儿吧。

唐辉点点头说：我看成。

市纪委监委办案点第十三讯问室内。

王少一交代：我做生意要寻求政策支持，自然认识领导，这很正常。如果你们非要硬把我们俩往一块儿拧，那是你们市纪委监委的问题，和我没有半毛钱关系。

杨震笑道：想为自己辩解，可以啊，尽管说，只要你肯说话，说什么都行。

杨震忽然严肃道：我告诉你，周春雷已经进来了，就在隔壁。王少一，你和周春雷的关系不用你说，我替你说。你是通过生意上的朋友李平认识的他。你有要承揽绿化工程的意愿，他有寻找工程承包商的需求，于是你们一拍即合，合作得非常好。你不仅能保证工程质量，还能保证承揽给你工程的人有钱赚。以这样的合作关系为基础，你们私下成为好朋友，这是水到渠成的事情。你们俩彼此都很有好感吧？

王少一沉默。

杨震说：但是，你王少一不老实啊，对不住你身边的朋友啊。你答应给周春雷回扣和实际总对不上，也不是次次都兑现啊？

王少一说：胡说！我哪次没兑现了？

王少一发现说走嘴了，马上闭嘴。

杨震笑道：你对周春雷是不是真的有诚意，恐怕只有你知道，不过，你行贿的事实是跑不掉了。

王少一恍然明白：你！

唐辉调侃道：我刚才就提醒你，还是跟我说的好。

市纪委监委办案点第十一讯问室。

杨震说：周区长，你对自己受贿的事实是否承认呢？

周春雷叹息：我说过，只要你们能证明的事实，我一律承认。

唐辉说：果然有领导的风范，难怪黄副市长没有看错你。

周春雷急了，说道：要判就判，挖苦被审讯者很有乐趣吗？

唐辉自知无趣：对不起您了，我也是说的心里话。

周春雷又是一声叹息。

"八室"小会议室内，杨震在组织小组讨论。

杨震咳嗽两声，扯得胸部疼，他强忍着继续说道：就手头上所掌握的证据，申请留置周春雷夫妇和王少一没有问题了。雯婕，文静，你们准备下向市委和省纪委的请示，需要尽快向领导请示、汇报。人是带过来了，但是，周春雷背后所隐藏的事情远不止这些。唐辉，李平有消息没有？

唐辉说：九九归一，现在就差这小子没有归案了。

杨震说：你带人尽量找到他。

唐辉说：放心，跑不了他。

李平私人别墅门外。唐辉、何劲松望着院子里，保姆小跑过来。

保姆说：主人一直没有回来。

唐辉点点头，转身便离开。

保姆说：你不进去看看了？

唐辉说：上次是我不对，我该相信你的，你没有必要对办案人员撒谎，而且也没有这个胆子。

保姆连连点头。

唐辉风风火火地走，何劲松尽量跟上他的步伐。

何劲松说：老唐，我有个想法，保证能逮着那小子。

唐辉停下：别绕弯子，说。

何劲松说：李平失踪前一直和一个人保持着联系，我感觉，他现在即便藏得再严实，也会和这个人联系，了解外边的消息。

唐辉说：周春雷的司机？

没等何劲松回答，唐辉便风风火火地走了。

十八

路边。唐辉拉开吉普车门，弯身上车，接着启动。

何劲松匆匆钻进了吉普车内，还没有坐稳，车子已经开动了。

私人会所门口，唐辉拎着周春雷的司机走出，一路跌跌撞撞地来到车前，何劲松打开后车门，唐辉推着司机钻进了车内。

周春雷司机说：兄弟，兄弟有话好好说，江湖救急是吧，我身上的钱全给你们——

唐辉说：收起你那套破玩意儿！看清楚了！

周春雷司机抬头看见了唐辉的工作证，吓了一跳道：你们是——市纪委监委的？

唐辉点头说：找你了解点情况。

周春雷司机忽然来了底气：给我用武力，信不信我告你们？

何劲松说：嘿！你还来劲了！

唐辉瞪了何劲松一眼：李平，你认识吧？

周春雷司机问：怎么了？

唐辉说：他现在在哪儿？

周春雷司机说：有必要告诉你们吗？欠你们的啊。

唐辉说：他现在犯事了，你如果知情不说就是包庇。

周春雷司机想了一会儿说：我不知道，我不说，我就不是包庇了吧。

唐辉说：你最好说，免得我们以后跟你翻旧账，那就不是在这里了。

周春雷司机问：在哪儿？

何劲松一字一顿地说：看——守——所。

周春雷司机愣了一会儿说：我不知道。

唐辉盯着司机的眼睛，司机躲闪着他的目光。

唐辉说：那你走吧。

周春雷司机弯腰下车。

唐辉说：开车。

何劲松说：老唐，就这么放过他？他明显是在——

唐辉说：开车！

街道。何劲松把车停靠在路边，愣愣地盯着车窗外，脸上忽然泛起惊喜。

何劲松说：老唐，你猜得还真准，这小子真来了。

唐辉说：以后多留意细节，别想不到的事情就用猜这个词。

何劲松问：什么细节？

唐辉说：以后再说，下车，跟着。

时尚咖啡厅内。周春雷司机坐在了李平对面，狡猾地笑着：哥，我又有一个重要情报给你。

李平问：电话里不能说吗？

周春雷司机做出数钱的动作：兄弟不是最近手头紧嘛。

李平推出一个信封：早就给你准备好了。

周春雷司机说：是这样的，今天市纪委监委的人来了——

李平说：市纪委监委？

唐辉说：对的。

李平惊讶地抬头，唐辉正冲着他微笑。

市纪委监委办案点第十七讯问室内，李平颓废地坐着。

何劲松问：姓名？

李平沉默。

何劲松问：性别？

李平沉默。

何劲松问：职业？

李平愤怒道：有屁快放！老子今天算是栽到你们手里了，我就纳闷了，躲你们比躲鬼子都难，你们市纪委监委的是不是都当过特务啊？

唐辉心平气和地说：知道我们厉害，就别再藏着掖着了，都是老爷们儿，痛快点儿。对你好，也我们也好。

李平问：你们想知道什么？

何劲松问：你和周春雷是什么关系？是不是存在行贿受贿行为？

李平反问：是不是存在，你们不知道？

唐辉说：正因为知道才这么费劲找你来的，这是在给你一个机会，你心里应该有数儿。

李平说：我早就知道有今天，当初就不该那么信任他。

唐辉道：还不晚，等他说出来，那才是真的晚了。

李平如释重负一般说：既然都来了，早晚都得说，不如痛快点儿，我说。

市纪委监委办案点第十九讯问室内，叶雯婕在主审，徐航在记录。

叶雯婕问：还有什么要补充的吗？

卢晓丹说：你们想到什么就问吧，我从来没有干涉过他的事情，一直以来都是他把钱财给我，然后我来保管，说实话，我要那么多钱，我自己很少花，都是为了儿子。

说着，卢晓丹有要哭的冲动。

叶雯婕拿出纸巾，交给徐航，示意她拿给卢晓丹。

卢晓丹接过纸巾说：我们家老周其实也是一时鬼迷心窍，我特别了解他，他是个好人，很正直，也很有爱心。他还是一个特别要强的人，要不然，我父亲不能这么欣赏他，我们俩的婚事就是我父亲一手撮合成的。说实话，我挺佩服我父亲的眼光，不过，我也挺怨恨我父亲，他怎么就没有看到周春雷的今天呢？好好的一个家——

叶雯婕和徐航在为一个女人的悲伤而感触。

办公室内。杨震如释重负，站在窗前静静地望着。

唐辉推门而进，说道：杨主任，都撂了，这案子成了。

杨震说：撂了好啊，上报市委和省纪委监委立案吧。

唐辉说：好嘞。

唐辉刚想走，意识到什么不对劲，就说道：杨主任，您是不是不舒服，不如再去医院看看吧。

杨震笑道：你这一说，还真的有点累了，不过，还是闲不住，一会儿还要去一把手那儿。

唐辉紧张地问：调动的事吗？

杨震说：那事啊，你不说我都忘了，和工作无关。

市纪委监委一把手郑振国办公室外。杨震敲门。

郑振国说：请进。

杨震推门进来，发现郑振国办公室坐了一组人。

郑振国起身说：坐吧，杨震主任。我来介绍一下这几位。这位是市委组织部干部处王主任……市纪委监委的这几位同事，我就不用介绍了。

秘书沏了一杯茶端给了杨震，随后走出去带上了房门。

郑振国说：杨震，我今天叫你来呢，是有些情况需要与你沟通。

杨震关注的眼神望着郑振国。

郑振国解释道：是这样的，对你的工作调动是我提出来的。你是厅局级后备干部，年轻有为，工作也很有魄力。组织上原本是把你交流到市委政法委工作一段时间，职务嘛，政法委副书记，级别是副厅级。

杨震关切地等待下文。

郑振国说：党委会也就此讨论过。后来，我们干部室又分别与有关部门沟通了一下，还是觉得你目前在市纪委监委工作和锻炼的空间更大些，毕竟你长期从事纪检监察工作，又有在各个层级锻炼的经验。有关部门的领导，也非常理解和支持市纪委监委的工作。

与会人员频频点头。

郑振国说：所以呢，组织上撤销了你的调令。鉴于目前纪检监察工作的总体格局变化，党委研究，也征求了相关部门的意见，决定任命你为市监委副主任，"八室"主任位置你暂时兼着。干部任命、考察程序的事情，由干部室按照规定去办。

杨震一愣。这个决定对他有些意外，但迅即反应过来，他表态道：多谢领导!

十九

某高档餐厅雅间内，黄天祥和叶雯婕坐在雅致的包间。

黄天祥说：雯婕，个人的问题还不着急？上次我介绍的不满意，我再帮你寻思下。当叔叔的真的很担心你。

叶雯婕说：谢谢黄叔叔！

黄天祥问：听说你们把周春雷抓了？

叶雯婕开始谨慎地选择措辞，说道：是。

黄市长叹气道：得到这一消息，我很失望。上次，你们找我的时候，我还夸他呢。你知道，周春雷是我一手提拔起来的干部，我对他的期望远远高于我自己的仕途。他是咱们市最年轻的区长，能力突出，想法超前。他在我心里，以后的路会比我走得更远。只是没有想到，他能这么让我失望！

叶雯婕说：黄叔，这怪不得您，是他没有把握好自己，辜负了您的厚望。

黄天祥道：是啊！年轻人往往在欲望面前，把持不住自己。

顿了顿，黄天祥继续说道：市委办公会上，我已经建议市里给你们全体"八室"人员奖励，这次你们办了一件大案啊，如果以后有人出来干涉你们的工作，我第一个站出来不愿意！

叶雯婕感动地说：谢谢黄叔叔的支持！

黄天祥道：你想吃点啥，就叫服务员点吧。

公路行驶的车内。唐辉边开车边接听电话：好，好的……我现在就告诉杨主任。

唐辉挂断电话对副驾驶位置的杨震说道：杨主任，刑侦支队根据您留下的物证，已经找到了袭击您的杀手。

杨震问：交代了吗？

唐辉说：雯婕和徐航正在赶往市公安局。

市公安局看守所提讯室内。叶雯婕、徐航在提讯室正翻阅警方讯问笔录。

亮子被看守所民警押了进来，坐在被审的位置。

亮子坐下后抬头，看到了徐航，有些惊讶地说：你啊！

徐航嘲讽地问：怎么着，见了我就害怕啦？

亮子苦笑道：我是上辈子欠你的，干了这么多年活儿，从来没失手过，竟然栽到一个女娃娃手里。

徐航说：你还是老实交代吧，不然，这儿比外面还让你难受。

亮子说：哎，我说，我认栽了。不过，你们可弄清楚了，我亮子说了，可不是因为我尿了，是因为我是真服你了。今天坐我前面的要不是你，我死了也不会说。

徐航道：那就别磨叽了，痛快点儿。

亮子问：说之前，我还想问你一个问题，你有对象了没？

徐航激动地说：你！

亮子笑了，说：好，好，别生气，我告诉你，这一切都是白广坤让我干的。

徐航问：白广坤是谁？

亮子不屑地说：他，你们都不知道？也太孤陋寡闻了吧！大名鼎鼎的白哥，你们竟然不知道？

徐航道：你别跟我们绕弯子！

亮子说：市政府领导的大秘啊！

徐航发怒道：我给你说，不要认为你说什么我就会记什么，不要感觉自己聪明，说假话会让你的罪名更多，罪责更大！

亮子不屑地说：切！你也太小瞧我亮子了吧？我既然要说，就没必要说假话。

徐航和叶雯婕对视一眼，惊讶不已。

叶雯婕说：那就好好交代你做这些事情的经过吧？

亮子说：记得是上个月，白广坤找到我……在一家酒店包间内，白广坤给我一张杨震的照片。白广坤说，把他弄伤弄残，不要弄死，明白吗？至于你用什么办法，我不关心，越快越好。我接下了这个活儿。后来，我就踩点，在杨震的车上做了手脚。我想，车子失控出事，不会被发现的。

叶雯婕问：说说这个白广坤吧？

第五章
非常博弈

杨震的办公桌上放着一封匿名举报信,已经开封,看来是别的办案人员基本确定有调查价值的信。杨震拆开,内容是举报"滨海城市花园"开发商官商勾结的经过。但查处这一案件却并不那么轻松……

一

夜晚，办公室里，杨震放下电话。打开一个信封，拿出信纸，并带出一个U盘，他刚刚看了一眼信纸，愣住了——信纸题目很醒目：举报信，内容见U盘。

他拿着U盘，想着什么。他犹豫了一下，将U盘插入电脑插口，很快电脑屏幕上显示着音乐播放软件跳动的波段。

播放的声音很模糊，听不清说的什么，只能分辨是两个男人在说话，杨震眉头紧蹙。

他忽然听到一句话，立刻敲打键盘暂停，重新播放，再次暂停。

杨震自语道：这不是幕后和前台，是平等的合作……这声音怎么这么熟悉呢？谁呢？没有一点儿头绪的杨震决定让唐辉来处理。

"八室"工作区内，唐辉正用调侃的语气念举报信：

尊敬的办案人员，我是很认真地向你们举报一个人，但我要先声明的是，我和他没有半毛钱关系，他的事和我没有丁点儿关系。我怕你们找我，所以我用的匿名，信今天寄出，我明天就搬家。

何劲松在一旁打趣道：这人至于紧张成这样吗？该不是举报黑恶团伙吧？

徐航说：对付黑恶团伙应该去公安局报案啊。

唐辉继续念道：我要举报的人虽然没有什么权力，但是脏事特别多，他一定是有背景才敢这么肆无忌惮地敛财。他就是海滨地产的董事长刘鸿达。

何劲松和徐航惊讶了。

杨震从自己的办公室走出，喊道：唐辉！

唐辉说：唉，什么指示啊？杨主任。

杨震递过U盘，说道：帮我处理一下里面的音频文件。

唐辉答应一声，返回到自己的笔记本电脑前，麻利地插U盘，戴上耳机，开始忙碌。

徐航却拿起举报信看起来，嘟囔道：他的地产项目是靠行贿得来的，这一点我百分之百确定。你们不要试图找到我,我一直在暗中观察着你们的举动,必要的时候我会主动站出来作证。

徐航顿了顿,说道:这人好大的口气啊。

杨震边走边部署道:半小时后会议室开会。

半小时后,几位办案人员准时出现在"八室"小会议室里。

杨震开门见山地说:关于刘鸿达,这已经不是第一次了,算是老熟人了,他的资料就不用再介绍了吧。

叶雯婕说:上回是举报他用房产行贿,这回虽然没说那么明确,但暗示给我们的内容似乎更严重,官商勾结,基本上可以这么理解吧?

杨震道:是的。我想听听大家的意见,是不是可以立案,成为咱们下一步工作的方向。

唐辉说:咱们之前也对他进行过调查,没有查出什么,反倒整出了一个"五好企业家"。前几天,市政府刚刚给他颁了奖,而且还当上了市政协委员。现在正是他风生水起的时候,调查时间上,恐怕不太合适吧?

杨震说:这些因素,咱们完全可以抛开,最关键的是,如果咱们动了他,必须考虑清晰,接着产生的连锁反应。

叶雯婕说:是啊,他的幕后,现在还猜不透水有多深,但一定浅不了。

叶雯婕的话似乎说到了杨震的心坎儿,他手指敲打着桌面,想着……

杨震的手机忽然响了,他看了一眼,眉头紧锁。

杨震说:我接个电话,你们继续讨论。

杨震走到走廊一隅,正好有个落地窗,可以看到外边的万家灯火。

电话是杨震妻子励勤打来的。

丁励勤说:我刚刚问过豆豆的同学,都说晚上音乐视听课放学后没看见她,你说怎么办啊?打她的手机,也不接。豆豆会不会出事?咱就这么一个女儿,从小就听话……

杨震说:你别着急,再问问她的同学和班主任,看会去哪儿了?

丁励勤有些气愤地说:这孩子,去哪儿也该跟大人说一声啊。有啥事,也不能不接电话啊!

杨震说：我现在正在开会，待会儿我电话她试试。

丁励勤急了，说道：除了工作，你心里还有家吗？咱就这一个女儿，如果出了事，看你怎么办！

妻子的埋怨让杨震尴尬得不知该如何回应，他说道：励勤——

丁励勤赌气道：你是不担心，从女儿出生，你就从来没担过心，更别提操心了。算了，我不跟你讲了，我自己去找，就算女儿出了事，我也不跟你商量了！

杨震想安慰下妻子，说道：励勤——

听筒里传来挂断电话后的忙音。

杨震望向窗外，若有所思。

这一幕被走来的叶雯婕看在眼里，有些触动。

杨震转身，和叶雯婕正好打了个照面。

叶雯婕说：杨主任，我们讨论出两个建议。

杨震说：走，回办公室说。

叶雯婕却没有动弹，她盯着杨震的眼睛说：杨主任，我们都看出来了，您决心想查到底。

杨震说：那也跟我进办公室说。

叶雯婕跟着杨震走进他的办公室。

叶雯婕说：我们建议把这个案子放缓，如果查他，也最好是他的风头过了之后，否则将会有各种不必要的阻碍。

杨震问：这个我清楚，下一条呢？

叶雯婕说：如果杨主任反对，第一条作废。

杨震惊讶道：这就是第二条建议？

杨震不禁露出一丝笑容，笑道：看来，你们心里也是暗藏着波涛汹涌啊。

叶雯婕说：那既然已经决定，我们全力以赴支持你。

杨震语调平静地说：好，就从多封举报信提及的几套房子的归属入手。

叶雯婕起身离去。

这时，杨震办公室电话响了。

杨震一看号码，是妻子的，他接起电话问：励勤，豆豆有消息了？

丁励勤电话里着急地说：还没有，我在派出所呢。

杨震说：随时给我打电话。

杨震说完，挂了电话。

唐辉敲门进屋，带着惊慌：杨主任，U盘损坏了。

杨震问：里面的内容没了？

唐辉点头说：没了，这个U盘设置过读取次数的，一共三次。最后一次我进行了声音处理，基本上可以分辨内容了，但文件自动被删除了。

杨震问：什么内容？

唐辉说：具体不是记得很清楚，但大概意思是两个人在谈判，内容没有涉及房产钱财问题，但究竟是为了什么谈判搞不清楚。

杨震问：你的第一直觉是什么？

唐辉说：有个人的声音似曾相识，但想不起会是谁。

杨震露出微笑，说道：这也是我的感觉，看来这个人，咱们一定见过，但也一定不是很熟悉。

唐辉问：会是谁呢？

杨震笑着说：等着吧，一定会出现的。对了，把U盘交给技术部门处理一下，看能否恢复。

唐辉说：好的。

二

夜晚，光华路派出所值班室。

丁励勤抽泣着向值班民警说道：我女儿从小就没有顶过嘴，说什么听什么，中午放学后，就没回家，一定是出事了。

丁励勤激动地抓住值班民警的手，说：求求你们，一定快点儿找到她，否则可能就没命了。

值班民警安慰道：我们理解您的心情，可是报失踪人口的立案是有时间限制的，您女儿说不定就是在外面一时玩得高兴忘了给您说了。您回家再等等，保持手机畅通，如果过了四十八小时后，她还没有回来，您再来，好吗？

丁励勤气愤地质问：四十八小时，会发生多少事情你知道吗？你们就是这么打发群众的吗？

而此时，某商场外，豆豆低头走路，不时回望身后有无人跟踪自己。

豆豆走到街头报刊亭，拿起公用电话，拨通丁励勤的手机。

派出所内，丁励勤接起手机，一脸惊喜。

豆豆说：妈，我是豆豆。

丁励勤着急加气愤地说：你这死孩子，咋不给妈妈打电话呢？

豆豆委屈地说：妈，我手机被抢了，我现在在一个公用电话亭。

丁励勤说：我去接你。

豆豆说：不用。我这边离爸爸单位很近了。我先去他那儿。详细情况，我们见面后再说吧。

丁励勤说：我们在你爸爸单位碰头吧。

豆豆说：好。

豆豆挂了电话，又警惕地看了看周边，上了一辆公交车。

有人进来，对杨震说：杨主任，你女儿豆豆找你。

杨震惊喜道：在哪儿？

来人道：传达室。

杨震说：让她上来吧，我在办公室等她。

很快，豆豆来到杨震办公室。

杨震说：丫头，咋回事？你妈妈急坏了。

豆豆说：爸，是这样。我中午放学后，步行回家……

原来，豆豆上完视听音乐课，放学回家路上，用手机听着音乐。

一个年轻人跑过来，一把抢走了豆豆的手机。

豆豆边追边喊：抓贼啊！

路人很少,也没有几人关注。

豆豆追赶不上,很沮丧地往家方向走。

豆豆发现有人在自己身后不紧不慢地跟着,开始警觉。她立即朝另一方向走去,越走越快。后面的人马上也不远不近地跟着。

走到一处人多的地方,豆豆停住,试图看清跟踪者的面貌——跟踪者又不见了。

办公室内,豆豆向杨震诉说着她提心吊胆的经历。

豆豆说:这个人跟踪了我好几个小时。

杨震问:看清他的长相了?

豆豆说:没有,我觉得跟我刘叔(刘子峰)差不多。

杨震自语道:会是什么人呢?

丁励勤进入杨震办公室,一把抱住豆豆。

丁励勤说:你急死妈妈了,也不给妈妈打个电话。我都去派出所报案了。

杨震说:励勤,这段时间,你们娘儿俩要格外注意安全。估计,这件事和我们办理的案件相关。

杨震看了一下时间,说道:该下班了,我们一起回家吧。

丁励勤说:难得今天回家这么早。

第二天一早,叶雯婕就驾车带着何劲松开始查房地产的几个线索了。

新建小区外,何劲松透过车窗可以看到崭新的楼房和小广场。

何劲松有些歆羡地说:又来了,真不知道什么时候我能买得起啊。

叶雯婕冷冷地说:买得起的人说不定就快进局子了,更说不定是我们抓进去的。

何劲松笑出了声:哈哈,也是。这样,我心里平衡多了。你甭说,"阿Q胜利法"挺管用的。

叶雯婕将车停靠路边,拿起文件包,对何劲松说:小何,走吧。

叶雯婕和何劲松快步走进售楼处,直奔经理办公室,正玩手机游戏的经理被吓了一跳。

叶雯婕出示市纪委监委的法律文书后，单刀直入地说道：我们是滨海市纪委监委工作人员，想了解几套房子的房主信息。

经理有些惊慌地回应：好，好，请问哪几套？

叶雯婕从包里掏出一张纸，拍在经理面前说：都在这儿呢，你帮着找吧。

经理接过那张纸，细细看过之后，之前的惊吓消失，变得很淡定。

经理说：哦，这几套啊，我们无权过问，你得问更上面的领导。

叶雯婕问：什么意思？

何劲松说：你要是故意隐瞒，以后是要承担责任的，请你考虑清楚。

经理瞥了一眼何劲松，似乎认出了当时咨询购房的何劲松，很是不屑地回答：这些房子都是领导特批的，就从来没有在我们这儿卖过，你们要问还是问领导吧。

说完，经理不再理会二人，开始很悠闲地继续玩着手机游戏。

叶雯婕一把拿回法律文书和那张标有房子信息的纸张，带着何劲松离开。

滨海地产公司的大楼相当气派，简直是一座巍峨的大厦矗立在繁华闹市区。

何劲松仰脖望了一眼，嘟囔道：这滨海地产还真气派！啧啧，这地段，这建筑，简直一个豪横 plus！

叶雯婕无心逗咳嗽，拉了一把何劲松说：走！

何劲松快步跟在叶雯婕身后，两人走进大厦。

滨海公司销售部经理办公室内，叶雯婕同样的动作，把纸拍在桌子上，要求销售部经理道：帮我们查查户主资料。

销售部经理看过，面露难色。

何劲松担心道：怎么，你也没资格查？

销售部经理：这倒不是。这几套房子虽然都卖出去了，但一直没有人住，而且房主也没亲自来过，所以信息肯定不全，可能就是个人名。

叶雯婕说：身份证号，总得有吧？

销售部经理道：那有，我可以提供给你们。

销售部经理拨通座机道：小刘，来我办公室一下，帮忙查查存档……

"八室"小会议室。

何劲松很气愤地说：那家伙死活不承认是房主，也不承认认识什么有头有脸的人。也难怪，他们一家四口住在四十平的安置房里，怎么可能买得起这么好的房子，我猜测一定是亲戚之类用他的名字买了这套房子，可他硬是不说。

杨震说：这家人姓什么？在哪里？

叶雯婕说：姓周，家在东北方向四十公里的北周庄。

杨震冲叶雯婕说：调查一下市里领导，有没有老家在那儿的，姓周的格外注意一下。

叶雯婕犯难道：这个查起来不是很方便吧？

杨震笑道：所以才交给你，让徐航帮你。

徐航利索地回答：坚决完成任务！

三

唐辉风风火火地走进市公安局刑侦支队办公区，找到负责的办案刑警赵明。

唐辉说：有消息了吗？为什么还不对白广坤采取措施？

赵明说：唐哥，实不相瞒，就现在掌握的情况，我们还不能动白广坤。你有所不知，之前我们抓的那个人，也就是梁子，小名亮子，绰号秃老亮。他承认对郑主任的车做了手脚，也承认试图加害郑主任他们，这没变。但是他原来承认的——白广坤雇凶的事情，现在又翻供了，说和白广坤没有关系，他说自己就是胡说八道的。

唐辉惊讶道：梁子这种人也会翻供，有人去探访吗？

赵明点点头说：有，律师来过。

唐辉说：我明白了。

赵明说：什么？

唐辉掩饰道：哦，没什么，有新情况请随时联系我，谢谢！

说着，唐辉告别了赵明，走出了刑侦支队办公区。

办公室内，杨震盯着唐辉，等着他说话。

唐辉终于按捺不住，说道：肯定是白广坤雇的梁子，可现在证据链不全，警察也没有办法。我有一种预感，我们要面对的人很凶险，什么损招都可能出。

杨震说：你和诸位都要格外注意安全，包括各位的家人。昨天下午，豆豆就被人跟踪了。

唐辉说：啊？有这事？太嚣张了吧！

杨震说：和平时期，我们查处腐败犯罪分子，也是生死较量啊！犯罪分子也非常清楚，我们的较真儿，会彻底断了腐败犯罪分子的前途、命运，他们绝不会甘心束手就擒的。问题是，我们在明处，他们在暗处。要把他们挖出来、揪出来绳之以法，不仅需要胆量、勇气、毅力，还要更高的智慧。

唐辉说：是啊。这也是我们的责任所在。我越来越感觉到，我们工作的价值与意义。

杨震说：目前有什么进展？

唐辉说：我与公安方面沟通了，那个追杀您的叫梁子，人已经翻供了，公安方面还在继续补充调查。律师已经介入了。律师一介入，梁子这边的口供便不好突破了。

杨震说：唐辉，公安的事我们不宜过问太多，我相信他们会整明白的。不要再过问了，问多了不好。

唐辉疑惑道：你觉得这个事还和咱们的案子有关？

杨震说：现在还不确定，只是一种感觉。

唐辉提醒道：反正，你要动常务副市长秘书，我没什么意见，但你得考虑清楚他背后是谁。

杨震笑道：没想到啊，你也有前怕狼后怕虎的时候。

唐辉解释道：我做事情有时是冲动，但冲动不代表鲁莽。不过脑子的事情，我是不会做的。

杨震笑道：成熟了。

唐辉问：什么意思？

杨震不回答，只是在笑。

时尚西餐厅里，就餐的人数不是很多，白广坤、孔凤在卡座就餐。

孔凤抬起头深情地望着白广坤说：你这个大秘，难得有时间陪我吃饭。

沉思中的白广坤缓过神来道：哦，还需要什么，我来点吧。

孔凤说：坤哥，你是不是有心事？

白广坤说：是。

孔凤说：能和我说说吗？

白广坤说：暂时不能。

孔凤说：我就不问了。你们男人是做大事的，我就一个小女子，没有啥想法。坤哥，我是你的人，你的事情你不说我不会问的，你可以相信我。

白广坤说：我知道。现在形势非常不好，老板目前很难。再过两三年，他也该退了。我这边还没有确定的安排。我也无所求了。现在的官不好当，弄不好会坐大牢，甚至是掉脑袋的。

孔凤说：我也听说周春雷的事情了。报纸上、网络上都报道了。

白广坤说：大老板的三任秘书，折了两个。我真担心自己也会出事。

孔凤说：坤哥，你不会的。你有大老板罩着呢！

白广坤说：大老板罩着呢？看样子，不靠谱。大老板如果不谨慎，早晚也得玩儿完。

孔凤说：坤哥，别说这丧气话。你这么聪明，不会有事情的。

白广坤说：吃饭吧。不聊这事了。

办公室里，叶雯婕和徐航正在向杨震汇报情况。

叶雯婕说：刘鸿达的新楼盘是经过拆迁得到的，共拆迁三百多户居民，后期安置做得很到位，至今没有一户居民上访。但追究最初的数据，我们发现了一些问题。

徐航说：这块地皮是以相当低廉的价格拍卖得来的，基本上相当于当时市场价格的三分之一。一场公平公正的拍卖会，会产生这样的价格，肯定有问题。

叶雯婕说：还有一点，当时拍板的领导正是前区长周春雷。

徐航说：而且，我们查找刘鸿达的社会关系网，发现了一个令人很吃惊的事实。

杨震问：什么？

徐航说：他们两个人是大学同届校友，而且在他们的母校校庆的时候，还曾经被邀请回校演讲。奇怪的是，两个人都没有去。

杨震说：回母校演讲可是莫大的荣誉啊，两个人都不去，有意思。

徐航说：是啊，如果换作是我，可得好好打扮一番，风风光光地回母校亮亮相。

叶雯婕说：周春雷一直不肯承认他和刘鸿达之间存在经济往来，也从来没有说过他和刘鸿达的关系。越是保密，越说明有问题。但是，这个周春雷为什么这么保护刘鸿达呢？

杨震说：他恐怕不是在保护刘鸿达，而是在保护他自己。

叶雯婕和徐航疑惑。

杨震解释道：他还有个儿子。像他这样的人一定把儿子的前途看得比他的命重要，外面有个有钱有地位的同学，能借上光还是要借的。

叶雯婕说：你是说——周春雷手里一定有刘鸿达的把柄，哪怕是他在市纪委监委办案点或监狱里，刘鸿达还是要让他三分的？

杨震说：这只是我的猜测，具体什么情况，只能看我们最终调查的结果了。除了这些，还有什么线索和证据？

叶雯婕说：刘鸿达新楼盘的那几套房子的户主都找到了，很奇怪，不是在郊区就是在外省，而且看起来没有任何联系。更奇怪的是，他们的经济实力都不太可能买这样的房子，即便是有这样的经济实力，他们也没有必要在这里买房子。

杨震问：那他们怎么解释？

徐航说：要么装不知道，要么说为以后准备的，反正就是不肯说是谁买的。

杨震说：继续查关系网，指定能找到隐藏的房主。

叶雯婕和徐航异口同声道：好的！

四

市纪委监委办案点讯问室，唐辉、何劲松在提讯周春雷。

周春雷晃了晃手铐，自嘲道：现在来，还有什么意义吗？

唐辉说：你的案件还没有移送起诉检察院，法庭还没有对你宣判，就没有想过再为自己争取机会吗？

周春雷苦笑道：你是在暗示我什么？

唐辉说：你心里比我们清楚，该说的没说全，要不然，我们闲着来找你聊闲天吗？

周春雷说：你们来不来，和我无关。我只知道我想说的都已经说了。

唐辉说：我有必要提醒你，有些事情不是你保密得住的，你不说，只能是延缓我们得知真相的时间，并不能阻止我们找到真相。

周春雷说：什么事情？我现在笨了，脑子总是想不明白事情，能直白点儿就直白点儿吧，我谢谢你们。

唐辉说：好。你和刘鸿达之间的事情，我希望你能坦白。

周春雷说：我和他，一个是官员，一个是老板，官商交往嘛，有接触是必然的，但没有你们想象的那么熟，更没有你们想象的那么黑暗。

唐辉说：你们这么要好的同届校友，还说不上熟悉？

周春雷有些吃惊。

唐辉说：你都能给他的项目开绿灯，还不说明问题？

周春雷更吃惊了。

唐辉说：我刚才说过，希望你能给自己争取最后一次机会。

周春雷说：你们说吧，说多少我承认多少，我不想再多说一句了。我累了，真的累了，能踏踏实实在里面度过晚年，也挺好的。

何劲松说：你？！

唐辉说：我理解你的心情，也知道你是怎么想的，我特别想问你，在你心里，通过不正当手段换来的东西能长久拥有下去吗？包括金钱、物品，甚至是一个人的前途。

唐辉的最后几个字刺进了周春雷心里，他为之动容。

唐辉说：既然不是长久的事情，为什么还要舍不得？你可以预见结果的，你是聪明人。

周春雷说：别说了，我说过了，我不想再多回答你们一个问题，再多说一句话，我累了。

唐辉盯了周春雷一会儿，收拾资料，示意何劲松结束讯问。

刚刚离开位置，唐辉又站住了。

唐辉说：对了，给你说点儿高兴的事。你资助的那几个孤儿，有一个考上了高中，市里最好的高中；还有一个考上了大学，名牌，因为成绩突出，还荣获了一等奖学金。

周春雷说：你说的是小赵强和刚刚吧？

唐辉说：不清楚。

唐辉指着何劲松，说道：这些都是小何告诉我的，他妻子你可能熟悉，章记者。

周春雷笑道：她啊？还真巧。

唐辉正色道：正如我刚刚说的，一个人的前途还是掌握在自己手里最好，至少他懂得珍惜。而靠其他手段得来的，很难说能有前途。

周春雷沉思着，唐辉和何劲松离开。

周春雷说：等等……我说。

唐辉等待着周春雷接下来的话。

周春雷说：我和刘鸿达存在着经济往来，你们的猜想一点儿没错。我可以用一句话来概括我们的关系，我提供政策便利，他给我经济回报，亲如兄弟，却不敢示人。

唐辉说：这就是你们长期以来刻意在公众面前保持距离的原因吧。

周春雷点点头说：是这样的。这些年来，我们很难算清到底是谁付出更多。我和我爱人能有现在的奢侈的生活，我的孩子能出国上贵族学校，这一切都是刘鸿达给的。而刘鸿达今天的辉煌，如果离开我的帮助，他至少还要再奋斗十年……

唐辉说：在我看来，这不是相互帮助，而是官商勾结，狼狈为奸。

周春雷苦笑道：对，我同意。我爱人卢晓丹经常这么说我，但她总是在说些话的时候，面带笑容。因为每次她说这些话的时候，都是我把刘鸿达的银行卡给她的时候。

唐辉说：都放什么地方了？

周春雷说：是我爱人负责的，她负责管钱。她的逻辑是，只要能让她在经济上没有后顾之忧，我的生活她一概不过问，哪怕我让她在人前演戏都可以。

唐辉说：好，那就细细地说说你们经济上的交往吧。

周春雷说：……

市纪委监委办案点李主任办公室。

唐辉风风火火地推开门道：李主任，现在是不是可以提审卢晓丹？

李主任有些疑惑。

唐辉急忙解释道：案情有重大发现，必须快。

李主任道：好，我们马上上报，请耐心等待一会儿。

唐辉说：要快！

李主任点着头，拿起了座机，刚刚拨通，唐辉便抢过了话筒。

唐辉说：我是市纪委监委八室的唐辉，我们在讯问周春雷时，发现重大案情，需要提审卢晓丹……好，好！

唐辉把话筒递给李主任道：请接电话。

唐辉也同时拿出手机打电话：杨主任，我们讯问完后，马上向您汇报。

孔凤家客厅。

浴室里传来哗哗的流水声，白广坤坐在客厅沙发沉思。

孔凤从浴室走出，一身浴袍，娇艳欲滴。

孔凤娇声说：坤哥，还在想事啊？

白广坤说：是。

孔凤说：晚上没有啥事了，要不要我陪你喝一杯。

白广坤木然地说：好。

孔凤倒了两杯红酒，递给白广坤一杯。

白广坤接过红酒，此时手机响了。

白广坤示意孔凤别出声，走到客厅阳台上接电话。

白广坤说：你在哪儿？

陌生电话：我在你家附近，老地方。

白广坤说：好。我马上下来。

白广坤挂了电话，回头对孔凤说：我出去一下，马上回来。

白广坤拿着一个大纸袋出去了，穿着浴袍、娇艳欲滴的孔凤走到窗前，望着窗外的美景。

楼下路边，停靠一溜儿小汽车。白广坤仔细看了一下车牌，上了一辆黑色轿车。

白广坤把内装现金的一纸袋交给陌生人。

那人接过纸袋，看了一眼纸袋里的钱，满脸堆笑道：谢谢坤哥，真仗义。

白广坤很严肃地问：事情办得咋样了？

陌生人说：我跟了这个丫头一周了，她的行踪我很清楚，就等您下命令了。

白广坤说：没有事情，不要单独找我。更不要在电话里说事。等我的电话。

陌生人说：好的，坤哥。

白广坤下车往自己家走去，陌生人发动了汽车。

楼上阳台上，孔凤不安地望着白广坤走来。

五

市纪委监委办案点讯问室里，坐在椅子上的卢晓丹在抽泣。好大一会儿后，她停住了哭泣，抬起头望着唐辉、何劲松、叶雯婕，眼神中带着悔恨。

卢晓丹说：我其实早就想全说了，但我家那位专门嘱咐过我，把一切责任都推到他身上。我知道他想让我能少承担一些罪名，可在我的心里，我很清楚，这样隐瞒下去迟早有见阳光的一天。该承担的迟早都要承担，跑不掉的。

叶雯婕说：周春雷和刘鸿达的事，你都知道了解吗？

卢晓丹说：不是很了解，但刘鸿达给他的，基本上都是我保管，这些年积攒下了我年轻时想都不敢想的财产。但这么多的财产，我用的连个零头都不到。

唐辉说：都放哪儿了？

卢晓丹又开始抽泣道：不是自己的，终归不能长远，唉——

叶雯婕问：怎么，你还想继续隐瞒下去？

卢晓丹说：银行里的钱都存在了国外银行，实物就在我们家里。

唐辉、叶雯婕和何劲松不禁惊讶。

卢晓丹说：现在住的房子在装修前，我就特意弄了一个暗格，就在卧室衣橱后，那面墙有一部分是掏空的。

唐辉、叶雯婕和何劲松更惊讶了。唐辉冲何劲松使了一个眼色，何劲松会意，匆匆离开。

市纪委监委办案点外，何劲松在电话向杨震汇报。

何劲松说：杨主任，向您汇报一个情况……

何劲松声音渐低。

一个小时后，何劲松、徐航和两名警察出现在周春雷家中。负责搜查的两名警察眼神肃穆，配合着何劲松、徐航的搜查。

周春雷家卧室里衣橱显然离开了原有的位置。徐航蹲在墙壁前，贴着耳朵，轻轻敲打墙面，发出空洞的声音，她冲警察点点头。

"咣、咣"几下，一名警察用大锤敲开了墙壁。

一个手提箱显露了出来。

周春雷家客厅，一切还是周春雷离家前的样子，徐航提着一个箱子匆匆走出，何劲松和警察跟在后面。

徐航边走边嘟囔道：真有他的！

半个小时后，办案组成员聚集在"八室"小会议室，在紧急碰头。

杨震说：我个人意见，就目前掌握的证据和证词来说，可以对刘鸿达进行传讯了。文静，你准备下相关手续。

文静点点头。

杨震环视其他人的表情。

从唐辉开始，每个人都很干脆地说了声：赞同。

刘鸿达的地产公司门外，一辆普通汽车和两辆警车驶来，停在门口。

唐辉、何劲松、叶雯婕、徐航和四名警察匆匆向刘鸿达的地产公司大厅里走去……

唐辉等人在刘鸿达秘书的带领下，走到了带有董事长标牌的门前，秘书敲响房门，无人答应。唐辉等得不耐烦，推开房门，屋内空无一人。

唐辉问秘书道：你确定他今天来公司了？

秘书点点头。

唐辉说：公司今天有没有会议？

秘书摇摇头说：暂时还没有接到通知。

唐辉说：他平时除了办公室，还会去什么地方？

秘书说：最顶层有休闲区，他偶尔会去运动，可那总是在公司完成一个项目之后——

唐辉说：走！

唐辉等人走得很快，秘书小跑着跟上：要不然，我给刘总打个电话吧，你们这样乱闯，影响太不好了。

唐辉说：要是打电话能解决问题，我们还来干什么？

休闲区的门敞开着，唐辉等人走进，依旧空无一人，但桌上的一杯咖啡，还冒着热气。

唐辉说：雯婕、小何，你们去门口守着，别让他溜了。徐航和我上去。

唐辉带着徐航继续朝楼梯走去，嚷嚷着：一层一层地找，我就不信了！

楼顶天台上，刘鸿达望着楼下，俨然一副看破红尘的样子。

这时，他的手机响了。

刘鸿达接听电话：什么事情……好，我知道了，不用让他们费劲了。告诉他们我在楼顶，只等他们三分钟。

刘鸿达挂断电话，随手把手机抛向空中，他苦笑。

楼顶的小门咣当一声开了，唐辉第一个走来。

唐辉说：呵，真是闲情雅致啊！刘总，你给我三分钟，我也给你三分钟，看够风景了，就跟我走。

刘鸿达继续苦笑道：风景我早就看够了，我刘鸿达活了半辈子，大风大浪地闯过来，什么风景没看过？我现在是看得太多了，腻歪了，感觉再好的风景也没什么意思了。

唐辉说：那就跟我走吧，还有一个地方的风景，你还真没见识过。

刘鸿达说：三分钟，是男人总该说话算数儿吧，还有两分钟呢。

唐辉说：成，你尽管看，我等得起。只是我不明白，你都今天这地位了，干什么还弄那些自毁前程的事？

刘鸿达说：我从来都不想弄，你以为把辛辛苦苦赚来的钱往别人兜里塞，很舒服吗？或许，我年轻的时候，很希望有人让我塞，因为我塞进去了，就等于买了未来。可等我真正塞进去的那一天开始，就注定我不继续塞，我就没有未来了。你喜欢研究哲学吗？

唐辉说：呵呵，喜欢。人性是很复杂的。尤其是在物欲极度膨胀的今天，人性的变异速度很快。

刘鸿达大笑道：看来你的研究还是很有成果的嘛，马上你又多一个成果。

徐航也跟着赶到了，望着正在谈话的唐辉、刘鸿达停住了脚步。徐航的表情有些诧异，但始终保持着警惕。

唐辉说：刘总，跟我走，老老实实交代，拿出你的态度，或许你还有机会抓住最后一点儿未来。

刘鸿达说：你就不想听听我的心里话吗？这些话，如果换一个地方，我再也不会说了。

唐辉说：老实说，在这儿说，我不想听。再说，想对我说心里话的犯罪分子太多了，我只想带你回去，听你交代犯罪事实。

刘鸿达无奈地说：我的犯罪事实？我从来没有认为我犯过罪，最多能算上是一个错误。我在错误的时间，跟错误的人做了一些错误的事情。我用钱换权力，再用权力换钱，这就是你们想听的犯罪事实。可是，我现在只想说心里话，是我在看到人生曙光到现在一直隐藏的心里话。没想到，在人生的尽头，我连最后倾诉的机会都没有了。

唐辉警惕地说：还有的是，你大可以给自己说，给看望你的亲人朋友说，甚至作为"典型"去演讲，给成百上千的像你一样摸爬滚打上来的年轻人说。

刘鸿达说：你还真会开导人，但我说过，离开这个地方，我再也不会说，即便说，也不是心里话，不是真话。

刘鸿达开始变得有些疯癫，他说：我的人生即将终结，我梦寐以求的事业也即将陨灭，我爱的家人希望他们不要伤悲，我不是一个完美的人，注定没有一个完美的结局——

刘鸿达转身企图跳楼，却被唐辉迅捷地一把揪住、扑倒。徐航也冲过去，合力把刘鸿达带到安全的地方。

接着，天台的小门再次打开，叶雯婕、何劲松和几名警察走来。

唐辉示意警察给刘鸿达戴上手铐。

几人面面相觑。唐辉望着徐航欲言又止。

六

唐辉低头一言不发，似乎在愣愣地想着什么。

杨震平静地看了他一会儿，又转向叶雯婕、何劲松，说道：都有什么想法？说说。

叶雯婕说：刘鸿达企图畏罪自杀，没想到这种人也害怕承担法律责任，可能他更看重的是个人面子吧。

唐辉抬起头，说：我不这么看，大风大浪经历过的人什么委屈没受过，按理说，他早就把面子这种虚伪的东西放下了。与其说他是在逃避法律责任，不如说是在为了掩盖犯罪事实，死了就一了百了，那些不为人知的事情就能永远不见天日了。

何劲松说：现在有多少贪腐犯罪嫌疑人企图以自杀来逃脱制裁。这是一张网，刘鸿达是其中的一个关键网结，他死了，他后面的人就安全了。

杨震说：是啊。我也相信，刘鸿达企图自杀绝不是一时想不开，而是经过深思熟虑的结果，也不排除是别人的意愿。他不死，摆在我们面前的问题最多是证明举报信里的犯罪事实，他死了，反倒让我有理由认为，他身上的事情远不止举报信里说的那么简单。

唐辉说：的确是。

叶雯婕说：刘鸿达的口供不好拿下。他的问题再严重，最多也就是个死缓了。这一步，估计他已经想到了。他在试图保护着什么人。

杨震说：我建议，先把周春雷的犯罪事实彻底查清，固定证据。唐辉和小何继续讯问周春雷、卢晓丹；雯婕，你带人把他们之间经济交往的账目查清。刘鸿达，我们不是把他送省安全厅的监委办案点了嘛，再渗他几天再审。还有，雯婕，你先做一个讯问方案，我们尽快向郑书记汇报。

叶雯婕说：好的。

杨震说：对，我们有理由相信，咱们面临的大案才刚刚拉开序幕……

唐辉说：徐航呢？

杨震说：她临时去信访接待大厅帮忙。一两天就完事。

市纪委监委信访接待大厅内，徐航正和信访接待的同事聊天。

徐航说：小李，我跟你们部门是有缘，你们一忙，我们都得顶班。

同事小李说：谁让我们室里的人都上街宣传呢。

徐航说：我可不喜欢坐着等案件上门。

一个中年女人敲门而进，有些担心地扫视着每一个人说：请问，这里是举报中心吗？

徐航迎上去：您是来——

女人说：我来举报。

徐航打量着面前的这个女人——穿金戴银，典型的土豪富太太形象。

徐航说：那跟我来做个笔录吧。

两人入座。

徐航拿着信访接待记录本边写边问着：姓名？

女人像背台词一样说道：我还是自己说吧，我叫马晴，没职业，我要举报的人是永世纪地产公司的总经理王健。他收别人的钱，占公司的便宜，给干部送钱送房子，最重要的是包养小秘，那小狐狸精把他完全迷惑了，整天要这要那……

徐航说：等等，你和王健是什么关系？

马晴激动道：我是他爱人，名正言顺的，结婚十多年了！我和他处对象时，他什么也不是，我这些年默默付出，他这么对我，整个一当代陈世美。同志，你可要替我伸张正义啊。

徐航放下笔记本，说道：姐姐，您说的这些，一定要能拿出证据啊！

马晴说：你的意思是我在说谎？我给你说，我说的都是实话。

徐航问：那你有证据吗？

马晴说：没有。

马晴想了想，紧接着又点点头，坚定地说：有！

徐航听得糊涂。

马晴解释道：他在家里放着好多存折，那些钱肯定不是他靠着工资能赚来的。

徐航想着，把目光投向同事小李，得到了一个肯定的表示。

徐航马上向杨震作了汇报。办公室里，叶雯婕似乎也刚汇报完工作。

杨震说：永世纪地产公司，不就是滨海鸿达地产公司的子公司吗？

徐航和叶雯婕同时点头。

杨震说：可以查一查，毕竟她所掌握的情况可信度更高一些。

叶雯婕冲徐航说：那，咱们先准备一下，立刻出发。

杨震说：你们俩别去，还是落实固定周春雷、卢晓丹等人的证据。查永世纪地产公司一事让唐辉、何劲松去。

滨海鸿达地产公司大厅，唐辉、何劲松大步流星地朝里走。唐辉侧脸看了眼前台，竟然没人。

唐辉说：公司老总说没就没了，这公司恐怕乱成一锅粥了。

何劲松有些不屑地说道：公司又不是他一个人的，召开股东大会重新选个头儿，不就完了嘛。

唐辉说：流程正确，可人心难测，想在这么一个集团公司当头儿的大有人在。

唐辉带着何劲松进入电梯里，唐辉直接按下顶层的按钮。

何劲松说：咱们去哪儿？

唐辉说：会议室。

何劲松说：你知道地方？

唐辉说：你啊你，就不会动脑子？用眼睛？

……

滨海鸿达地产公司会议室里，除了主席位，座无虚席。看来，正在召开股东大会，股东们纷纷争执不休。

股东甲说：如果现在投票选举，无非两种情况：要么投自己，要么投死党，最后一个利益团体把其他的利益团体全部打压下去。

此言一出，立即遭到众人围攻。

股东乙说：你说说谁跟谁是利益团体？就你这么自私，有什么资格谈论公司的发展大计？你自觉退出算了。

股东甲求助地望向王健，显然两人是同盟。

王健捶打桌子说：安静，安静！我倒是有个提议，想听听各位的意见。

所有人望向王健，等待着。

王健说：是这样的，永世纪地产公司是滨海鸿达地产公司最大的子公司，我也是执行董事。既然滨海地产刘总这个位置空着，而公司不能没有一个老大。群龙无首，我们公司就完了，在座各位股东的利益就完了。我建议尽快确定一个老大，那就听从天意吧。抽签，抽到谁算谁，在座的没有一个不是公司元老，也只有这样才能不让各位争执不休。

股东甲第一个举手说：我赞同。

在他的带动下，纷纷有人举手。

王健说：好，那让秘书去弄个抽签筒，现在就开始。

王健回头对站着的一位西装革履的青年人说：董秘，你去准备。

一个抽签筒很快摆在王健面前，他并没有抽，而是让给了身旁的人，最后剩下的那个将会是他的。

每个人挨个抽签，即将轮到王健时，会议室的门忽然开了，唐辉和何劲松走进。

唐辉问：哪位是王健呢？

众人把目光集中在王健身上。

唐辉看出，走近说：王健，我是市纪委监委的，是不是方便跟我单独聊聊呢？

王健又烦又惊道：几分钟以后行不行？我们正在开股东大会。

唐辉正色道：不行。

王健盯着最后一根签：谁也不能动，等我回来。

七

王健烦躁地走进自己的办公室，他对唐辉说：有屁快放，你们耽误大事了，知道吗？

唐辉说：那就别想着绕弯子了，有话直说吧。

王健不屑地说：问吧。

唐辉说：有人举报你涉嫌行贿，私自挪用公款，请你配合我们调查。

王健先是一惊，继而暴怒道：没有的事情，请你们考虑清楚，但凡是这么说我的人，一定是想趁着现在混乱的情形钻空子，把我压下去。这准是恶意中伤。

王健说着却不自主地抽了抽袖子，像是在藏什么东西。

唐辉看在眼里，说道：这一点我们当然也清楚，但如果没有证据，或者没有相关线索，也不会贸然来找你。希望你能如实交代，也好给你省点儿时间。

王健说：我说过的话不会说第二遍，我没有那么做过，公司的领导层不止我一个，为什么单单来找我？

何劲松急了，说道：如果他们都有问题，一个也跑不掉，但现在我们知道的是你有问题，而不是别人。你也别想转移我们的注意力。

王健说：如果你们认为我有必要找律师的话，我现在就可以让他过来。和我谈这些，我没有时间，更没有兴趣。

唐辉和何劲松交换了一个眼神。

王健说：我只给你们三分钟时间，如果再不走，我只好请你们离开。

王健转过身，背对唐辉，而他的脸上露出难以掩饰的担忧。

何劲松说：我明着跟你说吧——

唐辉拦住何劲松说：好吧，我们现在离开，希望你想通后能来找我们，给你自己一个机会。

说着，唐辉拉着何劲松走了出去。

走廊里，唐辉和何劲松并肩走着。

何劲松说：就这么回去了？

唐辉说：谁说的？

何劲松问：那现在去哪儿这是？

唐辉停下，面前是洗手间，他说道：上个厕所，好戏在后面呢。

何劲松一时想不明白，跟在唐辉后面，也进了厕所。

而此时，滨海鸿达地产公司会议室里，董秘像警察一样监视着众多股东，没有一个人离开，安静至极。

王健推门而进，快步抽走了最后一根签，落座。

王健说：刚才出了点儿小岔子，可见一个集团公司一日没有当家人的后果，最后再问一下大家，对这种方法有没有异议。

王健环视每个人，无人发言。

王健说：也就是说到现在还没有人反悔，想必都看到手里的签了。所有人的签里，只有一个人是不同的，这个不同的就是咱们公司未来的掌门人。我再问一遍，有没有提出异议？

依旧是无人发言。

王健望向董秘说道：那好，你去把决议拿来，让每位股东签字。

董秘很快离开，又很快走来，分发文件。

王健说：我真的希望再过五分钟后，咱们的公司就此能恢复正常运营，至于刘总的股权问题，也要等董事局稳定后再说。

王健收到了最后一份决议，看也没看，签字后交给董秘。

王健抬头望向众人，说道：开始亮出手里的签吧。

股东们纷纷亮出，一个接着一个的都是A，一个接着一个的脸上都露出惊讶或者惆怅的神情。

王健亮出手里签，是B，他说道：事实已定，我就是集团公司未来的掌门人。

有人忽然站起身，说道：我不服，这明显有猫儿腻，我不相信有这么巧合的事情。

又有人拍响了桌子说：你出的主意，最终落到你自己头上，过程很明显都是已经准备好的，你把我们全玩了。你把我们全玩了，这是犯众怒，最好放聪明点儿，把签放出来，哪怕我们重新抽一次呢，你也要被排除在外。

有人嚷嚷着：论资历，论股权，论才能，你哪一点够资格？对，放聪明点儿，不要犯众怒。

王健伸手，董秘把刚才签订的决议展示给大家后，交给王健。

王健晃了晃这一摞文件，说道：这是一致的决定，不容反悔，既然已经签字，就应该知道会承担法律责任。可能你们没有在意，在决议的最后一条是，如有反悔，视为自动放弃所持公司所有股权。

会议室顿时安静，刚刚站起来的人瘫软在座位上。

王健说：今天所有过程都有录音和视频资料，另外，可能大家还没有在意，整个过程我们集团公司的两位律师都在场监督着呢。

王健的话让众人惊讶，纷纷寻找，看到后面果然坐着两位西装革履不发一言的律师。

众人瞠目结舌。

王健说：OK，新的董事会成立了，大家是不是该庆祝庆祝呢？

王健自顾自地拍手，无人响应。

这时，门忽然开了。

众人向门口望去，唐辉和何劲松走来。

唐辉面带笑容地说：王总，不，应该叫王董，恭喜，恭喜！

王健收敛笑容说：你们怎么还没有走？

唐辉说：走？这才哪儿跟哪儿啊？

王健说：什么意思？有话请跟我的律师说，现在是股东大会，不是你胡言乱语的地方。请你们离开，否则——

唐辉笑得很狡黠，说道：是不是胡言乱语，是不是股东大会，都是说不准的事，干什么非这么自信呢？

王健没有听明白。

唐辉走到他的身边，趁其不备制伏了他，现场出现一阵混乱。

董秘叫嚷道：你们这是人身侵害，必须承担相应的法律责任！你们涉及暴力执法，请你们马上放手。

董秘边说着边去推搡唐辉，被何劲松挡住。

唐辉从王健的袖口里抽出了一个签，放开王健，举在空中，高声说道：看到没有，他也有个A。

全场哗然，纷纷把目光集中在王健身上，此时他很狼狈。

唐辉冲王健说：这种小伎俩，我八岁时就不玩了。你还指着蒙人，真是够幼稚的。

王健的目光里全是愤恨。

唐辉冲全场说道：刚才我一直在门口听着，也看到董秘走出去又走进来，我当时就知道他玩的是什么把戏了，但我还是要忍着等他把戏演完。真让我失望啊，都啥时代了，一点儿创新都没有。

董秘听到这里，很惊讶。

唐辉说：别看我们，是你眼神不好，没看到我们。

董秘想溜走，再次被何劲松拦住。

唐辉说：我现在倒是还有一个问题，他用这种小伎俩蒙混集团公司的所有股东，而且还自作聪明地签订了协议，这种行为是不是涉嫌诈骗呢？还有，我个人认为这不是他一个人的主意，恐怕是你这个军师在幕后点拨吧？我是不是有理由怀疑你是同谋呢？

董秘故作镇定地说：我们都有权保持沉默。

何劲松说：那就跟我们回去慢慢沉默吧。

何劲松用力推走董秘。

唐辉盯着王健说：走吧，王总，这次如您所愿，董秘跟着您一起走。

王健麻木了，眼前的一切变得模糊，股东们的神情、唐辉的笑容、整间会议室……

八

孔凤家客厅里，厚实的窗帘被猛然拉开，一道阳光射进来，躺在沙发上的白广坤条件反射地抬手遮挡。

孔凤说：坤哥，你不上班了？

白广坤说：今天周六。

孔凤说：今天咋安排？要不要到郊区转转？

白广坤说：我得到大老板家一趟。近期要出国的事情，有些细节还需要敲定。

孔凤撒娇道：出国，带我一起去呗？

白广坤抱歉地说：真想带你去。这是商务考察，不方便带你。不过，我一定会带礼物给你。

孔凤亲了一下白广坤。

孔凤说：不用礼物，你好好地回来就好。

白广坤起身迅速地穿戴整齐。

杨震家。丁励勤没有上班，她明显憔悴很多。她穿着睡衣正在等待电话接通，还不时焦急地踱步。而此时，豆豆还在酣睡。

丁励勤打电话给杨震，没有接通。

丁励勤发微信给杨震说：喂，杨震，明天是孩子生日，你咋安排？方便时给我回个电话。

杨震家外，一陌生人用望远镜监视着杨震家的动静。

省安全厅看守所讯问室里，杨震、文静在与看守民警交谈。

杨震说：刘鸿达情绪怎么样？

民警说：很沮丧。企图自杀、绝食，不好管教啊。

杨震说：有啥情况，随时联系我们。

民警说：好的，杨主任。周末了，你们也不休息，很辛苦啊。

杨震说：你们不也是一样嘛。

走出省安全厅看守所，来到外面停车场，杨震打开手机，就收到了丁励勤的微信，问明天孩子生日咋安排。杨震还没有想好，犹豫了一下，就先上了车。

早已坐在副驾驶位置的文静提醒说：杨主任，给孩子好好过个生日吧，将来上大学就不理你了。

杨震说：对了，文静，你说买个啥礼物好？

文静说：看孩子需要啥呗。

杨震说：我突然想起来，孩子的手机前几天被抢了。给她买个新手机吧。待会儿我们回去，路过电信营业厅时停一下。你也帮我参谋一下，现在的孩子喜欢啥款式的。

文静说：好的。

杨震电话响起，号码显示是唐辉。

杨震说：唐辉，说。

唐辉电话里请示说：我在市纪委监委办案点讯问室呢。王健被我们抓了，是晾他一会儿，还是立刻讯问？

市纪委监委办案点讯问室外，唐辉在打电话。

讯问室内，何劲松在审阅账目清单。王健一脸沮丧地坐在何劲松对面候审。

杨震电话里说：时间等不及，就现在吧。趁热打铁，乘胜追击。

顿了顿，杨震又说：对了……

唐辉等待着。

杨震想了一会儿说：哦，没事儿，你和小何辛苦了。

唐辉由疑惑变成笑脸：主任，别这么客气，我有点儿不适应，有话还不如直接说。

杨震说：是这样的，在查案子的同时，一定要多注意办案安全。

唐辉说：那是必须的。

市纪委监委办案点讯问室里，王健实际上脑子还处在被唐辉打蒙的状态。刘鸿达出事，局势大乱，群龙无首，多好的趁火打劫的机会啊，可各种可能性都算计到了，就是没有算计到市纪委监委来人搅局。他一直在想，到底是哪个环节出了纰漏，所以脑子现在依旧麻木。

等看到唐辉进来后，王健恍然清醒般的问：我这是在监狱吗？

何劲松说：目前不是，现在是讯问阶段，你在市纪委监委办案点讯问室。

王健说：我会被定什么罪名？

唐辉说：这要看你犯的啥事，还有你的态度。

王健说：态度？我有态度，给谁看？给你，给你，给你？

王健的视线从何劲松扫到唐辉，然后苦笑。

唐辉说：王健，冷静点！先提醒你，如果你主动交代自己的犯罪行为和揭发检举他人的犯罪行为，而且态度较好，是有可能获得减刑或从轻的机会的。

王健说：你们想问什么？我现在很糊涂，很迷茫，很无助，很忧伤，很惆怅——

唐辉说：你都曾经向谁行贿过？

王健说：记不清了。

唐辉说：总有记得住的吧，比如你所送过的最值钱的物件是给谁了？

王健想着，摇摇头说：我没行贿过。

唐辉说：王健，放聪明点，这种前后逻辑不对的话最好不要再说。你说的每一句话都会记录在案，刚才你已经明明承认行贿过了。

王健激动地说：行贿怎么了？又不是我一个人这么干，所有人都这么干，我不干我还怎么生存？你们难道都是傻子吗？都看不到吗？即便看不到，还想不到吗？如果你们有证据就拿出来吧，我照单全收，但想从我的嘴里往外套话，就别想了。

唐辉指着一摞账目、卷宗说：我们还用得着套你话吗？这些账目资金往来，你以为我们看不懂吗？哪些房产做了内部交易，我们就查不出来吗？

王健一阵苦笑道：我想说的是，我不是不想告诉你们，而是不能告诉你们，对你我都没有好处。你们也不要以为用着手里的那点儿权力就可以谁都不放在眼里，能左右你们的人怎么可能等着你们去抓？

唐辉说：你所在的公司行贿的房产都是经过谁的允许？

王健说：那是集体意志，集体决策，和我个人无关。

唐辉说：最后总有一个拍板的吧？

王健说：那还用说，谁当家谁拍板，历来如此，但那也不能代表是个人意志。

唐辉点点头，和何劲松互换了一下眼色。

王健看到了这个场景，有些摸不着头脑。

唐辉挑眉问：这段时间，公司处于混乱时期，而你的生活好像并不比公司安静多少。

王健说：什么意思？

唐辉说：我们了解到，你一直包养着一个女大学生，她对你也算忠诚，没有在你事业受阻的时候离开你。

王健愤怒地说：这是我的私生活，和你们想要知道的一点儿关系也没有。

唐辉说：可是她可能不这么觉得。

王健疑惑地望着唐辉。

唐辉说：她跟着你，无非是看重你的钱，如果你给她的很多东西是不合法的，也就是说可能有被收回的危险，我想她不可能不和你划清关系吧。

王健说：你是说举报我的人就是她？

唐辉说：我没这么说。不管谁举报的，只要是你做的，你欺瞒得了吗？

王健愣愣地想着，投来怀疑的目光。

唐辉正色道：我只想告诉你，你不说，总会有人替你说。我们办过的每一起案子，总是最先摆出老实态度的人更有优待。

王健动容，手在不断搓着，最后似乎下定了决心，说道：好，我告诉你们，既然已经走到这一步了，也再没有别的选择。

几乎与此同时，叶雯婕、徐航在匆匆调查取证：

叶雯婕和徐航走进某银行总部，两人在工作人员的指导下，查阅电脑里的转账记录；

两人走进地产公司售楼处，在工作人员的陪同下，查看房子信息和户主信息；

两人走进某高档小区里，在某居民户前敲门，门开了，是个小时工模样的女性，叶雯婕亮出了证件……

九

市纪委监委办案点讯问室里，王健终于侃侃而谈。

王健说：我们公司的掌门人，也就是刘总，是个很有根基的人，这个根基当然是说他有背景。他每次开发一处新楼盘，都会预留出几套最好的。用他的话说，这是在保护根基，只要根基坚固，才能枝繁叶茂，季季常青。

唐辉说：和他来往最密切的是谁？

王健说：密切的官员，说实话我还真记不清楚，因为平时很注重外边的影响，刘总很少当着我们的面与这些官员来往，他这个人就是有这个本事。外面是个谦谦君子，内部是个严厉的老板，而和他亲近的人他又总会若即若离，总之很神秘。但有一点我可以肯定，那些不卖的房子都送给对公司有着支持价值的人了，而这些人一定是某位政府官员。

唐辉说：是直接送给本人吗？

王健说：肯定不是。他们本人肯定也不敢收，一套房子好几百万呢，谁敢明目张胆地要？！表面上看，这些房子的房主会是一些不相干的人，其实都是这些官员的亲戚。

唐辉问：那你们怎么操作呢？

王健说：与这些官员的亲戚假立个购房合同，等有用的时候就会拿出来当作礼物。

唐辉说：这样的房子一共有多少？

王健摇摇头说：不是很清楚，你们可以去查，和我们没有关系的，就是送出去的了。

唐辉说：那说说你自己的事情吧。

王健说：我？我和刘总比差得太远。

唐辉说：你好像还很羡慕他？

王健苦笑道：那是在外面。我曾经想向刘总学习，可终归是学不来。他是天才，从一个毫无根基的小公司变成今天独树一帜的地产集团，我佩服他。可是，这不代表我就这样甘心下去。我也试图拉拢关系，但一听刘鸿达的名字，人家就都和我保持距离了。因为有刘鸿达在一天，别人是不容许一个公司有两个代言人的。

唐辉说：听着蛮有道理的。

王健说：事实就是这样。那些领导我不想说，因为后来，我所送的东西都被以别的方式退回来了。我很失败，所以有人检举我行贿，这一点是冤枉我了。

唐辉说：你以为退回来了，就不构成行贿罪了吗？

王健惊讶地望着唐辉。

唐辉说：行了，我们现在不用对你解释法律条文，还要继续问你。你私吞公司财产，都涉及什么？一共多少？

王健说：我一直都很兢兢业业，虽然不敢说有多少业绩，做出多少贡献，但我真的没有像你们说的那样私吞财产，我的收入都是合法的，可以查。

王健忽然想到什么，激动地说：我知道了，一定是我家里那位给你们说什么了。

唐辉说：你想说什么？

王健说：她根本不了解我们公司的收入分配，对于股权收入和分红，一概不知。要不是她一而再、再而三地逼我，我也不会在外面有女朋友。这一切都是她一手造成的。

唐辉说：人常言，富贵莫忘糟糠之妻，你这样做，会让人鄙夷的。

王健陷入回忆，说道：这点道理我还是知道的，可她对我的信任完全没有了。说实话，我也很怀念当初没有钱没有地位的日子，那时至少没有现在这么多的不信任。

王健的头埋在双臂里，低头抽泣。

唐辉的手碰及王健的胳膊，他抬头，一张纸巾出现在面前。

王健说：谢谢！

杨震办公室里，叶雯婕、徐航正在向杨震汇报工作。

叶雯婕说：查到了，排除地产公司员工名下的房产，还有三套，其中一套是周春雷的，已经交代，但剩下两套，在上次审讯时，从周春雷流露出的眼神中，似乎他是知道的，但他再不交代了，甚至是我们一再追问，他也只是说，他并不确定，仅仅是猜测，不敢乱说。

徐航说：那种眼神分明是恐惧的，他好像很恐惧什么。他都已经是现在这种情况了，还恐惧什么呢？

杨震有节奏地敲打着桌面，说道：恐惧什么？恐惧权力、恐惧金钱、恐惧黑幕……好像都不能成立。

杨震长长嘘了一口气，说道：下次开会的时候好好研究吧，你们休息休息。

叶雯婕和徐航彼此笑了一下，向门口走去。

杨震说：对了——

叶雯婕像是未卜先知一样，顿时站下，说：就知道您有事。

杨震笑了一下：这样，你们再去见见王健的老婆，上次也是徐航录的笔录，她对你应该更熟悉，可能会说出心里话。

徐航答应一声。

丁励勤、豆豆一起逛街，手里提着大包小包。

丁励勤说：丫头，想想还有什么需要的？

豆豆说：妈，我不需要什么。衣服够穿的了，别再买了。

丁励勤说：好。你爸爸忙。我们娘儿俩一起吃饭。

丁励勤手机响起，号码显示是杨震，丁励勤接起。

杨震问：你们在哪儿？

丁励勤说：我正准备带孩子吃饭呢？

杨震说：我这边也完事了。在回来路上，给豆豆买了一部新手机。我待会儿与你们会合。

豆豆听说爸爸也来一起吃饭，又给买了新手机，很兴奋。

豆豆说：我跟爸爸说两句。

丁励勤把电话递给豆豆。

豆豆说：老爸，辛苦了！

杨震说：不辛苦。待会儿见。

豆豆说：待会儿见，老爸！

某居民区外的马路上，一辆不起眼的轿车慢慢地行驶着。

透过车窗可以看见窗外是小区的街道，开车的正是叶雯婕。

徐航说：应该就是前面这座楼，停着吧，雯婕姐。

叶雯婕停靠在楼下，两人下车。

叶雯婕说：没有想到，这么一个穿金戴银的女人能住这么普通的小区。

徐航笑道：可能她害怕有人惦记她的家产。

叶雯婕回以笑容，两人走进楼洞。

徐航按下楼层，电梯门关闭，红灯慢慢上升。

徐航说：雯婕姐，我有预感，上次她并没有说实话。

叶雯婕说：不一定，更有可能是，在她看来是实话，而事实并不一定是她所看到的样子。

徐航不置可否。

电梯门开，两人走出，有些黑暗。

徐航拍两下手，声控灯没有反应。她认真辨认着门牌号，最终停在一家门前。

徐航说：就是这儿了。

敲门，无人应答。徐航继续敲……

见没有回应，徐航收回了手。

叶雯婕说：看来是不在了。

两人刚要离开，门开了，马晴站在门口。

叶雯婕和徐航转身。

马晴说：我想好了，还是见你们吧。

叶雯婕脸上露出一丝笑容。

马晴请叶雯婕、徐航客厅落座后，给两人倒了两杯水。

马晴说：你们说的是真的？

马晴不相信地走进卧室，走出时扔来几张银行卡和存折，说道：我真的想不到他怎么能赚这么多钱。

叶雯婕说：我们已经查清楚了，王健的收入确实都是合法收入。

马晴惊讶，说：我误会他了？那赶快把他放出来吧，是我的错，我的错。

徐航说：现在是不可能了，在调查的时候，发现了他还有其他犯罪问题。

马晴有些内疚地喃喃自语：是我把他给害了……

叶雯婕安慰道：这和你没有关系，是他的贪欲蒙蔽了眼睛。

马晴抽泣道：如果我不去举报他，你们根本不会去调查他！

叶雯婕和徐航大眼瞪小眼，不知说什么了。

十

办公室里，杨震疑惑地盯着唐辉说：你们是不是搞错了？或者他是在故意陷害？

唐辉说：开始我们也是这么想的，可仔细观察，他的样子根本不像是在说谎，从他的话里，也找不出任何漏洞。

杨震冥想着，沉沉地叹了一口气道：会有这种可能性吗？

唐辉说：那套房子的户主是他儿子，可是他儿子的人生几乎是在复制他的，别说他儿子自己是不是有这个经济实力，就是他们爷儿俩加起来，恐怕也难以承受那套房子的价格。这样分析，有人假借他儿子的名字买房，应该是事实。但到底是不是黄天祥，现在还不好说。

何劲松说：说不定就是有人在背地里暗示过他们，想用这种手段嫁祸。

唐辉说：可是，咱们把后果说得非常清楚，看那老实本分的样子，他们应该没有这个胆子。

杨震问：你们什么意见？

气氛一下子安静很多。

唐辉说：我有种预感，这就是我一直在等的案子。

杨震说：你们相信，一个勤勤恳恳、受人爱戴的好市长是能靠伪装来实现的吗？

气氛再次安静了。

马晴家客厅，谈话还在继续。

叶雯婕说：我们还想再问你一些问题，对于王健公司的事情，你了解多少？

马晴说：刚开始创立这个公司的时候，他经常会对我说，后来公司越来越大，他就很少对我说了，我们俩的关系越来越僵，都是钱闹腾的啊。

叶雯婕说：我们想知道，王健平时来往最密切的人是谁，除了公司的人之外。

马晴说：那个小狐狸精啊。那还有谁？

叶雯婕又是一阵茫然，问：除了这方面，还有吗？

马晴说：那我就不知道了，他最好的朋友就是现在公司的股东。不过，现在也不是朋友了，因为那些人在七八年前经常来家里做客，现在是逢年过节派个司机来送点儿东西。这都是钱闹腾的啊。

叶雯婕看了一眼徐航，示意可以了，两人站起来起身告辞。

叶雯婕说：对不起，打扰了。谢谢您的配合。

叶雯婕、徐航离开马晴家，走进电梯。

电梯里，徐航抱怨：等于是白来一趟。

叶雯婕说：我倒不觉得是这样，她给了我们一个新思路。

徐航问：什么？

叶雯婕笑道：那个小狐狸精啊。

电梯门开，叶雯婕率先走出。

徐航说：关键是，王健连妻子都不说，会对她说？

杨震办公室，唐辉、何劲松正在向杨震汇报工作。

叶雯婕敲门而进，汇报道：杨主任，基本上是白跑一趟。不过，我倒是有个新思路，王健的小情人也许能成为突破口。

杨震说：之前也想到过这一点，但考虑到王健的性格，猜测可能性不大。不过，还是有必要落实一下，任何一个细节都不能放过。

叶雯婕答应一声，准备离开。

杨震喊住：雯婕，你和徐航先休息吧，最近比较累，把这个事情交给唐辉、小何他们就可以了。

叶雯婕疑惑。

徐航说：没说累啊，头儿。再说都是女性，还是我们俩去比较合适。

杨震说：先这么定，你们俩先休息。

叶雯婕愣了一会儿说：杨主任，是不是有什么情况了？

杨震说：暂时没有。

叶雯婕离开。

唐辉说：杨主任，你这样安排会让叶雯婕心里起疑的。

杨震说：我知道，但如果事情真如刚才分析的，真正的幕后是黄天祥的话，是绝不能让她再去调查了，无论是从工作上还是个人感情上。

唐辉说：你这样会伤害到叶雯婕的感情。

杨震说：我心里很清楚，但这个时期，最好还是让叶雯婕先暂停参与案子。如果猜测变成现实，一头是亲如父女的关系，一头是恪守坚持的职业原则，想想就能知道，那种情况下，叶雯婕能有多纠结。

何劲松表示赞同。唐辉有些悲伤。

某高档小区外，唐辉和何劲松快步走着，停在小区街道上，张望着楼号。

何劲松问：你确定是这个小区？

唐辉说：跑不了。

何劲松说：这也没有 16 号楼啊？

唐辉指着走来的一个居民说：你去问问。

何劲松很快跑回来了，对唐辉说：就是这楼，15 号楼。

唐辉和何劲松走进电梯间，按下了最顶层。

电梯上升。电梯上升到 18 层。电梯门开了。

唐辉和何劲松走出电梯，走进楼道走廊里，两人边走边小声地聊着。

何劲松问：这对付女人，你有没有经验？

唐辉笑了，说：经验？你别忘了，你老唐哥阅女无数。开玩笑啦，对付女人，经验我没有，有的是教训。

何劲松说：不过，我有预感，这种被包养的女孩，一定油嘴滑舌，满肚子心眼儿。

两人停在一扇门前，唐辉按响门铃。

门开了，一个长相一般却很文静的女孩站在他们面前，两人不禁惊讶。

女孩问：你们找谁？

唐辉问：李红是吧？

李红点点头说：你们是？

何劲松亮出证件，说道：我们是滨海市监委的工作人员，想找你了解一些情况，希望你能配合。

李红想了想说：那请屋里坐吧。

坐在李红家客厅的沙发上，唐辉扫视着这个家，很干净整洁，茶几、沙发上的装饰图案显得很温馨。他看了眼何劲松，也是同样的表情，不可思议。

李红端来茶水说：请喝茶。

唐辉问：你一个人住这儿吗？

李红说：平时是，我未婚夫偶尔也会来陪我。

唐辉问：未婚夫？

李红说：对，王健，他在一家地产公司工作。我们定的明年结婚。

唐辉和何劲松对视一眼，惊讶。

唐辉正色道：是这样的，王健现在涉嫌犯罪，已经被我们立案调查了。

李红却很平静地说：我已经知道了，我等他出来，不论什么时候。

唐辉似乎有种挫败感，目光投向何劲松。

何劲松想了想说：那我们就不绕弯子了，我们想知道你是不是了解王健私下都和什么样的人来往，还有刘鸿达的事情，王健有没有对你说过？

李红摇摇头说：不用问了，我什么也不知道，他从来不说工作，我们在一起很简单，我们有共同的爱好，我们最多的话题就是爱好。

唐辉问：什么？

李红说：影视文学。

唐辉无奈地深吸一口气道：这样，你再仔细想想，希望你能配合我们。

唐辉一边询问，一边注视李红的眼神，旁边的何劲松正在记录。

李红说：我知道他肯定有很多秘密瞒着我，但我并不在意，毕竟那是男人的事情，和我们的感情没有关系。我喜欢给他自由，他也很享受这份自由，这也是他最终会选择我的原因吧。

唐辉说：我终于知道他为什么讨厌原来的家了。

李红笑道：真不知道你是在表扬我还是在骂我。不过，我可以告诉你们，我知道他很羡慕刘鸿达，最大的原因就是刘鸿达结识了很多高官，其中还有关系很好的。

唐辉问：你知道是谁？

李红摇摇头说：不知道。

唐辉说：那你刚才说那些话——

李红说：我猜的。

何劲松说：我得提醒你，现在是在做笔录，是有法律效力的，怎么能胡乱猜测呢。

李红说：是这样的，因为我能给他精神自由，他对我的心理戒备也就少了，我听过他的梦话，不止一次。他说了很多，只言片语地连在一起，我大体能明白是什么意思。人都说，日有所思，夜有所梦，我想那一定是他白天工作时常想的事情吧。

唐辉说：他都说到谁了，请你好好想想。

李红说：没有名字，但我记得里面有区长，还有市长。

李红的话一下子刺激到了唐辉，他不禁陷入沉思。

十一

茶馆一端，叶雯婕和徐航面对面坐着，和安静的氛围有些格格不入。

徐航有些焦躁地说：真不知道头儿是怎么想的，说让咱俩休息就休息。想休息的时候让咱们累死，刚提起兴致去干工作，却让咱们休息。

叶雯婕则很平静，说：杨主任这么安排一定有他的理由，只是不方便告诉咱们。

徐航问：什么理由？他为什么要瞒着咱俩？

叶雯婕想了一会儿，说道：我现在有种感觉。

徐航问：什么？

叶雯婕说：咱们现在纠缠不清的案子，最后很有可能和我有关。

徐航惊讶道：雯婕姐，你瞎想什么呢！

叶雯婕苦笑道：可能真是我瞎想了，但愿真是我瞎想。

而在茶馆内部尽头，紧靠落地窗的最后一张桌子前，白广坤正和一朋友喝茶。

白广坤倒茶道：这茶道，学问还挺深，我研究三个月，才刚刚记住点儿皮毛。

朋友说：呦，白大秘真是谦虚。跟您比，我可是小巫见大巫。

白广坤举杯，说：喝，喝，尝尝我泡茶的手艺。

朋友说：好。

白广坤正色道：说正题儿，上次从里面保出来的哥们儿离开了没？

朋友说：那肯定是离开了，白大秘这么爽快，他没有不爽快的道理嘛。

白广坤说：不过，我总是从心里感觉那小子不太靠谱儿。

朋友说：呦，要是您真不放心，那我想想辙，把他也给做了，一了百了。

白广坤摆摆手说：不用，我现在有路子，比那可靠得多。

朋友很神秘地探出脑袋问：啥路子啊？

白广坤也很神秘地回答：市纪委监委的杨震知道吗？

朋友顿时笑了，说：白大秘真是越来越幽默了。

白广坤问：我像是开玩笑的样子吗？

朋友收敛笑容，说：不像，但你的话我很难相信，那可是个出了名的砖头，逮谁嗑谁，嗑不死都不算完。

白广坤说：那是因为其他人都没有抓住他的软肋。每个人都有软肋，只要把握他的软肋，适当用点力气，再魁梧的躯体都得趴下。为什么，就是因为抓住了他的软肋。

朋友问：什么？

白广坤说：他的宝贝闺女。

朋友惊讶。

白广坤说：淡定，淡定，这事别说出去，对于咱们都有好处。

朋友麻木地点点头，却在想着别的事。

唐辉已经和何劲松踏上了驱车回程的路。

何劲松下意识地摸摸安全带，说：老唐，请你开车集中点儿注意力，我现在很恐惧。

唐辉还在想着事情，随便答应一声。

何劲松拧开音响，震耳的音乐传来。

唐辉恍然清醒，问：怎么了你？

唐辉腾出手，关掉了音响。

何劲松说：你到底想到什么了？

唐辉说：回去说。

半个小时后，唐辉、何劲松一回到办公室，就被叫到"八室"小会议室里开会。

杨震说：今天的会，没有叶雯婕和徐航参加，原因我也不用多说了。也希望你们不要乱说，有些事情，我会亲自向她们解释的。

唐辉虽然很认同杨震的做法，但还是掩饰不住神情有些落寞地说：我没什么意见，一切为大局，以后雯婕、徐航一定会明白的。

杨震说：从现在开始，所有的工作重心转移，围绕黄天祥的经济问题展开调查，进展情况每天汇报一次，必要的时候，我再去请示上级领导。

唐辉提醒道：杨主任，你可想好了？副市长，而且是常务副市长，这可不是我们能动的了？郑书记都未必能动得了他？

杨震说：我也没说我们有权限动，我们了解一些情况向上面反映可以吗？再说啦，这不是应该权衡利弊的时候，谁有问题就应该调查谁，这是咱们的本职工作。

唐辉迟疑地说：我觉得，咱们至少先跟郑书记汇报下……

杨震说：我已经汇报过了，因为此事关系重大，知情的人越少越好，要格外注意保密工作。

唐辉说：说实话，在我短暂的职业生涯中，这是查的最高级别的官员了。唉，黄天祥已经是个数得着的好官了，他可能会犯点儿经济上的问题，但我相信肯定不会大。

杨震说：不管大小，发现问题就得查！如果有问题，我们没发现，没有查清，那是咱们的责任。但已经发现问题，再不查，更是咱们的责任了。我再次强调保密纪律。我最后再表个态，查到底。散会！

杨震说完，就走出会议室。文静也随后出去了。

何劲松刚起身看唐辉未动，就又坐了下来，陪在唐辉身边。

何劲松说：兄弟，别想那么多了，咱对得起这份工作就成了。

唐辉说：何劲松，跟我走！

唐辉带领何劲松开始风风火火地查找证据：

唐辉带着何劲松走进人事局（人保局）大门，在工作人员的带领下，存档室的门被忽然打开，面前出现整排整排的文件柜；

唐辉带着何劲松走进滨海银行总部的大厦，在工作人员的配合下，两个人盯着电脑屏幕上不断刷新的数据；

某工地，唐辉带着何劲松在询问一位农民工，一番指手画脚后，两人表示感谢，唐辉带着何劲松匆匆离开……

十二

公园外，唐辉透过车窗向外寻找着，汽车开得很慢，他的视野里出现了一位中年清洁工，停下车。

唐辉走近，问：您好，师傅，请问，您姓黄吗？

清洁工茫然地点点头。

唐辉亮出证件，问：师傅，有话想问您，方便跟我们到车里说吗？

清洁工还没想明白，何劲松拉着他进了路边的车内。

唐辉说：不用害怕，就是找您了解点儿情况。

清洁工说：啊？我做错什么了？

唐辉说：没有。一共三个问题，回答完了，就没事了。您年轻时出来打工，当时都有谁呢？

清洁工说：你问这个啊，都是同村的，就我们三个，都姓黄，除了我还有东强和东方。

何劲松听到最后一个名字，有些兴奋。

唐辉问：第二个问题，你们现在还联系吗？

清洁工说：不怎么联系了，我和东强每年过年回家时能见面，东方早就不回家过年了，这些年都没见过。

唐辉问：东方？大名是？

清洁工说：这是他的小名。大名好像叫天祥，黄天祥。

唐辉说：后来你一次也没见过黄天祥？

清洁工说：没有。东方……哦，黄天祥，后来他官做大了，我要见，只能电视上、报纸上喽。好像听说，去年他的秘书去过我们村里，当时弄得排场挺大的，要不然我也不会知道。

唐辉问：他去找谁？

清洁工说：找东强的儿子。

唐辉笑道：好了，谢谢你！

何劲松看懂唐辉的意思，推开了车门，说道：麻烦您了，大爷！

清洁工下车，疑惑地问：能告诉我，到底出什么事了吗？

唐辉说：没事。

唐辉关上车门。

望着汽车驶离，清洁工满脸的疑惑。

而在公路上行驶的车内，何劲松终于想明白了黄天祥收财物的逻辑了。

何劲松兴奋地说：唐辉，全对上了，黄天祥收受了刘鸿达的房子，不敢落在自己名下，就让秘书回了他老家。可能想落在好友的名下，但好友没有那胆子，就落在了好友儿子的名下。最后他的好友还是因为害怕，给咱们说那些话，看来他没有撒谎。

唐辉却很惆怅地说：越是没错，越有问题。

何劲松问：什么意思？我听不懂，怎么？

唐辉说：这说明这个人伪装得越深。

公路上行驶的车内，白广坤正在气急败坏地打着电话：你什么意思？当初可是收了好处费的！别说没用的，这时候害怕了，有什么用？！告诉你，要是真出了事，你也跑不了，甭想着现在退回来，根本不可能。

白广坤挂断电话，加大马力。

白广坤的车急速行驶在公路上，超车。

很快，白广坤驱车来到孔凤家院子里。

孔凤家内，门铃响了。

孔凤跑去开门，惊讶地问：你怎么来了？

白广坤迫不及待地走向屋里。

白广坤问：我出国之前该准备的，准备好了？

孔凤说：准备好了。又往你美国的朋友账户上汇了100万。其余的转到香港的账户上了。以我的名义存的，户名写的是我。卡在这里，密码是你的生日。

白广坤接过卡，抱住孔凤说：谢谢你，亲爱的。

孔凤问：你出趟国，怎么需要这么多钱？

白广坤说：我不是想给亲爱的多买些礼物嘛。

孔凤有些感动地扑进白广坤怀里，被白广坤一把抱起来到卧室。

卧室内，孔凤、白广坤正在亲热。

不一会儿，云散雨毕。

白广坤点燃了一支烟，低声地说：知道吗？市纪委监委有可能近期就会行动了。

孔凤问：和你有关系，对吗？

白广坤说：以前没有，现在也许有了。周春雷、刘鸿达、王健等陆续被抓，离我们还远吗？咱们这个房子就是刘鸿达通过王健送的。虽然表面上是我们出资购置的，但当时我们哪有这么多钱？你那个服装店，也是刘鸿达背后资金支持的。你说，这个刘鸿达该死不死？我也不清楚，他会对市纪委监委说些啥？

孔凤趴在白广坤身上问：坤哥，咋办？

白广坤说：你呢，赶紧处理一下资产，房子能卖就卖，服装店也转手吧。你先出国去加拿大，我到了美国就去找你。

孔凤问：不会这么严重吧？

白广坤说：市纪委监委那帮人不是吃素的。我原来只是想，如果那个被我找的人被抓了，把我吐出来，我可以用杨震的女儿豆豆当挡箭牌保个全身。可现在好像他的目标并不是冲着我，我的事现在微不足道了。

孔凤说：既然跟你没有关系，就别管那么多了，咱们好好过日子，不成吗？

白广坤说：傻家伙，我有预感，杨震想动大老板，我是大老板的秘书，他的江山不牢，我以后的前途就一片黑暗了。为了前途，我必须得管到底。

孔凤说：你有这么大的能力吗？听我的——

白广坤说：别傻了，你必须听我的，我心里有数儿。这几日按我说的办吧。你要格外注意，千万别出岔子。

"八室"主任办公室里，杨震边审查卷宗，边在电脑上写着什么。

徐航敲门进。

徐航说：杨主任，我想请假回趟老家，看看爹妈。

杨震抬起头说：好啊。给你半个月的假。好好陪陪老爸老妈。

徐航问：那，我去干部室办请假手续了？

杨震说：好。

徐航欲言又止，最后选择了出门。

杨震继续敲击电脑。屏幕上特写：关于周春雷、刘鸿达等窝案给省纪委监委的报告……

某小区，小区门口进出进入着行人和车辆。

不远处的路边，停靠着一辆市纪委监委的普通公务用车。

车内，唐辉听着快节奏的流行歌曲，手指有节奏地敲打着方向盘。

副驾驶座上的何劲松有点不耐烦地说：我说你能不能别总是放这种影响心情的歌？

唐辉假装没听见。

何劲松也懒得理了，目光望向窗外，冷不丁向前倾身体。同时，唐辉启动了汽车，关闭了音乐。

唐辉驾驶的普通公务用车在公路上稳稳地行驶，透过车窗可以看见一辆轿车正匀速行驶在前方。

黄天祥坐在车后座，冥神想着什么，然后翻出一台掌上电脑，用电子笔写着什么。

普通公务用车内，何劲松有些紧张。

何劲松说：慢点儿，别露馅儿。

唐辉继续驱车，不减车速，说道：少废话！

何劲松说：我是为你好！——行了，不跟你一般见识。连着两天了，每天标准八点半离家，下班比别人都晚，中间时间从不外出，这简直就是标准的好干部，咱们是不是该停了？

唐辉说：停？你心里的好领导每天就是坐办公室吗？你心里的好领导就是老老实实等着退休，然后万事大吉了吗？

何劲松刚想发作，想了想，忍住了，说：有点儿道理。

十三

杨震正在电脑上看着滨海网络电视台的图片报道——标题是：黄天祥副市长慰问环卫工人。报道还配有一幅照片：黄天祥握着环卫工人黄师傅干裂的手。

唐辉敲门而进，汇报道：杨主任，银行那边我已经查过了，王健的账户上从没有过大额资金往来，基本上没什么可疑点。但是有一点，感觉有点儿怪。

杨震抬起头说：想到了就说。

唐辉说：他的工资卡几乎没有动过。

杨震想了一会儿说：这点很可疑啊，那他的日常开销怎么解决？多长时间没有动过了？

唐辉说：差不多有五年了。

杨震起身，踱步，说：五年了，这个时间不算长，但也不短了，设想一下：哪个普通人能五年不动用自己的工资收入呢？哪怕他曾经有过积蓄，哪怕他有副业，这个终归是不合理的。如果要证明这点没有问题，就要找出他其他的合法收入来源。

唐辉说：就目前来看，还没有发现，也不曾听说啊。

杨震继续踱步思考着。

杨震说：查，查不出就去问，总之，这个案子必须弄清楚。

唐辉看到了杨震电脑网页新闻，愣了一下。

唐辉说：黄天祥，小名东方，他还有一个弟弟东强。东强的儿子结婚，有人送了一套房子给他。地点在滨海花园的别墅区。这不是一般人能买得起的。送房子的人，也是大手笔。

杨震问：谁送的？

唐辉说：据调查，是刘鸿达的公司。

杨震说：刚才市纪委监委办案点那边来信了，刘鸿达要见我们。你和我一起去会会他。

唐辉说：好啊。

很快，杨震、唐辉带着文静来到省安全厅看守所，民警把刘鸿达带到讯问室内，三个人立即展开里讯问，文静在记录。

杨震问：最近睡得好吗？还适应吧？

刘鸿达反问：能好吗？

杨震问：你想和我们聊什么？

刘鸿达说：我知道的，会如实向你们交代。不知道的，你问我也没有用。

唐辉问：那就说说滨海花园你送黄东强儿子的房子吧？

刘鸿达说：房子，本来是想送黄天祥的，他没有要。后来，我就送给他侄子了。

杨震问：这件事情，黄天祥知道吗？

刘鸿达说：我不知道。房子钥匙、手续是通过黄天祥秘书白广坤给的他侄子。那时，我在外地参加一个大项目的招标，没有赶过去参加他侄子的婚礼。

杨震问：什么时间给的？当时还有谁在场？

刘鸿达说：好像是三年前的八月。我装了一个纸袋，亲手交给白广坤的。就我们两个人。好像在一家咖啡馆。细节，我记不清了。对了，我想起来了，这事情，王健知情。所有手续都是他经手办的。

杨震问：除了送给黄天祥侄子，还送过房子给谁？

刘鸿达说：送给周春雷一套，白广坤一套。送给白广坤的那套也是王健办的手续。

杨震和唐辉很兴奋。

杨震说：详细说说。唐辉，你继续讯问，文静你记录。我出去下。

杨震出了讯问室。

省安全厅看守所武警值班室里，杨震在用座机打电话。

杨震说：郑书记，是这样。刘鸿达开始撂了。我们需要马上传讯黄天祥的秘书白广坤。

郑振国回答：好，我让何劲松去办相关手续。

杨震说：好。

郑振国办公室，何劲松正向郑振国汇报工作。

何劲松说：郑书记，对白广坤的传讯票警察已经送去了。

郑振国严厉地问：你怎么没有亲自带人去？

何劲松脸红了，说：郑书记，我觉得警察去就可以了。

郑振国说：你马上联系警察，务必把白广坤给我带回来。你呀，你呀，怎么这么不成熟呢？

市政府传达室工作人员问：你们找谁？

警察甲说：我们要找白广坤白秘书。

工作人员说：稍等，我联系他。

白广坤在楼上看到警车。白广坤办公室电话响，他知道是找自己。

白广坤收拾一下，迅速地下了市政府地下车库。

市政府地下车库里，白广坤边走边打手机问道：还在盯着吗？

陌生人回答：盯着呢。她刚放学。

白广坤说：马上给我动手。

陌生人说：好！

而此时，豆豆并不知道危险即将来临，她谨慎地在马路上行走着。

一辆黑色轿车行驶到豆豆身边，两个陌生人将豆豆挟持到车内迅速驶离。

远处豆豆的同学都没有注意到这一幕。

车内豆豆挣扎着，右手摁住了手机的按键。

陌生人从豆豆衣兜里翻出手机，扔往窗外。

而此时，高速公路上，唐辉在驱车。坐在副驾位上的杨震手机响起。

来电显示是豆豆，但传来的是挣扎搏斗的声音。

杨震说：豆豆，豆豆……

杨震回拨豆豆电话，无人接听。

唐辉焦急地扭头，关切地问：杨主任，怎么了？

杨震说：豆豆可能出事了，马上去她学校附近的派出所。

唐辉说：好！

唐辉加速驶向市区。

杨震自语道：这个时间她应该到家了。

丁励勤正在做家务，这时接到电话，听完一屁股坐在地上。停了好大一会儿，她打起精神开车去了学校附近的派出所。

派出所副主任李一山指着监视器对杨震说：从学校附近的监视器上看，中午12时15分豆豆被一辆黑色轿车里的两人劫持。轿车没有车牌，行驶方向应该是郊区。我们还需要与交警部门联系，调查各路段录像。这需要时间。

监视器上画面定格在豆豆被抓的那一瞬间。

杨震问：之前的录像还有没有？

李一山：我们这边的录像有限，主要还是交警部门的。我已经安排人去索要了。

唐辉着急地说：李一山，你要是还认我这个老同学，请你抓紧把豆豆给找回来。我告诉你，如果这个忙你不帮的话，别怪我唐辉翻脸不认人了。

李一山无奈地说：唐辉，这跟是不是同学没有半点儿关系，这是我们的职责，这个案子我们也是刚接着，没线索我能有什么办法。到现在为止连个头绪都没有，我们的警员已经把豆豆的所有关系都查了个遍，你要是有线索就抓紧提供给我们，我们一定第一时间查下去。

唐辉说：我能有什么线索？那是你们的事情，不管怎么样，今天我把话搁这儿了，你掂量办。

杨震说：唐辉，你先回单位。我随后就到。

唐辉气哼哼地离开了。

李一山自语道：唐辉，你这臭脾气什么时候能改改？

丁励勤进来，带着哭腔问：杨震，有消息了吗？啥情况？

杨震抱住丁励勤说：警方在努力。

杨震手机响起。

杨震松开丁励勤，接通电话。

何劲松沮丧地汇报：白广坤溜了。

杨震说：我马上回单位。

杨震转身对文静说：你在这儿陪陪你嫂子。

丁励勤望着杨震的背影再次失声痛哭。

十四

杨震办公室里，杨震和叶雯婕对视。

叶雯婕说：杨主任，我认为如果有事情，你不应该瞒着我。

杨震问：怎么这么问？

叶雯婕说：我和徐航突然之间变成了闲人，而唐辉他们却在外面不知道忙什么，这里面肯定有事，是你们故意瞒着我们的。

杨震说：别想得太多——

叶雯婕说：杨主任，如果我犯了错误，请直接告诉我，如果案子里有我不便参与的地方，那么请给我一点儿信任，至少让我知道是怎么回事——

杨震说：这不是你的错，可能是我考虑得太多，给我点儿时间再想想。

叶雯婕无奈地说：好吧，我明白了。

叶雯婕转身离开。

杨震说：等等！

叶雯婕转身，眼睛里充满着渴望。

杨震说：呃，最近多注意身体。

叶雯婕情绪失落地说：谢谢！

叶雯婕大步流星地离开了。

办公室电话响起，杨震一把抓起。

大街上，唐辉走来，弯腰上车，开车离开。他不经意地看了一眼反光镜，一辆车跟随他离开。

当车开动之后，唐辉刻意看了眼反光镜，那辆车还在跟着。

唐辉自语道：小子，还有人敢跟我玩这手！

两辆车一前一后行驶，唐辉打了个弯，后面的车也跟着转弯。

公路上行驶的市纪委监委普通公务用车内，唐辉边开车边打着电话：杨主任，我现在北辰路中部，往东方向，车速四十迈，一分钟前刚刚经过华云大厦，我被人跟踪了。

办公室里，杨震告诫唐辉说：稳住，先别暴露，我马上安排人手，别擅自采取行动。

唐辉回复：明白。

杨震拨通另外的号码：郑书记——

而这边，市政府前街边车内，唐辉接听电话：记下了，没问题。发动汽车。

何劲松电话里问：新任务？

唐辉说：回答正确。

何劲松问：这么兴奋，到底是什么任务？

唐辉说：跟踪。

何劲松忙说：啊？我马上与你会合。

来去如梭的车流里，三辆车匀速行驶着，看起来没有任何异样。

何劲松说：有把握吗？要不要现在联系下交警？

唐辉说：别光想着给人家添乱，自己能解决的事情就自己解决。

何劲松说：嘿，成，你厉害，我看你的了。

唐辉车内，透过车窗，可以看到汽车驶入郊区狭窄的公路，前面的行人越来越少。他不断地观察着反光镜，忽然打死方向盘，踩下刹车。

唐辉的车横了过来，堵住了去路。

紧随其后的车内黑衣男看到了反光镜里也有车在尾随，见势不妙疯狂打方向盘，欲调头。

何劲松用了同样的手段，吉普汽也横挡住了去路。

唐辉和何劲松迅速下车，向前车跑去。

黑衣男钻出车外，前后观看，一面是赶来的何劲松，一面是稳稳站住的唐辉。黑衣男惊慌失措，夺路而逃，两人追去。

黑衣男被绊了一脚，却不跑了，停住，亮出架势。何劲松不服气地冲上去，两人展开搏斗，却不分上下。唐辉赶来，加入战斗，黑衣男寡不敌众，被制伏。

唐辉摘下黑衣男墨镜，说：看看你长得什么样！

唐辉不禁呆住，和何劲松互换眼色。

原来黑衣男正是曾经追杀杨震的杀手梁子。

汉江省纪委监委家属区徐航家。

徐航母亲看到徐航一脸惊喜。

徐母：臭丫头，回来也不提前打个招呼？

徐航说：我不是想给老妈一个惊喜吗？

徐母：我给你爸打个电话，让他早点儿下班。

徐航放下行李说：妈，别。我爸的事情更多。

徐母接过行李，放在客厅一角。

徐母：你先休息下，我下楼去买菜。

徐航说：不用啦，妈。家里有啥吃啥。

徐母：那，我还是要给你爸打个电话，他可想你了。

徐航无奈地坐在客厅沙发上沉思。

她想起那天在滨海市监委图书室里与叶雯婕的对话。

徐航说：本姑娘无心看书！雯婕姐，头儿到底是怎么了，莫名其妙地咱俩就变成闲人了。

叶雯婕说：和你没有关系，应该是我的原因。

徐航说：你？你怎么了？

叶雯婕说：我只是这感觉，但具体是什么现在还不清楚。我今天去找过杨主任了——

徐航说：他怎么说的？

叶雯婕就把与杨震交流的事情如实告诉了徐航——

想到这儿，徐航忽然想到什么，冲进书房。

徐航在一张大白纸上写着一串名字：段厚德、丁永革、李正雄、周春雷、刘鸿达、白广坤……

徐航疑惑地自语道：这些人之间有什么关联呢？应该有关联，肯定有关联？

徐航忽然兴奋地自语道：我明白了……

市纪委监委办案区讯问室。

唐辉的手上缠着绷带，对对面的梁子说道：你还真是执着啊，以为你好不容易换了个保释的机会，不好好在家待着，没想到又给你作案提供机会了。

废话少说，这次受谁指使？

梁子问：我上次说的谁？

唐辉说：你最好老实点儿，上次是初犯，才有保释的可能，这次你别梦想着能和上次一样了。我劝你还是放聪明点儿，把该说的都说了，这样对你有好处。

梁子说：该说的说，不该说的不说。这么多年，别的道理不懂，最懂这条。

唐辉压抑怒火说：你不如上次老实了，也别指望能死扛到底。

梁子说：你们爱怎么着就怎么着吧，拿人钱财替人消灾，灾没消掉，是我对不起主顾。我要是听了你们的，那便是不仁不义。

唐辉被逗笑了，说：嘿，你还真有种。是不是感觉自己特爷们儿？

梁子说：不敢当，反正入了这个行当，就得遵守这个行当的规矩。

唐辉死盯着梁子，思考着如何拿下。

何劲松说：我了解你是怎么想的，但如果你不说，并不能掩盖事实，我们迟早会知道，你现在所谓的义气是毫无意义的，我如果是你，我会更识时务一点儿，给自己找条活路，熬出去重新做人怎么着也比在里面待着强。

梁子开始回味何劲松的话。

唐辉说：这种人顽固不化，甭问了，浪费精力，公安那边会根据线索找到幕后主使的。

唐辉作势要走，偷偷戳了何劲松一下，何劲松叹息一声跟着起身。

梁子说：等等！

十五

孔凤家次卧门口，门被轻轻推开一条缝，可以看到孔凤正躺在床上，样子颓废地发呆。

白广坤将孔凤一把拉起，说：出事了，你赶紧走。

孔凤问：你呢？

白广坤说：估计，我走不了。

孔凤带着哭腔说：坤哥，我不能没有你。

白广坤说：你赶紧走，把能带的都带走，市纪委监委搜查到这儿只是时间问题。

市纪委监委办案区讯问室。

唐辉说：请你再说一遍你的主顾是谁。

梁子说：白广坤，白秘书，白大哥，同样的问题问好几遍是不是你们的通病？

唐辉说：好，你这么肯定，那么你有没有证据证明你说的呢？

梁子说：有。

唐辉问：什么？

梁子说：我的人品。

唐辉说：这地儿不是你闹着玩的地方，放聪明点儿，要不然你的罪名非但不能减轻，还会因为口供造假而罪加一等。

梁子一副无所谓的样子说：包打听，但凡是行内人，知道我的，就人品来说，都得竖大拇指。我就从来没撒过谎，有一说一。

唐辉冲何劲松点点头，何劲松回应，算是彼此认可。

唐辉说：既然确认了，那就签个字吧。

唐辉起身，把讯问笔录递过去。

市纪委监委大院值班室，值班人突感肚子痛，他一看四下无人，奔向值班室内卫生间。

不一会儿返回值班岗位时，脸上却多了一份疑惑。他走到桌前，拿起了一封信，没有邮戳，没有留名，只有收件人的姓名：杨震。

值班人想了一会儿，拨通了内线电话。

匿名信很快被送到杨震办公室里，杨震急忙打开。原来是白广坤写的。

白广坤在信中写道：尊敬的杨主任，您的女儿在我手上，不知道您是不是喜欢做生意。一句话，停止您现在的案子，您的女儿就会安然无恙地回家。

杨震愤怒地抓皱了信纸，陷入沉思。

唐辉、何劲松走进杨震办公室时，杨震竟然没有发现，唐辉等人疑惑。

唐辉叫了声：杨主任？

杨震如梦初醒，问道：你们什么时候来的？

唐辉说：刚来，那家伙撂了。

杨震问：幕后是谁主使？

唐辉说：和上次一样，白广坤。你说，堂堂常务副市长秘书，用下三烂的手段。

杨震愤恨道：抓！不管是谁，不管他手里拿着什么把柄，不管他有什么靠山，不管结果是什么，抓！抓到底！

唐辉等人被杨震的愤怒吓到：杨主任，没有事吧？

杨震又恍惚了一下：去吧，跟公安那边打好招呼，抓紧时间。

唐辉说：豆豆还没有消息？

杨震说：在白广坤手上。郑书记在协调公安方面，他们已经全面介入了。

唐辉不安地看了会儿杨震，向何劲松使个眼色，一同离开了。

唐辉等三人匆匆走向停车位，钻入一辆警车，随着警笛声，警车驶出。

杨震边望着窗外边打电话，说：豆豆有消息了。

丁励勤躺在沙发上一脸疲倦的样子，脸上闪出希望，问道：豆豆在哪儿呢？孩子还好吧？

杨震电话里说：还好，她现在很安全，但——但还需要等待一段时间。

丁励勤说：为什么？她到底出了什么事？……怎么了，你这么不说话了？……快点儿告诉我！求求你——

杨震故作轻松地说：你看你，心眼儿还是这么小，都告诉你有消息了，就是为了让你放心。相信我，再等等，豆豆很快就能回家了。先这样，我这还有工作。

杨震挂断电话，脸上的笑容顿时无影无踪。

常务副市长办公室，黄天祥接到电话：请说……怎么回事……让他们进来吧。

刚刚挂断电话,便传来敲门声。

黄天祥说:请进。

唐辉带着何劲松进入,说:黄副市长,打扰了。

黄天祥很淡定地问:有什么事情吗?

唐辉说:是这样,我们现在有证据怀疑您的秘书涉嫌一起刑事案件,需要他配合我们询问,我们认为有必要给您先说一声。另一方面,您的秘书似乎一天都没有来上班,希望您能帮忙联系一下。

黄天祥想了一会儿说:好,只要你们有证据,我没有理由拒绝你们的工作。

黄天祥说完,拿起电话,拨打白广坤的手机。电话里传来:您拨打的电话已经关机。

黄天祥说:我表个态,你们该咋办就咋办。只要是有问题,一查到底,决不能姑息养奸。这事情,我也向薛书记做个汇报。

孔凤家,孔凤在收拾东西。

家中座机响,孔凤像惊弓之鸟。

孔凤有些恋恋不舍地拎着箱子走出房间。

郊区一个废弃的厂房。

两个绑匪在看着角落里的豆豆。豆豆装作可怜的样子在低头哭泣。

绑匪甲问:哥们儿,你说白广坤啥时来给我们送钱?

绑匪乙说:丫电话也打不通。

绑匪甲说:我们这么干耗着也不是办法。

绑匪乙问:要不,我们把这姑娘转手外地给卖了?

豆豆忙摇头。

绑匪甲说:白广坤再不来,说明他可能出事了。

这时外边传来汽车引擎的声响,两个绑匪急忙出去。

郊外废弃厂房,白广坤从车里走出来。

绑匪甲问：白哥，这人得看到啥时候？

白广坤说：快了。

绑匪乙说：我估计我们被警方盯上了。

白广坤问：怕了？

绑匪甲说：没有，没有。我们就想拿到钱，赶紧跑路。

白广坤递给他们一纸袋说：这是20万。再盯两天，等电话。对了，不要往外打电话，警方会监控。

豆豆听到车子驶离的声音。

高速路上，白广坤一边驱车一边在打手机，问道：杨主任，想得怎么样了？

杨震回答：给你一条路，放了我女儿，到市纪委监委自首。

白广坤说：杨主任，何必把路都堵死呢？你放我一马，我绝对不会伤害你女儿。要不然，大家鱼死网破，谁都没有好处。

杨震说：你还年轻，你现在投案自首，会从轻处理的。

白广坤啪地挂了电话。

远方，警察设置了路障，在逐个检查车辆。

白广坤车掉头离开。

市纪委书记办公室，郑振国在和杨震通话。

郑振国问：豆豆还没有消息吗？

杨震说：在白广坤手里。警方正在全力追踪他的下落。这家伙很狡猾，使用的都是临时买的无记名的手机卡。

郑振国刚挂了杨震的电话，办公室电话突然再次响起，他一把抓起话筒。

郑振国说：什么？白广坤抓到了。太好了，豆豆有消息吗？

杨震汇报：唐辉、小何正在调查车里突审。待会儿就到单位。

郑振国说：案件的事情我们慢慢弄，让他们先查清豆豆的下落。

杨震汇报：白广坤死活不交代。

郑振国说：务必让他开口。

唐辉在驾车，何劲松在逼问白广坤豆豆的下落。

何劲松说：豆豆到底在哪儿？

白广坤说：别浪费时间了，想说不用你们问，不想说再问也没有用。

何劲松得到唐辉的暗示，说：行，那就省去前面这些你认为没有用的程序，你自己说吧。

白广坤说：我说过了，如果说也不会跟你们说，知道为什么吗？你们的级别不够。

白广坤笑得很傲慢，让唐辉、何劲松很气愤。

十六

市纪委监委办案点讯问室，杨震、唐辉、何劲松在讯问白广坤。

杨震说：我不管你想跟我说什么，我只想让你先知道，只要是关于案子的事情，你都要说实话。不管你现在怎么想，我希望你能有一个正确的态度，这对于你和我们都好。侥幸心理我劝你现在就放弃，不要等到绝望的时候，那时候就晚了。

白广坤说：不愧是主任，和你手下的兵水平就是不一样。先谢谢你的提醒，我心里很清楚。我知道我该说什么，但是在说之前，我希望咱们两个人能单独说。

杨震气愤地走上前说：你想多了！我可以明确地告诉你，我不会违背审讯规定。

白广坤说：行，有气魄，那也就别怪我保持沉默了。

杨震说：你！

白广坤歪倒在椅子上，摆出一副睡眠的样子。

杨震和唐辉对视一眼，神情复杂。

唐辉低声说：要不然，先应他一次吧，毕竟这案子太特殊。

杨震说：应了他，他会更嚣张。

茶楼内，黄天祥的面前放着一壶茶和两个杯子，他看着一本杂志，等着某个人。

叶雯婕走来，面带笑容，说道：黄叔，今天好兴致啊？

黄天祥笑道：来，坐，这快退休的人啊，事啊就跟着少了，手下的那些人能处理的事情都大包大揽了，眼看着就把我当闲人了。

叶雯婕说：那不是正好提前享受幸福晚年嘛，您得看开点儿，那些忙得焦头烂额的人指不定有多羡慕呢。

黄天祥说：这倒是。最近工作上忙吗？

叶雯婕说：跟您一样，挺闲的。

黄天祥说：哦？天下太平，无人腐败了吗？还是山雨欲来风满楼啊？

叶雯婕说：都不是，只是我闲了。

黄天祥脸上的笑容闪过一丝阴郁。

叶雯婕问：黄叔怎么关心起我的工作了？

黄天祥说：难道还让我关心你的生活啊，你都快成老大难了，我怕提了，你生我气。

叶雯婕说：黄叔，你看你。

黄天祥笑出了声。

汉江省纪委家属区徐航家，徐放正在书房里看材料。

徐航泡了杯茶送进，说：爸，我想跟您汇报个事情？

徐放抬起头说：公事？私事？公事到单位谈，私事在家谈。

徐航说：抱歉，爸，真是公事。我必须先跟您汇报，估计我们单位的领导很快也会跟您汇报。

徐航拿起一张纸，上面是密密麻麻的人物图谱，她指着黄天祥的名字说：我们正在办理的周春雷等窝案，想必您已经知道了，我认为更大的案犯是……

徐放：证据呢？

徐航说：杨震主任他们在查。我觉得应该快了，不知为什么让我休息，不让我继续跟进这个案子。我想不出，有什么理由需要我回避。不过，我的一位女同事倒是应该回避。爸，我到市纪委监委两年了，还没有参与过这么大的案件，我想参加……

徐放：哦。今天你和我谈的就到此为止。公事以后按照组织程序来。你先去休息吧。

徐航嘟着嘴出。

书房内，徐放望着人物图谱沉思。

晚上，徐航拎着包走出，悄悄地关上了房门。客厅茶几上一张字条写着：爸妈，我必须赶回单位，下次再来看你们……

夜晚。市纪委监委办案点讯问室，杨震、何劲松还在讯问白广坤。

杨震说：这是我能做到的底线了，按照审讯程序，至少要保证两名以上的工作人员。我已经拿出了我的诚意，希望能看到你的态度。

白广坤说：你都不怕，我还有什么好怕的，我只是想和你做一次生意，对咱俩都有好处的生意。

杨震说：你把话说得明白点儿。

白广坤问：我给你的信，不知道收到没有？

杨震惊讶。

白广坤说：你只要停止现在的案子，我就可以——

杨震冲上去，揪住白广坤的衣领，怒视，沉默。

何劲松被眼前的情况吓到，急忙起身去拉杨震说：杨主任，杨主任，别这样，同步录音录像呢。这是违反制度的，冷静，冷静！

杨震却并不撒手，反而揪得更紧，把白广坤提得站起来，问：告诉我，豆豆现在在哪儿？

白广坤由惊怕到无所谓地笑。

杨震提高声音问：告诉我，豆豆现在在哪儿？

白广坤说：杨主任，没有这样做生意的啊。

杨震说：快说！

讯问室的门咣当一声开了，唐辉跑来拉住杨震。

唐辉说：杨主任！别冲动！

杨震的手松开，唐辉急忙把杨震拉到审讯桌后。

白广坤看似很潇洒地整理整理衣襟，重新坐在椅子上，一脸鄙夷的笑容说：看来，需要冷静的不是我，而是你们，尤其是一直在我心里特别崇高伟大的杨主任。

唐辉左右看看，还是没有搞明白到底是怎么回事，说：到底怎么了这是？何劲松！你说说！

何劲松为难地说：唐辉，我也不是很明白。

众人把目光集中到杨震身上，他愣愣地想着什么，然后忽然起身，大踏步离开，把门摔得震动作响。

夜晚。茶楼内，黄天祥优雅地品了一口茶，说道：雯婕啊，在工作上，我希望你能进步得更快，要知道我对你的希望要超过对我自己的孩子。

叶雯婕笑了，说：黄叔，您也别太拿我当回事，就我的情况看，恐怕我得辜负您了。

黄天祥问：那杨震平时对你什么态度？

叶雯婕稍稍犹豫一会儿说：杨主任是个非常好的领导。

黄天祥说：哦？答非所问，似乎话里有话。

叶雯婕说：黄叔，您又想多了。

黄天祥说：既然你们现在工作不是很忙，我看就把他也约来品品茶，聊聊天怎么样？

叶雯婕说：别，黄叔，他还是挺忙的，最近——

黄天祥已然拨通了电话：杨震啊，如果有空的话，耽误你一个小时时间，来品品茶如何？

市纪委监委办案点讯问室外走廊里，杨震越走越缓慢，他问：黄副市长，您找我，有什么事吗？

黄天祥说：你看你，总是喜欢把工作挂到嘴边，没事，就是想和你聊聊，正好叶雯婕也在。

电话里，杨震似乎很迟疑：黄副市长，您看，能不能——

黄天祥说：别推辞，别找理由，我知道你能来。

黄天祥以命令的口吻说：我等你，希望你半个小时内能到，因为还有一个小时就是吃夜宵的时间了。

说完，黄天祥挂断电话，他瞅着一脸尴尬的叶雯婕说：你好像不是很希望他来？

叶雯婕故作笑容地说：没有，他总有一大堆忙不完的事情，我怕耽误他工作。

黄天祥问：即便你们都闲着，他也很忙吗？

叶雯婕说：一般是这样，他既然能来，那肯定一会儿就到，黄叔，咱趁着这点时间聊点别的……婶母最近还去公园练太极吗？

十七

夜晚。"八室"办公区。

唐辉望着何劲松问：就这些？

何劲松点头说：就这些，杨主任今天的反应很奇怪，从来没有看到他这么反常过。

唐辉说：一点儿也不奇怪，白广坤这个家伙雇人绑架了杨主任的女儿，想以此要挟。

何劲松惊讶，同时，会议室的门开了，众人望去，徐航愤怒地走来。

徐航问：这就是你们瞒着我和叶雯婕的事情，对吗？

唐辉问：你不是回家探望父母了吗，怎么回来了？

徐航说：我越想越不对劲，就赶回来了。说！还有啥瞒着我的？

何劲松说：别气呼呼的，冲谁啊，这里每个人心里都憋着一口气呢。

徐航委屈地说：为什么啊？为什么要瞒着我们俩？是不相信我们，还是认为我们能力不成？总该有个说法吧，你们知道我和雯婕姐最近多郁闷吗？

你们这样——

唐辉说：行了，去把门关上，既然你都偷听到了，就带上你了。

徐航愣住。

唐辉说：把门关上，咱们商量商量下一步怎么办。

徐航如梦初醒，小跑关上了门回来，问道：你们刚才说的都是真的吗？

杨震走来，坐到叶雯婕身旁，说道：黄副市长真有雅兴啊！

黄天祥说：刚才和叶雯婕聊工作，就聊到了你，所以就想把你叫来一块儿聊聊。怎么，没耽误你的工作吧？

杨震说：黄副市长，您客气了，没有，我能处理好手头的事情。

黄天祥说：我相信你。

说着，黄天祥亲自给杨震斟茶，杨震似乎有点受宠若惊。

黄天祥装作随意地问：最近在忙什么案子呢？

杨震说：我们"八室"办案子，向来千篇一律，无非是找犯罪证据，抓人呗。

黄天祥说：总结得挺好啊，需不需要我帮忙，如果需要尽管开口，趁着我还在位上，能多帮点儿就多帮点儿，也好让我这个老头子临了有点点成就感。

黄天祥笑得很隐晦，他一直注意杨震的反应。

杨震说：是这样，黄副市长，您如果真想了解一下的话，我还真有件事情想跟您说。

黄天祥说：哦？洗耳恭听啊。

杨震翻找公文包，拿出一份资料说：这是您的秘书白广坤的讯问笔录，哦，不对，坏了，带错了。

黄天祥刚想去接，听到杨震的话，有些失落。叶雯婕则一脸惊讶。

杨震把资料放进包里却没有拉上拉锁，说：没事，都在我脑子里，我口述也可以。是这样，您的秘书涉嫌雇凶杀人，绑架，两起刑事案子。我想从您这儿得到一个答复。

黄天祥认真地想了想，问道：有证据吗？

杨震说：有！他雇用的杀手梁子都已经承认，而且他自己也承认绑架，但就是不说人质在哪儿。他想以此要挟我们的办案人员放了他。

黄天祥正色道：岂有此理！胡闹！知法犯法，必须严肃处理。杨震啊，你不必考虑我的感受，严格法办，绝不能容情。相反，我还要对你们表示愧疚，这么一个坏分子一直待在我身边，我还拿他当苗子培养，看来我是越老越糊涂了。

杨震说：谢谢您的支持！

黄天祥说：不过，我想知道他的犯罪动机是什么？

杨震说：这个还有待于进一步查证，我们现在还不是很清楚。

黄天祥点着头，想着说：杨震啊，我想提醒你一下，要谨防狗急跳墙，乱咬人啊，一定要注重证据，一定要以事实说话，别太轻信别人说的胡话。

杨震说：谢谢您的提醒，我一定注意。

夜晚。孔凤家客厅。

唐辉、何劲松在带着警察搜查。

何劲松问：警方已经搜查一遍了，我们还能有啥新发现？

唐辉找到一张白广坤和孔凤的合影。

唐辉说：何劲松，你咋不动脑子呢？警方关注的和我们关注的不是一回事。警方要找到豆豆，侧重刑事案件。我们要找的是白广坤有无职务犯罪问题。比如，这套房产的来源是否合法；家中有无巨额财产来源不明……

说着，唐辉指着孔凤的照片说：对了，这个女人和白广坤是什么关系？我们马上联系警方协查此人。

夜晚。市纪委监委办案点讯问室。

一个微型录音笔在播放着录音，正是黄天祥刚才在茶楼里的话……

杨震关了录音笔，静静观察着白广坤的反应，说：这是今天黄副市长给我的态度，为什么拿给你听，我不说，你心里也应该清楚。给你三分钟时间考虑，我希望能看见你的态度。

杨震看了一眼腕表，眼神转向一旁的唐辉，隐晦地笑了笑。

杨震问：想说了吗？

白广坤嘟囔道：狡兔死，走狗烹，古来如此，倒是我自作多情了。好！他不仁别怪我不义，自从他当上区长开始，我就开始跟着他干，这么些年大事小事我从来没敢怠慢过，也没有对他有过二心。我一直认为，不仅事业上他是我的贵人，就连生活中我们也是莫逆之交。没想到我落难了，而且还是因为保护他而落难的，他竟然横了一条心要置我于死地。

杨震问：你刚才说，你是为了保护他？

白广坤说：对，我雇用梁子，是因为我知道你们正在调查他，他垮了，我的靠山就没了。

杨震问：你没有经过他人指使？

白广坤说：我知道该怎么做，用得着听别人的吗？但是，我做的这一切，我感觉瞒不过他的眼睛。我跟了他将近十五年，我太了解他了，那双眼睛里从来不揉沙子。

杨震说：既然这么了解他，那把你能想起来的，都说出来。

白广坤说：我知道你们想听什么，但在他身上真的没有你们想要的那些事情，如果有的话，也是刘鸿达的企业在咱们市崛起之后。

杨震说：说明白一点儿。

白广坤说：你们想从我这里得到他贪污受贿的证据，我拿不出来。虽然我现在很恨他，但我不想撒谎，他身上肯定有污点，但相比较其他贪官来说，是微不足道的。他是个清官，我以前这么认为，现在还这么认为。

唐辉说：你不感觉你的话逻辑有问题吗，你考虑清楚再说。你这些话，我不知道怎么记录。

白广坤说：我的逻辑很清楚，是你们在用习惯思维来思考，你们总是喜欢把黑白分得很清楚，但实际上分得清楚的只能是账面上的数字。人都是好和坏的结合体，而他好的地方要比坏的地方多很多。

杨震说：我知道你的意思，但我们办案人员的职责不会纵容丁点儿的犯罪，我们只关注你说的坏的那一面。

白广坤鄙夷地笑道：你们跟阎王没什么区别，抓住点儿破事就要把人往死里整。我特别想问你，你敢保证下一个常务副市长能比他强吗？你不敢。你心里也很清楚，别说下一个，就是下一个，再下一个也很难出现这么廉明的市长了。

唐辉急了，说道：白广坤，你太嚣张了。

白广坤冷漠地说：或许，你将会看到我更嚣张的一面。

十八

黄昏。郊外废弃厂房里，两个绑匪百无聊赖地在喝着闷酒。

绑匪甲问：哥们儿，你说白广坤这两天都没有消息了，我们还在这里干耗着？

绑匪乙说：我们干耗着也不是办法。我去附近镇上弄些吃的来。

绑匪甲说：再买一箱子啤酒，权当水喝。

绑匪乙应了一声出去了，不一会儿外面传来汽车引擎发动的声音。

豆豆嘟囔。

绑匪甲扯掉了豆豆嘴上的抹布。

绑匪甲不耐烦地问：又咋？

豆豆说：叔叔，我要方便。

绑匪甲不耐烦地说：好，姑奶奶。

绑匪甲带着豆豆走到院墙外水池边，豆豆边走边活动腿脚。

绑匪甲说：就在这儿吧。

豆豆说：你给我解开手，这样我没法方便。

绑匪甲解开豆豆手上的绑带。

豆豆说：你转过脸去，这样我还是没有办法方便。

绑匪甲说：事真多。

说完，绑匪转过脸去。

绑匪边抽烟边等着，背后是嘘嘘的声音。

绑匪甲说：尿完了没有？

绑匪甲发现没有人应声，转身一看，只有水龙头滴滴答答作响。

豆豆不见了。

夜晚。孔凤老家，孔凤正陪伴母亲唠嗑。

门口两台警车到了。

孔凤一脸惊慌。

孔母问：孩子，你不会在外做啥错事了吧？！

孔凤企图想逃，已经被一组警察堵在房间。

警察甲问：你是孔凤吧？

孔凤点点头。

警察乙出示刑事拘留证，说：请跟我们回去接受调查。

警察甲给孔凤戴上了手铐。

孔母急了，说道：你们不许带我女儿走，她到底犯了啥事？

警察乙说：老人家，请你不要冲动，我们是在执行公务。

孔凤说：妈，你好好的。我跟他们走。

警察丙说：我们要依法对你们家搜查。

警察从孔凤家搜出孔凤的皮箱。

孔凤的脸白了。

郊外公路。豆豆被冻得瑟瑟发抖，她趴在路边的沟里等着车辆出现。

一辆卡车驶来，豆豆爬上公路，朝卡车方向拼命地招手。

卡车司机看到了招手的豆豆，将车在她前面停下。

豆豆跑近驾驶室车门旁，问：师傅，能带我一程吗？我到市区。

卡车司机说：你一个小姑娘家，大半夜里怎么在这里？快上车。

豆豆坐上了卡车副驾驶位置上，关上了车门。卡车司机望着豆豆冷得直打哆嗦，就把自己的外套递给她披上。

卡车向城区驶去。

豆豆说：谢谢叔叔！您的电话能借我用一下吗？

卡车司机将手机递给豆豆，豆豆开始焦急地拨打杨震的电话。

办公室内，杨震正阅读询问笔录，思考着什么，电话响起，到第三声的时候他才接听。

杨震说：市纪委监委杨震，请讲……豆豆……你在哪儿？保持手机畅通，我马上去接你。

杨震急匆匆地跑下楼。

夜晚。城区加油站。

卡车司机给豆豆要了一杯泡面。豆豆狼吞虎咽地吃着。

杨震的车很快到了。

豆豆放下泡面，扑到杨震怀里，大声哭起来。

杨震冲着憨厚的卡车司机说：谢谢师傅！太感谢了！

卡车司机说：应该的。这姑娘到底是啥事离家出走？

杨震说：一言难尽。我得带孩子回家了，她妈妈急死了。

杨震、豆豆与卡车司机话别。

夜晚，"八室"工作区内，唐辉和何劲松在分析案情。

唐辉说：白广坤指定在被抓前和某个人达成了联系，那时他不在工作单位，他肯定是在和某个人在一起，会和谁在一起呢，会和谁呢？

何劲松说：孔凤？

唐辉说：对，家里值钱的东西一样没有搜到，肯定转移了。

徐航进来说：孔凤抓到了，在市纪委监委办案点。

唐辉说：徐航，你跟我去，马上提讯孔凤。

徐航说：好，我马上办手续。

唐辉、徐航迅即赶到滨海市纪委监委办案点。办完相关手续后，唐辉、徐航走进第19讯问室，提讯孔凤。

唐辉说：从你手提箱里搜到现金80万，银行存款310万，还有向外汇出的款项，可以给我们解释下吗？

孔凤说：这都是我做生意挣的。

徐航说：你是说服装店？压根儿不可能挣那么多！警方已经把你的销售、进货等账目查个底掉。一年盈利不过二三十万。这些钱到底哪儿来的？

孔凤说：反正是我自己赚的。

唐辉问：做什么赚的？在哪儿赚的？何时赚的？赚谁的？……

孔凤无语。

孔凤最终抬起头说：我男人给的？

唐辉说：白广坤？

孔凤说：对。

唐辉说：那就一笔笔地说吧。

……

孔凤神情麻木地说道：一直以来我都很清楚，我只不过是一个木偶，听任白广坤的摆布，但我心甘情愿，我爱他。我求求你们，能不能放过他，他的罪我来担——

徐航嘟囔道：无可救药。

唐辉问：白广坤利用职务之便干的事情，你都清楚吗？

孔凤摇摇脑袋说：你们还是问他吧，我只知道他为了我，要过一套房子，就是滨海花园的那套。这套房子原本是已经卖出去的，也不知道怎么回事就成了我的。

唐辉问：这套房子谁送的？

孔凤说：刘鸿达。

唐辉问：啥时送的？

孔凤说：好像是三年前吧。

唐辉、徐航继续讯问孔凤。

十九

"八室"办公区内,何劲松靠近唐辉、徐航低语:没错,滨海花园项目三期,那是刘鸿达曾经参与投资的房地产项目。

徐航说:还等吗?

唐辉想着,摇摇脑袋说:我看是没有必要了。走,跟我向杨主任汇报。

唐辉带着徐航匆匆走进杨震办公室。

唐辉说:杨主任……

杨震打量着两人说:什么事?

唐辉看了眼徐航。

唐辉说:我说吧,我们认为现在是时候传讯黄天祥了。调查一个常务副市长,不是我们可以做主的。当然,请示、汇报工作需要您来做。

杨震沉默片刻,说:刚刚郑书记下了口头通知,咱们的调查暂缓,我是该听你们的,还是上面的?

唐辉说:不管怎么样,我听你的。

徐航说:管他什么通知,咱们压根儿没违反纪律,认为对,就干到底。

杨震说:给我几分钟时间考虑,我需要安静片刻。

唐辉压抑着怒火,找个地儿坐下。徐航、唐辉目不转睛地观察着杨震的反应。

随着一声拍桌的声音,杨震说:这样,你们行动,我现在就去跟上面解释。

唐辉和徐航异口同声:好!

杨震说:一定要把各种法律手续备齐。

徐航说:我马上去办。

徐航办完手续后,已近黄昏,她匆匆赶到"八室"办公区内,收拾一摞文件,穿上正装。

叶雯婕正在写一篇文章,看着徐航的动静问:有任务?

徐航犹豫了下,回道:是。

徐航匆匆离开。

叶雯婕望着楼下驶出的几辆车若有所思。

这时手机响起,叶雯婕忙接起。

叶雯婕说:哦,黄叔啊,好,我过去。

夜晚。市委会议室内,滨海市委书记薛致用在听取郑振国、杨震等汇报。徐航、唐辉等在外等候。

薛致用放下了市纪委监委报来的厚厚的材料,他签完字,起身将材料递给郑振国,说道:郑书记,你们要查的是一位正厅级领导干部啊。

郑振国接过材料说:薛书记,正因为如此,我们才在您百忙之中紧急汇报。

薛致用说:对于纪检监察机关查处官员贪腐案件,市委的态度从来都是明确的,坚决支持,依法查处,绝不姑息。中央的态度是明确的,老虎、苍蝇一起打,对腐败现象零容忍。作为地方主要领导,我的态度也是明确的,坚决支持,不论牵涉到谁,也包括我的亲友、子女,只要涉嫌犯罪,都必须严格依法办事。这个案件,涉及查办的权限问题,我马上与汉江省纪委徐放书记沟通,你们做好立案调查的准备。我提醒,注意保密,注意安全。

郑振国说:好的。

郑振国将材料交给杨震,带领杨震等离开。

半小时后,汉江省委家属区,徐放家书房红色电话铃紧急响起。

徐放接起:我是徐放。哦,薛书记啊,这么晚打电话来一定有急事,您请讲?

电话那端,传来薛致用的声音:徐书记,滨海市常务副市长黄天祥涉嫌贪腐案线索,滨海市纪委郑振国书记等已经与我沟通了,我也向省委韩晟书记作了专门汇报。韩书记的指示是,坚决支持,依法查处。查证属实,绝不姑息。

徐放说:感谢韩书记、薛书记支持。我们一定会依法办案,也请滨海市委、市政府做好各项安排,以免影响市委、市政府的正常工作。我马上会派一个专案组过去,会同滨海市纪委监委一起,把案件搞清楚。

薛致用说:好。我们保持沟通。

徐放刚挂断薛致用的电话，郑振国的电话就打进来了。

郑振国把目前这个案件的进展作了简要汇报。

电话中，徐放与郑振国商议：老郑，我刚和薛书记电话沟通，省委韩书记的指示很明确："坚决支持，依法查处。查证属实，绝不姑息。"这个案子要尽快成立专案组，我建议省纪委监委第七审查调查室牵头，"七室"主任郑海生是你们的老熟人啦，他来任组长，你们"八室"也作为专案组的成员，参与到本案的调查当中。郑海生和省里的专案组成员明天早上就到，在此之前，你让你们"八室"的同志先盯着，以防发生意外。

郑振国说：好的，徐书记。我恭候郑主任和省纪委监委同志们的到来。

晚上。黄天祥家。黄天祥和叶雯婕正在品茶。

叶雯婕关切地问：黄叔，您今天找我来是不是有事呢？我看您气色不好。

黄天祥说：是有事，但不知道怎么开口。

叶雯婕说：我是您从小看到大的，还用得着拐弯抹角吗？

黄天祥说：是啊，你是我看着长大的，你做错了事，黄叔也训斥过你，也鼓励过你。但你有没有想过有这么一天，黄叔老了，要是不小心也做错了事，你该怎么看待黄叔呢？

叶雯婕说：您是想说——

黄天祥说：我还没有想好，就是想和你聊聊，或许我还可以藏在心里，也或许再也藏不住了。黄叔老了，看事情不像以前那么准确了，简单的一件事情现在看得都很朦胧。

忽然传来门铃声。

黄天祥一惊。

叶雯婕起身：我去开门。

黄天祥说：等等——去吧。

门开了，叶雯婕和唐辉惊讶地望着对方。叶雯婕忽然更惊讶了，她看到唐辉的身后站着何劲松、徐航和几名警察。

叶雯婕说：你们——

唐辉绕开叶雯婕，说：黄副市长，我是市纪委监委"八室"工作人员唐辉，这是我的工作证件和传唤证，我现在正式通知您，跟我们回委里，配合调查。

叶雯婕说：唐辉，你再说一遍，你在调查谁？！

唐辉说：你听得没有错，如果想听解释，回委里，你就一切都清楚了。

黄天祥说：我可以跟你们走，但有一件事情我想说清楚，我今天把叶雯婕叫来，其实是在商量自首，我希望你们可以认定我有自首情节。如果你们有所怀疑，可以问叶雯婕我们刚才的谈话内容是什么。

黄天祥和唐辉同时望向叶雯婕，叶雯婕一脸茫然。何劲松上来带黄天祥走，却被他一把拨开。

黄天祥说：等等，我肯定会跟你们走，但请你们保留一下我的面子，让我像平常一样走出这个小区。另外，在我还没有被确定解职之前，我想我还是有权力坐自己的车的。

黄天祥环顾每一个人，似乎谦卑地问：可以吗？

徐航望向唐辉，唐辉点了下头说：我看不算违反纪律。

唐辉默认，冲黄天祥说：那就请吧。

黄天祥走出，屋子里留下了叶雯婕。

徐航不放心地走来，说：雯婕姐，你别太难过，这件事情，我——

叶雯婕说：你们就只瞒着我一个人，是吗？

徐航说：雯婕姐，不是你想象的那样，其实刚开始我也什么都不知道，后来才——

叶雯婕像是想起什么，拨开徐航，匆匆跑出。

徐航边喊着叶雯婕，边追出。

小区外，叶雯婕和徐航一前一后急匆匆跑出。

徐航说：走吧，有什么事回委里再说，别胡思乱想了。

何劲松说：雯婕姐，别折磨自己了，回到委里，我们挨个跟你道歉，这件事情我们也是没有办法，你多担待着点儿——

徐航也凑过来，挽叶雯婕的胳膊，却被叶雯婕一把拨开，这吓到了徐航。

叶雯婕说：你们这群傻子！怎么能让唐辉一个人开车呢？

众人愣住。

何劲松解释道：他说平时出门都是只带一个司机，多一个人会让人怀疑，我们觉得有理——

叶雯婕说：你们太不了解黄叔了，他这一辈子视清白如命，我现在有种特别强烈的预感，那辆车可能开不到办案点——

徐航立即反应过来，说：上车！

何劲松、叶雯婕匆匆上车。

徐航迅速启动了汽车。

二十

公路上行驶的奥迪车内，唐辉驱车，黄天祥坐在副驾驶座的位置，情绪似乎很平静，他问道：我的车还舒服吧？

唐辉笑着回道：头一次给您这么大的官当司机，不敢说不舒服，但心里还是想着我们家的宝马奔驰。

黄天祥说：你很幽默。

唐辉说：你也很幽默，最后还想着这点儿尊严，那么在意这么虚无缥缈的东西，值得吗？

黄天祥笑了笑，问：你是什么专业的？

唐辉说：法律。黄市长，您问这什么意思？

黄天祥说：没什么意思。闲聊嘛！我是学汽车工程的，本科、硕士、博士都是汽车专业，做过工程师，做过汽车厂常务副厂长，最年轻的副厂长，那年才31岁。可谁曾想从政了啊？这一干又是二十多年，宦门一入深似海啊！

听着黄天祥的感叹，唐辉也不好接茬儿，就岔开了话题说：对了，对汽车业务你还熟悉吗？

唐辉刚刚说完这句话，忽然意识到有点不对，试着减速，踩刹车，竟然没有反应。他慌了，连续踩下刹车，用力踩，车子一点儿反应没有。

唐辉侧眼看了眼黄天祥，气愤地说：黄市长，你想用这种方式结束，为什么还要拉上我？！

黄天祥却很平静地闭上眼睛说：没有你，我是没有办法离开的。挑选一个好点儿的路段，你想法减速，然后跳车，剩下的事情就别管了。

唐辉说：你个混……我真想——

唐辉忽然打转方向盘，超过了一辆车，他对黄天祥说：想撇下我，门儿也没有。想不经过审讯就万事大吉，门儿也没有！

唐辉操控着方向盘，脸上神情冷静且坚定。

郑振国办公室，郑振国和杨震对视良久。

郑振国说：我知道你是怎么想的，但我是真心为咱们的团队着想。

杨震说：我只想告诉你，请相信我们集体的判断。

郑振国生气了，他拍着桌子说道：你不仅是党员干部，还是市纪委监委的一位领导干部，组织有组织原则，纪委监委也有纪委监委的规矩。你明白我们工作的权限，得按照原则、规矩、程序一步步来，胡来是要出大问题的。幸好市委薛致用书记、省纪委徐放书记是懂政治、讲大局、有原则、敢担当的领导，要不是呢？要稍微有点儿私心呢？再说，你现在进入我们监委领导班子了，你知道意味着什么？意味着更大的责任，意味着你更得模范遵守我们的工作程序。

杨震说：郑书记，让您为难了，我工作不到、不对的地方，我一定改正。我请求您的原谅。

郑振国说：废话，我要不支持你，你错误犯大了。对了，明天一早省纪委监委"七室"郑海生主任带领专案组前来办理黄天祥案，你们"八室"配合，今晚到他们来之前要确保黄天祥人不跑、不死，要保证他的绝对安全，明白吗？

杨震说：明白。一定完成任务。

郑振国缓和口气说：上面的意思我已经传达了，我也表态了，你去执行吧。

杨震欲言又止，无奈离开。

郑振国说：等等。

杨震转身，眼神中充满希望。

郑振国叹口气说：让同志们注意态度，人家毕竟是高层领导。

杨震先是惊讶，后是欣慰地说：谢谢郑书记！

公路上行驶的车内，徐航踩下油门，说：臭小子，你倒是减速啊！

何劲松说：徐航，超过去，唐辉打转向灯要转弯了。

徐航打转方向盘。

市区公路上，路面只有稀少的车辆和行人。

两辆车相差大约三十米的距离，接连急速驶过……

奥迪轿车内，黄天祥睁开眼睛说：我劝你还是听我的，否则结果只能是鱼死网破，你还年轻，不要耽误了自己。

唐辉说：说过了，没门儿。没刹车，我就一直开下去，直到没油为止。告诉你一个好消息，我知道前面将会有一段上坡——

黄天祥激动地说：你给我下去！你不要毁了我这一生的名声啊！

黄天祥说着去争夺方向盘，并用力地向外推唐辉。

唐辉腾出一只手反抗着。

公路上，黄天祥的车几乎失去了平衡，蛇形前进……

徐航的车紧咬住唐辉的车不放。

徐航说：臭小子，平时的能耐跑哪儿去了，给我坚持住！

透过车窗，可以看到黄天祥的车越来越近。

何劲松说：徐航，怎么办？拦不住恐怕得撞上，后果可能更糟。

徐航说：别问我！

何劲松说：停车，踩刹车！徐航！

徐航猛然踩下刹车，紧接着是一声强烈的撞击声，徐航惊恐地望着车窗外，视野朦胧变黑。

公路外，视野由黑到朦胧再到清晰，耳边传来警笛声和救护车的声音。

徐航、叶雯婕和何劲松愣愣地站在路边望着同一个方向。

医护人员陆续把唐辉和黄天祥抬上了救护车。

医院走廊，两个移动担架在医护人员的陪同下，急匆匆地赶往急救室。

随着急救室门的关闭，徐航、叶雯婕和何劲松被挡在外面。

医院抢救室外，大夫从里面走出。

叶雯婕、徐航等迎了上去。

叶雯婕急切地问：大夫，怎么样了？

大夫说：那个岁数大的，没有啥问题，只是轻微的脑震荡。

叶雯婕问：那个年轻些的呢？

大夫说：昏迷中，还在抢救。

徐航带着哭腔央求道：拜托，大夫，一定尽力抢救。

医院抢救室外，何劲松两人都在给相关人员打着电话。

文静和一组省纪委专案组的办案人员正在黄天祥家执行搜查。

文静兴奋地打电话告诉何劲松说：找到保险箱了！

公路上行驶的出租车内，郝楠在后座上茫然望着窗外。

郝楠说：师傅，求您再快点儿。

医院大院外，杨震的车停住，急匆匆下车。

保安拦住说：请把车停那边——

杨震不顾保安的阻拦，匆匆走进急诊楼。

随后，出现奔跑着的郝楠的身影。

医院走廊，杨震几乎小跑地奔向重症监护室。

杨震忽然停住，他看到了"八室"其他成员，每个人的表情都很沉重，都在隔着玻璃望着病床上的唐辉。

杨震凑过去，愣愣地望着，想着什么。

所有人都沉默。

晨曦中，医院重症监护室外，徐航、何劲松、郝楠依旧疲惫、焦急地等着。

医院重症监护室内，只有脉搏跳动的声音，越来越大，最后是呼吸声和心脏的跳动。

　　唐辉闭着眼睛，很安静，没人注意到，他的一根手指在不时地跳动，跟随着脉搏的节奏……

后记

本书是上一部作品《国家监察行动之破局者》的继续，仍旧是讲滨海市纪委监委审查调查部门办理形形色色职务犯罪案件的故事，只不过是从第七审查调查室换成了第八审查调查室。滨海市、郑海生、杨震、段厚德、德昌集团等一些地名、人名、公司名，当然是化名。"七室""八室"抑或是"九室"办理的各类案件也莫对号入住——这些案件来自笔者长达20年对相关案件、涉案人员的采访、调查和卷宗、文献分析，以小说的艺术形式做了呈现，仅此而已。

《国家监察行动之破局者》上线喜马拉雅音频平台之后，很多听众给予了积极的评价，我很欣慰。但也有一些听众——估计是有纪委监委背景的听众，对书中的情节产生了质疑，这里就需要做个解释：第一，2017年监察体制改革之后，纪委监委查处任何一位涉嫌违法犯罪的干部，组织上都是极为慎重的，因此设置了很丰富、复杂的审批程序，但在小说中展现这些复杂乃至冗长的请示、审批程序会大大降低读者阅读的快感，也无必要；第二，由于各地区、各系统、各行业的特殊性，尤其是政治生态的复杂性，各级纪委监委办案人员的政治性、专业性和办案风格存在相当大的差异，本案所写的只是丰富的纪检监察实践的形式，作为"之一"，不可以认为全国都是这样或者都不是这样；第三，一些案件的调查上，本书展现的只是常规的谈话、讯问、留置、搜查等手段，对涉及某种程度上的调查手段、方式保密问题作了必要的技术性处理。

本书以办案人员对涉案人员的调查以及犯罪嫌疑人落马前后对罪错的态

度为切入点，在展示办案人员认真负责调查、犯罪嫌疑人消极对抗调查、负隅顽抗到最终被征服、人性回归的同时，揭示了反腐败斗争的必要性、艰巨性和复杂性，探讨了党风廉政建设的各类有效措施，希望能给读者以深刻警示和启迪。

　　小说自然是写故事的，写人、写人性的，笔者在创作本书的过程中，结合平时对案件以及落马官员的了解，也生出一些感想。

　　感想之一，必须对官场人格的两面性、多面性、复杂性保持足够的警惕。几千年形成的传统并非都是精华，也出现了如官场文化这类的文化糟粕。这种官场文化对于影响官员的人格、习惯、思维行为方式是潜移默化的。在这种文化影响下，有些官员慢慢成为官场伪君子，口号里喊的是主义，脑袋里想的却是生意。昔日风光十足的官员成为阶下囚，并非偶然失足，很多人是长期犯罪，甚至长达若干年都不知收敛，精神早已堕落，观念早已扭曲，完全没有人格尊严、党性原则。他们内藏贪心，但惯以一副清正廉洁、道貌岸然的形象作秀，是丑陋的两面人，有一套口是心非、欺世盗名的看家本领。他们被查处后，居然在很短时间内就来了个一百八十度急转弯，能立地成佛，提高觉悟，对自己原本不信、不做的道理，突然相信了、认同了，似乎戴上手铐就找回了心口如一的诚实人品，明显缺乏基础。

　　感想之二，必须对贪腐现象、贪腐行为腐蚀人性保持足够的警惕。落马官员蜕变都有从量变到质变的发展过程。犯罪初始，他们往往还有所顾忌，即使接受别人给予的小额贿赂，也会心存忐忑，焦虑不安。这时如果悔悟，还有回头的机会。但是，他们上了贼船尝到甜头，心理防线不断失守，欲望闸门逐渐洞开，"久入鲍鱼之肆不觉其臭"，于是蜕变为肆无忌惮地谋取私利，贪得无厌地攫取不义之财。他们对党和国家的教育、警示，对组织和群众的批评置若罔闻，沿着邪路滑向泥潭。待法网密布，正义之剑斩落，再想避祸，回头的路断了。于是，悔不当初的哀鸣构成落马官员忏悔的主调，有人竟能从政治、经济、名誉、家庭、亲情、自由以及健康等诸多方面，悲叹个人损失。不论他们愧疚态度是否真实，料想后悔心情应该不假，毕竟落入法网滋味难耐，揆情度理，不后悔反而不正常。他们最该后悔的应是没能把人做好，好官的基础是好人，人没有做好，当了官也不会是好官，只能是贪官、庸官、懒官。法网恢恢，作恶者最终一定会得到应有的惩罚。

感想之三，要时刻提醒各级官员对各种围猎保持足够的警惕。中国有句古话，揭露了古代官场腐败的根源，这就是"靠山吃山，靠水吃水，靠着阎王吃小鬼"。如果搜索一下近年来的新闻，就可以发现像"鹌鹑嘴里寻豌豆，鸬鹚腿上劈精肉"这样的新闻还不少。这里的"靠山"就是官员所被赋予的权力，失去了这个"靠山"便不再风光。落马官员都有一个通病，就是得志便猖狂，便忘乎所以，便私欲膨胀，以为手中有权就可以为所欲为，党纪国法不放眼里，道德操守扔在脑后。对腐败行为，不以为耻反以为荣，认为是自己能力、尊严、价值的体现。他们从来不去想，如果没有手中的权力，行贿者是否还会亲近自己，根本想不到自己在行贿者眼里其实只是工具，犹如奴仆甚或被豢养的宠物。这些落马官员，不但导致个人和家庭悲剧，还给党和人民的事业造成严重危害。落马的官员很多都曾有过辉煌的昨天，有可引为自豪的成绩，对他们，党给予信任，人民寄予厚望，社会给予尊重，委托他们行使公共权力，为他们提供尽可能好的工作和生活条件。如果他们能够严格自律，遵纪守法，洁身自好，善待自己，本可以坦坦荡荡继续走着光明大道。但他们不知感恩，不懂珍惜，而是滥用权力损公肥私，损人利己，以致沦落为罪犯，成为反面教材。正应了"事在人为，咎由自取"这句老话。

感想之四，要对腐败现象的复杂性、长期性、多样性、自组织性始终保持足够的警惕。腐败行为一直在"升级换代"，具有自组织性。落马官员堕落和被绳之以法的事实，说明腐败现象无孔不入。它严重地败坏了党风、社会风气，对政权建设和和谐社会建设的危害严重。反腐败斗争任重道远，不可能毕其功于一役。因此，必须继续完善社会主义市场经济体制，加强社会主义法治建设，强化教育、制度、监督并重的惩治和预防腐败体系。他律固然重要，但领导干部绝不能放松自律，对各类腐败现象要保持足够的警惕。公私严明什么时候都是一条底线、红线。既然是体制的人，是官场的人，就须强化廉洁奉公、遵纪守法意识，以落马官员为鉴，自觉抵制拜金主义、享乐主义和极端个人主义，时刻做到不忘初心、牢记使命、远离腐败。

党和国家始终没有动摇反腐的决心和信心，不断加大力度完善措施，大力推动反腐败斗争深入开展。我们坚信，有党中央的正确领导，有马克思列宁主义、毛泽东思想、邓小平理论、"三个代表"重要思想、科学发展观、习近平新时代中国特色社会主义思想为指导，有一支坚强的党员队伍，有人民群众的支持，没有克服不了的困难，没有遏制不了的腐败，反腐败斗争必然会与社会主义和谐社会建设同步，循序渐进，积小胜为大胜并取得最终胜利。

本书是写给广大读者的，不是写给那些忙碌应酬在灯红酒绿中、"辛勤劳作"在麻将桌前、蝇营狗苟于官商勾结中的官员们的——那些欲壑难填的人们，一是没有兴趣来看，二是看了也白看，照样一意孤行一条道走到黑。真要这样，也只得随他，无非是将来创作新作时，将他们的行状再列入其中。

值得说明的是，在本书创作过程中，得到杨同柱、杨劼、王耕云、王峻等各界朋友的支持和点拨，得到中国书籍出版社领导和编辑的赏识和指正，在此一并致谢。

海剑
2022 年 6 月 28 日
于北京东城区北总部胡同 32 号